MINGUO TONGSU XIAOSHUO
DIANCANG WENKU

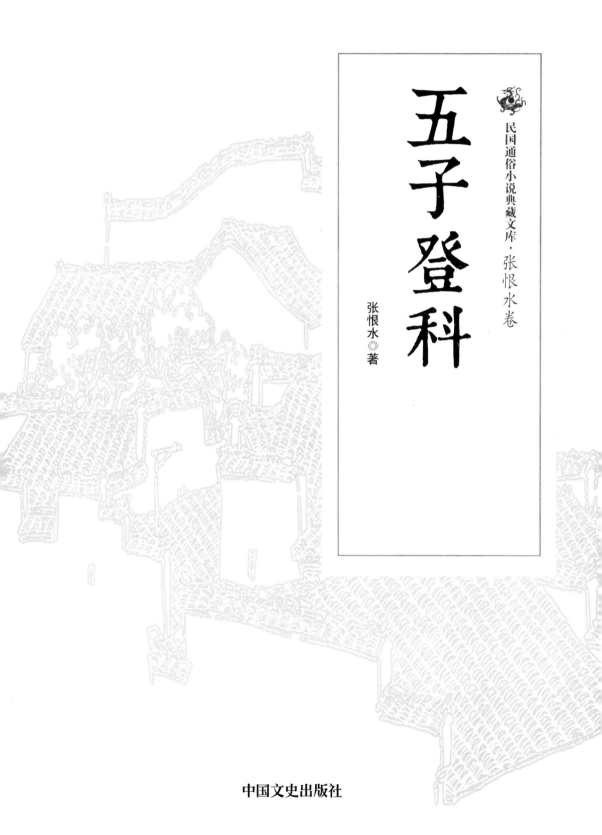

民国通俗小说典藏文库·张恨水卷

五子登科

张恨水◎著

中国文史出版社

小说大家张恨水（代序）

张赣生

　　民国通俗小说家中最享盛名者就是张恨水。在抗日战争前后的二十多年间，他的名字真是家喻户晓、妇孺皆知，即使不识字、没读过他的作品的人，也大都知道有位张恨水，就像从来不看戏的人也知道有位梅兰芳一样。

　　张恨水（1895—1967），本名心远，安徽潜山人。他的祖、父两辈均为清代武官。其父光绪年间供职江西，张恨水便是诞生于江西广信。他七岁入塾读书，十一岁时随父由南昌赴新城，在船上发现了一本《残唐演义》，感到很有趣，由此开始读小说，同时又对《千家诗》十分喜爱，读得"莫名其妙的有味"。十三岁时在江西新淦，恰逢塾师赴省城考拔贡，临行给学生们出了十个论文题，张氏后来回忆起这件事时说："我用小铜炉焚好一炉香，就做起斗方小名士来。这个毒是《聊斋》和《红楼梦》给我的。《野叟曝言》也给了我一些影响。那时，我桌上就有一本残本《聊斋》，是套色木版精印的，批注很多。我在这批注上懂了许多典故，又懂了许多形容笔法。例如形容一个很健美的女子，我知道'荷粉露垂，杏花烟润'是绝好的笔法。我那书桌上，除了这部残本《聊斋》外，还有《唐诗别裁》《袁王纲鉴》《东莱博议》。上两部是我自选的，下两部是父亲要我看的。这几部书，看起来很简单，现在我仔细一想，简直就代表了我所取的文学路径。"

宣统年间，张恨水转入学堂，接受新式教育，并从上海出版的报纸上获得了一些新知识，开阔了眼界。随后又转入甲种农业学校，除了学习英文、数、理、化之外，他在假期又读了许多林琴南译的小说，懂得了不少描写手法，特别是西方小说的那种心理描写。民国元年，张氏的父亲患急症去世，家庭经济状况随之陷入困境，转年他在亲友资助下考入陈其美主持的蒙藏垦殖学校，到苏州就读。民国二年，讨袁失败，垦殖学校解散，张恨水又返回原籍。当时一般乡间人功利心重，对这样一个无所成就的青年很看不起，甚至当面嘲讽，这对他的自尊心是很大的刺激。因之，张氏在二十岁时又离家外出投奔亲友，先到南昌，不久又到汉口投奔一位搞文明戏的族兄，并开始为一个本家办的小报义务写些小稿，就在此时他取了"恨水"为笔名。过了几个月，经他的族兄介绍加入文明进化团。初始不会演戏，帮着写写说明书之类，后随剧团到各处巡回演出，日久自通，居然也能演小生，还演过《卖油郎独占花魁》的主角。剧团的工作不足以维持生活，脱离剧团后又经几度坎坷，经朋友介绍去芜湖担任《皖江报》总编辑。那年他二十四岁，正是雄心勃勃的年纪，一面自撰长篇《南国相思谱》在《皖江报》连载，一面又为上海的《民国日报》撰中篇章回小说《小说迷魂游地府记》，后为姚民哀收入《小说之霸王》。

1919 年，五四运动吸引了张恨水。他按捺不住"野马尘埃的心"，终于辞去《皖江报》的职务，变卖了行李，又借了十元钱，动身赴京。初到北京，帮一位驻京记者处理新闻稿，赚些钱维持生活，后又到《益世报》当助理编辑。待到 1923 年，局面渐渐打开，除担任"世界通讯社"总编辑外，还为上海的《申报》和《新闻报》写北京通讯。1924 年，张氏应成舍我之邀加入《世界晚报》，并撰写长篇连载小说《春明外史》。这部小说博得了读者的欢迎，张氏也由此成名。1926 年，张氏又发表了他的另一部更重要的作品《金粉世家》，从而进一步扩大了他的影响。但真正把张氏声望推至高峰的是《啼笑因缘》。1929 年，上海的新闻记者团到北京访问，经钱芥尘介绍，张恨水得与严独鹤相识，严即约张撰写长篇小说。后来张氏回忆这件事的过程时说："友人钱芥尘先生，介绍我认识《新闻报》的严独鹤先生，他并在独鹤先生面前极力推许我的小说。那时，《上海画报》（三日刊）曾转载了我的《天上人间》，独鹤先生若对我有认识，也就是这篇小说而已。他倒是没有什么考虑，就约我写一篇，而且愿意带一部分稿子走。……在那几年间，上海洋场章回小说走着两条路子，一条是肉感的，一条是武侠而神怪的。《啼笑因缘》完全和这两种不同。又除了新文艺外，那些长篇运用的对话并不是纯粹白话。而《啼笑因缘》是以国语姿态出现的，这也不同。在这小说发表起初的几天，有人看了很觉眼生，也有人觉得描写过于琐碎，但并没有人主张不向下看。载过两回之后，所有读《新闻报》的人都感到了兴趣。独鹤先生特意写信告诉我，请我加油。不过报社方面根据一贯的作风，怕我这里面没有豪侠人物，会对读者减少吸引力，再三请我写两位侠客。我对于技击这类事本来也有祖传的家话（我祖父和父亲，都有极高的技击能力），但我自己不懂，而且也觉得是当时的一种滥调，我只是勉强地将关寿峰、关秀姑两人写了一些近乎传说的武侠行动……对于该书的批评，有的认为还是章回旧套，还是加以否定。有的认为章回小说到这里有些变了，还可以注意。大致地说，主张文艺革新的人，对此还认为不值一笑。温和一点的人，对该书只是就文论文，褒贬都有。至于爱好章回小说的人，自是予以同情的多。但不管怎么样，这书惹起了文坛上很大的注意，那却是事实。并有人说，如果《啼笑因缘》可以存在，那是被扬弃了的章回小说又要返魂。我真没有料到这书会引起这样大的反应……不过这些批评无论好坏，全给该书做了义务广告。《啼笑因缘》的销数，直到现在，还超过我其他作品的销数。除了国内、南洋各处私人盗印翻版的不算，我所能估计的，该书前后已超过二十版。第一版是一万部，第二版是一万五千部。以后各版有四五千部的，也有两三千部的。因为书销得这样多，所以人家说起张恨水，就联想到《啼笑因缘》。"

不论张氏本人怎样看，《啼笑因缘》是他最有影响的作品，这一点毫无疑问，可以随便举出几件事来证明。《啼笑因缘》发表后，被上海明星公司拍成六集影片，由当时最著名的电影明星胡蝶主演，同时还被改编为戏剧和曲艺，在各地广泛流传；再有《啼笑因缘》被许多人续写，迫使张氏不得不改变初衷，于1933年又续写了十回，张氏在《我的写作生涯》中说："在我结束该书的时候，主角虽都没有大团圆，也没有完全告诉戏已终场，但在文字上是看得出来的。我写着每个人都让读者有点儿有余不尽之意，这正是一个处理适当的办法，我绝没有续写下去的意思。可是上海方面，出版商人讲生意经，已经有好几种《啼笑因缘》的尾巴出现，尤其是一种《反啼笑因缘》，自始至终，将我那故事整个地翻案。执笔的又全是南方人，根本没过过黄河。写出的北平社会真是也让人又啼又笑。许多朋友看不下去，而原来出版的书社，见大批后半截买卖被别人抢了去，也分外眼红。无论如何，非让我写一篇续集不可。"这种由别人代庖的续作，出书者至少有四种：惜红馆主《续啼笑因缘》、青萍室主《啼笑因缘三集》、康尊容《新啼笑因缘》和徐哲身《反啼笑因缘》。虽然远不如《红楼梦》续作之多，但在民国通俗小说中已经是首屈一指了。张氏在《我的小说过程》一文中还说："我这次南来，上至党国名流，下至风尘少女，一见着面便问《啼笑因缘》。这不能不使我受宠若惊了。"

《啼笑因缘》使张氏名声大振，约他写稿的报刊和出版家蜂拥而至，有的小报甚至谣传张氏在十几分钟内收到几万元稿费，并用这笔钱在北平买下了一所王府，自备一部汽车。这自然不是事实，但张氏当时收到的稿酬也有六七千元，的确不能算少。这样，他就可以去搜集一些古旧木版小说，想要作一部《中国小说史》。就在此时，日寇侵华的"九一八事变"爆发，张氏的希望随之化为泡影。

作为一位爱国的作家，在国难当头的状况下自不会沉默，张恨水在1931至1937的几年间，先后写了《热血之花》《弯弓集》《水浒别传》《东北四连长》《啼笑因缘续集》《风之夜》等涉及抗敌御侮内容的作品。

1934年，张恨水到陕西和甘肃走了一遭，此行使他的思想发生了很大的变化。张氏在《我的写作生涯》中说："陕甘人的苦不是华南人所能想象，也不是华北、东北人所能想象。更切实一点地说，我所经过的那条路，可说大部分的同胞还不够人类起码的生活。……人总是有人性的，这一些事实，引着我的思想起了极大的变迁。文字是生活和思想的反映，所以在西北之行以后，我不违言我的思想完全变了，文字自然也变了。"此后，他写了《燕归来》，以描写西北人民生活的惨状。

抗日战争全面爆发后，张恨水取道汉口，转赴重庆，于1938年初抵达，即应邀在《新民报》任职。抗战八年间，他除去写了一些战争题材的小说外，还有两种较重要的作品，即《八十一梦》和《魍魉世界》（原名《牛马走》），均先于《新民报》连载，后出单行本。抗战胜利，张氏重返北平，担任《新民报》经理，此后几年他写了《五子登科》等十来部小说，但均未产生重大影响。1948年底，张氏辞去《新民报》职务。1949年夏，他患脑溢血，经过几年调治，病情好转，张氏便又到江南和西北去旅行。1959年，张氏病情转重，至1967年初于北京去世，终年七十三岁。

张恨水一生写了九十多部小说，印成单行本的也在五十种左右。说到张氏作品的总特色，一般常感到不易把握，因为他总在不断地变。其实，这"变"就正是张恨水作品最鲜明的总特色。

张恨水是一个不甘心墨守成规的人，他好动不好静，敢于否定自己，这正是作为开创者必须具备的素质。读一读张氏的《我的写作生涯》，就会发现他总是在讲自己的变，那变的频繁、动因的多样，在民国通俗小说作家中实属仅见。……待到《金粉世家》《啼笑因缘》相继问世，张恨水的名声已如日中天，他在思想上的求新仍未稍解，他说："我又不能光写而不加油，因之，登床以后，我又必拥被看一两点钟书。看的书很拉杂，文艺的、哲学的、社会科学的，我都翻翻。还有几本长期订的杂志，也都看看。我所以不被时代抛得太远，就是这点儿加油的工作不错。"

追求入时，可说是张恨水的一贯作风，不仅小说的内容、思想随时而变，在文字风格上也不断应时变化。仅就内容、思想方面的变化而言，在民国通俗小说作家中也很常见，说不上是张氏独具的特色，但在文字风格上也不断变化，就不同于一般了。张氏在《我的写作生涯》中经常提到这方面的事例，譬如他曾提及回目格式的变化，他说："《春明外史》除了材料为人所注意而外，另有一件事为人所喜于讨论的，就是小说回目的构制。因为我自小就是个弄辞章的人，对中国许多旧小说回目的随便安顿向来就不同意。即到了我自己写小说，我一定要把它写得美善工整些。所以每回的回目都很经一番研究。我自己削足适履地定了好几个原则。一、两个回目，要能包括本回小说的最高潮。二、尽量地求其辞藻华丽。三、取的字句和典故一定要是浑成的，如以'夕阳无限好'，对'高处不胜寒'之类。四、每回的回目，字数一样多，求其一律。五、下联必定以平声落韵。这样，每个回目的写出，倒是能博得读者推敲的。可是我自己就太苦了……这完全是'包三寸金莲求好看'的念头，后来很不愿意向下做。不过创格在前，一时又收不回来。……在我放弃回目制以后，很多朋友反对，我解释我吃力不讨好的缘故，朋友也就笑而释之，谓不讨好云者，这种藻丽的回目，成为礼拜六派的口实。其实礼拜六派多是散体文言小说，堆砌的辞藻见于文内而不在回目内。礼拜六派也有作章回小说的，但他们的回目也很随便。"再譬如他在谈及《金粉世家》时说："以我的生活环境不同和我思想的变迁，加上笔路的修检，以后大概不会再写这样一部书。"诸如此类的变化不胜列举。

张氏的多变还体现在题材的多样化。他说："当年我写小说写得高兴的时候，哪一类的题材我都愿意试试。类似伶人反串的行为，我写过几篇侦探小说，在《世界日报》的旬刊上发表，我是一时兴到之作，现在是连题目都忘记了。其次是我写过两篇武侠小说，最先一篇叫《剑胆琴心》，在北平的《新晨报》上发表的，后来《南京晚报》转载，改名《世外群龙传》。最后上海《金刚钻小报》拿去出版，又叫《剑胆琴心》了。"第二篇叫《中原豪侠传》，是张氏自办《南京人报》时所作。此外，张氏还写过仿古的《水浒别传》和《水浒新传》，他说："《水浒别传》这书是我研究《水浒》后一时高兴之作，写的是打渔杀家那段故事。文字也学《水浒》口气。这原是试试的性质，终于这篇《水浒别传》有点儿成就，引着我在抗战期间写了一篇六七十万字的《水浒新传》。""《水浒新传》当时在上海很叫座。……书里写着水浒人物受了招安，跟随张叔夜和金人打仗。汴梁的陷落，他们一百零八人大多数是战死了。尤其是时迁这路小兄弟，我着力地去写。我的意思，是以愧士大夫阶级。汪精卫和日本人对此书都非常地不满，但说的是宋代故事，他们也无可奈何。这书里的官职地名，我都有相当的考据。文字我也极力模仿老《水浒》，以免看过《水浒》的人说是不像。"再有就是张氏还仿照《斩鬼传》写过一篇讽刺小说《新斩鬼传》。张恨水的一生都在不停地尝试，探寻着各色各样的内容及表达方式，他甚至也写过完全以实事为根据、类似报告文学的《虎贲万岁》，也写过全属虚幻的、抽象的或象征性的小说《秘密谷》，他的作风颇有些像那位既不愿重复前人也不愿重复自己的现代大画家毕加索。

　　张恨水写过一篇《我的小说过程》，的确，我们也只有称他的小说为"过程"才最名副其实。从一般意义上讲，任何人由始至终做的事都是一个过程，但有些始终一个模子印出来的过程是乏味的过程，而张氏的小说过程却是千变万化、丰富多彩的过程。有的评论者说张氏"鄙视自己的创作"，我认为这是误解了张氏的所为。张恨水对这一问题的态度，又和白羽、郑证因等人有所不同。张氏说："一面工作，一面也就是学习。世间什么事都是这样。"他对自己作品的批评，是为了写得越来越完善，而不是为了表示鄙视自己的创作道路。张氏对自己所从事的通俗小说创作是颇引以自豪的，并不认为自己低人一等。他说："众所周知，我一贯主张，写章回小说，向通俗路上走，绝不写人家看不懂的文字。"又说："中国的小说，还很难脱掉消闲的作用。对于此，作小说的人，如能有所领悟，他就利用这个机会，以尽他应尽的天职。"这段话不仅是对通俗小说而言，实际也是对新文艺作家们说的。读者看小说，本来就有一层消遣的意思，用一个更适当的说法，是或者要寻求审美愉悦，看通俗小说和看新文艺小说都一样。张氏的意思不是很明显吗？这便是他的态度！张氏是很清醒、很明智的，他一方面承认自己的作品有消闲作用，并不因此灰心，另一方面又不满足于仅供人消遣，而力求把消遣和更重大的社会使命统一起来，以尽其应尽的天职。他能以面对现实、实事求是的态度对待自己的工作，在局限中努力求施展，在必然中努力争自由，这正是他见识高人一筹之处，也正是最明智的选择。当然，我不是说除张氏之外别人都没有做到这一步，事实上民国最杰出的几位通俗小说名家大都能收到这样的效果，但他们往往不像张氏这样表现出鲜明的理论上的自觉。

张恨水在民国通俗小说史上是一位名副其实的大作家，他不仅留下了许多优秀的作品，他一生的探索也为后人留下了许多可贵的经验。

目　录

1

前　言

　　这部书，是日本投降后，描写一个国民党北京接收专员沉醉在
五子之中。所谓五子，不是以前所谓五子齐名的五子，是金子、车
子、女子、房子、票子。其实还不止这五子，要数一数，这就多了。
所以在当时，有五子登科的称号"恭维"这些接收专员。

　　这部书的大致内容是，日本投降后，重庆派了一个接收员金子
原，来到了北平（当时不叫北京）。在以前信件里就有刘伯同、张丕
诚二人，在北平布置一切。刘、张二人，也是最坏的东西。刘使用
了美人计，叫他的小姨子杨露珠伺候金子原，后来就当了秘书。张
也不肯退让，就介绍了戏剧界的演员田宝珍及汉奸留下看守房产的
刘素兰，从中认识。不过田宝珍老于世故，金子原要田嫁他，还要
丢了戏不唱，因之田宝珍弄得了金子原一笔钱，就偷跑了。刘素兰
倒是还好，她总是一个不即不离的样子。

　　金子原接收房屋，已是发了大财。接收的汽车，不知其数。但
是这还不足，在银行经理陈六勾结之下，他把那接收的金条，要他
二弟子平，一带就是几百条，到重庆去出卖，换了大批法币回平。
陈六还有一个下女杏子，陈也介绍给金子原。但是金因发财太大，
女子还嫌少，于是又由汉奸佟北湖介绍两个女子陶花朝、李香絮前
来，过度着花天酒地的日子。这就叫"五子登科"。

　　在这部书里，读者多少可以看到国民党的接收专员们的荒淫无

耻、胡作非为的一般丑态。

这部书，在一九四六年登在北平《新民报》的画报上。后来上海《亦报》看到，也为之转载，不过改了名字，叫着《西风残照图》。可是我在一九四九年得了脑充血症，这部书我没有作完。我病了三年之久，方才慢慢转好。前两年有出版社嘱我作成，我当时虽答应着，但是还没有作。而且他们说，我作章回体，把回目给删掉了可惜得很，希望我要重作，就把回目添起。因为《五子登科》旧作，是没有回目的。在今年我才把这本书作成，一共作了七回半，回目也就加上了。于是我将全篇检查一遍，觉得从十九回起，仿佛是另外编的。既然《北方》编辑部愿意刊登这个不甚成熟的东西，我想，这就由十九回登起吧！希望读者给我批评指正。

（载于《北方》杂志1957年第4期）

第一回

供奉香花飞降天上客
引来金粉暗合意中人

　　十一月的天气，北平已经是很冷了。西苑飞机场上，晒着黄黄的太阳，一望空荡荡的。西北角上虽矗立着一幢立体式的楼房，那房子光秃秃的，并没有一点儿依傍。那半空里的西北风轻微地在人身边经过，皮肤还是刮得生痛。在一片水泥铺的地面上拥着一群穿皮大衣的男女。大家经不住这空野寒气的压迫，各把两手插在大衣袋里，在水泥地面上跑动着，求取一点儿暖气。在立体式的楼房外面，远远地停有几架飞机它们也似乎受着严寒的侵袭，瑟缩地斜了翅膀蹲着，好像也是冻僵了，但地上的飞机尽管不动，在这机场上的群众，还是不断地抬了头向天空中看去。他们是望着一架由温暖地方——重庆来的飞机。重庆这个地名，在当时是高贵的，自然，由重庆来的飞机也是高贵的呀。

　　半小时后，天空里有了轧轧的马达声。大家翘首而望，一架双引擎飞机，由西南角飞来了。人丛中哄然一声地喊着："来了来了!"那飞机随着众人的喊声，在半空中绕了大半个圈子，飞到机场的北端。它渐渐下降，再绕半个小圈子飞到机场的南端。一架吉普车——北平新鲜的交通工具，立刻由东边跑进了机场的中心，顺着飞机跑道，跑到机场南边去。不多一会儿工夫，吉普车回来了。它跑着不怎么快的速度，给刚落地的飞机引路。没有十丈远的地方，一架在地面上用丁字架形式滚着巨型橡皮轮的飞机，跟着后面走上

1

来了。在这里迎接贵宾的人，终于是达到了他们的希望。大家又是哄然一声拥了向前。这个时候，在飞机场上守卫的人，也知道这架飞机来自重庆，欢迎是理之当然，就让大家拥上前去。

双引擎都已停止了，大蜻蜓头上高插着两个触须，已因长途的疲劳而停止了。机场的工人很快地推出了一架活扶梯，靠近了机身。蜻蜓肚子上，打开了舱门，飞机里的旅客由门里鱼贯而出。其中一个中年人，穿着后方西康出品的青呢大衣，戴着黑呢帽子，正和他身上穿的大衣一样，十分粗糙，可是，他为这群众中十几个人所注意，不约而同地，噼噼啪啪一阵猛烈的鼓掌声，由人堆里发出来。那些人随着掌声，更接近了扶梯。因自飞机停稳当后，它就被人包围起来了。

那位穿青呢大衣的人，到了这开始大冷的北平，显然见得寒素。因为来欢迎他的人，各各都穿着獭领的皮大衣，尤其是其中有两位女宾，一个穿着灰背，一个穿着玄狐，那是在八小时以前的重庆所不能看到的服装。当然，重庆那两三年难遇一次小雪的所在，也不需要这个。但是十年前，他是在北平住过一个时期的。所以在重庆八年，始终憧憬着北平的夏天与冬天。夏天是每晚盖被睡觉，而冬天屋子里的炉火熊熊又可以让人穿夹袄。这时，他第一个印象就是这一望无尽的皮大衣。他深深地感觉到，这实在是重到北平了。

他有了这感觉之后，也就感到脖颈子里冷气飕飕。他两手抄着大衣领子，让它紧一点儿。同时，也就牵牵大衣的衣襟，让衣服更裹得紧一点儿，然后将身子挺起来，表示了他来自抗战司令台畔的身份。因为身子是挺的，他那下楼梯的脚步，这就格外来得沉重。每走一步，脚步顿上一下。当他走到平地时，欢迎的人拥向前去，各自取下帽子一鞠躬。其中有几个鞠躬的度数足够九十度，弯得像一把弓似的，那可以知道他们在北平沦陷多年中，是经过了日本人的折磨的。尤其为首的那个，这人在獭皮领的大衣里，拥出一颗肥

2

胖而黄黑的脑袋，睑角上闪出许多鱼尾纹，在恭敬的态度上，兀自带着几分滑稽。他抢前半步，和下机的飞来者握着手，然后回转身来，向大家点头道："来，我给你们介绍，这位是金专员。"于是过来一个人又一鞠躬，这人也就从旁唱着名："这是张丕诚，这是李素敬，这是王心德，这是刘太太，这是杨小姐。"一串地报过。

那金专员由重庆上飞机的时候，在珊瑚坝的石坡子旁边，坐在露天板凳上，吃了一饱豆浆油条，二三送行的朋友围绕了站着，还有人伸手拍了他的肩膀，笑道："到了北平，不要说出贵金专员吃豆浆油条的穷相呀！子原兄，你要知道你是代表重庆客的呀。"金子原笑道："那要什么紧？我们八年抗战是艰苦的。唯有见人就说出艰苦来，那才可见得我们的功绩伟大。不但说出豆浆油条来，而且还要说豆浆油条是上品呢。"他那时这样说着，颇认为是很得体的。现在到了北平，一看到欢迎的人士是那样卑躬屈节，把重庆客大有视若天人的样子，若是把吃豆浆油条的事情告诉他们，一定让他们见笑。反之，要把重庆的月亮，都形容得比北平好些，那才可以让人家钦佩。这样想着，胸脯就越发地挺得高些，头也又昂起了一倍。

欢迎的人见到他那番情形，果然是增加了一层心事，也不知道这位专员大人到差之后，将有什么威风发作，都静静地站着，把眼皮垂了下来。金专员看到大家都不作声了，匆匆地经过一番介绍，那些姓名也没有完全印到脑子里去，还是找自己最熟的那个人吧。这就向刚才执行介绍职务的那个人道："刘伯同兄，我的电报你收到了没有？"刘伯同半鞠着躬道："收到了，一切都替专员预备好了。"金子原手抚了下巴颏，做个沉吟的样子，因道："那么，我们先上旅馆吧。哪位有车子？"刘伯同道："已经为专员预备下了。机场上太冷，请快点儿进城休息吧。专员的行李？"金子原回头向飞机上一指。这时，飞机场的工人正由机门那里继续地向下送着行李。

这时所有大批欢迎的群众，分作若干批，各围住了他们所欢迎的重庆客纷纷谈话。刘伯同领着队，将金子原在飞机旁边包围了，每人一个小鞠躬，脸上带了奴才相的微笑，然后问上一句话："重庆的物价，现在低多了？""政府大概还有两三个月回南京吧？""金专员抗战八年，精神伟大，太辛苦了！""唉！这八年我们不知道怎样熬过来的！"金专员对于这些话，爱理不理，有时答应一句，有时只说个"嗯"字。大家围了这位贵人，恭敬地伺候着。他站在人丛中间，对欢迎的群众很快地扫了一眼，点点头道："我们走吧。"

一辆一九四一年的漂亮汽车，装着金专员向北平城里跑。在车上陪着金专员的，还是那位欢迎领袖刘伯同。金专员由车窗向外张望，因道："八年来，北平还是这样子，而这条柏油马路倒是从前所没有的。"刘伯同道："专员觉得这车子在路上走着怎样？北平最新的车子，是一九四一年的了。这里可不像重庆，有新到的美国车子。"金子原微笑了一笑。

这时，飞机上下来的人，前前后后几十辆车子，顺了西直门外的大道风驰电掣地，摆了一条疏落的长蛇阵。虽然这是柏油路，但冬日天旱，北方风沙特重，路面上兀自蒙上一层飞沙。金子原专员坐在汽车里，心中暗暗地想着：抗战八年受尽了苦，今天总算食到了胜利之果。于是那心里的愉快，由脸上反映出来，发了一种高兴的微笑。

汽车走得快，那西直门的高大箭楼，已在高空里向飞来客见面。金专员点点头道："久违久违，今天重逢了，别来无恙。"刘伯同是歪着屁股坐在车座的角落里的，这就侧了脸向专员笑道："我们天天盼望中央的人来呀！不但是我们，连西直门的箭楼，都在盼望着中央来人呀！"金专员微微一笑，把腰杆挺直了一下。

车子进了城，金专员对车窗外四周看了看，见那矮矮的屋子、宽宽的街道还是那样。第一件给人不愉快的事，是轨道上停着破旧的电车。但也有一件令人愉快的事，满街墙上、人家门上、电线杆上，全贴了三尺长的红纸欢迎标语。车子继续前进，经过金鳌玉蛛桥，看看北海和中南海，在一片冰池之外，四围寒林之内，半隐半现地拥出无数金碧辉煌的宫殿。在屋叠屋的山城里住惯了，陡然换了这个壮丽空旷的眼界，心里着实地轻松一阵，于是他又微笑了。

这欢迎的领袖刘伯同先生，虽和金专员是老友，但一个是抗战英雄，一个是有汉字头衔的人物，心里总有几分惭愧，由这几分惭愧，也就很怕老友公而忘私，不假颜色。现在看到金专员一路之上，不住地发着微笑，他也就忍不住笑了。

车子到了东城某条胡同，在一座朱漆门楼前停下。刘伯同首先下车，拉开车门，站在旁边等着。金子原走下车来，就看到门洞里两个穿长衣的勤务，同时把头上戴的毛线猴儿帽子一把抓下，垂手站着，好像庙里塑了两个泥质小鬼一样，一边一个。金专员一下汽车，他们两个人鞠躬加起来，恰好是一百八十度。金专员对于这个过分的礼节，并不感到兴趣。相反地，他起了一种恶感，觉得这是日本人奴化教育留下来的产物，也正是中国人的耻辱，来自后方的抗战英雄，都有这点儿正义感。因之他对于这两个勤务，在厌烦与羞恶当中，并没有加以理会。

那个引导的刘伯同，这时又执行着他的职务，立刻抢前两步，在金专员前面歪斜了身子，引着前进。进过两重院落，顺着朱漆游廊将新主人带着走入有走廊的正屋。只看走上三层台阶，一列四根朱漆柱子，这派头就不小。在重庆，任何院长的公馆也比不上。金专员立刻想着：我比重庆的五院院长还阔。这就是我的行辕啦，想着把胸脯挺起来，立刻增高了三寸。那大屋廊檐下，已站有一青年勤务，垂着青袍的长袖，金专员一登台阶，他两目直视，就是九十度的鞠躬，接着立刻把风门外宽可四尺、长可一丈的绿棉帘高高地掀了起来。

金专员进了正屋，很惊异地观察着，只见正面紫檀雕花的琉璃

5

屏风，光彩夺目。在这下面，是紫檀嵌罗钿的桌椅，上面铺着紫缎子的绣花椅垫和红绸绣花的桌围。桌子正中，紫檀雕花架子，托起了黄色彩龙的尺二大瓷盘，里面供着鲜艳的水果。他踏着尺来厚的大地毯，由刘伯同让上了正屋的左边，这里是三套大三件的绿绒沙发，围着玻璃砖的茶桌。在屋子角上，四只五彩瓷缸，也是用檀木架着，供了四盆大梅株。沿花格大玻璃窗下，排列着四五尺宽的热气管。屋子里热气烘烘，犹如暮春，窗台上彩瓷盆的红白鲜花，在油油的绿叶子上，向新来的重庆客献着娇媚。鼻子里便觉得有一种清芬的气味，让人精神为之一振。同时他也觉得暖气熏蒸得扑脸，就解着纽扣脱下大衣。

刘伯同自己的皮大衣还没有脱下，看到金专员脱下，先抢过来双手将他的粗呢大衣接住。那站在门外掀帘子的勤务，已经走进来，原是垂手站在一边，见刘先生接着大衣，他又抢前一步，把大衣接了过去。刘伯同乘便就向他问道："专员的房间，已经布置好了没有？"勤务答道："已经预备好了。"刘伯同道："专员还是休息一下呢，还是去看看卧室，先洗一把脸？如若觉得不大妥当的话，立刻再布置一下。时间还早，来得及。"

金子原看看自己身上这套粗呢中山服，比起刘先生身上的湖绉面子的洋灰鼠皮袍来，真是差得太多。再看看这个金碧辉煌的屋子，让穿粗呢衣服的人当上宾也是嫌着寒素万分。这样，他立刻有了正义感的答复了，因道："我们抗战八年，什么苦都吃过，衣食起居全不在乎。只要国家民族有了光荣，我什么也不选择。卧室不必看了，倒是先可以洗洗手脸。"那勤务听说，立刻就抢进旁边的门里去了。

刘伯同道："洗澡间也在卧室后面，我来引路。"他将金专员引到旁边屋子里去，这里又是一间小客厅，除了一套紫绒的沙发而外，还有大理石的写字台、硬木架子、安上软垫子的写字椅子。不但文具一切预备现成，连花瓶、茶壶、纸烟盒全都摆得齐全。这仿佛是小办公室的样子了。由这里向后转就是卧室，屋子里的家具那么精致，远非在重庆的人所能想象。单是那弹簧床上的绣花棉被，就有三床之多。由卧室进去，便是洗澡间。白瓷砖砌的墙，像个雪洞。洗澡盆又长又大，简直可以直躺在里面。那个先抢进来的勤务，已在洗脸盆放满了水，接着白而软的手巾、香胰子一样样地送过来。金专员在重庆，住过国难医院，而且是头等房间，虽然有几个看护着病人的护士，也没有这样舒服省事。

金专员洗了手脸出来，更觉得这屋子里满室生春，在机场欢迎的人也拥挤了一屋子。他一出来，不论男女，大家都站着，便笑道："各位请坐吧。我初下飞机，一切是茫无头绪。还须等我沉静一下，我才能向各位问问这里最近的情形。"刘伯同迎合着他的意思，便道："那么，各位先可以自便，回头我和金专员洗尘，请各位作陪。"

那人群中的张丕诚是个矮胖子，倒是皮肤白净，光滑无痕，唯一的不光滑之处是他笑起来，眼角上有几道鱼尾纹。他拱着长袍子的袖子，笑道："刘兄让我们公请吧。"刘伯同道："回头再说。"

这欢迎人中，有两位女宾在场，一位刘伯同太太，金子原虽和她阔别多年，还认得。另一位是在机场上介绍过的杨小姐。他不明白是何缘故，这杨小姐以什么身份出现，也来欢迎。这时，见杨小姐带了几分笑意，站在刘太太旁边，不免又对她注视了一下。

那杨小姐脱了皮大衣，穿了件墨绿色的倭绒长旗袍，衬托得她鹅蛋脸儿格外白嫩。她长长的个子并不瘦，穿了这件长旗袍，又是玫瑰紫的高跟皮鞋，正如风前柳的姿态。两道秀眉细长入鬓，正好是堆云式的黑发，纷披在肩上，笑时胭脂颊上，略微有两个小酒窝。两排雪白的齐整牙齿，微微在红嘴唇里露着，妩媚极了。记得战前，有人提出女人美的条件，是肥、白、高，这杨小姐几是占全了。又有人说北方女子是刚健婀娜，这杨小姐也有了。他注视了一番之后，心里已是连连称赞了好几回。

那杨小姐见专员向她望着，她倒没有小家子气，索性大大方方地向他笑道："回头我们共同给专员洗尘，专员可以赏光吗？"他点头笑道："将来叨扰的日子很多，不必客气。"刘伯同道："不然，大概金兄还是在重庆上飞机时吃的饭，应该好好地吃顿晚饭了。"金子原道："我们带的有点心，在西安降落的时候，也买了点儿东西吃，倒是不饿。"刘伯同向张丕诚道："那么，我们就向大喜园打个电话订座吧。告诉柜上，我们是欢迎重庆上司，他们务必把菜做得好些。"张丕诚连说"是，是"，闪着眼角上的鱼尾纹笑了向金专员拱手告退，其余的人也跟着退去。刘太太、杨小姐走在最后，金子原还向杨小姐点个头道："回头二位要来呀。"

众人去后，勤务开着三五牌的纸烟听子，用日本金边彩花细瓷杯斟着上等香片茶，伺候专员在紫绒沙发上坐着。金子原向刘伯同略微问了问所要接收的几个机关的情形。刘伯同挨着在金专员靠近的沙发上，略微坐着一点儿边沿，似乎胸有成竹，在身上摸出一张纸单来，双手递上，因道："大概情形，都摘了个纲要写在上面。日本人非常听话，一切都是好好地保存着。我们老朋友无话不可说，我们没有参加抗战的人，留在沦陷区鬼混这多年，当然是很惭愧的事。不过我可以在老朋友面前起誓，我是身在伪朝，心存汉阙。这两年来，看到日本人不行了，我们是睡梦里都盼望中央回来。自从日本人宣条无条件投降，我灵机一动，立刻想到所有伪机关里的东西，得好好看守，不让日本小鬼损坏一点儿。至于他们想弄走，那更是谈不到，我已联合了许多人，昼夜加以监视了。若照地下工作来说，我们是做得很彻底的。"

金子原摇摇头笑道："你这不能算是地下工作。日本人投降了，中国人对于他们可以放开手来做，怎么算是地下工作呢？"刘伯同未免红了脸，搭讪着擦火柴吸纸烟。金子原对于他刚才说的话，倒不怎样地介意，拿着他递过去的一张单子，两手捧着一行行地仔细看下看。看时，脸上有时颜色变动一下，有时禁不住一阵微笑，有时也点点头。他脑筋里立刻有着金条、金锭子的许多幻想。看过之后，将五指托着下巴颏沉吟了一会儿。

刘伯同坐在他旁边，看了他这样子，恐怕他还有什么疑问之处，只管将两眼偷看他的脸色，等他沉吟着时，便隔了茶桌，伸过头来低声问道："专员还有什么不明白的地方吗？"金专员向屋子四周看了一看，因道："那些物资都罢了。你这单子上面，开的二百两黄金，我倒有些不明白。"刘伯同听说，立刻由沙发椅子上站了起来沉着颜色道："这个，我可以拿日本人的老账出来对证，一钱一分都不会泄露的。"金专员道："老账在哪里呢？"刘伯同道："都已经看管着。"金专员道："问的不是金子谁在看管，反正有账。只是日本人何以在投降的时候，没有把金子换掉？"

刘伯同还没有了解他的意思，依然在面前站着，而且那脸色越发变得沉着了，因拱拱手道："那绝不会。我在这里看守着日本人，若让他把金子卖了，我不但没有脸见你，而且我应当自请处罚。明天我就陪专员先去接收仓库账目。"金子原道："此地金价，现在什么行市？"刘伯同道："大概总是十六七万。"金子原道："这样贵，比重庆加倍。"刘伯同笑道："专员说的是法币吧！这里还是以联币，不，以伪币计算的。"他在重庆客面前，说了一个"联"字，颇不好意思，脸上立刻红了。

金专员对于这一点倒是不怎么介意，心里想着：法币对伪钞，是一比五，那是三万多法币一两金子了。把这金子送到重庆去卖掉，把钱带回来，再买北平的金子，就以这二百两金子而论，可以原封不动，归还公家，大可以白赚他六七百万元法币，折合伪钞，那竟是一个抗战公务员梦入天堂的事了。他听到了刘伯同的几句报告，脑筋里面立刻发生了这番感想。他沉着地吸了一支纸烟，抬头看到刘伯同还站着，便笑道："我们是老朋友，你还客气什么？你以为我在你面前，还摆出重庆飞来客的身份吗？"

刘先生听到金专员说了一声"老朋友"，心里喜欢得奇痒，便笑道："说起老朋友，我真惭愧。我若知道老兄在重庆，我就丢了家眷也该到后方去。不巧的就是前几年的时间，我既很穷，内人又一直地害着病。直到日本投降，她精神一振，才恢复了健康。"说着，才坐下来接下去说道，"前几天我们谈心，杨小姐还埋怨没有到后方去一趟呢。"

金子原吸着烟，微微一笑道："这杨小姐倒和你们很熟。"刘伯同笑道："怎么会不熟呢？她是我内人的胞妹。她原来是不想出来做事的，可是为了敝亲家里并不怎么宽裕，吃饭的人又太多，所以也就只好出来找个小事混混。这还希望专员多多提携呢。"金子原笑道："她会什么，年纪太轻一点儿吧？"刘伯同一看专员的颜色甚好，而且这句话问得也很有含蓄，便笑道："她倒是写得一笔好小楷。年纪并不算轻，已是一十九岁了，专员可以提拔提拔，人倒是很聪明的。"金专员笑："那么，就请她当秘书吧。嫂夫人同意不同意？"刘伯同笑道："什么话？她还求之不得呢。"

说到这里，勤务进来报告有电话，刘伯同就站起来向专员点点头，到旁边屋子里去接电话。约莫有十分钟，他走回来了，又是一点头，笑道："请专员接电话吧。"金子原道："谁知道我就住在这里呢？大概是同机来的朋友。"他站了起来，刘伯同却指着屋子里道："这边小客室里，有专员专用的电话。"金子原走进屋子去，那写字台上的桌机搁置着，他拿起听筒来喂了一声，就听到里面是一位女子声音说话。那边就接着问道："您是专员吗？我姓杨呀，刚才和刘太太向您一路告辞出公馆的。"金子原笑道："哦！杨小姐，有什么事吗？"杨小姐道："我们在饭馆子里等着您呢。"金子原道："好的，在什么地方？"杨小姐道："刘先生会陪您来的，您就来吧。由重庆上飞机，一直到现在，已然十几个钟头，您该饿了。"金子原在电话里，听她说一声您，已觉得舒服之至，立刻答应"马上就来"。

　　他回到外面客厅里，早见刘伯同笑嘻嘻地站起来，向专员拱拱手道："催请了吧?"金专员笑道："倒是催请，不过是杨小姐催请的，难道还要杨小姐请客吗?"刘伯同笑道："她一个小职员，哪里请得起? 这是我们大家公请的。"正说到这里，两个勤务已把两件大衣都拿来了。他们两手拿大衣将领肩提着，挺了身子站定，只待主人伸手向下穿。

　　金专员穿着大衣，心里也就想着，在重庆用的勤务决计就不能这样懂事。这可见得到北平来，一切都是舒服的。穿好大衣，勤务次一行动，就是掀着帘子。刘伯同身子向后一缩，退在一边，让专员先走了出去。他在这里约莫有两小时的时间，他已感到增加了自己不少的身份，挺着腰杆子走出了大门。虽然由里院到大门，遇着了许多不知姓名的人向他鞠躬，他也就坦然受之了。

第二回

客梦宵惊有图观不厌
主人言妙西服送将来

　　刘伯同陪着金专员坐上汽车，经过几条绵长的马路，到达了请客的饭馆子。在十几年前，金专员在北平当小公务员的时候，也曾由这家饭馆子门口经过，总看到成列的汽车与自备人力车，把整条街都塞住。他仅仅看到这饭馆子门口的金字招牌是大喜园。同时也知道这是北平第一流的饭馆，至于饭馆子里面是什么形状，那就不得而知了，这时汽车在大喜园门口停住，他立刻有了个猛省，经过了一度抗战的辛苦，再回到北平那可阔多了，阔到在第一流的饭馆子吃便饭了。

　　他下了车子，走进大喜园的门口，那柜上送座儿接座儿的伙计，已是五六个一排站着，深深地一鞠躬。同时，听到旁边柜上的账房先生轻轻地对同伴说了一声，这就是重庆来的中央代表。金专员本带了一些笑容，听到了这窃窃私议之声以后，他立刻把面孔端正起来，挺着胸脯子向前走。可是伙计们眼捷手快，早已窜在前面引路，引进北屋子一列大饭座里去。这当然是重庆所没有的，这边是大餐桌子，白布蒙的桌面上放着茶烟瓜子，那边是印花桌布蒙上的圆桌面，已是放好了彩色杯碟和包银的乌木筷子。靠里墙一列三大件的沙发，以及墙上所挂玻璃镜框配着的名人字画，这都是重庆饭馆子里所不能见到的。他一进门，还是在飞机场上欢迎的那些人，由椅子上站了起来。尤其是那位杨小姐，经过一度电话的催请，仿佛是比众人更加了一层认识。

　　她这时又换了一件衣服，乃是深紫色的花绸面棉旗袍。而那头发，又经过一番梳拢，乌云堆是在蓬松之中，加了一层光亮，配合这紫色的衣服，鬓发下斜插了一朵绸制的白色海棠花，这打扮越看越觉得浓淡得宜。所以金专员进门之后，首先向杨小姐点头，而且他也间接地传染了日本人的行礼习惯，头点得很深，几乎是有类于鞠躬了。那杨小姐生有两只水汪汪的眼睛，漆黑的眼珠一转，不须说什么，就表示了彼此友谊加深了。因之，金专员脱下呢大衣的时候，饭馆里的伙计恰是不在当前，杨小姐就抢步向前，把大衣接过来，向衣架上去挂着。当她一走过来的时候，金专员嗅到一阵很浓厚的香味，便点头道："不敢当，不敢当。"杨小姐只是微微地笑着。当她离开的时候，红嘴唇里露着白牙齿一笑，似乎有声而又似乎无声地说了一句："这样客气！"

　　金专员真没想到一下飞机，一切令人满意，满意到立刻结交到一位漂亮小姐。心里一阵高兴，连当面这些欢迎的群众向他问长问短，他都有些不知所答，而且站在屋子中间四面张望，也就不知道人家和他说些什么，他是一律随口答复。还是刘伯同知趣，他笑着向金专员拱手说："专员还是在重庆吃的早饭，请坐吧。"他提起桌上面下首放的酒壶，就在首席的杯子里斟上一杯酒，点着头道："专员请这里坐吧。我们办得很草率，不恭之至！"金子原自知道这首席除了自己是无人敢坐的，因道："我们不拘礼节，随便坐吧。"杨小姐向他笑道："除了专员，这里全是主人，所谓罗汉请观音。您倒是不要客气。"金专员道："好！我就坐首席，请大家随便，我倒是真饿了。"说着他走到首席上坐着，大家又是一阵让，都有点儿胆怯怯地不敢和专员坐到一处，最后就推刘太太和杨小姐坐二三席。两位女宾当然也是不肯。金专员笑道："请坐吧，女宾第一，那是没有错的。"

金专员这么一提，在场的人就大家跟着哄："女宾第一，女宾第一！"同时叫了起来。刘太太和金专员究竟是相当熟的，既是专员都这样说了，她也不再谦逊，就向杨小姐笑道："专员饿了，我们别只管拉拉扯扯的耽误了专员吃饭。坐下吧。"说着她首先坐到三席上去。杨小姐跟在姐姐后面，还打算坐第四席，刘太太却伸手将她的衣襟轻轻一拉，笑道："别捣乱了。"杨小姐脸上，带了几分腼腆的样子，微笑道："我这样年轻，倒坐这样的位置。"金专员笑道："越是年轻，越当高坐。胜利后建国，我们需要的是青年。"他说着向杨小姐看了一眼。杨小姐笑道："需要我们这样的青年，恐怕做不了什么大事，还得专员多多提拔呢。"金专员点点头道："我们很需要人才，工作是不成问题的。"杨小姐和他并排坐着，并没有回转脸来看他，只是微微地转过眼珠来，瞟了他一下。金专员觉得这位小姐很有点儿意思，心里未免荡漾了一下，尤其是那浓厚的脂粉香气，不断地向鼻子里送来，这时金专员觉得到北平来实在是太奉福了。

　　正在想着，第一道菜送上桌来，一只带盖的彩花瓷钵子，不知道里面是什么。送菜的茶房，掀开盖子来，先让金专员暗叫了一声"久违"。原来是清炖鱼翅。茶房拿了一个大瓷勺子，放到瓷钵子里，坐在主席的刘伯同就站起身来，要去提大勺子舀菜。杨小姐站起来，笑道："给我吧。"说着右手接过瓷勺子，左手拿过金子原面前的小瓷碗，满满地舀了一勺子鱼翅送到小碗里去。放下瓷勺，十个染了红指甲的白手指捧着那小碗，放到金专员面前。他欠着身子说了声"谢谢"。杨小姐还要拿瓷勺子和大家盛菜时，在席的人知趣，异口同声地说，我们自己来吧。于是大家轮流地递着勺子各进鱼翅。金子原将包银的筷子挑着鱼翅向嘴里送时，第一下几乎是舌头还没有尝出味来，鱼翅就溜进嗓子眼里去了。第二筷子，他才觉得这鱼翅是鲜嫩烂滑兼而有之。这比重庆珊瑚坝上的油条，高明得多。他心里不觉有了四句打油诗：

登机吃油条，下机吃鱼翅，日本不投降，怎能有此事？

想完了这二十个字自嘲的话，不觉得嘻嘻笑了。刘伯同坐在主席，正和他对面，就看见他笑了，因道："专员觉得这味儿怎么样？北平这些饭馆子，可以说没有进步。吃惯了四川菜，这味儿恐怕不怎么对劲吧？"金子原在心里念了一句阿弥陀佛。但点点头道："很好。在大后方过了民国二十八年，就很少海味了。尤其是鱼翅这类东西，是日本货，漫说不能运到大后方，就是能运到，政府也绝对禁止的。"刘伯同笑道："那倒是很惶恐的，我们没有想到中央是禁止吃鱼翅的。"金子原正用筷子叉了一大夹子鱼翅，向嘴里送了去，一面咀嚼着，一面笑道："现在有什么禁不禁，就是日本人，我们也可以拿来当胜利品。"杨小姐这就向他瞟了一眼，笑道："那么，我们给专员找两个日本下女吧。"金子原笑道："那可不行。那……那是不大好的，喝！"说到这里，他突然将话截止，举起杯子来，向杨小姐做个敬酒的姿势。杨小姐只是微微一笑。大家看到杨小姐可以和专员开玩笑，透着中央来人，并不是那理想中的冰霜不可犯，于是更为开怀畅饮。金专员饱啖之下，又送上了烤鸭。这也是十几年没有尝到的异味，吃得非常适意。饭后由刘伯同单独陪着金专员回公馆去。

到了晚上，那壮丽的大宅子，尽管暖气生春，电灯雪亮，却是静悄悄的。这让他明白过来，这里却是专为自己留下来的一所行辕，并非借住在别家。金子原和刘伯同坐在写字台边，因问道："这房子是谁的？"刘伯同笑道："老朋友，就算是你的吧。"他正坐在沙发椅上，听了这话，不免突然地站了起来，向他脸上望着道："这是什么意思？"刘伯同将声音低了一低，因道："这房主本人是一个有问题的，已溜到天津去了，他家里人也走了。他绝不能回来住这房子。不过他倒是有先见之明的，他这房子是用他一个女人的名字立契的。

趁此还没有公开出来的时候，他愿意得几个现款，将房子变卖了。我的意思，连家具在内，你就买下来吧。将来太太来了，你总也是要房子住的呀！"金子原道："我哪里有钱买这样大的房子?"刘伯同将肩膀抬了一抬，笑道："这个不必烦神，你交给我办吧。老朋友是干什么的?"金子原道："什么意思，你借钱给我?"刘伯同笑道："这个你不必管，反正我写房契的时候，会填上你金子原的名字就是了。"说着，他又把声音低了一低，将头伸到金专员面前来，因道："老哥，你应当明白。将来复员的人都到了北平，房子一定会成奇货。不但是你自己住的房子，应当早早安置下来，就是你所住的房子以外，再预备两所房子作为……"说着，抬了两抬肩膀，笑道，"你若有意藏娇的话，对于金屋也应当早日设法。"金子原笑道："我有那个资格吗?"伯同道："老兄没有这个资格，当今之世，在北平谁有这个资格? 你接收下来，恐怕大小有一二十个地方吧? 换句话说，你就是这一二十处的主人了。"这句话把金子原半天来昏天黑地的脑筋，突然由半空里抓回，自己算是想起来了，明天还有重大的事情要做呢。

当天晚上，金子原留着刘伯同计议了大半夜。两点钟的时候，他方才上床安睡。钢丝绷子床上，铺盖着鸭绒被褥，他只觉自己的身子成了橡皮球，每翻个身，柔软而又有弹性。蒙眬中仿佛是夏天在重庆，自己坐着藤绷子的滑竿，在大太阳下走着。那太阳像一盆火，晒得人周身出汗。这样的差事曾有过两次。虽然是习惯着的，但究竟不是美差。身子热起来，口里干燥不过。小路没有茶馆，没有解渴的，就在路边的野地里，向庄稼人买两个地瓜吃。这时，又热又渴也想吃生地瓜。但朝周围看看，只是些荒山野草，心里焦急着，就昂起头来睁眼看去。这一使劲，人清醒过来了。原来是睡在北平的大宅子里，并非是夏天的太阳晒人，是屋子里热气管子正热着呢。那身子被颠簸着，不是滑竿抬得闪动，而是床绷子弹簧上下。

他在床上坐了起来，见屋子里桌上不但有五彩水瓶，有日本细瓷茶具，而且一只大玻璃缸里面堆满了苹果、鸭梨、香蕉之类。他呆了一呆，抖抖身上小衣上的汗，使胸脯接触一点儿凉气。心里想着刚才做的梦，是当年的事实，而现在的事实，却是当年的梦。北平这样的寒冷冬夜，睡得周身出汗，在重庆过两个冬，才制一条新被，已觉负担不小。国家胜利了，让我先食着这胜利之果。虽然辛苦八年，这一点儿酬劳，也不过分，但没有吃着胜利之果的人，还多着呢。我既先天下之乐而乐，就应当为国家接收物资，以报答国家。他想着很是兴奋，便下床来，在抽屉里找出了小刀，在桌上玻璃水果缸里，取出一枚红翠相间的苹果来，用刀缓缓修削着果皮。这苹果的清芬，送进他的鼻子，又让他想到这也是八九年相违的东西了。

正自出神，却见在那小写字台的玻璃板下面，压着一张女子的半身相片，伸头看时，原来是杨小姐的相片。这相片的姿态非常好，一只藕似的手臂，微弯着放在面前，一只手像葱头儿似的五个手指，把脸腮微托着。乌黑的眼珠，微斜地向人望着，嘴唇两角微翘着，露出可喜的笑容。他将那相片拿起来看了一看，再翻过背面来，见上面用墨笔写了一行字："摄于日本签字投降之日，以作纪念，杨露珠志。"这算明白了，杨小姐的名字是露珠。至于这笔字，写的是美女簪花格，怪不得刘伯同说她写得一笔好字了。她为什么在这里留下一张相片，这倒有些不可解。不过把她的相片放在我这桌上，让外人看到了，是很大的一个嫌疑。手里拿着相片，很踌躇了一会儿，随便放下，有些不忍，放在随时可以看到的地方，又怕别人看到。最后他看到自己穿的中山服挂在衣架子上，就揣到衣襟里面的口袋里去。他本来就兴奋得睡不着觉，发现了这张相片以后，让他兴奋上更增加了兴奋。亮着电灯，清醒白醒地躺在床上。自己强迫着闭上眼睛，迷糊了一会儿。再睁开眼来，却见屋子里电灯，减去了光明，而临外的玻璃窗户，却已现出了白色，分明是天快亮了。没想到高兴得过分，竟会失眠。自己劝着自己，睡吧睡吧，又闭上了眼睛。不知道是多久的时间，却听到外面屋子里，有刘伯同的咳嗽声音，便问道："伯同，你都来了，现在几点钟了？"他隔了屋子答道："你睡吧。还早呢。今天天气很冷，你的皮衣都没有带来，那怎么成呢？我叫估衣庄上的人，给你带几件衣服来了，意思是赶着你起来前就穿上。"说着，他就推门而入。他两手抱着两件獭领子皮大衣走了进来，放在旁边沙发椅子上。金子原突然坐了起来，问道："皮大衣我没有叫买呀。"刘伯同笑道："这还用得着你说叫买吗？天气冷了，你自然要穿。我想，金兄是抗战分子，对于长衣服，大概不感到兴趣，我也叫估衣庄，带了几套西服来，放在外面屋子里，先请你试试。"金子原笑道："这件差事，你办得不错。这屋子里烧上热气管子，实在热得很。我正想着，要改改比较轻便一点儿的衣服。这么一来，也可以说是我如释重负了。"

刘伯同听到专员说这番话，喜欢得将两只肩膀扛了两下，笑道："老友，这点儿事我都没想到替你代办，那还成为什么朋友？现在还早，你若是睡眠不够的话，尽管再睡一会儿，我可以让那估衣铺的人，在外面等一等。他有批买卖可做，怕他还不肯等吗？"金子原笑道："我们经过八年抗战的人，一切的饮食起居，都是说来就来，说放下就放下。衣服送来了，当然就试上一试，还摆什么官架子！"说着，他笑嘻嘻地到洗澡间里去洗脸。等他重回到卧室里来的时候，刘伯同已经把四套西服，全用衣服小木架子托住，挂在墙壁上。金子原一眼看去，全是极细致的呢子料，有青色的，有深灰的，有小格子的，烫得没有一点儿痕迹。他觉得非常高兴，就接连地点了几个头。刘伯同环抱了两只手，站在金专员的旁边，因笑道："专员，你先取下一套来试试。暂时拿来应用一下。要穿得十分合身的话，当然是要做新的，我想加工赶制的话，有一个星期，可以把衣服做了起来。"金子原听说，立刻将一套衣料最好最细而颜色又最新的西服上身，取了来披着。这屋子里角上现成地立着穿衣镜，他将那西服穿着，两手抄一抄领子，对镜子端详了一下，奇怪得很，竟是十分合身。他轻轻地说了一声"可以"。那刘先生已经走向前来，伸手在他的两肩上，轻轻抓了两把，笑道："两只抬肩也肥瘦得宜，可以先穿着。"金子原道："买衣服当然不能十分合身，先就这样凑合着吧。"于是他就在重庆货的中山服尚未加身的时候，把这套西服穿起。但穿好之后，对镜子再照上一照，衣服是很称身了。可是发现了好几个缺点。第一，没有领带；第二，里面这件衬衫，实在旧而且黑；第三，只是用重庆那粗牛皮的带子束住了细腰，而没有漂亮的松紧背带。于是哈哈一笑道："缺少零件。"刘伯同也想过来，抱着拳头连连地作揖道："抱歉之至，抱歉之至。这问题好解决，我向百货店打个电话，叫他们立刻送来就是。"说着，转身就走了出去。

金子原正要告诉他，衬衫是多大的尺码，但是已经来不及了。他在屋子里，反正无事，就把挂的那几套西服都取下来，一一地试穿。试过之后，没有不合身的。他心里真有些奇怪，刘伯同这家伙真会办差事，怎么把这衣服挑得这样合适。他正是这样夸赞着，刘伯同满脸是笑容，两手抱着大大小小几个扁纸盒子进来，全都放在桌子上面，口里连连地说着"零件零件"。他首先将面上一只小盒子打开来，里面花红票绿全是些鲜艳的领带，他随手拿起一条看看，都觉得爱不忍释。刘伯同见他这样，便在旁拱拱手笑道："金兄，你若是觉得可用的话，就全数留下吧。"他交代了这句，也不问金专员是否同意，就将桌上一只大些的扁乎盒子代掀了开来。金子原看时，正是一盒白绸衬衫。他还不曾伸手去取着看，刘伯同又给他掀开了另外两个盒子，一盒蓝绸的，一盒花绸的。笑道："怎么要这样多呢？"刘伯同笑道："请你随便挑吧。你不愿意挑，就全数留下来也可。"金子原道："这里衬衫，大概要多少钱一件？"刘伯同笑道："慢来，等我先把法币和伪币合一下，假如是五折一的话，只要法币七八百元一件。"金子原听着情不自禁说了一声:"太便宜了!"刘伯同道:"那当然不能和重庆打比,重庆是卖什么价钱呢?"金子原道:"大概那里买一件衬衫的钱,这里足够买一打了。"刘伯同道:"既是这样,专员就全数留下来吧。这三盒子衬衫共总不够两打,您就当在重庆买了两件衬衫得了。"金子原右手还拿着一条鲜艳的领带,左手可就在盒子里提出一件衬衫来看了一看,他抖动着衬衫,做个沉吟的样子,因道:"要这样多的衬衫干吗?"刘伯同道:"这无所谓,总是要洗换的。而且冬天里洗衣服,不容易干,也应该多预备几件。"金子原笑道:"我怕不知道多留下几件的好,不过……"刘伯同回头看看,这屋子里并没有人,这就走近两步,向他低声笑道:"贵专员怎么这样小心。难道这点儿零用钱,我还垫补不起吗?"说着,他还伸着手在专员肩上轻轻拍了两下。

金子原对衬衫、领带各看了一看,微微地一笑。刘伯同非常地懂事,立刻悄悄地闪出了房门去。金子原再把其余未开的纸盒子一一揭开来看。里面有羊毛织的小衣裤,有开司米小衣裤,有羊衣线绳背心和袜子,而且还有两双皮鞋。他又情不自禁地笑着赞叹了一声道:"老刘这家伙,真会办差事。"在他这份高兴之下,十分钟内,由上到下,周身换了个彻底。于是带着满面的笑容走了出来。果然,外面屋子里,就是刘伯同一个人,送衣服、送零件的人,都让他打发走了。他刚坐下来,勤务将一只福建雕漆的大托盆,就托着碟儿、罐儿、杯儿、刀儿、叉儿——一大套吃早点的家具。这些家具,都放在沙发上面前的小茶桌上。刘伯同像个小职员的样子,首先站起来闪到一旁,躬身笑道:"专员,请用早点吧。"金子原看那白细瓷杯子里盛满着牛乳,玻璃碟子里盛着牛油蛋糕、火腿面包,这享受真是太优美了。金子原看刘伯同那样子,觉得无须和他客气,径自坐下来用早点,看见刘伯同还站着,他才问道:"你不坐下来吃一点儿吗?"刘伯同笑道:"这我不忙,我正计划着替你先办哪一件事,还是先去拜客呢，还是先去视察那几处接收机关呢？"金子原道："除了几个新来的机关，我应当去取个联络而外，其余我还有什么客要拜的！"刘伯同道："那么我们就去打几个电话，吩咐他们预备表册。"金子原低头想了一想，因道："若是事先通知他们，是不是他们会把东西尽掩没了？"刘伯同笑道："那倒是不敢。而况我老早就在各部门都安下了监视，要掩没也不行。虽然各处都有日本人，可是百分之九十，还不都是咱们中国人吗？事到如今，还有那样胆大的人，敢做这虎头上搔痒的事？"金子原道："那么，我们吃过早点就走吧。"刘伯同道："我还是先去打电话。"金子原已发现这位老朋友，对自己是十分尽忠的，也就由他去打电话，并没有加以拦阻。

他打电话，就在隔壁小客室里，而且又是放大了声音说话。他所说的是些什么，金子原完全都听得清楚。他与每个要被接收的机关通了话之后，只说句接收专员马上就要来视察，你们预备欢迎吧。其余未说什么。金子原听得清清楚楚，也就放心吃他的点心。可是就是这样几句话，刘伯同就打了二十来分钟的电话，金子原把牛乳、点心都吃足了。他才回到了座上，先笑着一鞠躬，然后坐下笑道："一切都布置好了，你就请吧。"金子原笑道："你吃饱一点儿，许多事情，还得请你多多出力呢。"刘伯同伸了一伸脖子，笑道："老兄，你把事全交给我得了。我若有丝毫不尽忠之处，我算是个浑蛋。"金子原哈哈大笑道："言重言重！"在他们一阵欢笑之中，两人把这顿早点吃完了。金子原刚刚站起身来，刘伯同塞了一块火腿在嘴里，一面站起来，一面口里打着啰啰说道："我这就走，我这就走。"说着人向院子里先奔了去。金子原道："你忙什么，还没有穿大衣呢。"刘伯同哈哈一笑，两只手乱拱着，口里连说荒唐荒唐。说着，他在衣架上取了大衣在身上披着，就急迫地向外引路。金子原穿了新西服新皮大衣，跟着出来，走到大门口，就让他吃了一惊，原来是八字门楼的左右两边，就排列了四部汽车。这些汽车，虽然有新有旧，但比起刘伯同代预备着的车子来，并不差到哪里去。便回过头来向刘伯同道："并不见有什么人来会我，怎么这些个汽车摆在门口？"刘伯同道："这都是那些被接收的机关派来的车子。假如专员看得中哪一部，就坐哪一部，要不，还是坐我们原来的车子吧。"金子原站着想了一想，笑道："他们既是派了车子来接，反正都是在接收之列的东西，我也得试试车子的好坏。"说着，他就朝向最漂亮的一部车子旁边走去。

那车子上的司机，认得刘伯同是伪字号里的长字号，当年也曾赫赫一时，现在见他以伺候日本人的那番恭顺的态度，来伺候这位穿皮领大衣的人，料着这就是重庆来的接收专员了。专员会挑了这部汽车坐，那是这部汽车幸运到了，立刻开了司机座的车门，向车下一跳，赶快把车座的门开了，闪到一边。金专员来了三十几小时了，已深深感觉到不是重庆那番光景，简任一级，照样在汽车站排班候车，自己现在是和特任官的威风差不多了。因之挺起了胸脯子，只管向车子上走去。当他靠近了车边的时候，司机向他行了个九十度的鞠躬大礼。当然，刘伯同也就跟着他上车了。

第三回

腰折礼嫌多主奴分野
开箱财动魄珠宝争辉

汽车开时，刘伯同报了个机关名字，这车子很快地开到一所大房子门口停住。这屋子是个敞大的八字门墙。大门洞开，车子开到院子里去，面前列着一排洋楼。这洋楼有些地方带着北平的东方建筑美。显然，连这大门楼在内，不中不西，全是日本人改造的成绩。这机关已没有了匾额，分明原是日本人和伪组织的牌子，已经自行把它取消了。司机十分勤敏，车子一停，他就跳下车来，代开着车座门。金子原看了这样大的机关，心里先痛快了一阵，觉得在重庆的时候，自己服务的机关，就是一所民房改造的，经轰炸破坏以后，修修补补，根本不成个样子。而自己的办公室，还挤不进那民房，只是在民房以外的山坡下，用竹片、泥巴、木板撑了几间国难房子。如今自己来接收的机关，在外表一看，就是这样伟大，就无须乎去研究内容了。他心一阵高兴，更觉得精神抖擞，两手牵了牵皮大衣的领子，把胸脯子挺了起来。这时，院子左首，一列站着十几个人。第一个就是日本军人，头上戴着桶式帽子，鼻梁上挂了一副小圈圈的眼镜，身穿一套黄呢军服，已有六七成旧，下套着两只橘黄色的大马靴。在那横肉的脸上，涌出不自然的笑容；两手垂着，比齐了衣襟，向着接收专员深深一个九十度的鞠躬。日本对于军人的训练那是很有办法的，绝对整齐一致。而日本人把这套精神，加到伪组织的人员的身上，伪组织人员，也就同样地接受。所以他一鞠躬，在他领导下的那些人，像听着口令似的共同鞠下躬去，整齐之至。

金子原虽然得意，可是人家对他这样的客气，他不忍不理。只是见到带队的是日本军人，心里就老大不舒服。看到之后，立刻想到这八年来受着他们同类的压迫。他那要还礼的想法，立刻被这股愤恨冲散了。他两手插在衣袋里，只向那些人看了一眼，径直走了进去。刘伯同随在专员后面，立时也觉得威风不小，挺着胸脯在后面跟着。那个领队的日本人，叫板井利八郎。北平沦陷没两年，这个机关成立，刘伯同也就在这时加入工作。原来地位不大高，沦陷后三年，板井来了，以日本军人的资格兼了这里的副处长。正处长虽是个中国人，根本不敢问事，大权都在板井手上。刘伯同在那时，已学了一口很好的日语，对于板井的脾气，摸得很熟。每见到了副处长，九十度的鞠躬，比日本人的技术还要高明得多。胜利初来之时，他见了板井，就不鞠躬了，但是给人家鞠躬四五年，也不好意思搭什么架子，见面总是笑嘻嘻地和他点点头、握握手。不过板井却能整个发挥日本人的个性，打赢了你就是爷爷，打不赢你就是孙子。因之来个一百八十度大转弯，变了见着刘伯同就鞠躬。刘伯同回想到过去对人家那份尊敬，现在怎好对人家傲慢，所以礼的尺寸虽有差别，却向来没有置之不理的。这时金子原专员在面前，第一是壮了自己声威，不必和板井这些人客气了！第二是怕在专员面前泄了底。若回礼的话，就显得自己还怕日本人。所以他像专员一样，也是以目相视，对板井头也不点。两人走到门口，只见那些鞠躬的人，还在门墙边。一字排开地站着。刘伯同这就站定了脚，向板井招了两招手。板井当然唯命是听，立刻用快步的办法，跑到刘伯同面前，然后两手垂着，来一个立正姿势。刘伯同和他说了几句日语，板井倒是很识大体，他勉勉强强地说着中国话道："是的，是的，一切都大大地预备好了。"刘伯同也就不说日本话了，因道："既是如此，你就在前面引路吧。专员今天来，只作个初步的视察。你先引着专员到各部门看看。"

这时，有个蓄着八字黑须的人走了过来。他穿了件蓝布罩袍，罩上一件老羊皮皮袍子，头上光着和尚头，手里抓着一顶瓜皮帽。他虽有胡子，可是脸皮并不打皱纹，在他紧绷着的脸皮上，发出些汗光。瘦削的脸，在黑胡子里露出嘴唇和两排白牙，鼻子尖微微地向里钩着。在这些上面，很可以看出他是一位老于世故的北京人。他的袍罩袖子相当长，把十个手指全掩藏在袖子里面。他走到面前，满脸堆出笑容，向金、刘二位深深一鞠躬。他鞠躬的技术，相当炉火纯青，两只脚立定不动，却只是把上身弯了下去。鞠躬以后，他笑着向刘伯同道："我们已预备好了茶点，是不是先请专员休息一下？"他说话的声音极低，仅仅只把言语送到对方耳朵里去。说毕，他垂下了两只长袖子，静静地站在一边。金子原道："茶点不用了。刚才我们吃了早点出来的，冬天日子短，我们还要去视察几个地方。只要你们点交清楚，倒不必在这些客套上用功夫。"那黑胡子挺立着身子连说"是，是"。当他说话的时候，脸上几乎找不出一些喜怒哀乐的表情，只有那两撇八字黑须，说明他代表某一阶层的人物。刘伯同就指着他向金子原道："他叫任守忠，是这里的总务组长，也该让他陪同着看看。"金子原点了点头。这任守忠老先生像得了一道奖章，立刻长黑眉毛和八字须全闪动了一下。因为欢迎的人很多，刘伯同单点他和板井引导，这是十分荣宠的表示了。于是他让着正面的道路，由金专员和刘伯同走，自己却闪到一边，挨了墙壁在前引路。他还怕这样不够恭敬，走的时候，总是半侧了身子，时时回过头来向金、刘二人看看。日本人板井看到任守忠这个样子，摸不清来由，以为这是应当的，也就学着他的样子做。他那顶帽子和那副眼镜，已够现出他鬼头鬼脑，现在做了这样缩手缩脚的情形，更是难看。金子原心想，在重庆也曾看到许多日本俘虏，虽然他们不敢违抗，可是他们还有些不在乎的样子。现在看起来，说日本人只晓

25

得强横，那完全是错误的了。他这样地想着，不免对板井多注视了两下，这就更增加了板井的惶恐，每当金子原向他看一下，他就站定了脚，向专员来个九十度鞠躬。金子原心里好笑，脸上可不肯露出笑容，还是一本正经地挺了胸脯子走。

那任守忠先生也知道今天来了中央大员，足可以替中国人撑腰，对于日本人就不必存着什么客气。板井一谦让，他就将"领导权"取而代之，在日本人前面走。到了第二重院落，正面一列洋式房子，挂了好几块牌子，他就先抢步上一前，开了正面的大门。金子原进去看时，先是个门廊，两边列着衣帽架子，看那衣帽架子，就可以容纳四五十件大衣，这表示出办公人多的样子。门廊两边，相对着两个客厅，全是三大件的绿绒沙发，圈了两个圈子，紫檀架子的穿衣镜，对门而立，远远望见镜子里那位来自重庆的专员，穿了獭皮领子的大衣。金子原心里想着，幸是刘伯同这家伙会办差事，一大早就给我办了这一身新。要不然，今天以接收大员的资格走进这样大的伪公司来，未免有些失掉体统了。这样想着，就把这胸脯越发挺得高一点儿。这时，在他心里转上了一个念头，凭着这么一所洋房和这两座客厅的排场，这公司是不必怎样低估的，一定很够味。这外表是人人皆知的事情，谅敌伪双方，都不能遮掩一点儿。现在所须留意的，还是它的内容。因向任守忠道："不必把我当位上宾看待，先到办公室里去，把你们的表册拿出来，然后我照着表册查对。"任守忠垂着手答应"是，是"，立刻将专员引进第三进院落的办公室。这自然是这伪公司的处长室。六丈见长、四丈见宽的大办公室，北头放了一张四尺多长的大写字台，上面桌机、玻璃板、精致的文具，全是一个首脑办公所在的样子。正面一张紫绒垫子转椅，旁边就立有一只装书表册的菲律宾木箱。板井过来一鞠躬，很和缓地道："就请专员在这里看表册吧。"金子原也当仁不让，点点头，大跨着步子，坐上了宝座。这写字台旁，各列有两套紫绒大三件。

他就指了旁边的紫绒沙发向刘伯同道："你在那边坐着吧。"刘伯同到了这时，也就感到专员有一种不可侵犯的威风。而且为了给专员助威起见，也必得装出些畏敬的样子来，因之也就向他一鞠躬，做完那套赐座谢座的仪式。不过他这一鞠躬，减了度数，至多是四十五度，那就是说他比板井的身份，已是高过一半来了。

板井站立在写字台的角边，直了眼光向金子原问道："我这就去拿表册吗?"他点了两点头。这位板井"皇军"，倒是能行礼如仪，先向专员行了个鞠躬礼退下，不到五分钟，他就捧了一大叠表册过来，颇有"举案齐眉"的姿态，高高地托着，齐到额角。然后深深地一鞠躬，再把那捧着的表册，送到写字台上。这些手续完了，他闪到写字台一边站着。金子原将表册上的签条看看，有的是人名册，有的是器具册，有的是粮食册，有的是现金册与物资册。他先把人名册随手翻了一翻，还是把现金物资册提到最上层，逐行地看着。他将手在表册上一拍，很重地响了一声。他这个动作，无非是表示了他心里一种坚决态度，并不生谁的气，那个站在旁边的板井，却骇得身子颤了一下。就是刘伯同、任守忠也都变了色，同时站了起来。金子原看到人家受惊，可是又不能自认冒失，益发装模作样地向板井道："你们这些表册，有许多是新造的。显然不是底案，东西有走漏的话，在这上面就无法看出来了。"板井垂着手，只说"不敢不敢"。金子原回转脸来，向刘伯同道："今天我们先查仓库。"说着，拿了一本物资的表册，向上举了一举道："根据这表册，我们先去看看。"刘伯同站起来，向板井道："听到没有? 一切你是要负责的。"板井向他鞠了个躬，连说"是，是"。刘伯同道："那么，你们就在前面引路吧。"于是板井向站在远处的任守忠伸了一伸手，表示让他先走。任守忠对此，倒也不让，向专员行了个注目礼，就在前面走着。他似乎已了解专员是什么意思，径直地就引着专员向屋后的一间屋子来。

这屋子虽不是地下室，做得有些地下室的规模。屋子四周，用坚厚的砖墙包围着，粉漆上油，抹到其光如镜，中间一扇大铁门。他在腰里掏出一串钥匙，将铁门开了。就在这时，不知碰上哪里的铃子，叮叮地响了一阵。原来这是保险门。不用提，那必然是仓库地了。门开了，随着任守忠将电机扭亮，仓库里放出了光明。他首先走进了屋子，人向屋子旁边一闪，然后板井跟着走了进来，也向旁边一站，和任守忠对面立着，像是两个在门里守卫的人似的，金子原不知是何缘故，到了这里，心里只觉怦怦乱跳。因为他走进这个库房以后，他就看到绕着屋子大半个圈子，全是大小保险柜。任守忠、板井两个人分别弯了腰，将每个保险箱的铁门，陆续敞开。金子原将两手插在大衣袋里，人站在保险箱的包围阵中，挺了胸脯，身子立得笔直，他将两只脚的皮鞋尖悬了起来，在地皮上颠着，表示他好整以暇的样子。但他的目光，可就注射在保险箱子里面。保险箱子里的小抽屉是关闭着的。虽然看不见，可是小抽屉外的大格子是一览无余的。有的大格子上堆了些文卷，有的放了些小包裹，而其中最令人触目惊心的，却是黄澄澄的小金条，像青砖砌墙似的，在那里堆着。

金子原在重庆，看见过朋友家里的上海式金条，是长长儿的一根。而自己凑趣，也曾做黄金储蓄，三万五千一两的黄金，储过二两。后来兑现，得过两个长方的小金牌子，像是小孩儿的帽花。现在这金条，合乎北平人的短粗，像桂花年糕，一切三段。只看那箱子里堆着几叠高，总分量是足可吓人的。但他还是强自镇定着，先让任守忠将保险箱子里的部分公文拿出来检查一番。直到检查过三只保险箱，他才看到装金条的那箱子上去。任守忠是十分机警的，他也随了专员的眼光看到保险箱子里面去。弯着腰下去，伸手拿出两条金子来，送到金子原面前，正了颜色道："专员，是不是要把数目仔细点清一下。"金子原道："那是自然。你们想减轻责任，现在一定要在我当面，把所有东西交代清楚。除了文件不是短时间能点查得清楚的，其余有分量、有件数的东西，今天我都要彻查。"他说时，脸绷得很紧，甚至拿了刀子来在他脸上修削着，也修削不出什么笑容。就是把宋朝的包拯请来，和他比一比脸子，他的脸子的严肃成分，也不会略有逊色。板井站在旁边，他心里想什么，别人不会知道。但只看他两只手直垂下来，眼光下视，微耸起两腮上的胡桩子，便也可知道，他实在有些害怕。金子原缓缓地走近了保险柜子，轻轻将手勾了两勾，然后向任守忠道："你把金条都拿到保险柜子上面来，让我统计统计数目。"任守忠答应着，照他的指示办。金子原到了这时，他说不出他心里是紧张，是轻松，是愉快，是焦急，甚至是恐惧，心房只是怦怦地跳。他把两手插进衣袋里，沉静地看着。板井垂了两手，呆站着不动，刘伯同远随在专员身后微昂了头。任守忠兢兢业业，搬动着金条，每根条子放下，那声音也卜笃入耳。这仓库里的空气，沉静了，这时若是有蚂蚁爬动，也都可以听出它的脚步声来。但太沉静多了，显着是过于郑重其事。而金专员，也不愿表示飞来的人，会被金条吓慌了。因之时常发出那青蛙度天阴之声，作几个干咳嗽。

在紧张而又沉寂的几十分钟，他点验的结果，第一只保险箱子里四十条，第二只保险箱子里六十条，第三只保险箱子里五十条。任守忠并在保险箱的小抽屉里，取出大小三个锦装盒子，打开盒子盖，两手捧着送到专员面前检验。金子原看时，却是满盒子装着大大小小的珍珠。小的粒子，不过火柴头大，倒也平常。但也有豌豆大的、蚕豆大的，就比较珍贵了。任守忠最后送上一只扁平的蓝缎绣花里的盒子过来。把两手捧着，似乎有些抖颤，只看那掀开的盒子盖，微微地摇撼着就可以看出来。金子原向他脸上瞟了一眼，他竟是抖颤得更厉害了，但向那盒子里看时，让人吃一惊。紫绸的瓢子，里面一排排地嵌着桂圆大的珠子，共有二十四颗。这无疑的是很值钱的东西。不过他要表示什么东西都看见过的，对此并不发出笑容，只是略微地点点头。任守忠道："报告专员，这珠子虽然在表册上没有注明，但是保存得很好。"金子原道："这就奇怪了，为什么库房里的物资，你们不列表？"任守忠道："那不是这里的东西，是日本人犬养存在这里的。我们给他有收条，他自己也上了账。因为不是自己的东西，我们要对犬养负责，所以没有造入表册。"金子原瞪了眼向他道："你也是中国人，你也太不替中国争气了。中国胜利了，全日本人要对中国负责，赔偿我们八年来的损失，把整个日本的资财交给我们也许还不够，我们还对日本人负什么责？犬养是干什么的？人在哪里？"说着，回过头来，望了板井。板井道："他是个陆军少佐，现时在天津吧，大概在集中营里。我们把这珠子补进表册去就是。"金子原道："那用不着，我接收了的表册，可以随便在上面加减项目吗？这珠子查出来了，我自然会在登记文件里注明。不过这样一来，我对你们不能信任了。恐怕有许多东西，都没有造进表册，不查出来你们移走；查出了，你们就说是别个日本人寄存在这里的了。这保险箱子里，还有别人寄存的东西没有？你们实说，快实说！"他说着这话时，瞪着那两英气射人的眼睛，挺着胸脯，昂着脖子，真是神圣不可侵犯。

任守忠垂了两手，站在他面前，用一种很柔和的声音答道："还是有的。这些金条，就有别人寄存的在内，此外是五金材料、汽油、首饰，都有别人寄存着，自然我们也没有敢动用。好在这些东西，都是有账可查的。"金子原将脸色板正了，把眼光直射着任守忠和板井，因道："我听说你们这保险箱里，还有人存着钻石。你们为什么不……"任守忠立刻挺直了身子，而又垂下了眼皮道："是的是的，有两枚钻石戒指，在第八号保险箱子里，现在还没有开到那里，所以没有给专员报告。"金子原道："哪只是第八号？"说着，他向没有打开的保险箱子，一一地注视着。

任守忠这就知道专员是什么意思了。立刻走过去，将第八号箱子打开，他轻轻地抽开了一个小抽屉，在里面取出两个锦装盒子来，两手捧着，送到金专员面前。他掀开了盒子盖，露出了里面的蓝绸瓤了，嵌着一枚钻石戒指，几道光芒，直射着人的眼睛。看那钻石的分量，虽是不能估计，但只看它的面积，足有蚕豆那么大一粒。他很随便地把盒子接过，对着眼光，沉思了一下，微笑着摇摇头道："东西并不太好。这当然是日本人寄存的了。他们到了中国，只要是可饱私囊的，不问青红皂白，就完全搜刮了去。这不知他们在哪儿搜刮来的坏货。放着吧。"他将两盒钻石戒指，依然交还了任守忠，因问道，"这个都是有账的吗？"任守忠道："都有账，都有账。"金子原又向板井道："这一切你都得负责。幸是我昨天到北平，今天就来查看，要不然，这些表册上没有的东西，你们可以随便藏起来，我到哪里去彻查？现在你所唯一减轻责任的办法，就是把人家寄存东西的账目，完全交出来。"板井连忙走到面前，向专员深深地鞠了个躬，把他连鬓胡子的腮帮子笑得耸了几耸，不知怎么着，笑也是带有惨状的。他把两只带有凶意的眼睛在小眼镜里闪动了两下，笑道："是的是的，那些账簿我可以立刻就交出来的。"

金子原这时候，心里像喝了一瓶白兰地，人有些昏沉沉的。他想着，这些钻石、珍珠，还有许多金条，在这伪公司里的表册上都没有注明，若是把他们寄存物件的账本拿过来了，也就算这些东西被拿过来了。这个秘密，也就只有眼前四个人知道。敌伪交代的两个人，可以不理他。将来共事的只有一个刘伯同。这倒要将他先安顿安顿，免得将来有什么漏洞。于是金子原向他笑道："我觉得这新发生的事情，倒是我们一个困难。因为这是表册上所不载明的东西，很容易遗漏。当然，不查出来，就让大家含混过去了。万一将来政府知道这里是有日本人寄存东西的事，那我们这责任就大了。现在你就开始笔录起来。若有可注意的地方，你就注意着。"说到这里，故意把脸色郑重起来，刘伯同连声答应着"是"。他虽不知道专员是什么用意，可是他把这件事比正式接收物资还要看得重要，那是没有问题的。金子原将他那两只眼睛定了定神，向各保险柜子注视着。在这种严厉的眼光下，检查各保险柜子里的东西，自然是什么都不会有遗漏了。这样足足耗费了两小时又半，大家才走出了这个仓库来。

第四回

慨允赠裘谢恩宜上座
试猜织锦好在不言时

这时，金子原举起手表来看，已是十二点钟了。刘伯同跟随在后面，很知道他的意思，因道："专员，这不是一口气所能查勘完毕的事。我们先找个地方吃午饭，饭后再来点验其他物资，好不好？"金子原道："我们还是回去吃饭吧。"他说话时，做出了沉吟的样子，两手插在衣袋里，扛起肩膀来，耸了两耸，而皮鞋尖却在地面上颠动着。刘伯同笑道："今天早上，露珠给我打了个电话，要请专员吃个小馆。可是……"金子原问道："露珠？谁？"刘伯同向他面前走近了一步低声笑道："难道到现在为止，专员还不知道她叫什么名字？"在这个动作之下，金子原明白了，这指的是杨小姐，先哦了一声，然后道："我明白了，你不是说，她是个小职员，请不起客吗？"刘伯同道："她虽然请不起客，可是年轻人总要这个面子，昨天在我那里借了一笔款子。"金子原笑道："那太不敢当了。你是她老大哥，你应该拦着她。"他们一面说着话，一面随着任守忠的引导，向客厅里走。

那位日本人板井，向任守忠说了两句日本话。任守忠可不敢把他的话直接向专员报告，因对刘伯同道："日本人说这里已经预备好了午饭，请刘先生……"他不等说完就连连摇着头道："专员初到北平，应酬忙得很，你们倒不必客气。而且他这个人铁面无私，也恐怕不肯接受招待。现在我们去赴一个应酬，饭后再来。"任守忠说：

"是，是。"刘伯同向金子原道："我们就走吗？"金子原道："我们到什么地方去？"刘伯同道："你随我来就是。"他说话时，脸上现出一种带有启示性的微笑，将眼光向金子原射着。于是两人也不向任守忠、板井打招呼，径自走出来了。板井倒是十分恭敬，直送到他们上了汽车，汽车轮子开动了，他又来个恭送如仪的九十度鞠躬。金子原根本没有睬他，首先忍不住含笑问道："杨小姐在哪里，你怎么事先也不告诉我一声？"刘伯同笑道："她比我聪明得多。她知道专员今日点查仓库，忙得很，不一定什么时候有工夫，所以没有规定时间和地点。约定我们到了饭馆子里，由我打电话去通知她，她正在我家里等着呢。"金子原道："现在快一点钟了，要把人家饿坏了。你怎么不早一点儿告诉我呢？"刘伯同笑着，没说什么。

车子到了一家大饭馆门口停住，刘伯同当然是首先下车。金子原把他拉住，笑道："不用打电话了。你就告诉开车的，让他开车子去接杨小姐，还有你太太，也请一起来。"刘伯同笑着说"是"，就把话告诉了司机，然后引金专员进了馆子。经过柜台时刘伯同悄悄地向台上交代了一句话后，这馆子里空气立刻紧张起来，三四个伙计，跟着后面。他们走进了最大的一间雅座，四壁挂着精裱字画，屋子里炉火熊熊，暖气如春。金子原一脱大衣，两个伙计抢上前来迎接。他刚落座在沙发上，伙计就斟上一大杯热气腾腾的香片茶来，放在茶几上。金子原见刘伯同还在屋子正中站着，手夹了一支纸烟反背在身后，只是沉吟着，便问道："你还想些什么？"刘伯同笑道："我想，应当给你点几样可口的菜。可是点出菜来，又怕不对劲。我们离别了十几年了，知道你的口味是不是有点儿变更呢？"金子原道："等杨小姐来了再说吧。人家不还是要做主人吗？喂！老刘，我通知你一声，主人是让杨小姐做，可不能让她真拿出钱来。"刘伯同伸手搔搔头发道："这话怎么解释？"金子原笑道："就是你给她付钱。"刘伯同笑道："反正她也是在我那里挪的款子，我不要她归还就是了。"金子原道："她借你的钱，我替她还。可是你暂时不许对她说。"

刘伯同听了这话，在他的圆胖脸上，笑得肉泡眼挤成了一条缝，他手指夹了烟卷，只管弹灰。金子原觉得自己的话，有点儿语病，因笑道："我的意思，是要给她一点儿工作，将来我也得给人家薪水不是。"刘伯同这就抱了拳头，连连向金子原拱手，笑道："专员真是聪明绝顶。我要说的这几句话，老憋在心里，实在难受，你一下子说出来了，我真是如释重负。"他口里说着，两只手还是不住地打拱。就在这时，玻璃门拉开，杨小姐一跳，跃进了门槛，向金子原连连地点头道："专员今天辛苦！"她说着话走向前，左手拉着右手的红线手套，然后就伸出那只涂了红指甲的手过来。金子原看到她进门，本就是满脸笑容，站起来相迎的，这就和她握着手，向她笑道："老刘说你要请客。这怎样敢当？"杨小姐笑道："什么又不敢当呢？除非说是不忍。专员，你是不是见我的皮大衣破了呢？"说着，牵了牵那冒充紫羔大衣的袖子，已是微微地荒了两块，不免在皮子下面，露出几道皮板子来。金子原笑道："八年的沦陷，小姐们是太苦了。那没有问题，我送你一件大衣。喂！老刘，你明天叫那估衣铺送几件大衣给杨小姐看看。让她挑一件。"杨小姐听说，两手同摇着，笑道："那不好，那不好。我是和专员说了闹着玩儿的。真要那么着，倒证实了我是敲竹杠了。"刘伯同站在旁边，扛了两扛肩膀，笑道："人家专员待你好着呢。他刚才说了，要给你一点儿工作。我声明，这完全是出于专员的自动，我还没有保荐呢。"杨露珠向金子原鞠了个躬，笑道："这样，今天那我得好好地请请。"她满面春风的，一面脱大衣，一面就叫茶房。茶房来了，她道："我告诉你，今天我们请中央来的专员，你得好好儿地给我配几个菜。"茶房笑着说"是"，开了个菜单子来。她接过送到金子原面前，笑道："请不要客气，喜欢吃什么，只管点。而且也不跟于这单子上开的几样菜。"金子原道："统共四个人。哦！刘太太怎没来？只三个人。"杨露珠道："我姐姐有点儿别的事，出门去了。她让我向专员道歉。"金子原望了她道："你真会说话呀。"

杨小姐微笑了一笑，也没答复他这一句话，手里捧着那个菜单子，弯腰站在沙发面前，一阵阵的脂粉香气，向金专员的鼻子里送了去。金子原向她脸上看着时，她红嘴唇里露出了雪白的牙齿。他脑筋里有点儿醺醺然，像是中了酒了。这就向她笑道："我是山上下来的人，北平的风味隔别已久，大概我什么都觉得好吃。"杨露珠左手托了那菜单子，右手按在沙发椅子靠手上，她的身子微弯下来，脸子偏看着金子原，那脂粉香气更是咄咄逼人。她笑道："专员，你总得说两个菜呀，不然，那是太不赏脸了。"金子原笑道："我们山城里的人，总是鱼虾吃得不够，那就来个干烧鲫鱼和清炒虾仁吧。"刘伯同在一旁鼓了两下掌，笑道："专员这个菜，点得太好了，点得太好了。"杨露珠这才站起来，回转脸，向他瞪了一眼道："你又要瞎说了。"金子原笑道："这里面似乎有什么文章。杨小姐，希望你自己说出来。"她笑道："这是刘先生跟着人起哄，其实让我说出来，也没有什么关系。我在学校里练习家政这一课，我会弄几样菜。比较有把握的是炒虾仁和烧鱼啊！我想起来了，怎么专员就会单单地点到这两样菜呢？准是刘先生把这话告诉了你的。"金子原笑道："他可没有告诉我，不过我是真喜欢吃这两样罢了。说起来也真是巧，怎么我什么不点，就点到你这两样拿手菜呢？可说二人同心了。"杨露珠将手上那张菜单子在金专员面前，轻轻地挥了一下，笑道："你说这话我不信。"刘伯同道："不要调皮了。赶快把菜单子交给茶房，让他们拿去做吧。我和专员忙了一上午，现在也该进一点儿饮食了。"杨小姐笑道："除非说专员饿了。你可应该饿着。"刘伯同道："那为什么？就为了我说你会炒虾仁和干烧鲫鱼吗？"杨小姐道："不但是你，我也该饿，我们沦陷在北平，很少替国家尽

36

力，现在我们该竭忠尽力，以盖前愆了。"金专员站起来，将她手上的菜单子接过，叫了茶房来交给他，笑道："你二人只管讨论谁该饿，这问题不解决，那就把我老饿下去了。"说着，哈哈大笑。刘伯同可看出来他和杨小姐的态度来了。他们在几次见面之后，已有了很深的友谊。尤其是金子原对于杨小姐殷勤招待，心里必然是十分高兴。但高兴虽然高兴，可又不能不维持他专员那份尊严，所以借着一个题目，也就哈哈大笑了。于是刘伯同对杨露珠望了一眼，笑道："听见没有？专员今天可真饿了，你得多敬两杯酒，慰劳慰劳。"金子原见他们只是凑趣，自也笑嘻嘻地承认，并不反对。

一会儿茶房送着酒菜来了，杨露珠点头向金子原说："专员请上座，请上座。这里的茶房，知道是要人前来小酌，把圆桌面抬开，杯盘摆在四方桌子上。"杨露珠将手钳着金子原的一角衣袖，带一点儿强制性质，把他引到正面的位子上去。也不管他同意不同意，已是提起下方放着的一把酒壶，向上座放的空杯子斟下酒去。金子原看是白酒，笑着摇了摇头道："小姐，你不要灌醉我呀。喝呢，我倒是能喝两盅，不过我今天查仓库查到现在，一粒米饭没有到口，先让我喝起空心白酒来，这有点儿不体恤人。"杨露珠笑道："专员喝不喝，那都没有关系。我这样斟着那是表示我们一点儿敬意。"说着，她放下酒壶，在侧首坐下。看到专员面前的筷子，还压住着纸片，就拿了过去，将纸片把筷子抹擦一阵，然后送了过来。金子原对于这位小姐处处的照顾，心里实在感到莫大的痛快。由她和刘伯同陪着，慢慢地吃过了这顿饭。醉饱之余，抬起手表来看，已是三点钟了。因向刘伯同道："随便混混，一天就去了。这个样子，一天要检点一所地方，时间上真有些来不及呢。"刘伯同陪着他坐在茶几边喝饭后茶，先回头看看屋子里并没有外人，因低了声道："若是你放心的话，我倒有个意见。我们若再去查勘第二个地方，只叫他们把册子拿出来，你就算接收了。多带些封条，由大门口封起直封到厕所里为止，这里面也不会有什么物资能在表册上登记以后还能遗漏出去的。若是表册上有漏列的，反正东西被封存着，将来慢慢再去清理就是了。许多接收人员，不都是用着这简单的法子吗?"金子原道："这个法子，我怎不知道，不过我想为国家做事，要办得清清楚楚，涓滴归公，就非自己亲自出马查看不可。今天既然是辛苦了一上午了，下午就继续地办理。你那个法子，我们明天到新地方施行吧。"杨露珠看到他们在谈公事，就不便插嘴，只是微笑着斜坐在一边。

金子原虽是和刘伯同说着话，可是他的眼光，却不住向杨小姐看着。见人家默然呆坐，这倒有好些个过意不去。便笑道："杨小姐，你晚上有事没有，我应当请你。"杨露珠笑道："那不好，中午我请客，晚上你就回席，显着是太急碴一点儿了。"金子原道："不是回席不回席的话。反正我自己晚上也得吃饭。"杨露珠道："你真要回礼的话，晚上不必请我吃饭，请我听回戏吧。今天晚上的戏都很好。"金子原向刘伯同道："那么，这件事我交给你了。我对于戏就不怎么内行，尤其是与北平离别了十年之久，我也判断不出来哪个戏馆子好和哪个角儿好。你看今天哪家的戏好，你就替我买哪家的戏票。"刘伯同笑道："那我照办了。听《纺棉花》好吗?"说着，向杨小姐瞟了一眼。杨小姐抿了嘴微笑着，也回递了刘先生一个眼色。金子原笑道："怎么回事，我不能听这种戏吗?"刘伯同道："怎么不能听这种戏? 这是最摩登的一出戏呢。不过色情味太重一点儿，我怕杨小姐不愿去。"杨露珠道："见怪不怪，其怪自败，那要什么紧!"刘伯同笑道："好吧。那么我今天晚上包两个厢。"杨露珠道："为什么要两个厢?"刘伯同笑道："专员花钱请客，我落得做个好人，多订两个座位。也好让朋友们揩揩油呀。"

金子原笑道："你这家伙，一辈子也干不出有出息的事来。要揩油也揩个黄金美钞，怎么目光那么小，只是听回白戏。走，我们再去干公事。你好好地跟着我走吧。"他说着话站了起来，问道，"我们是不是先送杨小姐回去?"刘伯同扛了肩膀笑道:"这个用不着你烦心。我们有的是车子，我早已给杨小姐安排好了，拨了一部小车子给杨小姐暂用一两天，反正不耽误专员的公事就是。"金子原道:"我们大大小小，大概有二十辆车子吧? 那就拨一辆给杨小姐坐着吧。以后我们请杨小姐吃饭，也免得派车子去接。"杨露珠在旁边听到，只是微笑，似乎找不出一个适当的词句来应付这个局面。金子原向刘伯同道:"有油没有，一齐和杨小姐预备着。"刘伯同向杨露珠道:"你叫我预备多少呢? 杨小姐，二百加仑够了吗?"杨露珠更是不知道说什么是好，只是笑。金子原伸着手拍了她两下肩膀，笑道:"现在各便吧，我们晚上见了。"

杨小姐向他笑着，自去取了皮大衣在手。金子原立刻走过去把大衣接过来，就有伺候的意思。杨露珠却是急了，哟了一声，把大衣接过去，在胁下夹着，就夺门而出。他们彼此相顾一笑，并不说什么话。刘伯同穿上大衣，扛着肩膀，扭着脖子乱笑了一阵。金子原看到她和老刘的情形，就知道自己的心事，他们完全知道，事到如今，也用不着瞒他们了，也就嘻嘻地笑个不止。

大家出了馆子，各自坐上汽车。在车上金子原才想起一件大事，并没有看到刘、杨二人会东，因问道:"大摇大摆地就出来了，我们谁给的饭账?"刘伯同笑道:"这个还成什么问题吗? 他们悄悄地送上账单子来，我又悄悄地在账单子上签个字，这事情就过去了。"金子原笑道:"你刘先生在北平，还真有个字号。"他笑道:"专座，别的我不敢说，若是吃馆子听戏，你只要一提刘三爷，倒是没有什么路子走不通的。不信，晚上你瞧我的吧。"他说到得意处把头还摆上了两摆。金子原对于他这句话，虽不怎样介意，可是他说话的那种情形，太让人注意了，因之金子原脑子里就留下了一个很深的印象。他们下午查仓库的工作，虽还是像上午那一般的紧张，可是办理得十分熟手，不到六点钟，就把这事结束了。现在金子原唯一的心事，就是和杨露珠同坐包厢看戏，他和刘伯同一坐上汽车，就问道："我们现在到哪里去?"刘伯同道："当然回家去休息一下。这样，也可以约杨小姐来。"金子原微笑了一笑，在身上摸出了烟盒子与打火机来。可是他并没有打火吸烟，又把家具送到衣袋里去了。他笑道："她倒是很活泼的。"刘伯同笑道："当个女秘书，她是胜任愉快的。"金子原抬起手来摸摸下巴，微笑着道："可不知道我这个职务是不是可以用女秘书的，若是……"说到这里，他又摇摇头道，"将来再说吧，将来再说吧。"刘伯同当然知道他下句什么意思，但也只微笑着，并不把话说下去。两个人始终都微笑着高高兴兴地回到行馆。金子原正想交代刘伯同一句，打电话去请杨小姐，可是他在车窗子里向外看，就看到大门口停了一辆相当干净的汽车，因问道："谁到我们这里来了?"刘伯同笑道："那不就是杨小姐坐的车子吗? 你看她多么聪明。她准知我们会回来打电话邀她，就先来了。"金子原笑着点了点头。

他们走回到上房里去，客厅里空空洞洞的，并没有人。听差走来接过脱下的大衣和帽子，他就随便问道："家里有客来吗?"听差道："没有。"金子原不便再问杨小姐来了没有，就径自走向那间办事的小屋子里去。一拉房门，倒让他吃了一惊，眼前先是一阵红亮。一个烫着头发的女子，上身穿了红羊毛紧身小褂子，坐在靠窗的一张小沙发上。那不正是杨小姐是谁? 她这时又改扮了一个装束，上身穿了红紧身衣，下面穿着紫呢的西服裤子，腰上束了根皮带，两手捧了一堆雪白的毛绳，将三根竹针来回挑剔，低了头在那里结衣服。她听到门响，才抬起头来，到金专员来了，先笑着，然后站起来相迎道："对不起，我没有征求你的同意，就到这里面来了。这有个理由，请你听我解释，我怕你有客来，免得临时避开，干脆，我就先到这里来吧。因为我要赶这东西。"说着，把手上的活计举起。

金子原笑道："这有什么关系呢？我在这里，不也是借住嘛，这是给谁打的毛绳衣?"杨露珠将活计向怀里抱着，偏了头斜瞅了他一下，然后笑着说了两个字："你猜!"金子原在她这种情形下，已经完全明白了，但觉得还是让她说出来的好，这就笑着摇摇头道："我到北平来不过两天，我知道有谁够得上烦劳玉手呢?"杨露珠道："你猜不着，我也就不说了。若是给别人打毛线衣服，我能拿到你这里来做吗?"金子原笑道："给我打的吗？那我谢谢了。怎么突然想到了这件事的呢?"杨露珠对他身上一努嘴笑道："你看，你穿的西装里面，就是西服背心，不大软和。我就给你赶件毛绳背心。可是我有点儿武断，不知道你喜欢什么颜色，也不知道用什么颜色。干脆用白的，你看好吗?"说着又把手上的活计举起，直送到他面前来。

金子原接着几根毛绳，不但觉得拿在手上，柔软异常，而且还有很浓厚的香气，不断地向鼻子里送来。他索性送到鼻子尖上嗅了两下。杨露珠笑道："这是新买的，没有什么气味的。"说着，她索性拱着两手，把那白毛线球送到他脸上来。金子原笑道："实在有些香气，这香气是哪里来的?"杨露珠道："让我想想吧。"说着，她偏着头静静地想去，然后眼珠转动着出了一会儿神。她将身子耸动了两下，笑道："我想起来了，我想起来了。我去买这批毛线的时候，顺便买了些化妆品。化妆品里面就有一瓶香水精。可能是那瓶塞子不紧，泼出一点儿香水精来了。这或者是有损专员尊严的。可是你穿在衣服里面，也没有人闻得着。要不然，我另外去和你找点儿毛线，这个暂且搁着。"金子原左手拿着毛线球，右手摆着道："不用不用，这就很好。我也不是那种不知好歹的人，香臭不分。这个问题暂且放下不谈。我们到什么地方去吃饭，吃了饭好去听戏。"

杨露珠道："就在贵公馆吃一点儿东西得了，你还打算上馆子吗？家里现成的厨子，你为什么不尝尝？你不尝尝不要紧，这厨子有点儿好手艺，也就没有法子表现了。"金子原道："这里还预备了一个厨子，我倒是没有理会。可是老刘他并没有告诉我。既是那么着，就在家里吃饭吧。以后你也可以随便在这里吃饭了。杨露珠道："这话我有点儿不明白。我怎么可以随便在这里吃饭呢？"金子原笑道："那我要反问你一句，你为什么可以随便在我这里打毛线呢？"她笑道："那算我揩你们的油，你们这里暖和，工作起来，比较舒服。"他道："那么，你是说，吃了饭到我这里来结毛线，结完了毛线又回去吃饭。"她点着头，鼻子里哼了一声，笑道："当然是这样。难道我还能借了给专员结毛绳背心，天天到这里来吃饭。"金子原道："那有什么关系，就怕你不来呀。"

说到这里，杨小姐便不便接口，依然坐到那沙发上去结毛绳。低了头没有看人，像很不经意地问道："我们见面，不过两天，倒好像是很熟似的。"金子原在她对面椅子上坐了，笑道："这就是佛家所说有缘了。"这个"缘"字，金子原是无心出口的，杨小姐却抬起眼皮来很快地看了一眼，立刻又把头低了下去。金子原在她这一递眼色，心里也有点儿省悟，自己这话是比较的孟浪一点儿的。只有掏出烟卷来，默然地吸着纸烟，搭讪着昂起头来，看着屋子四周挂的字画，并微微咳嗽两三声。

第五回

歌场携美来听声有意
阶石候君立唱喏无妨

这时，听到刘伯同在外面屋子轻轻咳嗽了一声。金子原便走出屋子来道："老刘，我们这里有了厨子，怎么你也没有告诉我一声？"刘伯同抱着拳头道："抱歉抱歉！不过这些琐事，我根本也没有打算告诉你，你想，你要接收这些物资，看许多表册，那也就够你费神的了。回得家来，我只希望你享受享受，不必操心，我就怕我想得不周到，关于你的饮食起居……"金子原道："我想起了一件事，我还是由重庆带来的几张名片，已经是不够用，能不能找一个印工比较快一点儿的印刷所？"刘伯同伸手搔了两下头发，笑道："等我想想看。啊！"接着，他一顿脚道，"有了有了！我给老佟去打个电话。他准能办得十分美满。"金子原皱了几皱眉头道："哪个老佟？"刘伯同道："你纵然不认得他，也应该知道他的大名。他叫佟北湖。"金子原两手同摇着道："不可不可。这位仁兄，我在战前有一面之缘，交际倒是八面玲珑。不想这八年的沦陷期间，他做得太不漂亮。"刘伯同连连地抱着拳头拱拱手道："你就美言几句吧。老佟虽然风头出得过火一点儿，可是他最后这两年，完全变了……"金子原笑道："你那老调子又来了，又是和中央某方面取得联络，从事地下工作。"

刘伯同歪了脖子一笑，点着他那胖头道："是否从事地下工作，那我不得而知。不过在一年前，我碰到了他，他总是说日本人快完了，日本快完了，而且还极力地鼓励我到后方去。"金子原笑道："姑且无论他是否鼓励过你，可是你到后方去过吗?"刘伯同红了脸，说不出话来，只是口里嘶嘶地吸着气。正在为难，杨露珠捧着毛线活计，走了出来，她靠了门框站定，向金子原问道："怎么又谈到了地下工作。你们说谁?"金子原道："我们谈的是佟北湖。老刘要托他去给我印名片。这个人，还有一谈的价值吗?"杨露珠带了笑容，将头摇了摇道："那倒不然。沦陷在北平的人，谁不是受着日本人的压迫? 虽然有些事他是做得不对的，有些地方也可以原谅。日本投降以后，他对于中央来人，只要你发句话，他没有不尽力奔走的。满街散的传单标语，我就知道他代印的不少。给你印几张名片，那有什么关系呢? 刘先生你就给老佟打个电话吧。给专座印名片的时候，我揩揩油，也可以给我印几张名片。"

金子原笑着，还没有说话，只听刘伯同道："那我就去打电话了，没什么关系吗?"金子原道："也可以吧。可是你不要说是我叫你打电话的。"刘伯同对于这件事，似乎十分感到兴趣。电话机本来就在这大客厅角上，刘伯同拨过了号码，说是刘伯同请佟北湖说话。好像电话那边就像感到了什么宠召。过了两分钟，他握了电话机说声"我是伯同"，就接着笑了一阵。然后道："我忙虽忙，不过跟随专员查勘各接收机关。专员为人非常好。见见他? ……这个……好吧。我向专员请示以后，再答复你。你先给我们专员印两盒名片。我把官衔念给你听。哦! 你知道，你报给我听，对的对的，官衔是对的。对，黄金的金。哈哈，对的，台甫是'原子弹'的'原子'两个字倒过来。什么时候有? 今天晚上就有。我们陪专员去听戏。对了，新，新。倒不必那么急，明天早上送到公馆来就是了。还有，杨露珠小姐，希望你也给她印一盒名片。什么官衔? 哟，这个我还得请示。"

杨小姐听了这话，立刻跑了过来，将耳机子抢着接了过来，笑着喂了一声道："佟先生，好久不见，忙吧。我啊？我在……老实告诉你吧，我在专员公馆。道喜？喜从何来呀？哦！您说的是这个。也许专员给我一点儿工作。那自然咱们都是老朋友。不过我是人微言轻啦。客气客气，那不敢当。"她说话时，手握了耳机，眼睛可斜了过去，向金子原溜着。金子原真不知是何缘故，每当她眼风射了过来，就感到周身一种莫大的舒适与陶醉。她在电话里继续地道："别开玩笑，我没有名义。专员倒是面许了给我当一名秘书，你瞧我干得了吗？国文不行，外国文也不行，这秘书是怎样当去呢？"金子原坐在沙发上，两手垂着，听他们说到这里，便笑道："杨小姐，客气什么，也犯不上和这些人客气。"杨露珠向电话里说了句"等一等"，立刻将手按住了话筒，两手捧了耳机子在怀里，半斜了身子，向着金子原笑道："我怎么答复？"金子原道："你就叫他印上专员办事处的秘书吧。这个职务，若是呈报不上去的话，我私人也可以聘请你。"杨露珠向他深深地笑着点了个头，像是道谢，又像是答应他那句话，金子原也就笑着点点头。杨露珠这才向电话里道："好吧，佟先生，您就在我姓名上，加上一行办事处秘书吧。啊！我是中央的人了，别损我，不过是专员提拔而已。是的，他为人极宽厚的。好吧，再说吧，再见。"

说毕，她挂上了电话。做个跑步的姿势，跑到金子原面前，笑道："这可是你说的。"金子原笑道："我说什么？"她道："你说让我当秘书。"金子原笑道："这还成问题吗？难道我还反悔不成？"杨小姐回转身来，将手指着刘伯同道："他还没有名义哩，我倒先发表了。"金子原笑道："你很不错，你还不忘介绍人。我派他当名录事吧，直接归你指挥。"杨露珠笑道："那可不敢当。"那刘伯同最是会凑趣，听了这话，立刻走到她面前，深深鞠了两个躬，笑道："杨秘书，往后希望多多提携！"杨露珠哟了一声，笑得向屋子里一钻，金子原也哈哈大笑。这样一来，他就不再把佟北湖不配来往的事放在心上了。

这时厨子已在餐厅里摆上了饭菜。两男一女也吃得非常的痛快。金子原饭后在客厅里喝咖啡的时候，问老刘什么时候到戏馆子里去。刘伯同想了一想，笑道："最好是能让我通个电话。"金子原道："买了票，也没有谁拦着我们，为什么还要先通电话？"刘伯同道："这有一个缘故的。在预先向这位女主角通个电话，说是今晚上有专座驾临，可以让她唱得更卖力一点儿。不过不通电话也行，临时我到后台去通知她吧。那么，我们就走。"说声走，大家披上大衣出门，汽车是早已预备好了的，十来分钟，就到了戏馆子包厢里。

这位刘先生是说了就做，陪着金、杨二位到了包厢，他并不落座，就奔向后台。后台角上，有间特别化妆室，那是属于台柱的。屋子中间，一行长桌子，桌面上摆满了扮戏的东西。一位二十上下的女子，穿了一件花绸窄袖袍子，肩上披了一块大大的粉红绸巾，正对了桌子上一面支起镜架的大镜子望着，手指上夹了一支纸烟，手边又放着一碟子糖果。她身后站着一位穿黑布长衫的男子，正拿了梳子，梳拢一子儿假发。刘伯同冲了进去，口里连连地叫着"宝珍，宝珍"，那女子望了他笑道："刘三爷，多日不见，忙呀。听说你现在和飞来的人在一处，抖起来了。多提携提携呀！"刘伯同站到桌子边，望了她笑道："田小姐，越来越漂亮了。说话也是那么带劲。我这不就捧场来了吗？两个厢。"田宝珍在碟子里抓了一把糖果，放到桌子角上，笑道："请吃糖果，吃糖果。"

刘伯同道："你今天唱《纺棉花》，也用不着桌上这么些个东西呀！"他说着话，拿起一粒糖果，撕了纸皮，随便向嘴里送，笑道，"又香又甜，这是美国糖果呀。和平以后，这玩意儿才来，还不多呢。"田宝珍将夹纸烟的手，向他指点着道："三爷，您可漏了。您天天和中央大员在一处，这点儿事你都不懂。要说胜利，不许说和平。和平是日本要面子的话。日本人投降，咱们中国人胜利了，这怎么算是和平?"刘伯同点了头笑道:"这的确是我错了。我问你为什么还贴片呢?"田宝珍笑道:"您今天来听戏,连戏报都没有瞧清楚就来了吗?我今天是两出戏。一出是《起解》,一出是《纺棉花》。"刘伯同道:"那真够你唱的。我说,你今天还是多多卖力气才好。"田宝珍道:"你是说有中央来的人在座?"刘伯同笑道:"你能认识他也不坏呀!现在我引你去见见,好不好?"田宝珍将纸烟吸了一口,笑着摇了两摇头道:"这似乎不大妥当。众目昭彰的,我向包厢里跑。他们在第几厢?"刘伯同笑道:"你不妨去瞧瞧。他在第三厢,这位专员年纪很轻,并没有长胡子。"田宝珍将眼珠斜转着向他溜了一下,微笑道:"你这话是什么意思?不过我倒是要去见识见识。"说着,她就站起身来。

　　她走到下场门,把门帘子抓住,掀起一条缝,将脸子偎藏在面里,向楼上包厢里张望了去。只见第三厢里面,一个穿西服的中年人和一个妙龄女郎依傍了坐着,满脸都是笑。这时台上唱着武戏,筋斗虎在台上大翻其筋斗,这并没有什么可笑的。她回转身来,向站在身后的刘伯同笑道:"这位专员,还有一位很年轻漂亮的太太呢。"刘伯同笑道:"你错了,那位小姐并不是他的太太。你见过她的,她是我亲戚杨露珠小姐。"田宝珍抿嘴笑着,微笑向刘伯同点点头道:"三爷真有办法!"刘伯同站在她身后,也不便多说什么,跟着她回到化妆室里去。田宝珍坐下来,笑道:"对不起,我要扮戏。我不能招待你。"他两手反背在身后,站着桌子旁边静静看她扮戏。笑道:"田小姐,你不扮戏漂亮,扮戏更漂亮。你的终身大事可得自己多多考虑,别便宜了对手方。"田宝珍两手撑着额角,对了镜子窥探着。正在让梳头扎头,就斜了眼珠道:"三爷,你能不能也给我介绍一位接收大员?"刘伯同知道她是一句俏皮话,但恰不示弱,点点头道:"行啦!凭你田小姐这个名声,也用不着我介绍。你不找中央大员,你怕中央大员还不来找你吗?倒不必接收大员,任何中央大员都可以。"说着，冷笑了一声。田宝珍心想，这胖小子有了出路了，又得拿势力来压人，便道："我不是和你开玩笑，我是真话。我们吃戏饭的女孩子，不总得人照顾照顾吗？"刘伯同点了头笑道："你明白这一点，那就好办了，回头见吧。"说着带了笑容走去。

刘伯同回到楼上，却向金子原、杨露珠旁边的包厢里走去，相隔了一厢。那里面由张丕诚领班，带有三个旧同事，一齐坐着。刘伯同悄悄地挤了进去，身上又没有脱大衣，把后面椅子上坐的两位客，挤得把身子歪到一边去。他伏在张丕诚肩上对着他耳朵轻轻说道："我就在这里挤挤吧！"张丕诚向他眨了两眨眼睛，笑道："你三爷真会办差事。可是你眼睛朝上不朝下。带了这件皮大衣，你够加上两个人的。"他虽这样说着，并没有让开。可是在后面坐的两位朋友，在当日同事的时候，地位就低一级，他们很知趣地，也不必招呼，就溜出去了。张丕诚道："二位到楼下散座里去坐坐也好，回头我们同车回去就是了。"和张丕诚并排坐的一位年轻的何先生，虽然地位是平等的，可是想到刘三爷现在是个红人，也就退后一步，把位子让给了他。刘伯同这就舒适了，脱下大衣，放在后面那空椅子上。正当他站着脱大衣的时候，那边杨露珠小姐偏了头向这边看着，微笑着点了点头。刘伯同欠了欠身子，而且伸手向下指了两指。那意思是说，你就坐着吧。这时，金子原全神都注意到台上的戏，却也没有加以理会。半小时后，田宝珍第一出戏《女起解》出台了。她果然是个名角，出台之后，电灯忽然放光，照着她那周身红绸紧身衣裤，用"苗条艳丽"四字来形容她，可说是当之无愧。金专员略微也懂得一些皮黄，他听到田宝珍所唱的几段西皮，都唱得婉转流利，十分动听。他伏在包厢的栏杆上，不住地点头。

张丕诚挤着刘伯同坐了，低声向他笑道："我们专座，对小田很感兴趣。"刘伯同道："你以为他们在后方的人，就不知道小田的芳名吗？他不过为了身份关系，不肯做露骨的表示，你以为他不懂戏，

48

那就错了。你和小田也很熟，回头你到后台去给小田打个招呼。戏散了，一路到专员公馆去坐坐。反正我们用车子送她就是了。"张丕诚笑着点了点头。不过他也有一点儿心事，觉得这个做法，杨小姐未必赞同。曾偷眼望了她一下，这时杨小姐正燃了一支纸烟吸着。他心想杨露珠大概也是兴奋过甚了吧，怎么也吸起烟来。但他猜想得并不对。杨小姐将两个染了红指甲的手指，夹在嘴里吸了两口，然后喷出一口烟来，随着就把纸烟由嘴角取下，将手膀子碰了金子原一下，金子原回过头来时，她却把手伸过去将纸烟递给金专员了。张丕诚虽隔了一个包厢的扶手板，但他眼光锐利，还看得很清楚，只见那纸烟头上，印着一道很深的红圈圈，不用说，那是杨小姐口上的唇膏了。这个感觉，金专员大概也是有的，见他接了纸烟看了一眼，然后笑着向她点了个头，这才把纸烟放到嘴里去。这就让张丕诚心里发生了一个感想，刘三爷虽是专座的老朋友，要专靠老朋友的关系，也未必就这样容易得专员的信任。最大的原因，还是这位杨小姐从中卖力。自己虽然没有这样一个小姨子，可是像露珠这样的女人，北平城里那不是多得很吗？老刘既然鼓动去拉拢小田，这未尝不是一条路子。心里这样想着，他也就不住地向隔壁包厢里抛着眼光，便又见她左手拿起水果碟子里的一个梨，右手将小刀子转了圈儿削皮。那十个红指甲的手指，在白梨上按着红白分明，那是相当好看的。他不要看戏了，继续地看她次一行动。果然如他所猜，她将五个指头夹着削了皮的梨，悄悄地送到金子原面前去。他看到，且不接梨，向她笑道："你先吃吧。这戏馆子里沏的茶，简直不能喝，你不口渴？"杨露珠道："你先吃，我再削一个。"说着就把这梨塞到金专员手上。他接了梨，眼光可射在杨小姐脸上，笑道："我们分着吃，好不好？"杨小姐将身子一扭，鼻子唔了一声摇摇头道："你就知道办公。梨是不许分着吃的！"金子原好像已明白了她的这句话，笑得眉毛眼睛全在闪动。

这么一来，张丕诚心里更有数了。这出《起解》唱完，中间换了一出武戏，随后就是《纺棉花》了。田宝珍换了时髦的便装，乃是紫色乔治绒的旗袍，下面肉色丝袜子、玫瑰紫的皮鞋，那种艳装，在通亮的电光下照着，那真是漂亮极了。尤其这种艳装和台下的妇女装束一样，很能引起看戏的人一种亲切之感。这时，台底下，有一阵热烈的掌声。金子原情不自禁的，跟着这掌声潮里，也就"噼噼啪啪"连连地拍了几下巴掌。刘伯同在这时，又把眼风一使，向张丕诚碰了一下手膀子。张丕诚也只是向他微笑着，并没有说什么话。

这时，忽然身后有人轻轻地叫了一声刘先生，两人回头看时，乃是佟北湖。他身穿一件半旧的蓝布罩袍，不但没有穿大衣，马褂也不曾加，透着是很清寒的样子。他左手握了一顶深灰色呢帽，右手提了个纸包。老远地看到人，就是深深地一点头，刘伯同约莫是有两个月没看到他了。在两个月前，他还是穿了挺漂亮的西装，坐了汽车，四城乱跑，这时局势一变，他竟会一寒至此吗？在两个月前，彼此交情是很好的，而且免不了有许多事要请教佟先生。现在当然不能以立场不同，就不给人家礼貌。因之走出包厢来，和他握了手笑道："久违久违，近来好？"佟北湖笑道："很好，一切都靠老朋友帮忙，将来还要在老兄面前讨教呢。"刘伯同笑道："客气客气，我们总希望将来能在一处混。"这句话，简直说到这位先生心坎里去了。他握着刘伯同的手，深深摇撼了几下，脸上笑嘻嘻地道："深所愿也，深所愿也，一切还请老朋友照拂！"刘伯同笑道："老兄为着什么事来了，我已经明白。"说着，就对着他手上拿的纸包望着。笑道："是不是托你印的那两盒名片，已经印得了。"佟北湖道："完全印得了，每样两盒。我本来还想印，恐怕印得不合意，所以少印一点儿。若是金专员看得满意的话，我再印十盒送过来。不如意的话，我就再换一个样子。"刘伯同道："老兄做的事，没有不合意的，有两盒，大概也够了。"佟北湖道："不是那样说。金专员来了，应酬一定很多，可能一个鸡尾酒会上就要用几千张名片。"

刘伯同点点头道："好的，回头我对专员说。"说着，将声音压低了些，而且把身子向前凑近了大半步，问道，"你是不是要和金专员见见？"佟北湖笑道："我来了，就是这个意思。不过金专员现时正在听戏，我们不要去扫他的清兴，我在这里等一等吧。"刘伯同道："那也好，你先在我包厢里坐着听戏吧。"佟北湖一看包厢里四把椅子，三个位子坐了人，一个位子堆了大衣，就摇摇头道："不必不必。楼下我有散座，散了戏时我再来吧。"他说着，并不犹豫，立刻走开。但是他并没有到楼下散座上去听戏，就站在包厢的楼梯口上。直等着台上的《纺棉花》快唱完了，他才抢到刘伯同的包厢后面站着。老刘起身穿大衣，看到他笔挺地站在包厢外面，这就先和他笑着点了个头，作个通知。然后向金子原包厢里走去，低声道："这些名片，已经印得了，而且是佟北湖亲自送来的。"

金专员哦了一声，点了点头。因为他正提着杨露珠皮大衣的领子，给她穿大衣，没有工夫和别人说话。刘伯同等他把杨小姐伺候完毕了，这才走近两步，向他低声道："他就站在那里，我引他和你见见好吗？"金子原将眉毛皱了两皱，却没有去答复这句话。刘伯同又低声笑道："人家已经在这里等好几个钟头了。见见也无所谓。"说着，就向佟北湖招了两招手道，"北湖，这是金专员。"佟北湖听说，立刻抢步过来深深地点着头笑道："金先生，我是久仰得很，久仰得不得了。"金子原也有个成见在胸，在大后方，大家说北湖手段高超，对于中央去的人，一定施以各种巧妙手段，将人包围住。而自己也夸过口，无论他用什么手段，也不会受他的包围。这时见了面，立刻想起前话，所以他虽然十分客气，对他还是爱理不理。但佟北湖不介意，又向杨露珠深深地点了个头。杨小姐的态度，正和金子原相反，她竟走向前和他握着手道："佟先生，我们很久不见

51

了，你好。我很想和你谈谈，你什么时候有工夫呢？"佟北湖被她握着手，而且向她深深地鞠着躬，笑道："杨小姐有什么事，赐我一个电话，我立刻就到。"

说完了这句话，杨露珠才缩回手去。却偏了头向金子原问道："明天中午，你在公馆里吃午饭吗？我想是可以的。"金子原没有理解到她突然问这句话的意思，也没有加以考虑，就答道："你若愿意那厨子做点儿菜你尝尝，我就陪你在家里吃饭吧。"在包厢外面站着的人，一听这口风，完全不是平常家数。专员说陪着杨小姐在家里吃饭，那简直是太亲密了。家里吃饭，谁的家呢？大家很快地向他们飞了一眼。但杨小姐对于这事并不介意，她向佟北湖笑道："佟先生，你听见没有？专员明天在家吃午饭，你上午的时候到专员公馆去拜会专员吧。我也在那里，大家谈谈吧。你可以听到大后方许多令人兴奋的事呀。"她说了这话，还怕金子原会有什么推诿之词，这就回转头来向他道："关于北平的情形，佟先生十分熟悉。你明天可以和他谈谈。我想那是于你不无好处的。"说时，她故意歪着手臂，碰了他一下手膀子，表示着很注意这件事似的。她那双灵活的眼睛，随着这个动作，就很快地向他睃了一下，金子原在她这眼光笼罩之下，什么弹性都没有了，就带了笑连连地点着头道："好的好的。"杨露珠向佟北湖笑道："听见没有？我们大概十二点钟到一点钟，准在家里吃饭，你就在那个时候去吧。纵然专座公事忙，可是我这个人言而有信，约你那个时候去，一定在家里等着你。"她说这话时，脸上带了很调皮的笑容。金子原明知道她这话里有话，在这时候，任何事情都不愿得罪杨小姐，这就笑道："佟先生，你按时来吧。我决计也是不失信的。"

佟北湖听了金专员叫他先生真有点儿受宠若惊，立刻弯了腰鞠下躬去，笑道："金专员称呼太客气，就叫我佟北湖得了。"说完，他又是一鞠躬。金子原在他每次执礼甚恭之下，对他的印象就不算坏。他第二次鞠躬，也和他点了个头。杨小姐看到这事情介绍成功了，就挽着金子原的手一路走下楼去。她将一只手挽住金子原的手臂，将头挨着他的肩膀，不断地回转脸来轻声低语和他说话。后面一大群人跟着，自然都不作声了。

第六回

心醉奇装燃烟忘食味
门深封锁侧户走奔车

　　他们出得戏馆子大门，汽车已是在路头上停着。金子原刚刚跨上车门，刘伯同就跟在后面，有个要进不进的样子。杨小姐落了座，向他招招手道："就坐这辆车吧。"他走到车门边，并不上来，笑着摇摇头道："不，我有车。我问你一句话。"说着，把头伸进车门来，低声笑道，"小田马上就要到公馆里来拜访专员，你看，还是明天去呢，还是……"杨露珠笑道："这话你怎么问我？你得问专座呀！"刘伯同笑道："你忘了你的身份了。"杨小姐听了这话，不由得脸上一红，将眼睛向他溜着。金子原也觉得他这话有些冒昧，咳嗽了几声，掏着手绢擦脸。刘伯同不慌不忙扛了两下肩膀，道："你是专员的秘书呀。照例，专员见客，应当由秘书先行决定，若是不大要紧的客，秘书就代见了。何况小田又是女客，这不该先向秘书请示吗？"杨露珠这才知道他是这样绕了脖子来说的，露着白牙齿微微扭着头一笑道："废话！"她虽仅仅是这两个字，倒有很深的含义。刘伯同不好向下再说什么。金子原心里，正注意着这事，便笑道："我无所谓，叫她来吧。由杨小姐陪她吃顿消夜，大家谈谈。她是优伶世家，怕不是一位交际能手。"刘伯同笑道："她是张丕诚代邀的。"金子原道："你们都来，我也有话和他说。"刘伯同又偷看了杨小姐一眼，觉得她的脸色也还正常，就自行去办他的事。

　　在三十分钟之后，金子原和杨小姐坐在公馆的客厅里。院子里一阵脚步响，张丕诚、刘伯同两人抢上掀着客厅的棉布帘子，让后面的人走了向前。后面的人，就是田宝珍。她身披着紫貂大衣，在领口里露出一条大红小围巾。这小围巾簇拥着一张浓涂脂粉的脸。人没有向前，早是一阵很浓的香味，送到人的鼻孔里来。刘伯同等她进来了，也就跟着走进了屋子，站在她和金子原的中间，向两方介绍着。这位田小姐并不摆角儿的架子，两手下垂，对了金专员很深的一个鞠躬，脸上拥出一阵娇憨的微笑。

一般坤伶，在台上很漂亮，卸装以后就十分平常，甚至反而引起他人不良的印象。这时田宝珍到了面前，觉得比在台上还要好看。鹅蛋形的脸，又带点儿尖下巴，轮廓就很动人。而那双灵活的凤角眼睛，在两条长眉毛下闪着水光，就很有几分媚态。因她那张脸上，就根本带着笑容的，金子原受着她这一鞠躬，就觉得心里一动。她又很大方，见到杨露珠在金子原身后站着，这就抢前两步，伸了雪白而又带着红指甲的嫩手，向杨小姐握着，笑道："密斯杨，我们又好久不见了。就是这么一别，情形大为不同，现在我们是重见天日了。"杨露珠道："可不是？以后我们总可以过好日子了吧？"当她走过来的时候，就有一阵香风，而且她说话又是那样文雅。金子原心里这样想着，脸上已是无法遏止他的笑容，而且两手插在西服裤衩袋里，现出十分踌躇满志的样子。张丕诚站在一旁，早就看到了金专员的情形，这就抢上前去，给田宝珍接着脱下的大衣。大衣一脱，简直是光艳射人。原来她身上穿的就是在台上唱时装的那件紫色花绒袍子。

杨露珠向她瞟了一眼，笑道："田小姐漂亮得很，你简直要到我们这里来唱戏了。"她半回转身向张丕诚指着笑道："还说呢。戏一完，二爷就到后台去催我来，我是连换衣服的工夫都没有。好在都是便服，这也无所谓。专员，像就见怪不怪吧。"说着，她露了白牙齿向金子原嫣然一笑。金子原也是感到无话可以应酬，只好凭空想了一句夸赞的话道："田小姐以前在什么学校读书的？吐属文雅之至！"她摇了两摇头道："不要谈起读书，那是很惭愧的事。说到吐属文雅，我们可俗里透俗地唱着《纺棉花》呢。专员，我们是个俗人，以后多提拔一点儿。可别把这些文雅字眼来谬奖我。"说着，回头向杨露珠道，"唉！我是没法子，谁愿唱《纺棉花》这种俗玩意儿？"金子原代杨小姐答话了，连连地摇着头道："不俗不俗！我们觉着好得很。那几支流行歌曲，真是绕梁三日。"杨露珠拉着她的手道："我的小姐，你穿了高跟鞋老是这么站着，不累得慌吗？坐着吧，这里是什么都不拘谨的。"于是两人同在长沙发上坐下，开始笑谈起来。

小姐们在一处说话，当然是不会涉及天下大事，也不会涉及柴米油盐。她们说着话，还手握着手，都是白手指上涂着蔻丹的。二十个手指，好像四朵花摆在衣服上。金子原坐在旁边小沙发上，眼看着这两朵鲜花并肩细语，而且那脂粉香气，若有若无地向鼻子里送来，真是叫人熏熏欲醉。田宝珍是个生人，她和杨小姐说话，他也不好插嘴，只是斜坐在沙发上向她们看去。他眼睛射在美人身上，手就到茶桌的纸烟具里去取烟卷，顺便把火柴盒也拿了起来，打开火柴盒子来，取了一支火柴在嘴角上衔着，却拿了支烟卷，向火柴盒子边上，连连地摩擦。田宝珍看到了虽觉得可怪，但人家是专员，又是初见面，只有抿了嘴笑。杨露珠哟了一声，就起身将火柴盒子与烟卷一块儿拿过去。金子原这才明白过来，红着脸不知道说什么是好，只管嘻嘻地笑。杨露珠接过去的那一支纸烟，已经是断了。她另取了一支烟，放在嘴里，擦了火柴吸着，喷出一口烟来，然后把纸烟递给金子原，说了个"啰"字。金子原将纸烟送到嘴里去衔着，那支火柴方才跌落下来。他把那火柴在怀里拾起，在杨小姐手上接过火柴盒，又把这根火柴擦着，他正要将这火柴送上去点烟，他第二次恍然大悟。那火柴头点着火，可不便再去点烟。他将两个指头抢着火柴棍儿，眼睛望了，只当是消遣。

刘伯同坐在稍远一点儿的沙发上，对自己的专座看看，觉得他有点儿魂不守舍，这非从中给他把魂抓回来不可。就借着向前取烟的机会，向田宝珍道："小田，你什么时候再唱？"她道："还有个两三天吧。以后还得请您多捧场。"她说着话，站起来了，欠了两欠身子，表示着她希望的意思。金子原深深地靠了沙发坐着，好像撑不住身子似的，微笑着不能答话。张丕诚笑道："那不成问题，你在唱戏的前一天，把包厢票子送来就是了。为什么要前一天呢？因为你当天送了票子来，恐怕专员没有工夫。早得了你的通知，专员就可以谢绝其他的应酬，专门去听你的戏。"田宝珍道："那太好了。"

刘伯同坐在旁边，心里就暗想着，老张这家伙只管在小田面前送人情，也不说包厢票子几张。她若认为飞来人，可以大大地敲一下，一送三四个包厢，那钱也就出得太冤。便笑道："田小姐，你打算送我们几座包厢？"她笑着还没有答言。金子原并没有加以考虑，笑道："小事小事，都送来就是了。"他这一说不要紧，在座的人，全吃一惊。所有的包厢票都送来，这要花多少钱？钱且不提，又哪里找许多人去坐包厢？大家都只是默然地听着，没有作声。田宝珍也是心里惊喜交集，全戏院子包厢都卖掉了，这场戏就不愁不赚钱。不过唱了这多年戏，包买全院包厢的捧客，还没有遇到过。何况彼此还是初次见面，哪里就有这样好的表示呢？当时低头沉默了一下，然后向金子原笑道："专员，所有的包厢票子，我都送来吗？那我可谢谢了。"金子原见了她的笑容，已就感到没有话说，而况她又是当面道谢过了的呢，便道："那无所谓，你早点儿通知我。让我好邀人去听。我是初到北平，邀人还不是一件容易事。这要张、刘二位多多帮忙。"说时，他向张、刘二人指着。

张、刘二人本是坐在稍远的两张沙发上的，金子原向他指着时，他两人就不约而同地都站了起来，而且还是弯了腰满脸含着笑容。

田宝珍看了这样子，心里这就想着，金专员的确是来头不小。张、刘二人，在北平社会上，总也算是有地位的人，他们是这样的趋奉专员，这专员的威风，那也是大可想见的了。当时也就站了起来，笑道："专员给我这样捧场，我应当怎样道谢？"金子原也站起来了，笑道："这是多余的，这是多余的。请坐吧。"说着，牵了她的衣袖，让她坐下。她笑着向张丕诚瞅了一眼，又点了两点头道："张先生，还得请您多捧呀。"交代完了，方才坐下。张丕诚看在心里，知道金专员对于这位坤伶，有点儿心醉，就开始在旁边牵针引线，只管逗引着他两人说话。金子原兴奋极了，陪着两位小姐，同吃消夜。直到夜深两点，方才分散。

刘伯同没有走，跟着金子原走到小办公室里，背了两手，在屋子里来回地踱着步子。金子原坐在转椅上，将腿架起来，身子带了椅子，转着半个圈，向他笑问道："你也没有送杨小姐回家，在这里还有什么话说？"刘伯同笑道："我有几句话，想向你建议一下，又怕碰你的钉子。"金子原笑道："你不用说，我早就明白了。找田宝珍来吃顿消夜，无非……"刘伯同两手同摇着，笑道："我又不是你的女友，我对这事，吃什么飞醋。我所说的是公事。"金子原道："公事公开讲，你又何必鬼鬼祟祟。"刘伯同笑道："若是能公开讲，我又何必等到现在呢？我也不必说，我这里有个便条你看看吧。"说着在衣袋里掏出一张字条，双手呈给金子原。他拿着看时，脸不住地变色。最后将那张字条捏成了个纸团，连摇了两下头道："这个办法不妥。"

刘伯同见他脸上并没有怒色，料也不引以为辱。这就站到写字桌子边，两手按了桌沿，正着脸色向他道："老朋友，我得向你进句忠告。你抗战苦了八年，不但家产受了很大的牺牲，就是你的血肉之躯，也受了不少的折磨，敌伪剩下来的东西，这里面根本也就有你血汗的千百万分之一，为什么不能收回一部分来补偿补偿。这样的办法，也不是你一个人独做。你弄得干干净净，分毫不粘，又有谁知道？趁这个机会，你弄一点儿物资在手上，一旦交通恢复，你积极一点儿，出洋去玩儿一趟；消极一点儿，回家置点儿田产，盖所好房子，也有个退步。再说，你现在的趋势，就少不了的要娶一位如花似玉的新夫人。你不要钱，那跟你的美人儿，你能够不给她一点儿好处吗？这好处应当从哪里出，你现在可以考虑考虑。你一定能谅解，我的建议完全是为了老朋友，并非自私自利。"

金子原听了这话，低头坐着想了一想，总有五分钟之久，他还是不说话，然后取了一支纸烟在手上，缓缓地动作着，把烟支点了吸着。刘伯同看他那个样子，已经动摇了，接着便笑道："我说的这些话，完全都是为了朋友。我姓刘的，并不想在这里面捞什么油水，不过总念到你来到北平后，待我很不错。朋友总是互相帮助的，我必得和你效一点儿力才对。别人都是这样办，你为什么不这样办。你不要太老实，这社会上并没有人知道你是铁面无私的；纵然知道，又有谁和你竖贞节牌坊？"金子原喷出一口烟来，并撮着嘴唇对那空中的烟，连连地吹了几口气，然后笑道："关于敌伪方面的东西，都是不义之财。假如找得出娘家来的东西，当然要给它送回娘家。但有些是找不出娘家的，例如我们查出那些钻石和珍珠，当然是与国家无关，因为那是日本人私下存放的。可是遣送日本人回国，我们只许他每人提一个包裹，也没有把这种珍宝送回他们之理。再说，那些日本人也已走了。"

刘伯同扛了两下肩膀笑道："还提那钻石和珠子呢。杨小姐听到这些消息，背着你埋怨了我一百回。"金子原望了他道："那为什么？"刘伯同笑道："这个你有什么不明白的。女人最喜欢的就是这类东西。她听说有这样好东西，我们只看了一看，原封不动地又送进保险箱子里去了，她觉得我们实在是个大傻瓜。"金子原笑道："孩子话！难道我们见着什么就拿什么不成？"刘伯同道："当然她是孩子话，可是你就得顾到孩子们这点儿天真的心理。我以为你应该送她点儿东西。"金子原笑道："那没有问题，我一定得送。这事就请你去办，用多少钱……"刘伯同道："不用花钱，而且我也办不了。她说我们傻瓜，你还不知道意思所在吗？"

金子原笑道："好吧。明天我先把那东西拿了来。不过这件事，实在不是出于我的本愿。我在重庆抗战八年，明如镜，清如水，任何国家的东西，我都没有动过一根毫毛。这些东西虽然是敌人的东西，究竟我让它臭了烂了，也不当拿。你要我这样做，我也没法子，但是你必须和我保守秘密。除你以外，什么人都不能让他知道。你若是让别人知道了，不但我负责任，你也不能平安无事。"刘伯同笑道："这事不必考虑，你若愿意办的话，不必你亲自出马，明天早上，我就给你拿来。所要紧的，还是大件的东西，而且也是大批的东西。这些东西搬起来，少不得来个招摇过市，这可要你压阵。"金子原道："东西怎样搬出来，我们向哪里堆放，这应当先有个全盘计划。"刘伯同道："只要你说一个'办'字，我一切和你筹备好。运东西的车子、放东西的房子我全有。"说着，挺直了身子，连连地拍了两下胸。

金子原吸着纸烟昂了头，沉沉地想着。刘伯同也不问他是否同意，又在袋里掏出一张纸条来，两手捧着，送到他面前桌子上，并不说话。金子原先草草看了一遍，又拿起来仔细地看了一遍，点着头笑道："你这些布置可说周密之至。我倒要问你，这种接收的事，你干过几回？每个棋子，你都布置得这样周到。"刘伯同笑道："好！我还干过几回呢？这是千年难遇的事。有这么一回，就够三四辈子享受了。"金子原对那计划单子出了一会儿神，问道："这是你一个人出的主意，还是有别人参加计划？"刘伯同道："我既然耗到这样深夜才对你拿出计划来，怎么能让第三个人知道？"金子原道："好吧。让你也发点儿小财，你明天试着办吧。一切小心。"刘伯同两手一拍，笑道："你也想明白了。"他声音一大，金子原立刻向他摇了几摇手。这么一来，金子原比田宝珍陪着他吃消夜还要兴奋，和刘伯同一直计议到五点钟方才完毕。

刘伯同立刻坐着汽车走了。约莫一小时工夫，天还不曾亮，金子原身边的写字台上电话铃就叮叮地响着。他拿过听筒，说了句"我就来"，立刻带了两个勤务，坐着汽车直奔目的地。那个目的地，在门上白球电灯照耀之下，朱漆大门，正有几个人拿着封条和糨糊罐子站在门洞里鹄立等候。看到汽车来了，都闪着站在一边，垂了两手，把眼光直视着，把呼吸都停止了。金子原站在门洞中间，向两边站着的人各闪了一眼。这两边的人，受了他的眼光，都微微地向他鞠躬。他鼻子里哼了一声，跨着大步子走进门去。随后这里在大门外伺候着的人，就一阵风似的，拥进了大门，咚的一声，将大门关上。刘伯同迎接过了金专员之后，也就匆匆地向大门口走来。看到所有的人都关在门里，便问道："谁在门外？"那个手上拿着一沓封条的人，约莫三十上下年纪，穿了一件窄小的日本式粗呢大衣，钩鼻子小眼睛，表现着有几分鬼主意的样子。这就垂了两手道："我们是在外面贴封条的。可是远远地听到来了一阵皮鞋响声，好像是警察排队过来了。"刘伯同沉了脸道："胡说！警察来了怎么着？我们这不是公事吗？当了警察贴封条，那更好，快开大门。"大家听了这话，才知道这是公事。那个有主意的人，立刻前去先开了大门。刘伯同沉了脸道："你们是什么都不知道，贴一张封条，都得我出来指挥。你们留一个人在里面关大门，其余的都给我滚出来。"

他说着，首先走了出来。在他的指挥下，大门关上了。他指挥着众人，将两块长木条儿纵横十字交叉，在大门缝中间钉着。然后又在朱漆大门上，贴了一张长可三尺的蓝字朱印封条。布置停当了，他又向门上端详了一下，然后向大家招了一下手道："你们随我来吧。"说着，他在前面走，后面七八个人跟着。他们走过了三四个门户，由一条小小的横胡同里进去，走出了这条小胡同，又是一条宽大的直胡同，那正是被封房子的后面。有一座小小的一字红门，也就是这被封房子的后路。那里在门的左右，八字分排，共停了七辆大卡车，又是两辆轿式坐车。这时天上已经有些蒙蒙亮，几颗零落的大星点，闪烁着光芒，像是在对这些汽车，故意做鬼脸。好像说："你们做的这些事情我都看见了。这就是飞来人到收复区的表现吧？"门里头穿短衣的人，像是夏季在台阶下猎得了食物的蚂蚱，扛箱子的，提篓子的，背包袱的，纷纷地由门里吐出来，出来之后，就把所运出的东西，抢着送上卡车。每辆卡车上，都有两个人接着，那份忙碌除了抢火场，无可打比。

这样的把东西向车上送着，一阵风似的，就装满了一车。刘伯同对于这件事，的确是卖力，每搬着一件重要东西出门，他就亲自在搬夫后面跟着。亲自看到东西搬上了车子，他掏出身上的日记本子，将自来水笔在上面注下，并对那车子上接着物资的人叮嘱一声，这是第几件，共有多少件。看那车子装载得够量，将手一挥，车子的马达一发动着轰咚作响，车子就开走了。就这样轮流地把车子打发走了。在第五辆汽车还没有开动之前，而最先开出去的那辆车子，已放着空车子回来，约莫是早上八点钟了，胡同里已有了稀稀落落的行人。金子原和刘伯同的坐车，也都绕到这后门口来停着。金子原装得郑重其事地由里面走出来。见刘伯同站在一辆卡车前，两手插在口袋里，正注视着向车子搬运的大捆东西。这就大声向他道："这些物资，全是登记不明的。若不立刻由我们亲自看管，这责任太重大。东西都是你监视着搬上车的，我对中央负责，你们对我负责。若是少了一样，我唯你是问。"刘伯同在他大声说话的开始，就已把两只手由大衣袋里掏出来，笔直地垂着。然后听一句，答应一个是。

金子原说完了，刘伯同才答道："当然，这些东西，我完全负责看管，一根针都少不了。不过这责任实在也是重大不过。我希望就在这两天内有飞机把这些物资运走。"金子原道："这个没有问题，三天之内，就有飞机把这些东西运走。我把责任交给你了。你把后门再贴上封条。自然这里面还住了不少的人，不能把人都封在里面。他们还是可以开门进出，封条只贴在门框上，表示着这是已查封过的房子。查封了的房子，那是一根草都不许向外搬走的，若有什么损失，我是铁面无私的，一切照法律办。"说到最后一句，他是格外地加重了语气，红着脸，挺起了胸脯子，自行走上小坐车去了。那些开汽车及搬运东西的人，都在一旁睁了眼睛看着他，不敢作声。他的汽车开走时，在车后冒气管子里冒出一阵黑而又臭的气，象征着他的临别赠言。

第七回

约指一钩金会心暗渡
入门三面网逼老迁家

　　刘伯同眼看着金专员坐汽车走了，而搬运东西的还在睁了眼睛望着，这就装出了很诚恳的样子，向他们道："你们听见了没有？这位专员，在前线和日本鬼子打了八年的仗，身上挂过三回彩，人家真是不含糊，一直在前线打仗打到胜利。你们听见没有？要说'胜利'，别说'和平'。和平是日本人打肿了脸装胖子的话，谁和他和平？他们的国家，让原子弹炸得无法招架，向盟军无条件投降。还有什么和平可言？咱们中国打赢了，还跟他一路撒谎干什么？金专员是对国家有功的人，所以中央要他来北平接收一部分物资。这些东西，放在敌伪原来的机关里，虽然封上了门，那究竟十包九不净，总怕有些东西走漏，所以我们得另外搬个地方存着。将来这些东西，或是送到南京，或是送到重庆，一样一样地都要登记起来的。中央查完了以后，得给我们记上一笔功劳的。话又说回来了，就是不给咱们记功，咱们也得做。北平这八年的沦陷，我们一点儿血汗没出，光受王八气，等胜利到来，那究是对不起国家的。中央给我们赶走了日本鬼子，我们也得报答中央，起几个早，搬几回东西，那还不是应该的吗？"

　　他越说越带劲，先是在胡同中间说，后来走到后门口台阶上站着。抬起两只手，忽上忽下。那些开车的和搬运东西的，也不知道他是什么意思。只是大家知道他已跟上了中央来的人，大概又做了官。有个开卡车的司机，站在车子边，瞪了眼向他望着，心里想，这胖小子一张嘴，真会说。记得前几年在这个机关开幕的时候，当着日本人，他也是说得这样带劲。什么大东亚共荣圈，什么给皇军协力，什么皇军战功赫赫的。他如今倒说别人对不起国家。他们心里虽是这样想着，可是只有挺直了身子，垂了手向下听着。刘伯同演讲完毕了，挥着手道："没什么事，你们都回去休息。今天下午三点钟，你们到我公馆里去领赏。专员说了，每人给法币二千元。法币是由飞机带来的，你们大概还没有瞧见过。将来至少和伪币一比五。伪币就是联币，懂吗?"

他说了这些话，只有最后一段，是大家听得进耳的。这些日子，北平市面上已有了法币，但那只限于中央来的人员和银行里来往使用。老百姓们有看见那百元或五十元一张的法币，都觉得稀奇得不得了，藏在身上给亲友瞧瞧，算是有宝现宝，绝不肯使用。现在听说每人有二千元法币的赏钱，都由心眼里要笑出来。

刘伯同见大家脸上都有喜色，这一幕好戏算是导演完毕，便吩咐看守这屋子的人，好好看守门户，然后坐着车子走了。他最后还得向专员做报告，因之还是到专员公馆来。这时，还只有八点三刻钟，门口已停着杨露珠坐的那辆汽车。他到了门房里，先问一声，果然是杨小姐来了，这就不便冒失地向上房冲撞。在里院的走廊上，故意大声问道："我昨天向花厂子里通过电话，叫他们送几盆鲜花来，都送来了吗?"他这样说着，自然有勤务前来答话，他提高嗓子说了一阵子，方才走到上房里去。

他到了外面客厅里，杨露珠由小公事屋子里，掀着门帘露出半截身子来。她还是穿了一件桃红毛绳的紧身衣，不过今天在那红毛绳衣领外，用白绸子长围巾打了个蝴蝶结子垂在胸前。头上的烫发，新近洗刷了，正是乌云簇拥。在左边鬓发下，斜插了一朵粉红色绸制海棠花。在那脂扮浓抹的脸陪衬之下，越发现着娇艳。刘伯同还没有说话，她将那涂着红指甲的手向他招了两招。刘伯同问道："专员睡了吗？"她瞪了眼道："老早八早的，怎么又睡了？他睡了，我又怎么能在这里打搅他呢？"刘伯同赔着笑道："你哪里明白？我和他昨晚上一宿没睡，天不亮就去办公。"杨小姐转着眼珠向他一撇嘴，微微地一笑，那意思就是说，你办的什么公？刘伯同当然也知她这意思，就走到门边，伸出右手的巴掌，掩了半边，把头伸了过来，低声向她笑道："他有东西要送你，已经送过来了没有？"杨露珠笑道："我不知道。你的消息，比我还灵呢？"刘伯同笑道："是我建议的，我怎么会消息不灵呢？"这时，金子原在门帘子里插言道："快进来说吧，你们道论我一些什么？"杨露珠向刘伯同使了个眼色，才缩进门帘子里去。

金子原在屋子里面，先哈哈一笑，便道："老刘今天你太辛苦了。"刘伯同掀着门帘进去时，见他脱下了西服，身上已是穿着睡衣。口里衔着纸烟，仰了脸，靠在沙发上坐着。杨小姐的大衣放在椅子上，还没有挂起来呢。这便不愿坐下，站着笑道："没有什么事，你休息吧。我不过来报告一声，东西已经安排妥当了。"金子原笑道："我还不打算睡，恐怕还有什么事情。你也可以不必回去，就在这里找着床铺安歇吧。"刘伯同道："我要回去。整宿未归，必得向太太有个交代。"杨露珠拿起桌上的纸烟听，向他面前敬着烟，笑道："这个你倒无须顾虑，姐姐知道你是整夜办公的。辛苦了，吸支烟吧。"刘伯同笑着向她道谢，就看到她那白嫩的手指上，已经戴上了一枚钻石戒指。这东西招眼就认识，正是在那被接收机关保险箱子里的。这样看起来，自己向金专员那个建议，他是完全接受了。

金子原见他那圆胖的脸上，已经有了闪动的浅皱纹，而眼光又射在杨小姐手上，这就很知道他是什么意思了，于是喷出一口烟，向他笑道："老刘呀，你的公事太忙了，我得送你一点儿什么东西吧？"刘伯同点着头道："你说这话，我该罚你。我们是什么交情？

我替你办一点儿事情，还要受报酬吗？"金子原道："对你当然是无所谓。不过对于你太太，是我一个老嫂子，我得送一点儿礼。这东西我交给杨小姐转送，回头我就让她带去。我不过这样通知你一声，是什么东西，送去以后如何，你不要过问。"杨小姐还站在当面拿着纸烟听子呢，她的眼光先向刘伯同射了一下，然后转着眼珠看了自己手上的钻石戒指。那就是告诉他金专员送给刘太太是什么东西了。刘伯同向金子原拱拱手道："我家里是内阁制，你是知道的。既然你送她的，我倒不好说什么。不过希望你不要送得太重了。"金子原笑道："你怕我送得太重吗？我送一位十八岁的小姐，拜你太太做干妈，你看好吗？这是最轻的礼品，因为除了不算送你东西之外，你还得倒送出来。"

刘伯同这就将帽子摘下，对着金子原行个三鞠躬礼。金子原依旧坐着，笑道："怎么着，姑娘没见面，你先谢了吗？"刘伯同道："当然先谢谢专座的好意。不过专座说的是十八岁的大姑娘，我内阁恐怕通不过，我唯有请专座免了。杨小姐，你说是不是？"杨小姐正站着听他的下文，忽然听到问自己"是与不是"，就微瞪着眼道："废话，哪个知道你的家事！"刘伯同把肩膀一扛，向杨小姐做个鬼脸。金子原看到，就哈哈一笑。刘伯同道："反正我总谢过专员了，现在大概没有什么事了。我要回家去睡一觉，万一有什么事，请秘书打个电话给我，我马上就来。"杨露珠听了他的话，马上将眼睛向金子原一扫。金子原道："好吧，你回去也好。"刘伯同看了杨露珠那副样子，不敢停留，马上就告退了。

到了下午，才向金子原这边来。这几天都是天天接收机关，到了五六点钟方才完事。而且这些伪机关都是刘伯同包办，全由刘伯同主使，怎样接收，怎样贴上封条，怎样把东西存储。这日正午，佟北湖倒是又来了，可是金子原正睡得熟，会谈仍没有成功。佟北湖约着刘伯同以后有机会再谈，告辞走了。刘伯同没事，坐在沙发上把几张报纸摊开了来看。忽然有人道："哎哟！刘先生，今天可把你遇着了。"刘伯同放下报纸一看，原来是张丕诚。穿着皮大衣，头上还戴着帽子。就站起来笑道："我这几天是太忙，我们有两天没有见面。"张丕诚微笑道："当然很忙。我也不是外人啦，何以两天就躲个不见？"刘伯同道："言重言重，何以会躲个不见？只为这两天专员赶紧接收机关，一清早抓住我就走。"张丕诚道："你是富人不知贫人饥。舍下天津来了十几口人，往我住的房子一挤，真挤得可以。想和你商量一下，可是仁兄是个红人啦，有好几天没有一点儿影子呀。"

刘伯同笑道："老兄，有话好商量，你别这样着急呀。你不就是没有房子住吗？三天之内，我回你一个确实的消息，准有房住。不，准有好房子住。没有好房子，你搬到我家里去住，好不好？"他说着话时，不但是不动气，而且满脸和颜悦色。张丕诚也不好意思只管向他说硬的，就伸着手，向他摇了两摇，因道："没有别的，我向你要两支令箭。"刘伯同道："令箭？这是什么意思？"张丕诚道："你们查封房子那封条，请给我几张。"刘伯同望着他出了一会儿神，因道："封条，我可以给你几张。不过这东西可不是随处乱贴的。"张丕诚站着沉吟了一会儿，就在衣袋里掏出一张字条交给他看。因道："你看这上面的房子吧。我不去弄一所，迟早不都是你们去贴封条吗？"刘伯同将那字条接过去。两手捧着，从头到尾，都看过了，于是点着头道："共是十二所，的确是应当接收的。之所以还没有接收下来的缘故，因为时间来不及。忙过了今明天，也就开始要去接收了。"张丕诚道："你这话是所有接收的事情，都归老兄经手。在老兄分不开身来的时候，就不免拖延日子。可是我们这些人，跟在专员后面干什么的？这接收的事，我也可以略尽微劳。"刘伯同道："那也好。不过我们总得先向专员请示一下。"张丕诚在屋子里踱着步子，走两个来回。因道："那么，我请求你和我辛苦一趟，去看两所房子，行不行？只耽误你半小时的工夫。"

刘伯同对于他这个请求，倒不好拒绝，只好带着笑容，披上大衣，戴起帽子，和他一路出门。张丕诚把他拉上汽车，对司机说了个地名，司机就把汽车开到一个朱漆门楼下停着。那门楼还有绿色铁栅栏，自是一个最阔的公馆。在这大门口，站了几个中年汉子，穿着协和服改制的中山服。刘伯同认得，这都是旧日部下。两人下车，他们共同一鞠躬。其中有一个穿呢大衣的，是个头儿的样子，便迎向前道："这房子里，已经没有什么人了。我们在这里看着，没有让房子里的人移动东西。"刘伯同道："你们今天来的吗？"他答道："来了三天了。没有敢耽误。"刘伯同道："你们既然来了三天，这屋子里东西，当然都没有移动了。若是移动了东西的话，你们可要负责任的。"大家面面相觑，答应了一声"是"。于是张、刘二人，大摇大摆地走进院子去，在一叠走廊上站住。

这屋子里所住的人，好比惊弓之鸟，听到了脚步响，大家都隔了玻璃窗，把脸紧贴了玻璃向外张望着。张丕诚大声问道："屋子里借住的人，现在是哪个负责？"这就有个派来的监视人抢上前两步，垂手站着，报告了那负责人的姓名。张丕诚道："谁认得他们张三李四，反正都是跟随敌人的汉奸，叫他们都给我出来，我有话和他说。"刘伯同虽然不赞成他这种行为，可是既同到这里来，就该同站在接收人物的一条战线上。他爱说什么就由他去说什么。自己只是板了一副正经的面孔，站在走廊的台阶上。那些早已由张丕诚调来监视这房子的人，就分赴前后几个院子里，把这里住的大人小孩，不问男女，一齐叫到这院子里来。这些人由暖和的屋子里走出来，站在寒风飕飕的院子当中，除了各向张、刘二人行个九十度的鞠躬礼外，都缩了颈脖子，垂了手站着，在走廊下面高高低低站了半个圈子。

张丕诚两手插在大衣袋里，横了眼光向各人扫了一个眼风，问道："明明说的是留着几个人在这里暂时住一下，现在怎么还有这许多人？"那些人彼此望了一眼，没有敢作声。张丕诚道："我知道这房子是日本强买过去的，分给了在公司里的总经理乌其德。乌其德跑了，这里谁是他的家眷？"人丛中有个六十上下的老太太穿了青布棉袍，一把粗头发，手上牵了个男孩子，就鞠着躬道："其德本房的人都走了。我是他的婶母，带个孙子留在这里。其余的，都是我这房的晚辈和几个用人。"张丕诚望了她道："你这么大年纪了，你也应当明白事理。乌其德犯的是什么罪？他走了，你和他顶得住吗？他跑不了，就是他跑到日本二大爷家里去，也要逮回来枪毙。这房子是日本霸占的，应当查封。看你们是无辜之人，我也不愿难为你们，你们今天全得离开，还是不许拿走东西。"

老太太的脸色呆了一呆，答道："我们知道这房子要查封的，早两天也就要走。可是你们机关里的人，不许我们拿一点儿东西走。专员，您给我们想想，这数九寒天，我们光身子出去，怎么活着呢？因为这样，我们就没有挪开了。"她说着话时，两行眼泪同在皱纹的脸上流下来。左手扯着右手的袖口，只管去揉擦她的眼睛。刘伯同便插嘴问道："老太太，你是怎么住到这里来的呢？"她道："我是向来跟着乌其德过活的。他两口子带两个孩子，不声不响地走了，我一点儿没有抓捞，只好暂时在这里住着。"张丕诚冷笑道："恐怕真情不是这样的吧？那乌其德逃是逃了，他还打着他的糊涂主意。以为他离开了就没事了。带走不了的东西，留下你给他看守着。你说是吗？"老太太道："我一个老婆子，能做什么事呢？只要专员给我几天限期，让我找到安身的地方，我就走，他的东西，我不管。我自己的东西，能让我带着走吗？"张丕诚道："那不行，你马上得走。而且这里的东西，谁也不能拿着走。"那老太太哇的一声哭了，牵着男孩子的手道："那么怎么办呢？我们马上就得要饭啦！"那小孩子不过八九岁，他看见奶奶哭，又说要去讨饭。这讨饭不是好事，小孩也知道的。他哭着道："奶奶，我不要饭，我不要饭。"

他奶孙两人一哭，其余的人也都感到末路来到，大家面面相觑。其中有两个女人，都跟着眼圈儿红起来，泪珠儿直滚，各牵着衣襟去擦眼。张丕诚倒没得说了，只有瞪了眼望着。刘伯同摇了手道："你们别哭，你们真心事我知道。原来你们跟着乌其德过快活日子，这个我是知道的。乌其德跑了，当然不能拖了大班子带你们跑。你们留下来，住一天是一天。一来总想给乌家保留一点儿逆产，二来呢，也想占点儿便宜。老实告诉你们，无论是逆产是敌产，那都是要查封的。你们私人的衣服行李，在情理上当然不在查封之列，不过这些东西，谁能分别出来呢？而且没有上司的命令，就是你们的东西，我们也不敢让你搬走。将来查出来走漏了重要东西，我们放你们搬走的，负得起这责任吗？"那些人听了这话简直没有希望，有几个人呜呜地哭着。

刘伯同看了这情形相当地感到扫兴，便道："别哭别哭。我来担负点儿责任。所有住在这里的人，你们都搬到后院披屋里去。大门口旁边还有几间马号，你们愿意暂住，也可以。正屋三进院子和两边的跨院，你们都不许进来，这里我们要作为办公处。至于你们自己用的东西，只要不向外拿，你们也可以用。等将来检查过之后，该归公或者该归私，那时自有一定的办法。限你们今天下午，就离开正屋，听见没有？如其不然，有人来把你们轰出去，数九寒天，这罪可不好受。"大家听说不走了，停止了哭，可是形势还是严重。你望着我，我望着你，呆站了几分钟，全没有说出话来。在台阶上护卫的几位勤务头子便道："你们谢谢刘委员吧，让你们住下了。可是今天你们得腾出正房来。"大家在日本统治下，受惯了委屈，向张、刘二人深深地鞠了个躬，各自退去。

刘伯同向张丕诚微笑了一笑，再向那勤务头子道："让我们查勘查勘这屋子吧。"于是由他引着路，将前后几进正房都看了看。这里当然是头等住宅，上天棚，下地板，紫檀雕花落地罩。格扇全是两层的，外面是铁纱，里面是白纸裱糊。六七尺见方的大玻璃，嵌在朱红和油碧的雕花格子里。屋子里家具不是硬木的，就是淡黄色南榆的，古董字画，原封未动。照原来大旅馆的陈设，每间屋子里的地毯，还都有八成新，卧室里是钢丝床、玻璃柜，甚至缎面绣花的被子，还都叠在床上。勤务头子已不再随在身后，刘伯同就轻轻地拍拍张丕诚的肩脖，笑道："这样好的房子让给你住，你还有什么话说？"张丕诚道："住住有什么了不起呢，也不过是在大旅馆开了大房间，没有付房钱罢了。这房子可不是我的。"刘伯同道："慢慢地来呀。你既住下了，将来要出卖这房子，你总有收买的优先权。老实说，你住下来了，还有谁能把你轰出去不成？无论怎么说，对你这总是个绝大的便宜呀！"

张丕诚看了这样好的房子，又听了这样入耳的言语，扛着肩膀，也就笑起来了。刘伯同笑道："那么，这件事总算我替你办完了，现在我可以回家了吗？"张丕诚道："你当然可以回家。你就是不陪着我来，我也不能强邀着你来，这不过是看各人的交情而已。"他说着话时，看到刘伯同脸上并没有笑容，这就想到老得靠着人家，也不是个办法。于是扯了他的衣袖走到屋子一边，低声向他笑道："今天晚上请你吃顿小馆子，你肯赏光吗？"刘伯同道："你刚才说过了，我们是朋友的交情，用不着那样客气。"张丕诚扛了两下肩膀，笑道："并不是我和你客气。小田听到专员要替她捧场，她高兴得了不得，打算今天晚上请请专员。她自己觉得面子不够，所以托我给她转达一声。我本来要去见专员面告的，可是他又熬了一夜，该休息了，所以我没有敢去惊动他。"刘伯同笑道："你早不说。你若是老早告诉他小田请他吃饭，我敢相信，他就熬十夜也睡不着觉。这是好事，为什么不早通知他呢？你交给我吧。回头听我的电话，再规定时间。"张丕诚以为这事很顺利，也就不再说什么了。刘伯同把这

72

事憋在心里，倒是仔细地盘算了一下，到了下午三点多钟，他在家里，已是睡了一场午觉，觉得这事不能再耽误了，他坐着汽车，跑到专员公馆，先在屋子外面打听得清楚，专员睡着还没有起床。杨小姐坐汽车上东安市场买东西去了，交代了一会儿就回来的。他就在正面大客厅里恭候。

第八回

含怒有因冰消梳发后
飞觞无忌亲送俯肩中

半小时后，杨露珠大大小小提着一大串纸盒罐头进来，刘伯同就迎向前去，低声向她笑道："今天的晚饭有着落了。田宝珍请专员。"杨露珠将手上提的东西，向椅子上一扔，两手插在大衣袋里，望了他道："人家请专员吃饭，你告诉我干什么呢？"刘伯同笑道："她也请你呀。"露珠道："她也请我？到了我这里，怎么会加上一个也字呢？也请的我不去。"刘伯同笑道："吓！你不要挑字眼，这是我代转达的话，并非人家真说了一句也请杨小姐。你去不去，那在乎你，可是你也不能把话听拧了。"杨小姐挺了胸道："你们到底弄的是些什么花样？"说着，她昂起头来，她的烫发全压在大衣肩领上，可知那气就生大了。刘伯同笑道："你别生气，我可以想法子让他不去，我不能不转告一声。"杨小姐将身子一扭道："我为什么生气。张丕诚和人家跑腿，你又和张丕诚跑腿，那也太犯不着吧？"刘伯同看她满脸的怒容，觉得这话就不好再向下说，于是抱了拳头道："你一定要明白我的作风，我先告诉你，不先告诉他，这就是大有用意的。"说着，用手向里面屋子里连指了几下。

杨露珠坐在沙发上，在手皮包里拿出了几粒纸包糖果，架了腿慢慢地剥着吃。刘伯同就在露珠对面坐下，但是不能默然坐着，就把张丕诚接收房子的经过拿出来当谈话资料。杨小姐倒是静静地把他的话听了下去。刘伯同说完了，她淡笑道："你和朋友帮忙，总算努力了。不过亲戚和朋友比起来，应该还是亲戚更进一步。你为朋友帮忙，可别忘了亲戚呀。"刘伯同笑道："你可别说负心话，我对杨小姐还有什么不尽心之处吗？"杨露珠道："张丕诚现在住的房子，我知道就不错。你还忙着给他找一所大公馆。可是我呢？我的母亲，是你的丈母娘，你也有半子之劳。有现成的房子，你怎么不给她找一所？"

刘伯同对屋子四周看了一看，然后，又坐到她身边的沙发上来，侧了身子低声笑道："这还用你说吗？不过我有个想头。像现在我们可以接收的房子，那都是公开的，纵然我们拿到了手，那还是要吐出来的。你想这么大的一所房子，那是可以向口袋里装下去的吗？我们要房子，只能要那不公开的。能不出钱最好，就是出钱，也要向最少的数目上说。我就知道现在有几个小汉奸，要卖了房子出溜。"杨露珠不等他说完便拦阻道："别骂人。小汉奸？你指着谁说？你别忘了自己呀。"刘伯同红着脸抱了拳头笑道："我们私下说话，你何必这样咬文嚼字呢？就凭了我们和专员这一番联络，我们也是地下工作的一分子，别妄自菲薄呀。"杨露珠笑道："我没工夫和你说这个。地下工作，天上工作，你爱怎么说就怎么说。我先请问你，那不公开的房子在哪里？你别随便拿话搪塞我，老实不客气，我是要你兑现的。"刘伯同在衣服袋里摸索了一阵子，摸出一个透明的硬壳夹子来，隔了壳子，可以看到里面藏着许多字条。他将那些字条拿出来清理了一阵，找出一张横列的单子，一行行地注着行书字。他就把这字条交给她道："你看，地方、间数、房子的新旧以及房子的主人，都简单地加以注明，你先把这字条看清楚了，哪个地点的房子合你的胃口，然后你就挑选那所房子。挑选好了以后，我悄悄陪你去看。那不过花很有限的几个钱，就可以办理完毕的。"杨小姐把那张字条拿在手上，仔细看了一看，笑道："你倒真是调查得清楚。假如要我挑选的话，这些房子，我愿意都要。"刘伯同听着，不觉伸了一伸舌头，然后笑着摇了摇头。

杨小姐还不曾说着什么，里边屋子的门帘掀开，金子原穿着睡衣，伸出头来探望了一下。见杨小姐还穿着大衣，问道："你打算出去吗？不忙，我们一路走吧。"杨小姐笑道："我因为你愿意吃点儿熏腊的东西，所以我老早地到东安市场去给你跑了一趟，我还是刚回来呢。"金子原点头道："谢谢。我们还得买几两好酒喝喝吧？"杨小姐将嘴一撇道："你不用买酒喝了，你有人请！"金子原索性走了出来伸着手道："拿请帖我看看，谁请我？"杨露珠指了刘伯同的嘴道："你要看请帖吗？这就是。至于是不是像请帖那样清清楚楚没有错误，那我就不负责任了。你看这张请帖怎么样？"刘伯同笑道："杨小姐把我骂苦了。我也是由人家转约的。"金子原道："这是怎么回事？"说着，向杨、刘二人注视了一番，刘伯同也不问他是否同意，就向他里面屋子里一钻。金子原回转身来时，刘伯同拉着他的睡衣袖子，站到一边，低声笑道："张丕诚告诉我，小田今天晚上请你吃饭，那无非也是感谢之意。可是那一位听说大不高兴，你不看到她把话损我吗？这真是冤枉，我哪里有丝毫意思要小田请客？"说着只管向门帘子外挤眉弄眼。

金子原对于这件事，似乎不怎么介意，问道："是哪家馆子，什么时候？"刘伯同道："过一会儿，她自己也许有电话给你，你不必接电话，让信差告诉她，你出去了就完了。多一事不如少一事吧。"金子原笑道："这不大好。人家一个唱戏的女孩子，讲的就是个面子。巴巴地请吃饭，给人家碰了回去，也太不好意思了。况且人家请中央来的人，一定是在馆子里订下座位，邀了许多人作陪的。我主客不去，她客是请了，钱是花了，那还事小；人家说田宝珍请金专员不到，碰一鼻子灰，她怎么下得了台？——我当然去，你也去。"

刘伯同听他这话，丝毫没有转圜的余地。这和杨小姐的意志完全相反，可能闹上别扭。这必得事先为他们调处一下才好。于是将手摸摸头发低声笑道："那我可要怪你了。谁让你和杨小姐一见钟情，两人太要好了，你和普通女人接近，那倒也无所谓。以你和这个浪漫出名的田宝珍接近，她怎么肯放心？你可不可以先和她商量好了再说。"金子原笑道："你说得过火了一点儿，她也不至于这样关心着我吧，这也用不着商量，我们一路去吃饭就是了。"刘伯同道："小田倒也是请了杨小姐的。"金子原道："那更不成问题了。请吃请喝无恶意，怎么着也得答应人家这个约会。我是去定了。"他说这句话时，声音还是非常之大。刘伯同心里叫了一百二十句糟糕，可是又不敢再进言，只有拿着纸烟火柴，借了吸烟的动作，站在一旁出神。

这时杨露珠进来了，她已脱了大衣，连手皮包共同夹在手腕下。她向金子原的头发看了一看，笑道："这一觉睡得很甜，你什么都不知道，头发全乱了。劳驾，你先给我接着大衣。"说着，把大衣塞到金子原手上，然后打开皮包来，取出一把小牙梳，笑道，"我给你理理吧。"她将皮包放在桌上，站到金子原身后，左手按了他的肩膀，右手拿了梳子给他梳拢着头发。刘伯同自言自语地道："电话来了，也没人接。"一掀门帘子走了出去。其实墙上装的墙机，静静地挂在那里，并没有任何响声。他也没有向电话机看上一眼，自架了腿坐在沙发上吸纸烟。半点钟后，金子原已洗过脸，换了西服出来。杨小姐跟在身后，两个人脸上，全带了笑容。刘伯同心里暗骂道："瞎起什么哄！大概反对小田请客的话，她根本没提吧！"

就在这时，电话铃响了。刘伯同心里一动，这必是田宝珍打来的请客电话，为了免去麻烦，这电话接不得。因之他待在一旁，并没有动手。杨小姐跑了两步，走到电话边去，抓住电话听筒，就先喂了一声。她笑道："哦！田小姐，好哇？我忙什么！请专员吃饭，他知道了。他说了，他还没效劳呢，就要你先请客。不过你请他，他一定来。我不叨扰，我可没有那力量敢说捧场的话呀。好的，好的，我就陪着子原来吧。你要不要和子原说话？"刘伯同在旁边听到她连叫两句子原，心里倒是一怔。心想自从专员到北平以来，还没有人敢叫过他的大号。论交情，杨小姐和他还浅着呢；论地位，是他的私人秘书，怎么可以当了人直叫他的号，而且还是在电话里和另一位小姐谈话。

他这样想着，就向她和金子原的脸上看去。杨小姐右手拿了电话听筒，左手向金子原招了招，偏着听电话的头，也向金子原点了两点。金子原当然就走过去了。她突然将手按着话筒，以免说话声音由那里传了出去。然后身子一扭，眼睛向他一瞟，笑道："我不要你和她说话，你有什么话。我给你传了过去。"金子原笑道："随便你怎么办都行。"杨小姐听得这句话，似乎感到满意，将身子颠了两颠。然后把手将话筒放开，对里面道："他现在正会着客呢。他说，别人请客，今天晚上没空，他只好辞谢了。不过你请客，他怎么着也得来。哟！要我命令着他来，那我怎敢，我是他手下的一位小秘书呀！"她这样说时，眼睛望了金子原，眨了两下。金子原抢步向前，就伸着手来抢电话听筒。杨露珠将身子一扭，伸了左手打着金子原的手，口里对着话筒里面连连地说着"回见回见"。于是立刻就把电话挂上了。金子原笑道："你太小气。我当着你面，还能说什么你不爱听的话吗？"杨露珠道："她请客，你一定到。一会儿就见面，还要在电话里打什么电报呢？——刘先生，你说对不对？"

刘伯同站在旁边看到，早就觉得皮肤上有点儿冷飘飘痒丝丝的。这时她特意地提名见问，可叫他为难了。他根本就不敢对金子原开玩笑，尤其是关于杨露珠的事，他始终是装着糊涂，不敢公开有什么表示。金子原笑道："这事，老刘不敢答复的。站在男人的立场，他应该帮着我；可是站在亲戚的立场，他应该帮着你。"杨露珠道："他要肯说公道话，那就两面的立场，都可以顾到。"金子原道：

"其实，这也无所谓。我们和小田来往，无非是捧角。捧角并不分什么男女。捧角的人，是一种特殊心理，若以为男人捧女角，就是想娶她做太太，那女人捧女角，又当怎么个说法呢？到了钟点没有？我们这就去。"刘伯同还是不敢说什么，只有微笑。杨小姐倒没有再讲话，由屋子里取出金专员的大衣，提了领子，站在专员的身后，等他伸手穿衣服。她已经是穿了大衣出来的，手挽着专员的手臂，而且轻轻碰了他一下，笑道："我们走吧。"

刘伯同跟在后面问道："我去不去？"金子原道："你当然去。这也是捧场呀。你还不快穿大衣。"他借了说这句话的机会，突然地转身回来，直奔到屋子里，抓住刘伯同的手道："我不光是为了去她那顿饭，这是个烟幕弹，我打算吃过晚饭以后，你就去定包厢听戏，带了她去，我随后就到。在这个时候，我要腾出一小时的工夫，和大北银行的陈经理商量一点儿事情。"刘伯同道："是不是要把一部分东西存到他们仓库里去？"金子原笑道："和银行里人来往，不是存款，就是借款，你想，还有什么事吗？"说着，拍了他两下肩膀，转身就向外走了。

刘伯同因他来去匆匆地说着，也不知道他真正的用意何在。也只有穿上了大衣，就跟着出大门。可是他坐着杨小姐的汽车已先行走了。刘伯同坐了自己的汽车，回家去了一次。凑巧，刘伯同到馆子里，金子原也是刚到。只见田宝珍穿了一件粉红的绸袍子，正在那特大的雅座中间站着，手里捧了纸烟听子，向来宾敬烟。她到了金子原面前，似乎是特别恭敬，左手拿了烟听子，右手将染了红指甲的三个细白手指，抽出一支烟，身子微歪着，送到他面前，笑道："专员太赏面子了。我知道你是忙人。像我们这种不相干的应酬，实在是耽误时间的。"金子原也弯了腰接过她的烟支，口里连说"客气客气"。杨露珠退后两步，站在金子原身后，她右手拿了手皮包，按住大圆桌子，左手向里拐，把手背抵了腰。她斜了眼珠向田宝珍望着，只是抿嘴微笑。刘伯同见了，心里就连说这事情戏剧化了。

那张丕诚算是田宝珍的参谋，也是她的保护人。他看到杨小姐那种情形，恐怕会出什么乱子，这就走到田宝珍与金子原之间，向田宝珍笑道："客到齐了，我们就入座吧。"田宝珍放下了烟听，两手虚推着金子原道："请杨小姐同专员在上面坐。"杨露珠还是站在后面，将头一扭道："我算怎么回事，我不过是陪客的!"田宝珍道："不过在场的，只有我和你是妇女。我是主人，那不用提了。另一位妇女那就是你了。按着妇女占先的例子，金先生坐首席，你当然坐二席。"说着，不住地在嘴角露出微笑。金子原会意，挽了杨小姐一只手，向上面位子上坐了。杨露珠在田宝珍面前，得到金专员这样的捧场，心里觉得很舒服，也就带了笑容，和金子原一同坐下。

田宝珍把客人都安排定了，然后坐在主人席上，亲自向各席斟着酒。第一杯酒，自然向首席杯子里斟着。金子原站了起来，举着杯子接着酒，向她点头道："我先声明，我喜欢免除俗套，你做主人，就敬这第一次酒好了。第二次我们自己来。这样，我高兴喝多少就喝多少，不会醉，也不会不够。"田宝珍笑道："好，我谨遵台命吧。"说着，她将壶嘴转过来，对杨露珠道："我们是老朋友，你可别藏量。在学校里的时候，我还比你高一班呢。"杨露珠听了这话，老大不高兴，可是也就勉强带了笑容将酒接着。到了斟第三个人时，张丕诚把酒壶接了过去，笑道："交给我吧。"田宝珍对于张丕诚的代劳，丝毫不谦让，很随便地就把壶交给他了。自此以后她就不斟酒，也不向别人敬酒，只有对金专员一人特别周旋。酒吃到快要上饭了，张丕诚动议，对于杯子里的酒，要门前清。田宝珍笑道："我面前没有酒壶，我就把我这杯酒转敬专员吧。"说着，站起来，隔了桌面，将杯子送到金子原面前去。他翘起嘴角笑着伸手接酒，并不推辞。杨露珠心想，这是什么作风? 女主人有把自喝的酒敬人的吗? 她直了腰杆子望着，不扶杯筷，手抱了手放在桌上，可是脸上一点儿笑意都没有了。

张丕诚在这席上，是一位最用心思的人。尤其是杨露珠的一言一笑，他都暗下里推测一下，是不是有问题。现在见到她做了个生气的架子，只是话没有说出来。若是田宝珍再向金专员表示好感，她就要开口了，于是站起来摇着手道："不行，田小姐杯子里的酒太少，让我来满上吧。"金子原倒不怎么介意，他手脚很快，已经接过田宝珍手上的酒杯，端起来一饮而尽。喝过之后，还向她照了一照杯，把空杯子交回给她。她也不加回避，将空杯子拿着，伸到张丕诚面前道："给我斟上一点儿，做个样子吧。"当然，张先生给她斟上小半杯，她就拿着放到面前。杨露珠的眼光，就跟着她的手转，笑道："田老板，你这不对，你请金专员喝了一大杯，你杯子里那么一点点，怎么不动。你是嫌那杯子人家喝过了吗?"田宝珍笑道："言重言重，那我就干杯吧。"于是举着杯子一饮而尽，也向金子原照着杯。杨露珠笑道："学艺术的人，究竟和别人的人生观不同，一切都是洒脱的。"说着将手胳臂碰了金子原两下，笑道，"你不是一切都要免除俗套吗? 这可准对劲。"说着，嘴角撇了两下。

田宝珍坐在她对面，她的什么行动看不清楚呢。心里想着："这不是怪事吗? 她和金子原也不过是一对初交的朋友，他结交朋友，自有他的自由，板着脸子，吃那飞醋干什么? 我索性气你一气，看你怎么样? 反正你不是金子原的太太，你不能干涉他和我谈交情。"于是向金子原笑道："专员，我想起一件事来，承你答应给我捧场，我十分感谢，我们一个唱戏的女孩子，拿什么感谢你呢? 我送你一点儿小玩意儿吧。"说着，就在旁边椅子上取过皮包来，在里面取出一张相片，由桌面上递过来。当她伸手的时候，故意放出两嘴角的微笑，向金子原眼光一溜，笑道："你别见笑，只当是我在台上唱戏给你看吧。"金子原也满脸是笑，两手同时伸着，将那张相片接了过来。那相片虽然还没有拿到手，可是他口里却是接连地说着"谢谢"，同时还连连点头。

杨露珠看到这情形，心里有说不出来的一种什么难过。可是她也很明白，他们彼此有收授相片的自由，除了金专员的太太外，无人可以干涉这行动。因之她心里虽不高兴，脸上却不能有什么表示，只是拿着筷子头，在面前夹了小碟子里的咸菜丁子，送到嘴去咀嚼。金子原当然没有注意到这事。他把田宝珍的相片拿过来，就两手捧着细看。这是她的一张半身相片，身子也半侧着，将眼珠歪到一边，带了迷人的笑容，似乎在对着任何一个拿相片的人回看过来。金子原看过，先叫了两声"好"，对相片看看，又抬起头来，向对坐的田宝珍本人看看。田宝珍就照着相片上那个姿势，斜了眼珠向他一溜，笑问道："我想改行拍电影了。金专员，你看我这面部的轮廓，可以上镜头吗？"金子原对相片再看看，手拍了桌沿，做个称赞的样子，笑道："太可以上镜头了。我敢说，你若拍电影，可以压倒一切女明星。"

刘伯同斜了眼光看杨小姐的面色，已是有六七分严重，而田宝珍故意逗趣，还只管进攻，再演变下去，可要弄得大家不欢而散。于是向金子原问道："刚才你说去定一个包厢，是听哪个的戏？"金子原这才想起暗下叮嘱他的那番话，便答道："若是田老板今天有戏，当然听田老板的。田老板没有戏，听谁的都可以，杨小姐我请你听戏，你愿意听哪一家的？"杨露珠皱了眉头子，连摇了两下头道："我有点儿头痛，要回去休息，不听戏了。"金子原道："你并没有喝酒，怎么倒先醉了。"她道："真的，我很有点儿头昏，我要先走了。"说着，立刻站起来，向田宝珍点点头道，"对不起，我先告辞了。"田宝珍道："你不终席而去，吃饱了没有？"她已来不及答复主人这句问话，就离开了位子，走到衣架边去取大衣。田宝珍是个主人，也就只好离开席次跟了过来，笑道："这真是对不起，算我虚约了。"杨露珠抢着穿上了皮大衣，把皮包夹在胁下，抓着她的手，摇撼了几下，笑道："你好好地招待贵宾吧。"说毕，一扭身就走。她走得非常之快，没有人来得及挽留住她，只听到高跟鞋一路响了出去。

到了这时，金子原才晓得杨小姐为了这事生气。虽然心里对这件事有点儿歉然，可是他想着：这究竟是她的不对，纵然吃醋，也可以回到家里去再说，何必在宴席上发出这酸风来呢？这件事最好还装着马虎，不要摆在脸上。于是他镇定了脸色，继续地吃着。田宝珍吃了两杯酒下去，红晕上脸，在电灯下映着，更觉得是娇艳动人。金子原喝着酒，不住地向她看着。觉得她和杨露珠比起来，样样都在杨露珠之上。尤其是年龄一点，恐怕也比杨小姐小。这就端起杯子来，隔了桌面向她敬酒，眼光由杯子沿上对射到田宝珍脸上去，笑道："田小姐，我高兴起来，陪你多喝两杯。"田宝珍摇摇头道："那不行？我只有三杯黄酒的量，现在已经喝过三杯半了。"金子原道："没关系，喝醉了，回家去睡觉。我把车子亲自送你回去。"他说着话时，那杯子还是举着，不肯放下来，田宝珍只好端起杯子来抿了一口。金子原还是举着杯子，笑道："至少你也得喝半杯。"张丕诚坐在她上首，就偏过头去，低声向她笑道："就喝半杯吧，金专员有的是汽车。他没有工夫送你，也可调遣车子送你回去。"田宝珍在他一使眼色之下，就明白了他的用意，最好的证明，就是杨露珠也得了他一部汽车。看这家伙穷人乍富，简直不知道怎样花钱才好，只要他一高兴，未尝不可送一辆汽车。于是端起杯子来，一仰脖子，把酒全喝下去了。喝完之后，翻过来还向金子原照了照杯。金子原连连地道着"多谢"，陪干了那杯酒。

从此以后，席上闹酒就更加热烈了。到了散席的时候，田宝珍首先坐到沙发椅子上去，将手托了头，把身子歪斜地坐着。张丕诚站在她面前问道："怎么着？田小姐真醉了？"她手撑了头，并不抬起头来答话，只将头摇了几下。金子原笑道："这使我很抱歉！有话在先，我把车子送田小姐回去。不过我只送到你门口为止，我不能进去奉看，因为我还有一个约会。"田宝珍抬起头来向他微微一笑道："我家里虽然窄小，倒还是干净的。你哪怕在我那里坐五分钟呢？"金子原看她的脸色越发地红了，两只眼睛皮都垂下来，有点儿睁不开的样子。张丕诚道："田老板真醉了，我们送她一下吧。至于专员所要办的事，我想迟一两小时，大概也没有什么关系。——专员你看如何？"说着，他将肩膀扛了几下，表示着有点儿踌躇的样子。刘伯同立刻走了过来，头向人缝里一钻，然后笑道："老张送田小姐一趟好了。若是一个人不够，我再奉陪一个。"田宝珍还是将手撑着头，仰起脸来，向他笑着，又摇了两下头道："不敢当，有部车子送我回去就行了。"金子原道："没问题，我送我送！"张丕诚自知道刘伯同是敷衍杨小姐的，假如杨露珠知道金子原送了田宝珍，那醋劲会更大的。可是她和金子原的交情，还是浅而又浅；她这醋吃得没有道理。立刻在茶房手上接过账单子，悄悄地代田老板会了账。客人看这情形，自也不必久恋，大家道声谢谢，一哄而散。

刘伯同料着是不能将金子原拦住，也只好由他，索性穿了大衣，捧了帽子拱揖道谢，先自走去。于是张丕诚提了大衣过来，要给田宝珍披上，她站起来将身子一闪笑道："那可不敢当。你大概忘了谁是主人了吧？"她这一闪，恰好闪到金子原身边，金子原在张丕诚手上捞过了她的皮大衣，两手提着向田宝珍肩上轻轻放下去，笑道："这差事还是要我来。"田宝珍只好反过两手，先将大衣按住，急忙穿上。穿过之后，就在衣架上把金专员的大衣取了来，笑道："专员，我当这回差事赏不赏脸呢？"金子原道："太客气了。"田宝珍将两手提着大衣的领肩兜得风摆柳似的，笑道："不行，我非得当这回差事不可。来而不往非礼也，何况我还是主人呢？"她说时，眼珠向金子原一转，发出迷人的笑容。金子原先鞠躬道着谢，然后背过身就着大衣伸手穿上了。这还不算，回转身来，又向田宝珍抱了拳头道："田小姐，你实在礼节周到之至。不过你说醉了，我有点儿不

84

相信。醉了的人，礼节都是这样周到，平常就了不起了。走吧，我送你回去。"说着一伸手扶了她的手膀，就要她向外面走，那样子竟是很亲密的。她这回并不客气，就让他扶着，并肩地走出来了。

第九回

曲槛洞房中生涯似蜜
巧壮素脸畔机划囤金

  馆子门外面，左右两边，停了金子原的一辆汽车。金子原不容她多说一句话，就扶着她上了车子。田宝珍在车上，就斜向车椅靠上坐着，眼睛要睁不睁，要闭不闭，把头微微地垂着。金子原笑问道："田小姐，你真的醉了。那我实在对不起，不该劝你多喝酒。"田宝珍将眼睛斜瞟了他一眼，因为车子上是看不见的，她又将手轻轻地碰了他一下，笑道："金先生，你为什么在席上那样高兴呢?"金子原笑道："你问这话，什么意思?"田宝珍嘻嘻地一笑，却没有答复。车子到田宝珍门口停下，门口的电灯亮着，门也开着，而且旁门还停了一辆汽车。金子原心里就很纳闷，怎么回事? 这样夜深，她家还有客到。田宝珍对此，并没有什么奇异之处，从容地下了车，站在门灯下，向他点了头道："请进请进。"

  金子原当时未曾考虑，同她一路下了车。及至下车以后，看着那辆汽车，还是相当漂亮，这是有位华贵的客人在这里的象征，笑道："我送到这里为止吧。"田宝珍还没有答复，只是笑嘻嘻地站着。可是在这时候，门洞子里面，很快地钻出一个人来，连鞠躬带作揖，连说："我老早恭候台光了。"到了近处，原来是张丕诚。金子原笑道："原来是你在这里，你怎么会先到了?"他笑道："我是奉田小姐暗下的命令，让我先来的。她的意思，怕专员来了，屋子不干净，先让我来向她府上报个信。我说，专员，你就看田小姐这番招待贵

86

宾的诚意，你也应当在她府上多坐片刻吧！"金子原向田宝珍笑道："你实在太客气了。"田宝珍倒不加以辩护，闪在旁边，又是一鞠躬，说着请进。金子原向张丕诚望了望道："这就是你的不对了。田小姐若要过分地款待，你当和我辞谢才好，怎么还事先跑来布置呢？我就怕人家把我当钦差大臣看待。"田宝珍笑道："你别怪他，这都是我恳求他这样办的。我并不是准备什么吃的喝的，我是怕屋子不干净，叫家里人先打扫打扫而已。你就瞧我们这点儿诚心吧。别的谈不到。"说着，嫣然一笑。

金子原对人家这番客气，当然不能再推诿了，就向她连点了个头，带着满面的笑容走了进去。田宝珍家里，这时仿佛是盛大地欢迎嘉宾，由大门口一直到上房的廊子下，都把电灯开着，照得内外通明。张丕诚对于田家，很是熟悉，他首先跑到北屋子门口，把帘子掀了起来。田宝珍站在金子原旁边，就伸手扶着他的手臂，连连说"请"。金子原闪身一逊谢，她索性挽了他的手，一路走了进去。金子原进了屋子，首先嗅到一股香气。虽不明白这阵香气是人身上的，或者是屋子里的，可是由外面冷的地方走了来，就觉得一阵热气围绕着身体。金子原嗅到这香味之后，也就让人对田小姐格外地要表示好感，于是先向她笑了一笑道："我这是走到香巢里来了吧。"她笑道："你别嫌脏就得了。"

金子原在她这句话说过之后，对这里更注意了一下。这是三间北屋，油光的地板，上面铺着很厚的地毯，紫色的电灯光，照着屋子里，带了醉人的颜色。屋子四周的墙壁，原都是白底紫花的洋纸裱糊的，被灯光映着，更透着鲜艳。屋里的陈设，也是新旧合参的，红木家具和西式沙发夹杂着。金子原正要脱大衣落座，田宝珍却又将右边一个小门上的花布帘子掀起来，站在门帘子下点头道："请到这里面来坐。"金子原当然跟了进去。

这里是间小小的书房，花纸裱糊得更为精致。除了一张写字台和一把写字转椅而外，屋子角上，摆了一套绿绒的小三件，围了一张玻璃小茶桌。此外一张玻璃书橱，里面全陈列着封面美丽的书本。一张红木多宝柜，放着彩瓷玉石小件。四五只高底的花架子，都放着彩瓷花盆，盛了鲜花。墙上二三十种形式不同的镜框子，里面全装着田宝珍戏装和便装的相片。桌上和梁上悬下的电灯，都是宫灯罩子。而且在灯罩之间，有两项特别的玩意儿：一项是将日本漏瓷果盘装着红绿鲜明的水果，一项是用小瓷花盆栽着小盆景，如秋海棠、蒲草、小菊花之类。这都是把彩绳子花绑了，在天棚顶上垂下来的。金子原一见连连叫道："美极了！"田宝珍笑道："我们这地方，哪里美得了。古董字画，全玩儿不起，只好弄点儿相片儿和草花儿点缀点缀了。专员，宽大衣坐坐。"

金子原到了这里，当然也就只好把正经事丢开，把大衣脱了下来。他的大衣刚脱出袖子，田宝珍就接将过去，给在衣架上挂着。随后脱了自己的大衣，一块儿挂着。金子原笑道："我最喜欢我的大衣和小姐们的大衣挂在一处。这并不是什么吃豆腐的心理，因为我有那个经验，后来把大衣穿到身上的时候，总可以沾着一种很浓厚的香气。"说着，他搓搓手，带笑向田宝珍望着。她笑道："日本女人，倒是常在身上用些香料，我就嫌那香味太冲人。请坐吧。我可没有什么好招待的。"说着，她走到身边来，引了他同在小三件上，分别坐着。

这时，就有人叫大小姐，她道："送进来吧。"帘子掀开，两个女仆各用红漆托盘，托着若干玻璃碟子进来。玻璃碟子里，分装着水果、糖果、蜜饯，全摆在玻璃茶桌上，那蜜饯，有青梅、海棠、苹果、藕片等等，红、绿、白各种颜色，很是好看。金子原道："田小姐的手法，究是不凡，这些东西，不用说吃，就是看看，也很够人欣赏的了。"随后女用人送着放光的白铜叉子过来，在每人面前，放着一柄。田宝珍笑道："专员，你不尝一点儿？纵然你说这东西好

88

看，究竟这不是看的呀。"金子原道："不过我不大爱吃甜食。"田宝珍道："那倒不尽然，杨小姐怎么老给你买甜的吃呢？"金子原笑道："那我也有点儿勉为其难。"田宝珍听了，就提起白铜叉子，叉了两枚蜜汁青梅，向他面前送过来，笑道："这东西甜里带点儿酸味，喝酒之后，吃了最好。专员也就勉为其难吧。"金子原见她雪白的手指，鲜红的指甲，殷勤地将蜜饯送过来。来不及用手接，就张着口，一伸脖子，在那叉头上把青梅唆了下来。田宝珍收回叉子去，向他笑问道："好吃不好吃？"张丕诚是坐在田宝珍那个写字台的椅子上的，意思也是躲开他们的亲昵，现在看到小田这种作风，实在有点儿肉麻。可是想到她是唱《纺棉花》《盘丝洞》叫座的坤角，又有什么事不能做出来呢？也就装了擦火柴吸纸烟，只当不知道。

金子原并不理会到别人，把那蜜饯一口咽了下去，抢着说："好吃好吃，田小姐待客，岂能把不好吃的东西拿出来！我现在才知道，一个富于艺术的小姐，比寻常的小姐处处是不同的。"田宝珍笑道："那也不见得吧？我们在台上唱戏，不能在台下也唱戏。"金子原抬起头来，对屋子四周看了一看，笑道："你这间屋子，就不是别位小姐所能布置出来的。"田宝珍又将叉子叉了一块蜜饯，送到他面前放着。然后自取另一把叉子，又叉了一块海棠果，送到嘴里唆着。眼望了金子原微笑。她把这块蜜饯在嘴里咀嚼着，架起大腿，摇撼着身体，望了他笑道："这话不见得吧？我看杨小姐对于一切美化的技术，绝对在我之上。"金子原道："我和她也是初交。"这句话，有点儿所答非所问，但在金子原心里，觉得这句话答得十分恰当的。

田宝珍且不和他说话，偏过头来向坐在一旁的张丕诚笑道："金专员和杨小姐的友谊，大概达到了饱和点了吧。"张丕诚扛着肩膀微笑，却没有答复。田宝珍又笑道："说真话，金先生和她十分要好，这是不错的。杨小姐和我很熟，我知道她的学问能力，样样都不错。沦陷期间，那些日本鬼子，也没有哪个不佩服她的。她将来是专员很好的一把助手。"金子原笑道："我在北平，也不知道能耽搁多少时候，我决没有要她长期帮助我的意思。"田宝珍听说，向他点了两点下巴，又将嘴微微地一撇，表示着不信任的样子，笑道："金专员若是不要借重她，为什么送那样重的礼呀！又是钻石，又是汽车。"这句话，可是最现实的质问，金子原当了张丕诚无法否认。而且，看着田宝珍那份既羡慕又不平的样子，也觉得要把话安慰她。就笑道："车子呢？那是公家的，借给她坐坐罢了，反正不坐也是白闲着。钻石倒是我送她的。也是我偶然在朋友手上买了两枚，随便送她一只。"田宝珍笑道："金专员客气什么？凭你那身份，也不会仅仅是买两枚钻石吧？"金子原笑道："不管我有多少吧。将来我也送田小姐一枚。"田宝珍立刻笑着身子一颤，瞟了他一眼道："真的吗？我先谢谢了。"说着，向他弯了弯腰。因为当时日本人所遗留下来的规矩，还是沾染得很深的。

张丕诚想，这位姑娘一弯腰，专员的钻石可以说是不翼而飞了。他想咳嗽着笑了出来，但觉得不妙，便又把这声咳嗽忍回去了。金子原自己也明白今天晚上来拜晤田小姐，简直是肥猪拱门，上了大当。可是为了专员的身份，必得放大气些。于是就向她笑道："田小姐，你先别谢我。对于钻石，我是外行。"田宝珍听说，心里不由扑通跳了两下，暗想着，难道这家伙，打算送一只假货给我？对他笑着，还没有说出话来。他笑道："我明天到朋友那里去，另要几枚来，送到府上，让你挑选一枚。"田宝珍又是盈盈一笑道："那可不敢当。要人送礼，哪里还有自己挑选的道理？"金子原笑道："送礼的人，愿意这样办，你就不必管了。我明天下午五六点钟来奉看，你在家吗？"田宝珍道："我不唱戏人总是在家里的。专员若是不嫌弃的话，我明天包饺子请你，赏脸不赏脸呢？"金子原笑道："我最爱吃饺子，一定来叨扰。"宝珍向张丕诚道："请你作陪，可以来吗？"她说这句可以来的声音，很轻飘地说过去。张丕诚心想，明天专员送钻石戒指上门，小田一定十足恭维一阵，自己在这里那是增加了人家的困难，便伸着手在头上乱摸了一阵，笑道："我明天恐怕不能来，七点钟我有一个约会。"

金子原这就站起身，先伸出手来。田宝珍倒不回避，就和他握着。他笑道："对不起，今天我得先告辞，因为我还有一个地方要去。"田宝珍向他瞟了一眼，笑道："我知道，你是陪了杨小姐去听戏。你先不是要去包厢来着吗？"金子原笑道："听了田小姐的戏，还要听什么人的戏？刚才我说包厢听戏，那是另有缘故的。"说着，将她的手连连摇撼了几下，笑道，"虚虚实实，各尽其妙，也许我明天可以告诉你这个原因的。说时，他看了她的脸只是微笑。他的手还不曾放呢。田宝珍也就摇撼着他的手道："那么，你明天一定要赏光，我给你穿上大衣。"把这话交代过了，她才摆脱了金子原的手，把衣架上的大衣给他取了来。当然，还是她给他提着领肩，让他穿上。而且跟着后面，口里不住地说着："太简慢了，太简慢了！"直送到大门口来。

金子原真没有想到田宝珍会这样表示好感。依自己的意思，实在是应当在这里多盘旋一些时候，不过自己有件大事要办，只好把这份人情留到日后再感谢了。因之他在门口又和她握了一握手，方才坐上汽车去。他在身上摸出了一张名片，交给司机道："你把我送到这地方去。"司机扭着了车上的小电灯，将名片看过了，笑道："哦？陈六爷公馆，我知道，我知道。"于是熄了灯，开着车子，直驰陈公馆。

这时已将近晚上十一点了。汽车开到朱漆大门前停着。门楼上大白球电灯罩子，正是雪亮地照耀着。而且大门两边，就停有几辆汽车，像是深夜宴客，还没有散呢，这里汽车按着几下喇叭，那朱漆大门，就应声而开了。金子原下得车来，那开门的人，闪到一边，垂了手问道："您是金专员？"金子原点了点头，那人就是一鞠躬，并带着笑说："陈经理正在家里等着呢，您请。"说着，连连地点着头，在前面引路。金子原随着他走进了两重院落，见正房也是电火通明。那个引路的听差抢着进去报告。立刻棉布帘子掀开，出来一个中年汉子，身上穿了灰绸袍子，嘴唇上留了一撮小须。老早地深深地点着头口里连说"欢迎欢迎"，而且奔到院子里，伸出很长的袖子来。金子原向他握着手道："昨天到贵行里去匆匆一谈，彼此都忙，领教太少了。今天又接连几个应酬，让你久候了。"陈六笑道："我晚上根本不出门，专员有约会，我一定是恭候的。"于是主人在前引路，向旁边院子走去。

这里似乎是个僻静的所在，院子转了两个弯，在一带有玻璃暗廊的地方走进去。这廊子转上两个弯，又像是个温室，四周列着长方花架子，上面全摆了盆景，绿茵茵的更显着这屋子幽深。转过两个弯，走进一个小客室。这里是里外两间，用雕花落地罩分开。外面是两套绿绒沙发，围着玻璃茶桌。里面有写字台转椅，还有玻璃橱、公事柜、保险柜。似乎这是主人翁带着办公和会客的密室。地毯是铺得厚厚的，脚步走在上面，不发出一点儿声音。主人脸上，带着一份浓厚神秘的态度，把客人引进屋子里来，谦恭地请客人坐下，先笑道："我这地方很是僻静，有什么事尽管畅谈。我已吩咐厨子，预备了消夜。专员是喝咖啡，还是喝点儿清茶？"金子原道："你不必张罗，夜深了，我们先谈谈吧。"

陈六说了声"是"，身子向沙发旁边靠着，接近了贵客，低声笑道："专员的款子，我都给你入账了。您还是留着折合法币，还是买金子？"他说着话，将茶桌上放的三五牌纸烟听子拿了起来，送到客人面前敬烟。并且在口袋里掏出打火机来，向客人点火。金子原道："这都是公家的款子，若是亏空了，我哪赔得起呢？法币折合伪钞的办法，现在还没有规定下来，等着是来不及了。你把我的钱，都收买金子吧。我有多少存款，你就替我买多少。以后我陆续地存款，你就陆续地和我买。两三天，我到府上来一趟。"陈六道："这点儿事情，兄弟一定效劳。我有点儿私事，想向专员请教一下。"说时，他脸上放出一种极不自然的笑意，在眼神上透着一种惶恐，将身子向前伸着，表示了诚恳的样子道，"过去在沦陷期间，我们可以说是心存汉室，晚上总是冒了极大的危险，偷听重庆广播。中央在北平的人，只要我知道的，总极力想法子接济他。"金子原点点头道："这一层，我也曾听刘伯同说过，这是值得赞扬的。我当想法子，把你这一点儿忠心转呈到中央方面去。"

陈六听了这话，觉得是三伏天吃冰激凌，这一下爽快到了肺腑。禁不住站了起来，突然向客人作了个长揖，笑道："专员能这样帮我一个忙，那我简直全家感德。"金子原也只好站起来笑道："这在兄弟，也是惠而不费的事，不必客气。"陈六笑道："惠大了，惠大了！"说着，他在墙上按了一按电铃，进来一位二十多岁的少妇。她虽然是在蓝布裤子上套着白布围襟，可是烫着头发，将花带子束了个脑箍，穿着皮鞋，脸上还淡淡地抹了一些脂粉。这分明是一位超等女仆，仿佛有香港酒家女招待的神气，这一份排场，就非比寻常。

那少妇进来，陈六还介绍道："这是中央来的金专员。"这少妇就垂下手站着，行了个九十度的鞠躬大礼。而且还是从容不迫的，没一点儿小家子气。金子原看这位陈六爷的排场真是不小。不过也看到这屋子就逼近内室，她一定是上房的女仆了。陈六向她道："把那好咖啡给我们熬上一壶来。看看有什么点心和水果，预备一点儿拿出来。"

这白衣女侍，答应着去了。陈六复又挨了金子原坐下，笑道："我给专员策划一下，还是买金子合算。现在这里的金价，合联币不过十八九万。折合法币不到四万元。重庆的金价，现在是八万多，比北平贵一半。专员若有便人回重庆，把金子带到重庆，变成法币缴还公家，这对公家丝毫没有损失，专员就可剩下大批的办公费了。"金子原吸着纸烟，将脸色郑重着，一点儿笑容都没有，摇摇头道："我这人做事，奉公守法，公家什么好处都不沾的。老实说，若是我要自私自利，我就不跟随政府西迁，过这八年的困苦抗战生活。不过你这个建议，我是愿意采纳的。把一万变成两万，增加国库的收入，我为什么不干呢？"陈六原是向他建议，让他大大地发一笔财，听到他提出了"奉公守法"四个字，倒让陈六倒吸了口凉气，未免在中央来人面前，露出了自己的马脚。幸而他后来有句转语，买金子的事还是要做，大概这个建议还没有落空，便笑道："我也是这样想，替国家多增加一些收入有什么不好呢？现在北平市上，敌伪抛出来的金子真是不少，要买还绝对是个机会。"

金子原架了腿在沙发上，抽着纸烟，不住地发出微笑。那位白衣女侍，就将一只乌漆托盘，送着东西来了。托盘里是一壶咖啡、两套杯碟、一只细瓷糖罐子、一盂牛乳。她将这些东西，都放在茶桌上，用咖啡壶向杯子里冲着咖啡。然后将一个白铜夹子，夹着糖块，向金子原面前的杯子里，放下糖块去。她露出雪白的牙齿，向客人笑嘻嘻地问道："您要多一点儿糖吗？"金子原听她说话，国语非常勉强。再看她脸上的粉，擦得非常的厚。弯眉毛，杏核儿眼，面部轮廓，上圆下尖，很有点儿像日本女人典型。他想起来了，这是日本下女。日本下女伺候人，这是世界上有名的，陈六真会舒服。

想时，就含了微笑，只管向那下女睁了大眼望着，笑道："她大概不是中国人吧？"那下女向他先笑了一笑。陈六道："她是日本人，叫杏子，在我家已经工作多年了。当然，将来遣送日俘回国的时候，她还是要回去的。"这时杏子已向金子原杯子里加完了糖，这就提起牛乳壶来，向他笑道："加点儿牛乳吗，专员先生？"金子原笑道："你的中国话，说得很不错。到中国来了多少年了？"她加完了牛乳，站起来向金专员一鞠躬，笑道："来了七八年了。"金子原道："你多大年纪？"她笑道："二十二岁。"金子原道："那么，你是小孩子的时候就到中国来了。你对于日本这回无条件投降，作何感想？"她立刻把笑容收起来，垂了眼皮道："那是事实。中国人很宽大，我们非常感激。"金子原笑道："我这叫白问。日本人答复中国人的话，向来都是这个样子的。"杏子听了这话，她又嘻嘻地笑了，笑时，露出满口雪白的牙齿。

金子原不由得昂起头来吸烟，向她微笑着，口里陆续地喷出烟来。杏子并不害羞，向主人问道："把点心都送来吗？"陈六道："好的，带着水果。"杏子答应着去了。金子原继续地和陈六商量买金子的事，杏子也就继续地到这密室里来伺候。除了点心是玻璃盒装着的而外，这水果是用一个大玻璃缸子装着的，红红绿绿，有香蕉、苹果、白梨、葡萄等等。在主客双方，各摆了一只空瓷盘子，还有一把赛银水果刀。陈六因见金子原又向杏子看着，便道："你洗洗手，给专员削个苹果。"她伸出两只雪白的手来，反复地让主人看着，笑道："我已经洗干净了手来的。"陈六道："好吧。你就给专员削两个水果。"她于是拿着刀和苹果，就站在客人面前削着。

金子原笑道："我们重庆来人，是要讲民主的。你坐下来削吧。"杏子笑着，向陈六看看，陈六笑道："金专员这样客气，你就坐下吧。"她向金子原鞠个躬，道了一声谢谢，索性就挨着金专员的椅子坐下。她削完了一个苹果，就将三个染了红指甲的手指，夹住了苹果送到他面前空碟子里去。笑嘻嘻地又在玻璃缸里拿了一个苹果，笑问道："还吃一个？"金子原道："你削个自己吃吧。我再问你一句，将来遣送日俘回国的时候，你愿不愿回去呢？"她笑道："我愿在中国。"

陈六笑道："金专员现在虽有公馆，还没有家眷，所用的佣工，当然都是男性的了。其实没有家眷，女佣工也在所必需，如洗衣服、烫衣服之类，男佣工就没有女佣工作得细致。"金子原笑道："若是有杏子这样的下女，那我倒也是愿用的。叫杏子给我介绍一个吧。"

陈六道："何必另外再介绍一个呢？我想杏子就很合格。因为日本下女，要像杏子那样彻底懂中国话，又对中国人的习惯很了解的，还不十分多。今天是晚了，明天让杏子到公馆里去。"金子原呵呵一声笑道："那可不好。君子不夺人之所爱。"陈六摇着手道："谈不到这话，谈不到这话。况且日本人都要遣送回国了。在我这里，也留不住她。"金子原道："我也留不住她呀。"陈六爷笑道："客气客气！中央来的专员，难道留用一个下女的权力都没有？我说杏子，你明天就到金公馆去伺候金专员吧。他是一个人往一所大公馆，工作一定是轻松的。至于待遇方面，那你可以不必介意，一定可以让你满意。"杏子笑道："好的，好的，就怕我工作做得不合意。"说着将眼睛眯着望了金子原一下。

金子原向陈六呵呵大笑道："这是我意外的收获，感谢之至！"说着，抱了拳头，向他连拱了几下。本来陈六合他买金子，这交情就不坏，现在陈六又把杏子让出来，这交情就格外现着浓厚了。当时两人秘谈一小时多，把杏子当了自己人，也不回避她，彼此十分满意。到了深夜二时，金子原方才回去。

第十回

佯怒又娇羞疏交函电
低声兼下气赎罪茶烟

金子原回来，进得他的卧室，脱了大衣，摘下帽子，都放在衣架上。自己正要看看有什么信件，忽见他卧室的桌子上，台灯正在灿烂地亮着。在玻璃板底下，有个洋式信封，平整地压着，上面写着"金专员亲启"，旁边写了"杨缄"两个字。一看笔迹，就知道是杨露珠写的。他取出信来，拆开一看，在一张洋信笺上写着：

原：

　　我今天懊丧万分，恨不得自杀。你是个抗战英雄，不能对人邪正不分吧？我珍重你的前途，和珍重我的前途是一样的。我在这里，等了你到一点多钟，还没有回来，我实在不能再忍耐了。你看，这纸上不是有许多泪痕吗？我心乱如麻，什么也写不出来，但愿你心里明白就是了。再会吧！晨安！

金子原看了这张信纸，自己扑哧一声笑了起来，自言自语道："这不是小孩子说的话吗？"刚刚说完了这句话，电话铃就叮叮地响起来了。他拿起桌机的听筒一听，正是杨露珠的声音，她在电话里说道："你回来了，我放在桌上那封信你给烧了吧。"金子原笑道："不要耍小孩子脾气，我是到陈六爷那里去的，商量买东西的事。你明天上午来一谈，你就明白了。"杨露珠道："你是专员，我怎么能过问你的行动呢？你无论到哪里去，那是你的自由，我不便过问。我明天也不能来，我要到天津去。再见吧。"说着，电话就搁下了。金子原缓缓地放下电话机，自言自语地道："好大的脾气！"他这话是淡淡地说着的，对于这件事，也没有怎样放在心上。因为已经到了深夜两点多钟了，他也就解衣就寝。

他这一觉睡得非常安适，直到次日十二点钟方才被声音惊醒。在床上一翻身，睁开眼时，见刘伯同推着门，伸进半截身子来探望着，便道："老刘有什么事吗？"他笑道："没什么事。你睡吧，我在外面等你。"金子原在床头边抓了睡衣，披了起床，伸了个懒腰笑道："我也该起来了，下午我还有点儿事。"刘伯同笑道："外面还有个女宾在等着你呢。"金子原笑道："露珠不是说要上天津去吗？难道没有走？"刘伯同道："我没见她。来的是另外一位女宾。"金子原料着是田宝珍来了，笑道："你请她坐一会儿，我马上就出来。穿了睡衣见客，那是太不恭敬了。"说着这话，他转身正要向洗澡间里去。刘伯同站在门边，却向外边笑道："专员起来了，进来吧。"金子原只好将睡衣上的腰带紧了一紧，又把衣襟抄拢了一点儿。可是门推开，来的不是田宝珍，乃是杏子。她是中国人装束，穿了件红条子的绸旗袍，走进门，就深深地一鞠躬。头上去掉了那根束发的带子，头发蓬松着，在两耳边卷了两个乌云钩。脸腮上的胭脂，涂红了两大片，直红到乌云钩下面去。她把两片红嘴唇笑开，露出了两排整齐而雪白的牙齿，叫了声"专员"，又是个九十度的鞠躬。金子原点着头笑道："你来了，好好！"

杏子见金子原一派和气，心里就想到所谓中央大员见了人也是很好的呀，便道："六爷叫我来伺候专员的，专员有什么事，尽管吩咐。"金子原见杏子这般打扮，见了中国人也很有礼貌，便将两手塞在睡衣袋里，笑道："也没什么了不得的事，就是一点儿零碎琐事罢了。从前有勤务专管我这屋里的事，现在不用他们了，一起交给你了。"杏子答应一声"是"。金子原想到这时候，当着许多人，也不便说什么，就道："我这里有一只电铃，专门叫我屋里勤务的。以后一听电铃响，你来就是了，现在没事，你去休息吧。"杏子深深一个鞠躬，然后告退。

刘伯同始终站在旁边，等杏子走了，觉得是一个进言的机会，便垂着两手道："专员，杨秘书这时候没有来，据说是……"金子原冷笑道："杨秘书要到天津去了，我已经知道了。不要提她。"说毕，自己向洗澡间去了。刘伯同看金子原的样子，虽没说什么，可是态度不好得很。这一个僵局，别人解决不下来，还得要杨露珠陪点儿小心才好。这屋里本来有三个电话，当然顶里头那个电话不能打，只有到外面客厅里去打。电话一打就通了，恰是杨小姐自己接的。刘伯同道："杨小姐，他现在也在气头上呢，叫他与你通个电话，那是不可能的事呀！……小姐，你不该写那封信，又不该与他通那一回电话……小姐，你别糊涂呀，他是一个中央大员呀，别让旁人抢去了呀，你应该自己来呀，现在还来得及呀，今天有一个日本下女，叫作杏子，还是相当漂亮的，过一天，那就……好，我总找个台阶让你下……不管怎样，你得来。你若不来，可失了天大的机会了。"

正说到这里，勤务进来了，刘伯同只好挂上电话。随着勤务进来的是一位四十上下的妇人，还有个二十边的少女梳着两个小辫子。两个人都穿了灰背大衣，自然是有钱的。这妇人脸上也略施脂粉，可想是时髦过时的人物，那少女却是苹果一样的圆脸。见了刘伯同都深深一鞠躬。那妇人问道："这就是专员吗？"刘伯同道："我是金专员的同事刘伯同，你这位太太贵姓？"勤务站在旁边就代介绍着道："她是这房子的老房主屈太太。"屈太太又代介绍着少女道："这是舍妹史小姐。"

说着话，这两位女宾带着几分尴尬的情形，只是向屋子四周观望着，好像她们眼光里有这么一个感慨："这屋子原来是我们的!"刘伯同让她们坐下，她们委委屈屈地坐着，屈太太带着几分强笑道："刘先生向来就很照顾我们的。大伸到东北去了，一去就无音信。我们现在寄居在天津朋友家里，实在也不是办法。北平就是这一所房产。这所房产，虽是沦陷时间买下的，这笔钱，是我们自己的，不是大伸的。"刘伯同微微一笑道："关于这一切，我都很明白。屈太太的意思，是想把这房子出卖?"屈太太坐在沙发椅子上，将手牵了牵衣襟，又对同来的这位史小姐看了一看，低声道："好在刘先生是老朋友，我们就照实说了吧。"史小姐笑着，点点头。屈太太就向刘伯同道："我们也是经济逼迫得没奈何。我们知道专员来了，总也要地方办公的，这房子我们也不必费事出卖。就请刘先生转呈金专员，连家具在内，随便作个价钱，把房子留下吧。"

刘伯同笑道："屈太太，大伸是我的老朋友，有话不妨实说。你这房子，照国家法令是应当查封的。你哪里还能找到什么钱? 契纸上是谁的名字?"屈太太道："自然是我的名字。"刘伯同道："这好一点。我们究竟是老朋友，应当彼此帮助。你趁早把房子让给金专员，可是出卖这两字……"屈太太道："我们还谈什么出卖不出卖，只要专员可怜可怜我们，帮我一点儿忙罢了。"刘伯同手扶了头，沉默着想了几分钟。因道："虽然这样说，你究竟要多少钱?"屈太太紧紧地把眉毛皱了起来，向史小姐看看，又向刘伯同看看，可是心里那句话，嘴唇皮子颤动几下，始终没有说出来。刘伯同道："那么，我先和专员去商量商量。先看他能出多少价钱。"

屈太太听了这话，似乎感到很急迫，这就两手牵扯了衣襟，站了起来，向刘伯同深深地鞠了个躬道："那么，诸事都拜托刘先生了。我就在这里暂等一下，请刘先生去向金专员请示一下。我们现在的日子，实在艰困万分。"说着，不但皱着的眉毛深锁得不能展开，而且连她的嘴，也是紧紧地闭着。好像她要嘘出来的那口怨气，却整个地咽了下去。刘伯同道："金专员这人是十分宽厚的，既是你们有困难，我去和他说，让他尽量帮忙吧。"两位女宾只好笑着点了点头，刘伯同又道，"你们在这里坐着等上一会儿，我见了专员，就来回你们的话。"说着，拉开门就走出去了。

刘伯同从容地在走廊上走着，就见杨露珠两手抄了皮大衣的袋子，走的步伐前后颠倒。刘伯同站着等她走近前来。她虽然是像往日一样，满脸抹着胭脂粉，可是两只眼皮下垂，显然是经过一度哭泣的。等她走到前面，他向她笑道："你来得正好，我引你一路进去。"说着，让开路向屋子里引。杨露珠委委屈屈地在后面走，把头低了，勉勉强强地走到屋子里来。但是他们走到外面大客厅里，却空洞无人。到专员的那间小办公室，已是垂下了门帘子，只听到里面发出咔咔的笑声。杨露珠本来就不愿意到里面屋子里去的，听到这声音以后，她更加踌躇了，这就随身坐到旁边一张小沙发上，皮大衣敞着怀，纷披在椅子周围。她将一只手托住了自己的头，斜靠在椅子背上，而且还是微微地闭了眼睛。

刘伯同当然知道她这是一种姿态，她绝不会向金专员发出通知"我来了"的信号的，于是就重声道："你就在这里坐坐吧。我还有点儿要紧的事要和专员商量呢。"这声音当然是为了要让屋子里面的人听到。果然，门帘立刻掀开，那个下女杏子，满面春风地走出来。她手里提着一只乌漆描金小托盘，像是送东西给专员吃过似的。刘伯同笑道："杏子，我给你引荐引荐，这就是这里的秘书杨小姐。"说着向露珠一指。杏子看着杨小姐这派头，就知道在这公馆里是有地位的，就对她来了个九十度鞠躬。如在三个月前，杨露珠受到日本人这一鞠躬，那是相当荣宠的，一定得站起身来回礼。现在她以战胜国大国民的身份出现，根本就不必理会。再加上她心里就恼恨杏子这样钻隙而入的行为，所以杏子虽然执礼甚恭，她却只把眼睛看了她一下，不但没有站起来，脸上一点儿笑容也没有。

那杏子有着一般日本人投降的耐性，鞠完了躬，还是满脸带笑地走了出去。刘伯同看了这样子，倒很担心。一方面怕金专员受杨小姐脾气，一方面又怕杨小姐反受金专员的冷淡。这个恋爱的场面，虽然仅仅是他俩的事，可是万一他两人弄翻了，自己做的月下老人，整个失败，可能也就连累到自己的地位。于是就向杨小姐笑道："露珠，你怎么着？有点儿不舒服吗？也许昨晚受了点儿凉了。"她还是撑了头靠着沙发椅子上半躺着，板着脸，一言不发。刘伯同走过来，弯下腰去，低低地向她说道："你来干什么的，可别小孩子脾气，凡事要往远处去看。"她将撑头的手向他一挥，把他的衣服打得响了一下。刘伯同看她的气大了，心想，你尽管撒娇，一定要闹出个不好的事来，那我也只好由你去了，于是微微地一笑。

　　这时金子原在屋里用很沉着的声音叫道："伯同，怎么不进来？"刘伯同一听这话，心里更是一惊。想道：不对呀！怎么变了态度呢？于是赶快脱下大衣，掀着帘子走了进去。金子原架了腿，坐在写字椅子上，昂着头，口里衔了一支纸烟，连连地喷了两口，对刘伯同似理不理的样子。刘伯同站在桌子边，笑问道："有什么事吗？"金子原道："你在外面客厅里和谁见面？"刘伯同道："是个姓屈的，是这屋子原来的老房东。"金子原道："我们也不是房客，怎么会钻出房东来了？"刘伯同心想：不好呀，说出来的话，全是横的。这就弯了腰，向他微微地鞠了个躬，笑道："我这话说错了。她丈夫是个汉奸。这屋子也是他当汉奸刮地皮刮来的。现在这屋子应当查封。不过契纸上是太太的名字。"金子原道："太太的名字，那不是和汉奸一样吗？我明白，有了这一着退棋，他们想偷箱换底，在没有查封之前，悄悄地卖给中央来的人。这样，他们就可以白捞上一笔钱，是不是？"说着，他手夹了烟卷，微微地冷笑着，喷出一口烟来。当他喷烟的时候，他鼻子里又哼着一声。刘伯同觉得说什么话都碰钉子，这话简直不能再说下去了。于是呆呆地站在桌子边不说话，也不走开。

　　过了一会儿，金子原又把烟卷送到嘴里连吸了两口，自己点头道："不管怎样，我也犯不上和妇女为难，你可以去问问她，这房子要多少钱？"刘伯同道："她没有敢定价钱，我们愿出多少，她就收多少。看这样子，那是一说即合，容易解决。"金子原道："那成了君子国了。既然如此，她不收钱好不好？"刘伯同听了这位专员的话，始终僵持着。心里估计着，看这情形，说什么话，也会碰了回来，这就站着笑了一笑。金子原道："老刘，我们是老朋友，我也没有什么话不能和你说。你有什么事，尽管和我商量，不要和我使手腕。对于这所房子，你知道我是需要的。而且姓屈的汉奸，对这房子也不能卖。趁着没有查封，用他太太的名字，弄几个钱到手，那不比白送给人好得多吗？"刘伯同笑道："事情当然是这样办。不过我总当向专员请示一下。还有……"金子原道："请示什么？我没有叫你引进来的人，你不也是引进来了吗？"

　　刘伯同听他的话锋，直接是指着杨小姐，这倒不能再装马虎，就笑道："请到里面屋子里来说句话，行不行？"他说着，先向里面屋子里走。金子原倒也愿听他有什么报告，就跟着走到里面来。刘伯同不说话，先向他鞠了个躬，低声笑道："我表示歉意，露珠是我打电话叫来的。不过我有点儿微意。我在背后听她的言语，她根据那崇拜英雄的心理，对你是十分敬仰的。这也可说是她一番痴心。现在未免感到失望，所以焦急起来。只要你安慰她两句，她就不会闹小孩子脾气了。我叫她进来向你道歉。"金子原哈哈大笑道："我有什么资格叫她道歉呢？"他说话的嗓门，还真是不低，虽然杨露珠所坐的地方，中间还隔了一间小办公室，可是他这几句话，她绝对可以听到。刘伯同抱着拳头，向他连连拱了几下，笑道："不要和她计较了。我到外面客厅里去和屈太太谈谈。"说着向金子原做了个鬼脸，立刻就走了出去。

刘伯同到了外面，见杨露珠还是坐在沙发上，可是两手放在怀里，已不撑着头做生气的样子了，微低了头，而且微垂了眼皮。刘伯同向她笑笑，又向屋子里指指，低声说道："进去吧！进去吧！别傻了！"说着，他便走出去了。

杨小姐呆呆坐了十来分钟，就像坐了两三小时一般，刘伯同没进来，金子原在里面也没响声。她回头看了看，只得站起身来，向屋子里走进去。金子原仰着头坐在沙发上，看了窗户上的帘子，有人进来了，就像没有看到一样，那态度可说是极不友好的。杨露珠本就带着一份委屈的情形走到这屋子里来的，及至看到金专员这种样子，倒把她僵住了。若是向前和他客气几句，那就更增加了他的气焰，以后对于他的行动，丝毫不能过问了；可是不屈服呢，彼此到现在还没有开口说话，两个人的情感，从即刻起，就要完全丧失。朋友的感情丧失了，那倒是无所谓，只是现在眼看到的这所华丽的房子，自己以为日后就是这里未来的主人翁了；这样一变，未来的主人翁就当不成了。他送的那枚金刚钻戒指，虽是不能收回去了，但他送的那部汽车，只是口头上说让自己坐几天，不但没有说送，就是开车子的司机，还是直接受着专员的指挥。他说声车子开走，就把车子开走了。这还是眼前的事情。至于以后的希望，自己所幻想着的一切荣华富贵，完全成了一股轻烟了，那么，这一程子跟专员当秘书，简直是做了一个简短的梦。两三分钟之内，她站在桌子边上，眼皮垂下，身子死呆呆的，两手插在大衣袋里，成了个木雕泥塑的人了。

金子原仰头靠了沙发后身，只是抽纸烟，眼望了窗子外的天空，一语不发。杨露珠扭着身子走开，慢慢地脱下了身上的大衣，慢慢地在衣架子上挂着，慢慢地再回转身来，看到桌子上有一把小茶壶，又是两只茶杯，就走到桌子边来，先斟满了一杯，然后两手捧着，从从容容地送到他面前桌子沿上，而且用柔和的声音道："请喝杯茶。"不过她说话的声音虽是很柔软，面色也很平和，可是绝不带一点儿笑意。金子原坐在那里想着，偏不睬你，看你拿什么手腕来对付我。现在她忽然无条件地投降，没有一点儿火气，这就无法和她再闹别扭了。何况她说话，好像有一半声音在嗓子眼里忍住了，分明是把万斤重的怨气都自咽了下去，也只好垂下头来，欠了欠身子，向她微点了一下，说声"谢谢"。杨露珠并不和他谦逊，两手同撑了桌子角，又柔软地问道："吃过了点心吗?"金子原道："今天起来得太晚，一会儿就要吃午饭了，没有吃早点，喝了半杯牛乳。你吃过了吗?"她道："我也因为起来得太晚，没有吃早点。"说着话时，在桌子上烟听子里取了一支纸烟，擦火点着吸了一口，然后将红指甲的手指夹着，悄悄地送到他面前。金子原虽然还是板着面孔的，可是人家这样殷勤伺候，实在不能再向人家表示不友好，只得接着纸烟，向她点点头道："谢谢!"露珠笑道："谢谢什么呢? 烟是你的烟，火还是你的火。"

金子原吸着烟，喷出一口来，笑问道："我听说你要到天津去，没有走成吗?"露珠向他瞟了一眼，又微微一笑道："你还要追问这件事!"说着，拖了一把椅子过来，放在写字台横头，然后两手抬起来，十指上伸，分别托着自己的两腮，然后向他笑道，"一个女孩子，总有一个女孩子的脾气，其实并没有什么不友好的意思。若是主观一点儿地说，也许正是更友好的表示。"金子原望了她的脸笑道："更友好的表示? 怎么是更友好的表示呢? 我还不大明白，请你解释给我听听。"露珠笑道："你有什么不明白的? 明知故问罢了。不过我昨天写给你的那封信，实在是出于误会。刘伯同告诉过我，你是为接洽公款的事情去了。这个我完全赞同。公事办妥了，不是大家的好事吗?"金子原默然地吸了几口烟，微笑道："我做的这番事也不能瞒你。除了公家的款子，我私人也有点儿现钞，根据我们在重庆的经验，放在银行里，绝对不是办法；套买物资吧，我没有那工夫，也十二分外行。所以我就想了个笨主意，把所有现钞，都变为金子。为了这件事做得谨慎周到一点儿，我就改在深夜去访一位金融家。"

露珠笑道："不就是陈六爷？他家阔得很，沦陷时期，家里就用着日本下女。"金子原笑道："是的，你对这个下女，有点儿不放心吧？其实我们现在对于日本人，只有可怜他们宽大为怀，是中国人的本性，你也就宽大为怀得了。"露珠还是将两只手向上叉着，托了自己的两片脸腮，望了他微微一笑道："我也宽大为怀？这怎么说得上呢？你用下女，是你的权力，我怎么敢多说什么呢？"金子原口里吸着纸烟，对她望了一眼，伸手在她脸腮上轻轻地掏了一下，笑道："你不说什么？这不正在说着吗？这好办。我在家也罢，我不在家也罢，这名下女，交给你女秘书指挥。好，你就继续地用她，不好，你就开销她。"露珠连连地说着："不敢不敢！"金子原又伸手在她脸上掏了一把。杨露珠也不作声，微微一笑，撩着眼皮看了他一下。

金子原在她这柔情似水的情形下实在不能说什么了，便笑道："我有什么气可生的，首先是你生我的气呀！"杨露珠道："你能让我解释解释吗？"金子原拍着身边的沙发道："坐着坐着，有话我们慢慢地谈吧。其实你也不必解释，我不是那种糊涂人，没有什么不明白的。"杨露珠还是站在桌子头边，默然无言地，将一个手指在桌面上画着圈圈。金子原看她半垂了头，眼睛圈上面一道睫毛，高高地簇拥而起，脸上不免有忧愁之色，但可以看到，她是竭力忍耐住了的，便手扯了她的衣袖，轻轻地拉到身边，笑道："坐下，我们有话慢慢地说。"

杨露珠随了他这一牵，就在旁边的沙发上坐下，还是垂下头去，低着眼睛看着自己的脚尖。金子原笑道："你现在相信我的话吗？"她笑道："我有什么不相信呢？不过我相信你又有什么用？你那么些个金子，我有万分之一或十万分之一吗？"金子原笑道："你也太妄自菲薄了。"杨露珠望着他道："这话怎么解释？你以为我有金子？"金子原道："你当然有。不过你现在虽然没有，可是谁人的金子，也不是由天上掉下来的，或者是娘胎里带来的。自然会有呀！你吸一支烟，可以慢慢地想我这句话。"说着，在烟听子里取出一支烟来，交到她手上，并且把他身上打火机掏出来，先打着火，手举了等着。她也就带着三分出神的样子，把纸烟抿在嘴里，然后偏过头来，就了火吸着。她吸了两口烟，金子原笑道："你想出这个道理来了吗？"她吸着烟，连摇了两下头道："想不出来，反正我不会在梦里挖了金窖；就是挖得了金窖，那也不会变成真的金子吧。"金子原笑道："你别在本身想，兜个圈子由我这里想想，你就明白了。"

杨露珠微微一笑，把头低了。将手指夹了烟卷，只管转着看上面的字记。金子原道："你现在是想明白了吗？"她还是摇摇头，也不作声。金子原伸过手去，将她另一只手握着，低声笑道："你不要三心二意的了。我也不是那朝三暮四的人，你对我那样真心，我还有什么不明白的。只要你不嫌弃我，将来我所有的，也就是你所有的。我这话应当是说得很明白的了。你为什么不说话？对于我的言语，还有些不入耳吗？"露珠这才向他一笑道："你说这些话，叫我说什么呢？反正我到了现在，已是身份明确的人了。当然，你待我这番好意，我是感激的。不过我有两层顾虑！第一，我不知道你家庭的情形怎么样？为了你，我什么都可以牺牲，只求你对我始终如一就得了！第二，你现在有钱有势，要什么有什么，追求你的人就多了。男子汉们总是喜新厌旧的。我和你认识的日子太浅而交情却进步得太快。我相信我把握你不住，所以你形迹有点儿可疑的时候，我就急了。"

金子原笑道："这叫多此一急。只举一件事，你就可以放心，哪个女朋友，有那资格，可以坐在我的办公室里说话？又有哪个女朋友能随便到我卧室里来？"杨露珠对他瞟了一眼，笑道："你怕我不知道？人家朋友们都在说我的闲话。说闲话就说闲话吧，反正我是随着你走的。可是你要有了第二条心，我就进退两难了。"说着，脸上又表示着沉郁的样子。金子原左手握了她的肩膀，笑道："不要多心，不要多心。虽然我在应酬场合上，可能会遇到一些太太小姐，可是比较接近一点儿的，只有一个坤伶田宝珍。她的为人我还有什么不知道的，我也不至于爱上了她。"露珠将头一扭道："我不信，你这不是真话！"金子原笑着，连说"真话真话"。他们谈到这里，已算从问题本身谈起，正好揭开天窗说亮话，继续地往下谈了。

第十一回

乐上心头失言呼已矣
媚居眼底回答总嫣然

　　房里人正谈得热闹，可是门外有个人却站得不耐烦了。因为刘伯同奉了专员之命，和那房主人屈太太一谈。他索性把专员的话告诉了她，这是汉奸的房产，迟早要充公的。屈太太料着强硬不得半个字，只管向刘伯同说好话，请他转恳专员，把这房子连家具，全部都买了。至于专员愿意给几个钱，那都不敢计较，就只望事情赶快解决，而且就请专员立即交下一句话。自己家住天津，来往商量费事，总希望这次来了，就把房子脱手。刘伯同听了这话，正中下怀，赶快就来回报。不想走到门外，就听屋子里唧唧哝哝说一阵，又是嘻嘻哧哧笑一阵，他实在不便贸然地冲进去，只有在帘子外呆呆地站着。他站了几分钟，又延长几分钟，而屋子里说一阵笑一阵的情形，始终没有停止。像刘伯同这样世故很深的人，自然知道不可胡乱闯了进去。而和房主人接洽的事，又不能耽误得太久了，人家还坐在前面客厅里，等候回音呢。于是站在门外，轻轻地咳嗽了两声。这个信号发生了效力。杨小姐已掀开了门帘，向他点着头道："请进来吧。"

　　刘伯同还是放缓了步子，轻轻地走进来的。金子原依旧靠了椅子背吸纸烟，一见他就笑道："你和她们谈得怎么样了?"刘伯同道："屈太太说，她等着钱用，急于把房子出手，随便给她几个钱就行了。"金子原把嘴里的纸烟取出来，在烟碟子上轻轻地敲了几下烟灰，笑道："她说随便给几个钱？给多少钱呢？三千两千就行了吗？"刘伯同笑道："三千两千现在只好吃一顿饭。"金子原笑道："我省掉了一个万字。"刘伯同笑着一拍手道："那太行了，也太多了。我想，连家具在内，出她五百万以上，一千万以下。她们就可以心满意足了。"金子原道："我出那个价钱，至于实数多少，你斟酌情形办吧。这样一所大房子，还有许多精致的家具，漫说在后方找不到，就是找得到，根据重庆普通的行市，也应当值到一亿两亿。"

杨露珠插嘴道："你们重庆来人，总说北平东西便宜，让你们说得越来越贵，你还要说便宜哩。老刘，她不是说出两三千万吗？你又不是说只要五百万吗？人家专员说话，不会变更的，你就这样去办。多了的钱，省下来给我，我也买点儿便宜东西去。"她说着，将身子半侧着，站在桌子旁边，已是把皮包里带的随身武器，如粉镜、胭脂膏、口红全部取了出来，放在面前小茶几上摆下进攻姿势。这时，她是左手举了粉镜，对脸上照着。右手拿了胭脂膏小扑子，在脸腮上慢慢地抹着。刘伯同看她样子，已经用她的柔术进攻，突破了专员的坚固的防线。看那脸上，笑嘻嘻的全是喜容，那么，她必定已经得到金专员什么新的诺言了。便笑道："杨小姐，我斗胆驳你一句话。这房子买了下来，难道是专员一个人住吗？和他省了钱……"杨露珠回转脸来，将胭脂膏扑子向他指着，笑着嗤了一声。

她听了这话，当然心里很痛快，向他笑道："你也是饱人不知饿人饥。人家正想在这房子上找一点儿零钱来用，你就赶快把问题给人解决了吧。你还在这里开玩笑！"刘伯同道："我不是在这里请示吗？专员答应多给她们钱，这是大恩大德，将来多生几个强壮的小公民。"这话本是恭维专员的，可是杨小姐听到偏要多心，她向他挥着手道："废话！快去回人家的信吧。"刘伯同心想，这位小姨子的态度真也变得快，早上还打算和金专员决裂，到了这个时候，忽然又和金专员要好起来，而且更以未来的专员太太自居了。想着想着就向她点了点头，笑道："我知道你的心事，无非是一番人类同情心。我去对屈太太说，这是杨小姐从中说的好话，让金专员多给你们几个钱，你看好不好？"杨露珠嘻嘻地笑着，两手将他推了推，笑道："你不用胡搅，将来我会罚你的！"刘伯同哈哈大笑，出门向前院而去。

过了不到一小时，只见刘伯同拿着一张大白纸写好了的房契，满脸带了笑容，走将进来。到了金专员面前，先是拱手一揖，然后又向杨小姐一揖，口里连说着"恭喜恭喜"！这回杨小姐倒是坦然受之，向他笑道："你办得很顺利，给了人家多少钱？"刘伯同笑道："你们都愿意做好事了，我也就落得慷他人之慨，共总给他们一千二百万法币。我没有拿法币算，我是用伪币折合的，共是六千万元。她们真没有想到我们这样大方，一伸手就是六千万。所以丝毫没有留难之处，满口答应了我们的要求。今天先写一张倒字，先取三分之一的款子。她们今天就赶回天津，明天把所有上手红契都拿过来，然后写正式契纸，契款两交。"金子原将倒字接了过去，看了一看，就交给杨小姐，笑道："一千二百万买这么一所大房子，中西家具，古董字画，样样俱全，实在是太便宜了。"杨小姐接了那倒字，也就笑嘻嘻地匆匆看了一遍，点了点头。那自然也是许可之意。

金子原笑道："我自从住在这里以后，虽然感觉得都很满意，可是心里头总是有点儿不自然，我也说不出什么缘故，大概是为了借住的缘故吧。现在这点儿不安，可以消失了。露珠，你觉得怎么样？"她望着他，嫣然一笑。金子原笑道："这个样子，我们似乎还应当请一次客。要我亲自出面吗？这恐怕太招摇。"刘伯同道："她们那方面卖主是女人，这方面就由杨小姐出面好了。"露珠瞟了他一眼道："刘先生，你这是怎么回事，今天老和我开玩笑！"刘伯同笑道："并非我和你开玩笑。你想，专员买房子，若派女代表出马，不派你出去派谁出去？当秘书的人，不就是代表上司做这些事吗？"露珠笑道:"你这张嘴真会说。可是你心眼里真是这样吗?你把我当傻子吗?"刘伯同向金子原笑道:"她说我心眼里不是这样,你看我是怎样呢?"金子原笑道:"现在不是讨论这问题的时候吧?外面客厅里还有两个人等着你给钱呢。"说着,将手挥了一下。刘伯同听了这话,方才拱手而去。他以一千二百万元法币,给专员买了一所大房子,还附带了满屋家具,锦上添花地献了这个大殷勤,当然是得意之至。只看专员有说有笑,也就可以知道他心里是怎样高兴了。

金专员和杨小姐在里面屋子里说笑,刘伯同并不去搅他们,可也不离开得太远。他拿了几份日报,捧着在外面客室里翻着看。约莫半小时工夫,屋子外一阵脚步响,隔了窗户向外看去,乃是张丕诚来了。他两手抄着大衣岔袋,迈着很急促的步子,并没有什么考虑,掀着棉帘子就闯了进来。刘伯同迎着他低声笑道:"你有什么急事吗,这样匆忙?"张丕诚笑道:"当然有点儿事,专座在家吗?"刘伯同这倒为了难,说是在家,他和杨小姐正在谈话,恐怕不许别人打搅。说是不在家,又怕张丕诚真有要事来报告,耽误了事情,可负不起责任。便向他笑了沉吟着道:"假如这件事我可以参与机密的话,何妨说出来兄弟听听吗?"张丕诚向房门帘子看了看,心里就有点儿了然,便伸手向门帘子指了一指,又伸出两个指头来,里外乱闪动一阵,向刘伯同又做了一个鬼脸。刘伯同是更愿意把金、杨二人的关系,向公开的路上引导的,这就微笑地连点了点头,而且又低声报告着道:"昨天晚上专座和她有点儿小别扭。这位小姐,早上闹起病来了,大概是专员打电话再三请了来的,现在正是负荆请罪之时吧。"

张丕诚未尝不知道杨小姐经常在屋子里的。尤其是刘伯同坐在外面屋子里看报,大有代为把门之意。心想着刘伯同以美人计勾引专员,搭上自己的登青云之路,这何必给他凑趣?拆散这条计最好,不拆散这条计,也让他们进行得不痛快。于是也就坐在沙发上向刘伯同笑道："既然如此，我和你先谈谈吧。那个爱克斯厂里的东西，只有小件搬开了。那些笨重东西，一盘散沙，封在大门里，这不是办法，我们应当根据原来的物资账，给它编上号头。我们不能说珍贵的就管，普通的就不问。此外还有大小七辆车子，除了专员调一辆给杨小姐坐用而外，还有三辆卡车和三辆座车。这些车辆虽然不能使用，但在胜利前都是好的，不过有些小毛病，应该修理，想法子利用它。现在满街有人抓车，都是清查敌伪用车。开出来用也好，锁在厂子里也好，我们先得确定这些车子的身份。"刘伯同对于这个建议，当然也不会反对，不过他一连串地说着，未免嗓门儿大了一点儿，这就向他微笑道："我也想到这层的，不过专员这些时候忙一点儿，我们还无法腾出工夫来做这些小事。"

张丕诚心想，这小子好大的口气，一下子处理六辆汽车，还是小事。一定要到库房里去搬金条那才是大事！心里这么一想，不由得哈哈一笑。他这笑声，算是把专员惊动了。他掀着门帘子出来，问道："老张什么事这样高兴？你来请我吃馆子吗？"刘、张二人连忙站起来，张丕诚道："凡家有名的馆子，专座都吃腻了吧？我正想请一次小客，不要吃大馆子了。"当然，金子原约了五六点钟到田宝珍家这件事不敢提，金子原道："吃小馆子也好，北平吃小馆子的风味最美。"张丕诚道："不，吃小馆子要二三友好，或者带了爱人……"

说到这里，杨露珠正掀开门帘，露出半截身子，斜靠在门框上，向外屋子里望着，听张丕诚说到"爱人"两个字，就向他看了一眼，只见胖脸腮向上拥挤着，闪动了眼角上的鱼尾纹。那一种轻松的微笑，可说是给对方很大的刺激。当然，杨小姐知道他是有意如此说的，却假装不大明白，向他点点头道："对的，吃小馆子要带爱人才有趣味，专员要带爱人，以张先生这种人最为合宜。"这个反击，出人意外，大家都哈哈大笑起来。杨露珠随又望了他们一眼，淡淡地笑道："真的，我不知道张先生是什么意思？还是请专员吃饭呢，还是请同人吃饭呢?"张丕诚笑道:"主客是专员和杨小姐,然后请同人作陪。"

杨露珠听他这样指明了,倒也并不怎么去谦逊。她走了出来,见金子原正在身上掏出银制雕花的扁烟盒子,打开来,托着烟盒子取烟,也就顺手取了一支。金子原按着打火机,伸到她面前,替她将烟点着。她靠近专员站定,悬起一只脚来颠了几颠,然后喷出一口烟来,向张丕诚笑道:"当然,我们这几个熟人,都在你邀请之列,还有什么外客没有?"张丕诚听她的口气,看她的态度,就知道她指的是田宝珍了。但依然装着不明白,向她笑道:"我们随便小吃,何必邀外人呢?自己谈谈笑笑,随便吃喝,多么高兴。"杨露珠望了他微笑道:"不邀一邀田宝珍吗?"张丕诚脸上并不露出丝毫的笑意,很坦率地答道:"我不是说不请外人吗?"露珠向金子原笑道:"专座,你说田老板是不是外人?"金子原伸手拍了她的肩膀,笑道:"这个孩子,真是调皮得很!"她笑道:"我说的是真话,田老板是专员的好友,难道还算是外人?"金子原道:"朋友当然是外人。"杨露珠倒没考虑,笑道:"算了,算了,田小姐是外人,难道我们是内人?"这句话她突然出了口,立刻也就感到不妥,于是将手连连摇着道,"我不来,我不来,我说急了……"说着赶快掀开门帘子向屋子里一钻,在这里的三位先生都哈哈大笑。

这时那个日本下女杏子正将乌漆托盘,托着茶壶茶杯进来。张丕诚对于这位新客人,在这里还是初次看见,就不免纵起了眼角上的鱼尾纹,只管向她笑着。杏子倒是很大方的,对他深深地鞠了个躬。金子原道:"这是张先生,也是我们同事,天天来的。老张,这是陈六爷那里的女用人杏子,借给我使唤的。她中国话说得很好。"杏子就在这个时候,斟了一杯茶,两手捧着,送到他面前来。张丕诚向她点点头笑道:"你应当认得我。去年戏园子里听戏,彼此连着包厢坐的。我把你当了陈小姐,闹了个大笑话,你应当记得吧?"杏子两手捧了托盘站着，笑着抿了嘴，向他瞟了一眼，却没有答复。金子原道："怎么样，你对她很感兴趣吗？现在中国是战胜国，日本人不能看不起中国人了。你现在可以坦率地向她求爱了。"张丕诚啊哟了一声，笑得全身颤动，把手上的茶杯震动着，泼了衣襟上一大片水。金子原笑道："就是我这样一句话，你也不致乐得这个样子。"张丕诚笑道："专座，人家还是个姑娘呢，你就这样当面和人家开玩笑。"金子原道："那要什么紧？日本人的风格，我是知道的。他们对于男女之间的事，并不像我们中国人那样神秘。——杏子，你说是不是？"他索性掉转头来，对这位日本下女问着。杏子没有什么表示，还是微笑着向各人倒完了茶，然后也就走开了。

于是金子原和刘、张二人三角式地坐下，然后问道："老张好像有什么急事跑来报告，并非为了请吃什么名厨吧？"张丕诚因把汽车的事报告了一遍。金子原道："这几部车子，我也看到过，全是坏的。"张丕诚道："专座，这是您不了解生意经。我们找家汽车修理厂，把车子全交给他们，花几个小钱，等候个十天半月，车子就全好了。大后方来的人，非常需要车子。我们修好了，把车子卖出去，你还怕没有人要吗？我们账上接收下来的车子，写得明明白白，是残破车身一座。这'残破车身'四个字，就大有腾挪余地。脱掉了几个螺丝钉，这可以说是残破；车子就剩了个光壳子，也可以说是残破。我们落得卖了它，现钱到手买他一点儿金子，比什么……"他说得正高兴，金子原却也听得有趣，杨小姐也正好掀开帘子，露出身体来，将手指了他道："张先生，你谈生意经，是对的，只可惜嗓门儿大了一点儿。"张丕诚一缩脖子，又一吐舌头，笑道："我虽然说话大意一点儿，可是我们这里，究竟没有外人。杨小姐也请过来，加入我们的座谈会吧。"

露珠笑道："有关于要我做的事情吗？"她说着话走了过来。刘、张二人原是各坐一张小沙发，只有金专员坐的是双座大沙发，还空着大半边座位，杨小姐丝毫没有考虑，就在那双座沙发上和专员一同坐着。看到金子原吸的纸烟灰落在西服裤子上，她就抽出衣襟纽扣上掖的花绸手绢，向他大腿上轻轻地拂着，因笑道："这是新衣服，你也不仔细一点儿！"张丕诚看看她这番做作，心里想着，这位小姐，真肯放下身份。田宝珍若是想和她对抗，只靠那几次的殷勤地请客，那还不行，这就得在此以外去想点儿办法才是。他心里这样想着，就不免对露珠身上看去，杨露珠偏过头来，向他微笑着道："张先生望着我干什么，有与我有关的事吗？"张丕诚笑道："没有什么事。我有一点儿意见贡献，就是现在有两所公家房子，不算大，可也不算小，现在正空着。若是现在接收过来，不费什么事；再不接收的话，就怕有人要搬进去了。"杨露珠道："你怎么知道的？"她说着，靠了沙发，摇撼着腿，对人望着，表示怡然自得的样子。同时又取了茶桌上一支烟，放在嘴里抿着，然后擦了火柴将烟燃起。吸了一口烟，手指夹着，向金子原面前一伸，说了个"烟"字，金专员自然接着烟吸了。

这时张丕诚接着笑道："我怎么会知道的呢？我不应该不知道。凡是关于我们部门可以拉上交情的东西，无论动产与不动产，我都是注意着的。专员事忙，这些琐事，不必他费神。我已暗地里调查清楚。除了自己不断地去看看外，遂和那里住着的人约好，有什么事，随时给我打电话。"杨露珠道："那房子还有电话？"张丕诚说道："当然是水电、卫生设备俱全。这两天，就常有人去看房子。那里看守房子的人就说了，这是重庆来的金专员看定了的房子。人家也就不多问了。"金子原道："难道没有在门口贴上封条吗？"张丕诚道："当然有封条。可是这些麻烦，就是由封条惹出来的。因为人家看见门上的大封条，才知道这里面是空房子。"金子原道："难道我们的封条都挡不住驾吗？"刘伯同道："当然，我们的封条人家不敢问。不过次一等的，这一类的事情就多了。你贴封条，人家也可以贴封条，你说和我们的接收部门有关系，人家也可以说和他的接收部门有关系。这年头什么东西不接收？就是不接收人。"金子原回过脸来向杨露珠笑道："他说没有接收人的，你说可信吗？"

　　说时，正好杏子送着几玻璃碟子点心进来。杨露珠就指了杏子道："你问她吧。"杏子将碟子放在茶桌上，笑道："杨小姐，我什么都不懂。我很喜欢中国，我很喜欢北平，这话是实实在在的。"她故意把话说得牛头不对马嘴。杨露珠笑道："你什么都不懂？我说的话，你可别见怪。反正现在日本投降了，过去的事，全不用隐瞒。我看日本人无论是男女老少，到中国来的，全都是间谍。当间谍的人，那自然是懂得太多了。小姐，你替日本帝国又做过地下工作没有？"她说话时，还是带了笑容，瞪起眼睛来向杏子望着，好像她应该立即向这个日本女人加以侦察似的。杏子对于这些事情，似乎已经经历得太多了。她很坦然地听着，等杨露珠说完了才笑道："我们当下女的，程度差得很，哪里知道什么事情？"她这样说着，态度表示得很轻松，脸上带了微微的笑容。

　　杨露珠偏转头来，向金子原道："日本小鬼投降以后，你直接和他们谈过话没有？"金子原因她当杏子的面骂日本小鬼，觉得这很使人难堪，只是向她笑笑，并未答话。杨露珠又道："这个我倒有经验，日本人有他的一套答复：第一日本战败是事实，对中国发动战争，估计有错误！这只是估计错误而已，他们好像没有一点儿罪恶。第二，中国宽大。第三，有关天皇的，他们不谈，至多说日本是家族式的，天皇只能算是一位家长。总而言之，他们什么负责的话也不说。"金子原点点头："你这话倒是说得很对的，他们确实是这样对人说话的。"杏子听着，又是一笑。金专员倒很愿为杏子解围，就顾左右而言他地向张丕诚道："你说的那房子怎么样？继续向下说。"张丕诚道："百闻不如一见。我们立刻去看看房子好不好？"金子原还没有回答，杨露珠立刻站了起来，笑道："好吧好吧！我们立刻就去。"金子原道："还是吃了午饭再说吧。今天上午真忙，我累了，也需要休息一下。"

　　张丕诚听到金专员这般说话，当然不便再催。吃过午饭以后，又碰到金专员要午睡，他同刘伯同几个人，又在金公馆静候。这位杨秘书遇到金专员午睡，她总在里面不出来。后来到了两点多钟了，才听到她在大客厅里大声说话。张丕诚跑了进去，问道："这所房子，专员去看不去看呢？封条贴了，长久放着不问，这也不好呀！"杨露珠手扶着门，问道："这房子果然很好吗？"张丕诚装着鞠躬道："小姐，我还能骗专座吗？"杨露珠点点头道："好的，我去催他，你去穿上大衣。"张丕诚当然照办。她透着很高兴的样子，到屋子里穿起大衣，夹了皮包，走了出来。这时，金子原又很听她的话了，也就穿上大衣，陪了她带着张、刘二人一拥而出。门口停着四辆汽车，摆成一字长蛇阵，驶向那新房子而去。到了那所房屋门口，车子停了下来，也是个朱漆门楼，门楼上一个白球灯泡，上面已经贴上纸，分明是要把原来那个主人的姓氏遮掩起来，这样做，虽然不知道那个主人姓什么，可是更无异说这所屋子是汉奸的产业了。汽车喇叭一响，朱漆大门里就拥出许多人来。他们两边一分，像排班似的，有意让这批贵人扬长而入。张丕诚正着面孔，首先走下汽车，看到门口的那个人，就向他们道："专员亲自来看房子了。"

　　这个时候，重庆来的专员，是最吃香不过的名称。在这大门口的人，也就很了解专员是怎样一种人物。加上来了四部汽车，就更显得声势浩荡。张丕诚平常到这里来就大模大样的，表示他是一种不可侵犯的人物，现在也下得汽车，向门洞旁边一站，大有站班之势。大家也就想着他是迎接更阔的人，也都闪到一边，眼光都在注视着。金子原两手插在大衣袋里，挺着胸脯向大门里走，杨露珠紧紧跟随。大家也就联想着这是专员夫人，一齐向金子原鞠躬，也一齐向她鞠躬。到了院子里，杨露珠四面一看，虽然这屋子的富丽不

118

及专员现在住的公馆，可是大廊子红柱，一列雕花格扇的正面房屋，大玻璃擦得雪亮，远远地就可以看到里面陈设的家具，都是最新式的，她心里先就有三分愿意，就回转头来向金子原笑道："这房子还凑合。我们再仔细看看。"金子原已经很便宜地买了一所住宅了，这时更感觉到在北平买房子是极不费力的事，而且买什么东西，也不是由重庆带来的钱，实在也无须怎样去吝惜，想了一下，便毫不经意地笑着对她说道："你若是中意的话，这房子就给你留下吧。"说着话，又陪她在前院看过，然后到后院走走。这所房屋里面，不如金子原现在住的那所房子完整，古董字画固然没有，就是细软箱柜也没有。除了客厅还布置得有点儿样子而外，其余各屋里，都是散落地放着几样家具。后院原是住房的内室，上面一列的玻璃窗子，白窗纱做了窗帘，隔住了视线。在屋檐下面，伸出取暖的铁炉子白铁烟囱，却也可以证明烟囱里面正向外冒着黑烟，这也可以证明这里还住着人。再看看两边厢房，也是如此。

这时杨小姐倒有点儿迟疑了，这里面既然有人住着，似乎不便进去。可是张丕诚也跟着来了，接着就向里走。于是正屋子的风门被推开，有一个女郎迎了出来。她半蓬着头发，微微拦了一根红色辫带。身上穿件枣红色的棉袍，小小的身躯，长长的袖子，显得那个儿非常苗条。这位女郎并没有涂抹脂粉，而皮肤却特别白嫩，反显得有种自然之美。

金子原现在贵为专员，手边有的是方便的钱，每小时所接触到的，都是顺心的事，正合了那句成语："饱暖思淫欲。"如在平常，一个人看到了美丽女子，虽也不免多看她一眼，可是绝不会因了这一看，就有什么企图。然而在金子原就不同了。这时他看到正屋出来的这位少年女子，朴素之中，又带了几分艳丽，觉得和平常接触的人物比起来，简直是耳目一新。所以他站在院子里，已经把眼神盯住了她，不再移动脚步。那女郎倒是很大方地站在走廊上向进来的人问道："是看房子的吗?"张丕诚抢前一步说道："这是重庆来的金专员。来看看房子的。"那女郎本来堵住风门站着，是有意拒绝来人向内室探看房屋的。现在听说是专员，而且又带有女眷，因点点头道："就请进来看吧，里面也没有什么。"

金子原随在张丕诚之后，已经过来了，女郎所说的话，恰是句句听到，就手扶了帽檐，向女郎点了个头道："我们是公事，不能不看看。对不起得很。"说着，他站在风门口并不进去，只伸着头向屋子里探望了一下。

这是一列北屋，正面是两间有地板的屋子，只将雕花格扇拦为两间。事实上是通畅的，主人家当了内客室，两边也陈设着硬木家具，还悬挂了一些字画。里面古色古香，倒还是有点儿雅意。两边有通往内室的门，都垂了门帘子。屋子里有位五十开外的老太太，穿着黑绸棉袍，手里拿着佛珠，头发一抹平向后剪齐，脸上干干净净，仅略微有点儿皱纹，坐在一张有红呢垫子的硬木太师椅上。看到人来，她从容地站起身来，微笑道："既然重庆来的上宾，那都是抗战英雄，我们钦佩之至，请到里面来坐吧。"金子原听到这样的恭维，就向那位老太太点了个头道："不要客气。我们虽然也常到前线去，不过到底是文职，谈不上什么英雄。不过这八年以来，我们算没有少吃苦而已。"那位老太太道："专员请坐吧。我们这里窄狭得很。"金子原微笑道："不必客气了。我们也是奉令来办理的，只要公事能交代得过去，我们就没什么可说的了。"那位老太太道："请看吧，当然我们要专员公事交代得过去。"

金子原听到人家一味地将就，便也向她点了个头道："你贵姓?"老太太欠着身子说是姓刘。金子原见那位淡妆的姑娘，依傍在刘老太太身边，始终是静悄悄地站着，也不好意思不理会人家，便举向她点了个头道："这位小姐贵姓?"女郎忍不住笑了，身子只是微微地一颤，轻轻地答复了四个字道："我也姓刘。"金子原也笑了，向刘老太太笑道："那么，她是你的小姐了。现在哪个大学念书？"刘老太太答道："高中毕业以后就没再念了，她的意思，沦陷期间受日本人奴化教育，又何必去念书呢？金子原道："现在胜利了，回到祖国的怀抱，可以接受祖国的教育了。"刘小姐微微笑着，露出了两排整齐而洁白的牙齿，同时脸上也泛起了一阵红晕，似乎有点儿难为情。金子原觉得她不用化妆品，一切都是本色美，她的笑，她的羞涩，也都很本色。他心里这样想着，脸上也泛出不可遏止的笑容来。但一笑之后，立刻觉着不妥，这就回过头来对站在身边的杨露珠笑道："这位刘小姐很可以做你一个朋友。"

杨露珠鼻子里哼了一声，嘴角略微歪了一歪，发出十分勉强的笑容，随后就把脖颈歪了过去。金子原见她这样子，分明是含着极浓厚的醋味。可是对于她这样作风，觉得太对刘小姐不起，便故意向前一步，对刘太太道："这位是杨小姐，是我们办公处秘书。她也是为公事而来的。"他这一解释，是向刘小姐表示，这并非是自己的太太；第二也可以让人知道她在上司面前，不便随便交朋友。刘太太倒不怎么介意，就坐着向杨露珠点头道："杨小姐，先请坐吧。您也是从重庆来吗？那是太辛苦了。"杨露珠看到人家满脸是笑容，倒不好意思不睬，便点点头道："不必客气，我们看看就走的。"刘伯同挤向前一步，低声问了几句话。金子原摇摇头道："刘府上也是清白人家，我们这样把房子的轮廓看过，也就行了。我们再到外面去看看吧。"刘伯同、张丕诚二人跟在后面，大为失望。他们的意思，以为专员进门以后，一定向住家的人发一顿脾气，责问他们为什么不搬家。现在专员不但不责问他们，而且还说他们是清白人家。两人彼此望了一下，没有敢说什么。金子原扶着帽檐向刘氏母女连连点头，就退到院子里来了。跟随着来的人，也只好跟着到院子里来。

这时刘伯同走到他身边，低声问道："这所房子，我们应当怎样处理？"金子原沉吟了一会儿，点点头笑道："这所房子容易处理，让我自己来办吧。"杨露珠也走到他身边，低声笑道："你对这房子的印象怎么样?"金子原笑着点了点头。张丕诚看那样子，这房子是不能立刻打什么主意的，于是笑道："还有一所房子要看呢，也在这胡同里，我们可以顺便去看看。"金子原随便应一声好，又回转身来，拉开正屋的风门，伸着头向里面连点了几下道："刘老太太，我们打扰了，再见吧。"刘老太太在里面答道："改日再去奉看。素兰代我送一送。"听了这句话，那位刘小姐出来了，在一大群人后面缓步相送。张丕诚本想引着金专员在外院子再转个圈子看看的，看到刘小姐在后面跟着送客，这话就不用开口了，两手插在衣袋里，也跟在他身后走出了院子来。到了大门口，金子原首先站着，将脸向里，看到了刘小姐站在门洞子里，就取下帽子，向她弯着腰说道："刘小姐，打搅了，请回吧。"刘小姐只是站定了身子微微一笑，不过她随着这一笑鞠了一躬，那弯度还是很深的。杨露珠站在金子原身旁，将目光看定了她，她倒是照样客气，又向她一鞠躬，笑道："杨小姐，我们怠慢得很了。"杨露珠总不能过于骄傲，也只好向人家点点头。

第十二回

香帕试偷慧心双手送
资金再跃密计自天来

　　这时，金子原退后了两步，张丕诚看是进言的机会了，就笑着低声道："昨晚你说到田宝珍家里吃包饺子，时候快到了。至于说我请客，那只好我自己取消了。"金子原看看，露珠已经落在后面，便笑道："你倒好记性，比我还记得清楚。不过我想起来了，今天晚上有个盛大的宴会，只好把吃饺子的约会改日子再去叨扰了，你给我打个电话去吧。至于你请客不请客，那我不管。"张丕诚听说有个盛大宴会，当然不能到田家去。但是他当面许了人家钻石戒指，却怎么办？于是笑道："你既有正事，当然办正事要紧。电话我马上就打。还有什么话吗？"金子原昂头想了一想，笑道："我记起来了，我答应送她一样东西。那忙什么？哪天我亲自见她，这东西自然有个交代。"说到这里，他又放慢步子，和杨露珠并排走着。

　　这天晚上，果然金子原出席宴会，回来的时候很晚了，张丕诚当然不能在公馆等候。可是第二天他又有事。第三天他依旧有事。到了第四天下午，看看闲点，张丕诚就赶快走到办公室，只见金子原斜靠在椅子上，口里斜衔着一支烟卷面露笑容。杨露珠斜靠着写字台，就站在里一旁，低声低气地对金子原说着。两人听到脚步声，杨露珠偏过头来一看，见是张丕诚来了，她一点儿不遮掩，也不走开，问道："张爷，有什么事吗？"张丕诚走近写字台边上，笑道："有一点儿小事，就是那天看房子还没有看完，今天大概没什么事，我们同去看看吧。搁得太久了，似乎也不太好。"金子原道："好的，现在是四点钟还不到，我们去看还来得及。"杨露珠对于接收这件事，总是赞成的，便道："你和伯同在外面等我，我们就来。"张丕诚听得"我们"这两个字说出来很响亮，心想，这小姐简直以金太太自居了，便笑着走了出去。自己也不敢耽误，回头通知刘伯同，两人穿好了大衣，在门洞里等候了十分钟的工夫，金子原才出来，杨露珠还是搭着他的手膀。金子原吩咐不要许多车子一齐出动，自己同杨小姐坐一辆，张、刘合坐一辆就够了。张丕诚说明了地点，一会儿就开到一所朱漆红门楼前面，照样地在门框上面，贴了一张白纸蓝字封条，上面盖着鲜红的大印。

张丕诚引了一群人，走进大门。首先就看到第一重院落系抄手游廊，直达正屋。时在冬季，院子里一棵大树，在阳光里铺了满地影子。正屋也都是垂花门和雕花格扇，走廊宽到一丈，比从前看的屋子要大得多，只是油漆剥落了，各处都散布着一层灰尘，当然比刘家住的那座房子要陈旧些。这房子并没有人家住，只有一对年老夫妇看守，这时他们便由旁边厢房里迎了出来，认得是张丕诚，就向他鞠躬道："张先生，您再派几个人来吧，这房子我们守不了，天天都有人来看。所以还没有人抢着搬进来，就因为我们这里房子全是空的，没有什么家具。房子太大了，要多少……"张丕诚皱着一眉道："别啰唆，专员来了。这是专员。"说着将专员指示给他们。

那老者穿了件大青布袍子，垂着两只袖子，笔挺地站在一旁听话，然后又向金子原行了个九十度大礼。金子原道："你带我们去看看吧。"老者道："房子多着呢，一共有五六十间，就是没人住。"说着，他闪在一边，引着大家看了三四重院落。的确，房屋很多，不过屋子里空无所有，只是满地分布了些碎纸、布屑和乱草。每开一间屋子的门，全是冷飕飕的。金子原看完之后，摇摇头道："怪不得没人过问，人少的，用不着这些房子！人多的，每间一张桌子、两把椅子，也大费脑筋。老张，你看这房子要怎样处理？"说着，回头向张丕诚看看。

刘伯同跟在金子原身后，就不住地向杨露珠使眼色。杨露珠向前走了一步，扯着金子原的衣袖，轻轻地喂了一声。金子原回头笑道："怎么样？你对这房子感到兴趣吗？"露珠道："我怎么敢说这话？我的意思，你看过之后，得仔细考虑一下，不能随便就解决了。例如前两天看的那所房子，那姓刘的就是有名的汉字号。你因为她们招待得很客气，竟说她们是清白人家，这跟事实完全相反。"金子原也明知道自己的话是说错了，不过当了张、刘二人的面，却不能认错，便笑道："可能那刘家是借房子住的，并不是房子的正主。我看她们的样子，并不像坏人，所以那样说的。好在那房子已经被封，也不能因为我一句话，就不处理。"

张丕诚已看到刘伯同和杨露珠使眼色，心想："这房子我引着他们白看了，不解决就不解决，我才犯不上和她找财发呢。"这时他情急智生，猛可地一跳，将手拍着头道："我几乎忘了，专员我们赶快去！昨晚我在一个约会席上遇着陈六爷，他请您中午吃饭。而且请我和伯同作陪。好在不是外人，杨小姐也去吧。走走！"说着，他就向外走去。金子原对于陈六爷不敢以沦陷区的普通人看待，因为他是替自己找金子的，一听这话，立刻就走出了大门。刘伯同、杨露珠摸不着头脑，也只好跟了出来，张丕诚到了大门口，说声"惠风堂"。两部汽车风驰电掣而去。

这家馆子的伙计们，不但认得专员，而且还认得专员的汽车，这里汽车一停，他们全拥到大门口来迎接。金子原一进柜房，就看见定座牌上，白字大标题写着："下午，田小姐定，七号。"他正自己心里问着："是不是田宝珍？"这个念头没有完，田宝珍已由院子里飞奔前来，身穿一件紫绸袍子，立即拉着杨露珠的手笑道："不撒谎，还请不到吧！"杨露珠虽然不大愿意她，可是在人家满面春风之下，不能不笑脸相答，因道："又要叨扰你，上次叨扰，还没有回请呢!"大家到了屋里，金子原两手摇在大衣袋里，只管耸着肩膀，红光满面的腮上，深深露出了两条斜纹，那份得意就不用提了。

张丕诚在一边看到，就笑道："田小姐，我说话怎么样? 我说替你代邀的客，一定会邀到的不是?"田宝珍向他道谢，引着一行宾客进了雅座，然后向金子原笑道："今天请专员吃一顿便饭，是早上才有这个意思的，所以来不及下帖子。我和张先生通了个电话，问他专员能不能赏光? 他说专员事忙，除非在他办公饿了的时候，顺便邀来吃饭。我就说，不管张先生怎么样代我邀请，我是诚心诚意地在这里恭候。难得难得，杨小姐也请到了。"说着，一面敬茶敬烟。

杨露珠笑道："田小姐赏饭吃赏戏看，我没有不到的。"田宝珍先是抿了嘴笑着，然后点点头道："明天晚上请杨小姐听戏。"金子原道："田小姐明晚有戏，好极了，我们一定全到。明天晚上唱什么戏?"田宝珍道："为了叫座，没有法子，只好又来个双出了。先唱一出短的《起解》，后唱《盗魂铃》。"金子原把头一扬，用手拍着椅子道："《盗魂铃》是老生戏呀。你反串? 那太有趣了。我一定要瞻仰瞻仰。"张丕诚将头一摆道："田小姐唱这出戏，共有三个噱头：第一她是反串老生；第二是《盗魂铃》这出戏，猪八戒戏中串戏，她会有许多花样；第三她是学谁像谁，学马连良的《借东风》，那还是别人也成的，学言菊朋老板的《让徐州》，她是个独行。你闭了眼睛在台下听着，那就是活言老板在台上。"

杨露珠端了一只茶杯，和田宝珍同坐在一张沙发上，见张丕诚只管赞好，她就抿了嘴止不住地笑着。听到这里，将胳臂轻轻碰了田小姐一下，又将嘴向张丕诚一努，那意思是说，你看他真会拍马。田宝珍点了两点头道："我就是人缘好，大家都肯捧场。"金子原抓了张丕诚的手，低声笑道："这倒让我记起一件事来。我和田小姐说过了的，把所有的包厢我都定下了。票价是毫无问题，可是这非有二百个人不可，否则包厢坐不满。你有法子找这许多人吗？——还有一层，去听戏的人，有男有女，总要一些像样子的人物。"张丕诚将头摇摆着成一个大圈子，笑道："那不成问题，都交给我办。"说着，站起身来，高举了一只右手，笑道，"田小姐，你听到了没有？你明晚上所有的包厢，都归专员包了。告诉戏馆子里，包厢票子不必卖了。"田宝珍也站起来，向金子原点了头道："那我先谢谢了。"张丕诚笑道："你也得谢谢我呀！"杨露珠看了张丕诚那份得意的样子，心里就十分不高兴，于是斜了眼珠向他笑道："张先生捧场，最是合算，慷他人之慨。"张丕诚笑道："我当然不能完全慷他人之慨，我总得出点儿力气才是。"杨露珠笑道："我看你算了，还是买两只小花篮吧。"说着伸出了两个指头。张丕诚笑道："说两只花篮得了。为什么在花篮上面还加个'小'字？虽然说是千里寄鹅毛，田小姐也不会嫌少，可是我也不能花得太少了。明天晚上，我做个小东，在田小姐还没有到馆子以前，我在馆子附近，请田小姐吃顿便饭就是。"田小姐笑着说："别客气。"杨露珠也笑道："干吗说是不客气呀？让他请一顿！"

在大众说笑声中，茶房已经在圆桌上摆下了酒菜。田宝珍是善于做主人的，她在屋子当中，向大家微微欠着身子，然后伸出手来，做个虚请的样子，满脸都是笑容。金子原看了她那双灵活的眼珠，向大家一转，脸腮上微微地旋出了两个要现不现的小酒窝，觉得非常有趣，便笑向大家道："咱们都是熟人，也不分什么上下了，随便坐吧。"说着，就在主席旁边的一把椅子上坐下。张丕诚是知趣的，笑道："恭敬不如从命，我们随便坐吧。"他说着，就在金专员上手坐下。刘伯同看了专员这情形，分明是有意揩油，张丕诚都顺着他的意思办理了，自己又何必煞风景呢？于是也在张丕诚对面坐下。只剩下了小圆桌的上方，那该是主客坐的。杨露珠当时还是站在桌子外面，和田宝珍谦让着。田宝珍笑道："杨小姐，你也就不必客气了，上面坐吧。"说着提起酒壶来，在上座的空酒杯子里斟上一杯酒。杨露珠心里还暗暗想着，这家伙今天和我特别客气，大概因为金子原要定包厢，怕我会从中破坏吧？管他呢，我就落得享受。于是向她点了个头就坐到上席去。田宝珍按着次序斟酒，最后才斟到金子原面前，笑道："我是依了专座的命令，挨着次序招待的。"说着便在主位上坐下。

田宝珍刚坐下，有一种浓烈的香味，袭进了金子原的鼻端。他立刻想到，田宝珍是常去上海的人，究竟比杨露珠摩登得多。而且她这个人柔和殷勤，对人没有一点儿脾气，那也是杨露珠办不到的。这样想着，越是对田宝珍表示好感。一顿饭的时间，只管和她周旋着。田宝珍在几杯酒喝下去之后，白脸正中，泛出了两团红晕，更显得格外美丽。停了一下，又发现，那香气是由她一块花绸手绢中发出。手绢掖在她的右襟纽扣中间，金子原悄悄垂下一只手去，伸出两个指头，想抽那块手绢头。这个动作，虽然轻巧，可是田宝珍也会察觉，她偏过头来望了一下，吓得金子原连忙把手缩了回去。但是她脸上一点儿没有尴尬的样子，而且很自然地举了杯子笑道："专员，再喝一杯吧。"同时，转着眼珠望着他一笑。

金子原见田老板不动声色，也许是她不好意思使然，也就不再去冒险了。一顿饭吃过，茶房送进账单，要向田小姐面前递过去。金子原一伸手拦着接过来，将账单向口袋里一塞，向茶房一挥手道："回头到我公馆去取款。"茶房一鞠躬笑道："好，专员说了，柜上写上就是。"田宝珍走过来，扯着他的衣袖道："那不可以，那不可以！"金子原笑道："有什么不可你问问茶房，这些馆子我们都成了熟主顾，他们肯不肯收你的钱？除非以后他不想要我做主顾了，他才收你的钱呢。"说着，他瞪了眼睛，向茶房看了一眼。那茶房知道金专员是终日在饭馆子里过生活的人，又知道他们是成群捧角，如何肯要坤伶出钱？于是向田宝珍笑道："田小姐二次再请吧。"田宝

128

珍依然扯着金子原的衣袖不放，连说："那不好，那不好!"金子原笑道："好，就算是你请吧，明天我在包厢票价上加上这笔钱就是。"

他们正在谦逊着，又进来了个茶房，说是杨小姐的电话，杨露珠道："谁知道我在这里?"刘伯同道："大概是你姐姐打来的，我叫茶房向家里通过电话。我们的车子也来了。"杨露珠接了电话回来，向金子原说道："我和刘先生要先走一步，姐姐有点儿事要和我商量。"说着，披上大衣，和田宝珍一握手，说了声"明儿再见"，便匆匆地就走了。刘伯同料着自己太太有什么要紧的事，也只好跟着走了。这里剩下张丕诚，那是田宝珍一伙，当然说话没有顾忌。张丕诚就远远坐在一张沙发上，向田宝珍道："你就让专员这个东，他带着我们办了一天公，本来也就要我们吃个小馆子的。"

这时田宝珍已经坐在喝茶的桌子边上，斟着茶，向两个人递，一面对金子原笑道："真是怪不好意思的。"说着，身子风摇柳似的，还扭了几扭。金子原伸手接茶杯，几滴茶水正晃在他西服裤脚上。田宝珍哎哟了一声，放下茶杯，立刻抽出右襟纽扣上那条花绸手绢，弯下腰要给他揩水渍。金子原也抢着放下茶杯，连手绢和她的玉手同时捏住，笑道："这样漂亮的手绢，要当香袋使，却要拿来擦水。"田宝珍向他瞟了一眼道："专员这样看重这条手绢？我就送给专员吧。"说着，她将这条手绢，塞在他的西服口袋里去。金子原将她的手摇撼了几下道："我太感谢了，我太感谢了!"自己心里想要的东西，她竟这样慷慨地送过来，真是正中下怀。于是就握着她的手，笑道："我说了要送田小姐一个戒指，可是事先我不晓得田小姐要请我，我没有带来，明天一准奉送。"田宝珍抿了嘴笑一笑。金子原依然握着她的手，说道："明天准送来。"张丕诚道："这个节目算是过去了，专员今晚上还预备些什么事?"金子原这才放了田宝珍的手，问道："你怎么这样的健忘，你不是提到陈六爷有事约我吗?"张丕诚笑道："我昨晚根本没有遇到他，刚才当着许多人的面，我是

129

随便撒了个谎，约专员来的。"金子原知道他所谓许多人，其实就是一个杨露珠，便也不再追问下去，因道："明晚我们再在这里相会，今天晚上我倒真要去看看陈六爷。"说着和田宝珍道谢而别。

金子原出来办接收事宜，少不得都要带着左右丞相。可是他和陈六爷有什么来往，却都是单独行动。出了馆子，他坐了汽车，一直就奔往陈六爷的公馆。这陈六爷公馆里是他来惯了的，所以到了这里，也不用人通知，径直就奔往内客厅去。陈六听见金专员进来，立刻出来恭迎，上前和他握手，笑道："我们到屋子里坐。"两人同在沙发上坐下，陈六点点头道："专员，您的东西，还是带到重庆去，还是留在北平呢?"金子原道："我没有工夫回重庆。听说明年二三月，政府就回南京，我只有到那时再南下了。"陈六爷向他敬着三五牌香烟，两个坐在沙发上的身子，都向前凑了一凑，他就借了这个机会，向金子原低声说道："你若是不带回重庆的话，冻结了那些金子，也是不合算的。"金子原道："金价一直在涨，没有落过，现在是四几的行市?"陈六爷道："今天接近五万大关了。"金子原道："还是呀。我三万多到四万进的，现在已经五万了，怎么会冻结呢?"陈六笑道："专员觉得已经赚够了吗?"金子原吸了一口烟，喷了出来，身子靠了沙发背，仰着脸向他笑道："我的胃口不大。"

陈六将嘴上的小胡子耸了两耸，伸出两个食指，在空中画着圈圈道："然而不然，资金拿在手上，若是不好好地运用它，那就是蚀本了。"金子原笑道："诚然如此。我也不是不明白，还有什么更好的法子吗?"陈六道："专座自己不回重庆嘛，也不要紧，只要你派一个亲信的人，到重庆去一趟也行。把金子出手了，把法币带回来。北平现在正是缺少着法币，法币到了北平，再买金子，准可以赚百分之五十。这比冻结不动如何? 时间也不过飞机两个来回，是很快的。"金专员吸着纸烟，默默地想了一想，点点头道："你这话很有道理。不过这种事，不能随便交给别人代办，而我一时又离不开北平。很好的一桩生意，竟是无从着手。"陈六爷笑道："北平的朋友，调他们到重庆去，当然不合适。这里的人，对于大后方的情形又完全不了解，你将金子交给他，下飞机可能就会出事。"金子原摇头道："那倒没有关系，后方民用金子，原是许可的，带多少也不要紧。不过一个北方收复区的人，带了大批金子到重庆去干什么呢?"陈六笑道："我所顾虑的也是这一点。最好的办法是由重庆调人到北平来，稍微住一两天，又坐飞机回重庆去。这样就不露什么痕迹了。专员不是有家眷在重庆吗?"

金子原听了这话，想了一下笑道："这种事情不能交给女人去办。"陈六将三个手指轻轻一拍桌沿道："专座绝对外行。这事正是要女人去办。"金子原道："六爷怎么会有这种经验?"陈六笑道："在沦陷时间，北平跑单帮的分上、中、下三等。上等的，就是跑金珠古董，女太太就比男子便利得多。专座若能在重庆调一位心腹之人到北平来，倒是不问男女，跑个三四趟就发得了不得。"金子原笑道："怎么就发得了不得呢?"陈六道："你想，这里一两金子算它五万，到重庆变成八万。把法币换成大票，将箱子装着，依然带到北平来。北平现在实在缺少法币，有了法币在手，你怕买不到金条?买了金子，你再带回重庆，又捞他一笔。有这么三个来回，就是一两变二两，岂不大妙!"金子原道："我也这样想过的。只是因为自己抽不出身来，没有向这路上进行。现在六爷提醒了我，我就打电报到重庆去调人马来吧。"金子原说着，就手一拍茶几，表示出兴奋的样子。

陈六耸着小胡子，微微一笑道："我索性贡献一点儿意见，若是尊夫人能来，你不必顾虑没有地方住，舍下当安排一间房子招待她。杨小姐那方面，我当然保守秘密。"金子原笑着摇摇头道："这是朋友们的误会，杨小姐只不过是我一个职员罢了。我也不愿意女人过问我经济的事。二舍弟现时还在重庆，我可以打电报给他，叫他请一个月假，专为我跑几趟。"陈六爷道："若是二爷能来，那更好了。回去的飞机票，由小弟代为预备。"金子原道："但不知一个人能带多少硬货？这还得让我仔细打听一下。"陈六道："只要有熟人开道，此地去人不妨，我也可以派一个人到重庆去。我有长辈在那重庆住，胜利以后探亲，不也是很正当的吗？"金子原道："那更好了。有两个人事情更顺手些。"

陈六爷笑道："专员你想过来了。这件事我早就要和你提起，我怕你有什么顾虑，所以忍着没和你说。现在北平的金价，天天向上涨，迟早是要和南方看齐，这个时候不赶快倒换两回，就错过了天大的机会了。还有专员手上有什么物资的话，也可以估计估计将来的涨跌。若是估计那物资眼前不会有什么大涨的话，最好给它都变成金子，好带到重庆去换。两个飞机班，至少收到百分之五十的好处，天下哪有这样的好事，你想想呀。"金子原向他伸了个大拇指，又拍了拍陈六两下肩膀笑道："六爷你真是好朋友，这个办法教得我不错，我一定去办。我回去就给舍弟打个电报，你帮我的忙，我一定也要帮你的忙。"说着，又伸出手来和他握着，连连地摇撼了几下。

第十三回

笑饮香脂订婚遭女问
乐观车阵隆礼送人时

这一条妙计，陈六想得出，别人也想得出。就是有一样，哪个有这样大的能力，能在北平、重庆这两个大都市飞来飞去。因为金子原才有这样大的能力，而且有这样多的金条，所以陈六爷就押了这一宝。金子原得意之余，放开手，一旁坐定。陈六笑道："不要兴奋过甚，慢慢谈吧。"说着，他敬过一遍烟，隔着茶几，伸过头来低声笑道："只顾谈正经事，我还有一句话忘了问你，杏子到你公馆里去了以后，你觉得她伺候还适意吗？"金子原未说话先咧着嘴笑了。点点头道："日本下女，本来就很会伺候人，再经过六爷一番训练，那就实在不错了。感谢之至！感谢之至！明天晚上有工夫，我请你吃个小馆子，此外，有个包厢奉送。"

陈六对他望着，不由得在眼角上笑出几条鱼尾纹来，然后低声说道："明天晚上是田宝珍的《盗魂铃》，确是有趣。这戏是专座点的吗？"金子原道："你怎么知道我和她认识呢？"陈六笑道："我不但知道专座认识她，恐怕还有金屋藏娇之意吧？"金子原摇摇头道："这个谈何容易！我也不过是逢场作戏而已。那么，明晚上你一定来的。"陈六道："专座捧场，我焉有不到之理？不过我也有一件事奉商，我这部老牛车子，实在不能坐了，你府上有旧车子没有，我想买一部。"金子原笑道："还有什么问题，我给你找一部小座车就是了。明天不开来，后天一准开来。"陈六道："大概要多少钱？"金子原伸过手来，在陈六爷的手臂上，轻轻拍了两下，笑道："我们好朋友，共事之日正长，这点儿事何足挂齿？"

陈六见金子原已经接受了他的计划，十分高兴，这就握了他的手，连连摇撼了一阵，笑道："车子我接受，不过车价我也得照大行大市付出而且我还得道谢。明天晚上专座有公干，后天中午我们单独叙叙。你愿意不愿意换换口味，吃顿西餐？"金子原道："若是两个人的话，自然吃西餐好。"陈六笑道："那不妥，显得我是为了省钱。"金子原笑道："你愿意花钱，吃西餐也是一样。"陈六低头想了一想，道："我有个奉请的办法了，现在且不发表。明晚听戏散场，我悄悄地告诉你，你找陪客也可以，不过你那位女秘书杨小姐，我不打算请了。这里面有点儿原因。"说着，把小胡子连连耸了几耸。金子原哈哈大笑，握着他的手，连连摇撼了几下。这时，他心里有了做黄金买卖的那个疙瘩，也就不愿和陈六多谈了。回到公馆里去，立刻拟了个电报稿，交给勤务去拍发。

第二天金子原起得很早，一人独自坐在屋子里，倒是有点儿无聊。杏子却将一只乌漆圆托盘，托了一把朱红小茶壶、一只朱红茶杯，放到书桌上笑道："专员，吃杯茶吧，我早已预备好了。"说着，她手提了圆托盘，含笑站在桌子角边。金子原见她穿了紫色界浅绿的条纹长褂子，外面套着雪白的围襟，便对她点了点头笑道："你很细心，大概是看到我伏在桌子上写文稿，不愿打搅我吧？"杏子笑道："这也是两年以来，由陈六爷训练出来的，我懂得什么呢？凡事都请专员多关照呀。"金子原点点头笑道："你很聪明，让你这种聪明人来当下女，未免太委屈了。不过有人提拔你，你的前途还是有希望的。昨晚我和陈六爷谈心，他还曾提起你，大概他待你也很好吧？"杏子微微一笑，没有答复。金子原道："我还问你一句话。陈六爷在外面还有小公馆吗？"杏子摇摇头道："这个我不知道。就是有，他也不能让公馆里知道。不过他认识的小姐很多。"金子原道：

"这个你怎么知道呢？"杏子道："这是公开的。他拿着小姐们相片，到处给人看。我这里还有两张呢。"金子原笑道："这一定是很漂亮的，拿来给我看看。"杏子听了这话，非常高兴，蹦蹦跳跳地跑走了。不多大一会儿工夫，她就取了几张相片来了，递了一张到他面前，笑道："这是一位歌星，北平人，才十九岁，专员看长得很好吗？大大眼睛，双眼皮，脸腮有两个酒窝儿。"她说着话，手扶了写字台的角，悬起一只脚来，将皮鞋尖在地面上点着。在这情形下，连她的身子都有些颤动，像是很高兴的样子。

金子原两手捧了相片，连连地点了点头道："很美很美！还有呢？"杏子又拿了一张照片，送到他面前，人也就走过来了，紧紧地倚靠了他站住，伸了手在相片上指指道："你看鹅蛋式的脸儿，多么好看！"在她站得这样近的时候，那日本女人擦粉的浓香，一阵阵地向专员鼻子里送了来。专员倒不要看相片了，一伸手握住杏子一只手，反过脸来向她望着，笑道："鹅蛋脸吗？你也是鹅蛋脸呀。"杏子笑着身子一扭道："我不是鹅蛋脸，我的下巴太尖了一点儿，是不是？哪有杨小姐好看？"金子原笑道："她是中国人，你是日本人，那风韵儿完全是两样的。人家向来有这样的话，住西洋房子，吃中国饭，娶日本老婆。"杏子把头低下去，只是抿着嘴笑，可是她那只手还是让专员握着。事情是这样的不凑巧，这时杨露珠却掀着门帘子进来了。她看到专员握了站在身边下女的手，哟了一声，身子向后一缩，门帘子又放下去了。

杏子知道杨露珠是什么身份，至少现在是专员的候补太太，这样情形，让她看到了，实在有些不妥。想着，便赶快跟着走了出来，只见杨露珠板了面孔，坐在沙发椅子上；于是站定了脚，向她来个九十度鞠躬。杨露珠鼻子里呼哧一声响，冷笑道："你好！"杏子也没敢说什么，提着茶盘走了。杨露珠在外面客厅里闷坐了一会儿，却没有听到金子原在屋里有什么响声。她心里明白，向专员撒娇撒

135

泼，全无用处。上次和他撒了一次娇，在形势大僵之下，不是刘伯同在里面拉拢，随着自己见机屈服，那就直到现在还没机会耽在这里呢。他现时在外面追求田宝珍，家里又养着这么一个伺候周到的漂亮下女，他并不缺乏女人。加之自己的身份只是他的私人秘书，不但无权干涉他，而且还要听他的指挥才对。若把他搞恼了，他就开除你这个秘书，又奈他何？想了许久，觉得还是自己先忍下这口气才是。于是站起来，牵牵大衣，缓缓地掀开门帘子，向里面张望了一下。见金子原正低头伏在桌上写信，便笑道："在写信呢，我可以进来吗？"她这样问着，觉得金子原答复的话，一定是欢迎自己进去。可是他抬头看了看，正着颜色道："你当然可以进来，不过我写的是秘密信，你可不能看的。"说着，他又低下头去写信了。杨露珠听了这话，觉得他说的话非常严重，比拒绝她进来还要令人难堪。不过自己问了他可以进来吗？若是不进去倒显得自己有意和专员闹别扭了，因此红着面孔，只好走了进来。她脱下大衣，在写字台对面椅子上坐下，闲着无聊，只是翻弄着自己的手指甲。

金子原将信写完，又亲自校阅了一遍，然后抬起头来，向杨露珠望着，笑道："你觉得怎么样？"这五个字问得相当笼统，杨露珠知道他所问的是哪一件事呢？便微笑着摇了两摇头道："我不觉得怎么样呀，有什么事问我吗？"金子原笑道："不觉得怎么样，那就很好。今天晚上，张丕诚请田宝珍吃饭，你是要去作陪的了。"杨露珠笑道："虽然专座抬爱，恐怕我不够捧角的资格吧。"金子原把文稿校阅过了一遍，将它一推，眼前就剩着写字台上一块玻璃板。他向对面把灰尘吹了几下。杨露珠坐在那里，正好吹在自己的衫袖里。便笑道："吹得人家怪痒痒的。"金子原也笑道："你说的话，也是令人怪痒痒的，也有点儿令人不好受。"杨露珠这就站起来，倒了一杯茶，将两手拿住，毕恭毕敬地放在专员前面。自己含着笑，像是有话还不曾说的样子。金子原笑道："我知道，这又是对我赔礼来了。其实你少生一点儿气，那就够了。你不是说你不配捧角吗？坐了汽车，进出有专员陪着，这样的人，还不够捧角吗？"杨露珠端了一杯茶过来，依旧站在写字台边，笑道："我说话是有一点儿颠三倒四的，这不是赔罪吗？哟！茶不大热，我给你倒上一点儿热的。"说着，她把那杯茶端了过来，用嘴唇呷了一口，意思是试探一下，这茶还是凉还是不凉。她清早起来，嘴唇上的胭脂未免涂得太多了一点儿，一口茶喝过，唇上胭脂就在杯子上印下一颗浅印。金子原就爱看这些，便道："茶不凉，我就爱喝这个。"

这话正好打在杨露珠的心坎上，就把那杯茶送到金子原面前玻璃板上。金子原接了过来，就脂印所在，含笑呷了一口，然后放下茶杯来笑道："这要是别人，倒了这杯茶来敬我，小姐，是不是又犯了你的多大醋劲呢？"说着，对她微微一笑。杨露珠将手扶了他的肩膀道："不是我的醋劲大。现在我这颗心总是悬挂着的，你让我这颗心放实在了，你用下女也好，你捧戏子也好，我全不过问，反正江山是我的了。"金子原道："你这话说得我不大明白，你要怎样心里才着实呢？这两三天之内，我给你再找几根条子，好不好？"杨露珠道："我不要钱，钱算什么？我说的话，你也不会不明白，一个女孩子，这样跟你同进同出，社会上谁不知道。可是你只承认我是你的秘书。"金子原握着她的手摇撼了几下，笑道："小姐，你的心事我知道。你别急呀。一个接收专员，什么也没有办妥，先就接收了一位太太，这话传到中央去，对我是不好的。等我事情告一段落了，我就和你办理一切手续。"杨露珠身子扭了两扭道："我不，你那是推诿之词，你得在最近期间宣布和我订婚。"杨露珠这样单刀直入地向金子原提出要求来，实在使他出于意外的。因为他始终没有把家庭的真实状况说出，露珠在有意无意之间，虽是屡次打听着，但金子原也不肯说明。现在她直截了当地表示了态度，却逼他非做个最后答复不可了。

金子原现在把事情向公事上一推，站了起来，握住了杨露珠的手道："你一定相信我不是推诿。你若着急要办，万一出了乱子，影响到我们的前途，对你也不好吧。"杨露珠默然地站在他面前，将手顺理着金子原的领带。金子原道："等我想个妥当办法，两三天之内再答复你。今天我有几件要紧的事，必须办妥。怎么张胖子这家伙还没有来。"正说着，屋子外面忽然有人答道："我早在这里伺候着专座呢！"杨露珠见张丕诚早在屋子外面等着，那么所有的话都让他听到了。现在可也不能再和金子原说什么了，只得依然坐到对面椅子上去。

张丕诚站在门帘子外问道："有什么要紧的事吗？"金子原道："你进来说吧。这事我得从长商量。"张丕诚掀了门帘子进来，看到杨露珠将一只手托了头，发呆似的，在椅子上坐着，就只和她微笑着点了个头，没有敢说什么。金子原道："你不是说有几部车子要开去修理吗？大概几天可以修理完事，我立刻等一部用。"张丕诚道："是轿车还是卡车？"金子原道："我又不是运货，要卡车干什么？我答应了陈六爷，今天下午交一部车子给他坐。若是那修理的车子今天不能应用的话……"张丕诚笑道："有，有。我说的那几部车子，大概都可以用了。"金子原道："这又是怎么回事？修理得这样快，那不简直没有什么损坏吗？"张丕诚笑道："也可以说没有什么损坏。原来车子摆在工厂里，总怕有人随便开走了，故意弄坏了一两样小零件，先把车子冻结了。我就知道这毛病。不管好坏，全都给它拉去修理。"金子原一摆头道："不要提这些经过的事了。你挑选一部年代近些的，找人开到陈六爷那里去就是了。"

张丕诚听说，在衣袋里摸索了一阵，摸出一沓单据，挑出一张来放在金子原面前，低声笑道："这是我打听来的汽车行市。现在敌伪抛售出来的车子很多，所以价钱这样低，再过一些时候，车子卖完了，就要涨价的。"金子原接过单子来看了一看，点点头，把单子塞到衣袋里去，然后笑道："你是老北平，这些事，不用我说，你们也该寸步留心。现在我告诉你的，就是陈六爷这辆车子，我们得如期开了去。"张丕诚道："我们的车价，和他怎样开价钱呢？"金子原笑道："这就是你们做事不能开展之处。要是无论什么事，都要论钱说话，那也不知要坏了多少事。唉，你们还是不能成其大事哟！"说到这里，不由得摇了摇头。张丕诚碰了专员这样一个橡皮钉子，倒是怪不好意思的。他想，必须在专座面前挽回这个面子来，便道："好的，我马上就去办这件事，十五分钟以内，我再来请示。"他被专员讥笑了两句，杨露珠听了，最为过瘾，这就微笑道："张先生办差，以伺候小姐为宜，又以伺候唱戏的小姐为宜。你说是不是？"张丕诚只向她点了个头，径向外面走去。

约莫过了十五分钟，张丕诚又进房来，向金子原鞠了个躬道："车子来了，请专座去看看。"金子原以为他是要自己过了目，再开去送陈六爷，办事倒很谨慎，于是就随着张丕诚到公馆大门口来。他站门洞里，向胡同两头看去，不觉暗吃了一惊。原来在门洞左右，小座车和卡车一字排开，一辆跟着一辆，就有二十几辆之多。而且每辆车子旁边，都笔挺地站着一位司机。张丕诚将手向两边画了半个圈道："所有的车子都开来了，共是二十四辆。"金子原道："你这是什么意思？陈六爷只用一辆车子呀。"张丕诚道："我知道，这是我经手修理的车子，现在都好了，应该请你过目。"

金子原看到这些汽车，心里倒是一动。原来，多少汽车是已在接收单上看过知道的，不过接收的东西太多了，大批如金条、大袋的珠子，还有十几粒钻石，敲敲算盘，已觉得是财富天外飞来了。只要不把这些东西记到账上去，已经够人醉醺醺的了。对于这些大体积的汽车，就没有放在心。因为这些东西，不能放在口袋里，也不能放在皮包里，所以他根本没有予以注意。这时看到许多汽车，心里想着不要发别的财就是把这批汽车据为己有，也是可以开两家汽车行的。他看到之后，心里一阵痛快，也不知道说什么是好，只管将两只巴掌相搓着。张丕诚走到他身边，低声笑道："这些汽车，都是以废铁的身份收进来的，公事上是没有的。"金子原听了，也微微一笑。不过他看到每辆汽车旁边，都毕恭毕敬地站着一位司机，他想，对于这些人，必须拿出严正的身份来才是，就正了面孔道："虽然原来说是废铁，现在既然修理好了，当然也算是汽车了。好吧，我都验过了，让我慢慢地想法子利用它。国家的东西，是不能浪费或闲置的。"

他正是板着面孔说话的时候，有一件事，引得他不能不在严肃的面孔上冲出笑容来。那就是有两辆三轮车子由面前经过。前面那辆车子，坐的是位老太太，身上披着青斗篷。后面坐的是少女，穿着灰色长毛绒大衣，头上斜戴了一顶白绒线编蓝花的帽子，帽子下面，露出了一头蓬松的头发，而且这少女面上，只是略略施了一点儿脂粉，两道纤秀的眉毛配着，人也就极其秀媚。他正惊奇这位小姐很美，可是那位老太太和那位小姐，不约而同地向他点了一点头，而且满脸是笑容。尤其是这位小姐，笑容十分好看。人家向他笑着，他当然也点头向人家笑着，而这位小姐还叫了一声"金专员"。他当然不知道怎样回称人家，而且三轮车子过去得很快，也不容许他回称什么，车子就过去了。他叹了一声道："这是什么人，好面熟，我竟一时想不起来是谁。"

张丕诚笑道："你怎么会不记得呢？不就是我们看房子遇到的那位刘老太太和刘小姐吗？"金子原哦了一声，连连地拍了两下掌，好像他对于这个遇合十分高兴的样子。张丕诚一看专员这副德行就把他五脏都看透了，于是低声笑道："这位刘太太和我相当熟识。假使专座愿意破费点儿……"金子原也低声笑道："你不要瞎说，人家规规矩矩的，我们有多少钱，到处卖弄！"张丕诚笑道："专座误会我的意思了。我是说专座能破费一点儿工夫的话，我来请一次客，大家先谈谈。他们那房子，我们因为事忙，始终没有谈过，这不正好有词可借吗？"金子原这才放大了声音，驳了他两个字："胡说！"

　　站在两旁的司机，看到这位金专员和张先生轻言细语地道论，也不知他们说着这汽车上有什么毛病，还是开车子的人有什么不称职之处。彼此呆呆地站着，各各双目注视，看他究竟发下什么命令。不过看他们面色，笑嘻嘻的好像不是在生气，这才放了心。金子原偶然回头，觉得这些司机正有所等待，于是也就回转头来一正了脸色向张丕诚道："好了，这些车子，我都检验过了，你就把这部车子送到陈六爷那里去吧。你若不去，拿我一张名片去也可以。"说着，对一辆乌漆的小座车，指了一指。张丕诚道："好的。我坐自己的汽车，把这部车子押送了去。"金子原道："要去，你就去，我还有别的事要你去办。"说着，他先转身子向屋里面来。

　　张丕诚紧跟了在后面，低声道："专座叫我办的事我知道，你不用和我说，我也知道，不是为了送姓田的一部汽车吗？如果给杨小姐听到，那又是一个麻烦。"这时金子原已走到里面屋子的走廊上了，便回转身来，向张丕诚望着，说道："这个，我还要考虑考虑。"说时，向张丕诚丢了个眼色。这时，杨露珠隔了玻璃窗，伸了头向外望着。看到他两个人这般行动，倒很有点儿疑心，索性跟着走了出来，掀了正屋的门帘道："天气有些凉，你们老在院子里站着做什么？"金子原伸出两手，扛了几下肩膀，做出外国人那种表示歉意的样子。这让杨露珠更疑心了。她想，张丕诚这家伙，昼夜都在献美人计，大概这又定局去捧田宝珍了。她装着很兴奋的样子跑了出来，携着金子原的手，连跳了几下，笑道："外面很冷呀，快到屋子里面去吧。"说着，拉了金子原的手心，就向屋子里拖。表面上是不让专员受冷，事实上她是拖开他和张丕诚的阵线。

　　金子原被杨露珠拉进了屋子，张丕诚就溜走了。金子原笑道："你现在不大避嫌疑了。"杨露珠道："避什么嫌疑？反正人家都说我是你未来的太太。我不避嫌疑，倒是名正言顺些。你信不信，过两天，我索性把铺盖行李也搬了进来。"金子原见她单刀直入，就不敢再用话去逗引她，只是微笑着。这时正好杏子送进一沓单据来，杨露珠向她笑道："杏子，你快喝我们的喜酒了，不久我就和专员结婚了。"杏子笑道："那太好了。我也可以多得一份赏钱。"金子原立刻把话扯开，问道："什么单据，要你拿了来?"杏子道："是馆子里的账单。勤务把账单送到院子里，没有敢拿进来。"杨露珠道："为什么不敢进来呢? 杨小姐和金专员的事，根本不避人。"

金子原不理会她这些话，架起腿来，坐在沙发上，将单子一张张地掀着看。有些账单，是刘伯同代他签字的，其中居然有一张是杨露珠代签字的。数目不多，只有一千多元。他在这里看账单，杨露珠走过来，靠着沙发站着，低头一同观看。看到了自己签字的那张单据，就拍了金子原的肩膀一下，笑道："这是我请吃烤鸭的。那天皮包里没带钱，只好签字了，怎么也送到专员公馆来?"金子原道："这一阵子，天天在馆子里进出，账房茶房，对我们都是很熟的。也知道我们是一路的，当然到这里来收款了。"杨露珠道："这钱付了没有?"金子原道："当然付了，前几天我已经把进出的琐碎账目，交给一位姓冯的办理。这个人也是伯同介绍的。这是付过之后的单子缴上来让我过目的。"杨露珠道："这姓冯的当出纳多少天了?"金子原道："不到一个星期。"杨露珠拍手笑道："你看，人家来了还不到一星期，也知道杨小姐签了字，就可以到专员这里来拿钱。这情形不是十分明显吗? 害臊有什么用? 干脆我都说出来好了，说出来也不过是这么回事。杏子，你看我这个态度好不好?"杏子原是远远地站着，忽然听见杨小姐指明着她来问，只好抿嘴笑着，连连点头。金子原眼看这一对腻友娇姬，都站在面前争媚，心里想到在重庆的时候，看到朋友家里，用一个年轻的女人就羡慕不置，那实在也是太不开眼了，想到这里，不禁望着两人扑哧一笑。

142

第十四回

来客本无关加衣尽礼
待人原有意握手如狂

杨露珠站在金子原身边，忽然见他一笑，这倒有些不解，便问道："好好的笑什么？"金子原道："昨天晚上朋友和我谈了一个笑话，我想起来很好笑。"杨露珠道："什么笑话呢？"金子原道："是个荤笑话，不便说给小姐们听。"杨露珠头一偏道："什么笑话？准是你想起田宝珍的戏来了。今天晚上，你是几排座几个包厢呀？"金子原道："一切由张丕诚代办，晚上还有一顿吃呢，是老张做东，你别忘了。——杏子，你也去听戏吗？"她摇摇头道："我不懂。"金子原笑道："这倒不问你懂不懂，要你去捧场，只要你占着一个座位就行。田宝珍长得很漂亮，你就是不懂，先看她的动作，也就够让你舒服的。没话说，我让这位女戏子迷住了。哈哈！"他说这话，并不怕露珠吃醋，故意站起来拍手大笑。杨露珠也明知道他的意思。为了田宝珍，很和他闹过几回别扭，结果都是自己失败，落得做个大方，于是向杏子笑道："是的，田宝珍长得是很漂亮的，不妨去见识见识，回头我们吃了晚饭，用车子来接你。"杏子是一味顺着主人的意思的，就来个九十度鞠躬，道谢去了。

杨露珠正还想在这问题上说两句俏皮话，勤务却送了一封电报进来。电码是已经译好了的，金子原看过，脸上带有喜色。就拿起桌机，打出电话去，他道："陈六爷，我是子原……车子收到了？我是挑了一部最好的车子送来的……谈不上谢谢，彼此合作的日子多啦。

我告诉你一个消息，重庆回电已经来了，大概明后天人就要到……人来了，我当然介绍你和他见面……接风，那倒可以不必。"说着，笑了两声，将耳机挂上了。杨露珠站在一边，听得很清楚，她越听越像是金专员的重庆夫人就要立刻飞来似的。她原来是一脸喜色，一下子变成怒色，最后变成惧色，所以那脸色也就由白变红，由红变白，两只手的十指互相叉着，瞪了两只眼睛，向金子原望着。金子原挂上了电话，她就情不自禁地问道："谁来，谁要来？"金子原打这个电话，本是无心的。这时见她露出一种惊慌恐惧的神情，逼着问他，也就明白了，便淡淡地笑道："不相干，我家里有个人来。"杨露珠把脸色变得更苍白了，而且嘴唇皮有点儿颤动，瞪了眼道："你家里有人来，很好，为什么老早不对我们说呢？你不应该用这种态度对待我。"说着一扭身就向外走。

金子原看到她这个样子，知道杨露珠是完全误会了。他认识杨小姐很久了，已发现她不如见面时那样美丽。初到北平来的时候，也许看见什么都是好的，而且在重庆多年，一个穷公务员，很少有接近摩登小姐的机会，一旦摩登小姐亲自上门来将就，自然是乐于和她接近的。在北平住了一个时期，接近女性机会就多了，比杨露珠长得更美的小姐，那是太多了。依着杨小姐的个性，必须处处去将就她，这有点儿不合算。尤其是她今天公然提出要求，希望马上结婚，未免有点儿过分。不结婚，她还这样争风吃醋，结了婚，她是正式的接收夫人，那还能制服她吗？不如就乘这个时候，故意地造成僵局也好。

杨露珠一怒出门之后，连杏子都有点儿愕然。但过了两分钟，杏子又像是省悟过来，露出很高兴的样子，向前走了一步，对金子原笑道："刚才专员说的重庆有人来，是夫人要来吗？"金子原伸了个懒腰，微微笑道："我根本没有太太。我有一个理想：吃中国饭，住西洋房子，娶日本太太。两国交战的时候，当然不能达到这个理想，现在不打仗了，这个机会又来了，何况留在中国的日本女人，还有的是，所以我得保留这个娶太太的身份。"说着，不住向杏子微笑。杏子是受过训练的，金子原的用意她当然十分明白，就扬了眉毛，转了眼睛笑道："专员，你还拿我们开玩笑呢!"金子原笑道："那有什么开玩笑的? 爱情这东西是神秘的呀。我对日本女人向来是有好感的。"他故意高声说着，而且继之以哈哈大笑。杨露珠原在屋子里沙发上坐着，听到这话，气了个发昏章第十一，脸色都红破了，靠了沙发坐着，两只眼皮，几乎枯涩得要睁不开来。金子原隔了门帘，回头张望了一下，见杨露珠还在外面屋子里，就向杏子笑道："我这个人有点儿封建思想，喜欢女人顺从我，所以我愿意娶日本女人做太太。日本女人服从丈夫，那是天下闻名的。你好好地伺候我，将来会有你的好处。先给我倒一杯热茶来。"杏子笑着出去，经过杨露珠面前时，还看了她一眼，只是杨露珠板了脸低着头坐着，注视着地毯上的花纹，并没有理会。

这里金子原饱食终日，除了计算发接收财外，逗引着两个女人玩笑，也是很有趣的。他正微笑地吸着纸烟，欣赏这两个女子的斗艳滋味，桌机的电话铃响，他拿起耳机子来一听，正是张丕诚的声音。他拿着电话听筒笑道："你真的把她请到了，你这家伙有办法……要我做东，那没有问题。不过在小田当面，说是你请客，否则好像是我为了刘小姐抢着做东了……哦! 还是你请好些。"

杨露珠坐在屋子里，正在纳闷，金专员有什么人由重庆来，也许不是他的抗战夫人，因为他向来没有提到过这件事。若果真是他的太太来了，那是自己战略失败，为什么老逼着要和他订婚呢? 他没有了退步，只有把重庆夫人请出来了。自己正是这样的自怨自艾，忽然听到他在电话里说请刘小姐吃饭，这让她的心房又是一跳。他哪里认识什么刘小姐? 只有前天去预备接收的那幢房子里，有个姓刘的女孩子。金子原本是色中饿鬼，有钱有势，见一个爱一个。当他看见那女孩子之后，就那样把眼睛盯着人家，原也不以为奇。现在就请人家吃饭了，有这样快的过程吗？她坐着疑惑了一阵，就准备坐观动静。果然，金子原就接着打出去几个电话。在电话里，都是约人吃馆子的，而且说是请一位刘小姐和田宝珍吃饭。打完了，他喷了一口烟问道："我们这位杨秘书出去了吗？"

杨露珠正要找他问话，感到无隙可乘，这时便立刻走向前来，淡淡地笑道："怎么这样客气？"金子原昂头坐着吸纸烟，很久很久地微笑着。杨露珠站在写字台旁边，既感到有点儿难为情，同时又十分不服气，她先是将两手撑着桌沿，然后将桌子上的文具，如墨盒、笔筒、钢笔架之类，都向内移了一移，默然地没说什么话。还是金子原笑道："小姐，态度放着大方一点儿吧！明天虽然重庆有人来，那是我的兄弟，他替我办点儿公事，与我的私事无干。现在我马上就要到馆子里去吃饭，请的就是那位房主人刘小姐。这也是为着公事。在公事方面，那房子我是非接收不可的。然而他家出面的却是母女两个，我在这种情形之下，也不便太强硬了，所以先请一次客。那意思是说，在私人感情方面并不是坏的。当然，你也得参加这个宴会。"

杨露珠听说重庆来的是专员兄弟，胸中先落下一块石头，脸上也就有了笑容，因摇摇头道："我参加算是怎么一回事呢？"金子原笑道："我是普通地请客，你若是不去，可是牺牲了你既得的权利呀。"说着，向她笑着，还眨了两下眼睛。杨露珠听到牺牲权利这句话，心里又是一动。虽然不知道牺牲的什么权利，可是这家伙有势力，接近女子的机会也太多了，千万不可放松他，于是点头笑道："好吧，我给你去捧场吧。"金子原笑了一笑。这时杨露珠看到他面前放的那杯热茶，还是杏子倒的，大概已经冷了，便亲自给他倒了一杯热的，双手捧着送了过去。然后把写字台上的文具，给他轻轻地摆端正了，这才两手撑了桌沿，低声笑道："我想不坐我的车子去

146

了。"金子原手扶了茶杯，另一只手五个指头，轮流地敲打着桌面，笑问道："那为什么呢？"杨露珠道："我一个当秘书的人，进出都坐着一辆座车，这太惹人注意了！"金子原道："你忽然仔细起来了，这有点儿稀奇，你难道走到饭馆子里去？"杨露珠道："你若是直接到饭馆子里，就坐着你的车子去吧。"金子原笑道："你这是有用意的，不过你这个举动，我是赞成的。那么，你就等着我一路走吧。"

杨露珠心里既然嘀咕着他明天有人从重庆来，又嘀咕着他今天晚上大请刘小姐吃饭，虽然受尽了专员的奚落，却不肯对他说什么话。他不是说不要牺牲自己的权利吗？那是真话，只看他这几天买进的金条，就是让人眼睛发红的事。假使再能把握他两三个月，那些金条就以百分比折合，也可以弄几根到手。这样想着，她把那口怨气，像吞汤圆似的，悄悄地一伸颈脖子，全咽下去了。她安定了这颗心，也不再向专员去磨咕，拿了一卷毛绳，带着竹针坐到更里面的一间屋子去结毛绳背心。当然，这是给专员结的，但这时金专员和初来时不同了，要什么东西都现成，实在用不着杨秘书给他做背心，而且杨秘书这件背心，已做了将近两个礼拜，还没有打起一半，假使要等这件背心穿的话，人都冷僵了。

这样混过了一上午，下午，杨露珠还是打背心。那位日本下女杏子姑娘，知道杨小姐和专员在打交涉，她故意送了一杯茶到里面屋子，只见杨小姐将毛绳竹针抱在怀里，人靠在沙发椅子上，只管望了窗户外面的太阳影子出神，这是很有心事的表现。于是杏子向她笑道："杨小姐，喝杯热茶吧？"杨露珠回身接过茶，捧在手里，缓缓地送到嘴唇边去呷着，微笑道："杏子，你早点儿回日本去吧，一个女孩子，老是漂流在外面，总不是个办法。你长得很美，知识也够了，不怕找不着相当的对象。但是做官的人，不一定是好对象。在日本怎样呢？"这话飘然而来，杏子不知如何回答，只有手拿了茶盘，站在一旁傻笑。杨露珠手里捧了那只茶杯，还是挨了嘴唇要喝

147

不喝的样子。杨露珠眼光由茶杯沿上瞟过去，望着房门。

金子原这时突然由外面走进来，向她两人看了看，笑道："怎么回事，杨小姐很有点儿王凤姐品茶传神的神气呢！"杨露珠笑着摇摇头道："专员抬举，我哪里敢比王熙凤呢？她虽然是个不太识字的女人，到底还是一位正牌夫人。"金子原心里暗想，这丫头魂颠梦倒，时时刻刻都在惦记着婚姻问题。越是和她说这些个，越会走入魔道，于是笑道："请客的时间到了，我们这就走吧。"说着，在外面屋子，把杨小姐的大衣取来，两手提了领肩道："穿上，穿上。"她手上那只茶杯，原是始终未曾放下的，这时看到金子原和她提了皮大衣，这是许久来未有的宠遇，便赶快放下茶杯，身子就着上前，伸着手将大衣穿上，口里还连连地说着"不敢当"。

金子原等她把大衣穿好了，还在她肩上轻轻拍了两下，笑道："我今天晚上开个赛美大会，赛美去，哈哈！"说着，得意忘形地回转身来，将手摸着杏子的脸道，"我无所谓，请客也可以带你一个，只是怕张丕诚这家伙不赞成。不过听戏捧场没关系，回头我派车子来接你。"说着，挽了杨露珠一只手臂，就向外走。走到院子里，杏子随在后面追了出来，叫道："专员，专员！你还没有穿大衣呢！"金子原在走廊上向身上一看，穿的还是一身西装。头上光着，也没有戴帽子，于是笑着一拍手道："我急于要去吃饭，自己忘其所以，怎么杨小姐也没有发现我没穿大衣呢。"说着，将手在杨露珠肩头乱拍一阵。这时杏子拿着帽子和大衣，已经跑了过来。杨露珠立刻先接过大衣来，替金子原穿上。然后取了帽子在手，还掏出手绢来掸掸灰，才轻轻地替他戴了上去。金子原笑道："还礼还得很快，你立刻就给我穿大衣了。——走吧。"说着，挽了杨小姐手臂，匆匆出门上汽车去了。

刚才金子原这个态度，杨小姐是欢迎的，专员对自己越亲热，越可以表示出彼此友谊的程度。到了旁人都认为他们是一组男女的时候，跟他要金子、要车子、要房子，不怕他不给。她心里如此想着，坐在汽车上，就不住地微笑。金子原握着她的手，摇撼了几下，笑道："你觉得心里很快活吗？"杨露珠笑道："你这话是什么意思，我不大明白。你的左右请客吃饭，请的不是我，你捧场，捧的也不是我，我为什么快活呢？"金子原笑道："我不是说你今天这时候为什么快活，我是就整个局面说，你已经证实了明天由重庆来的，不是一个女人，就应该快活了。"杨露珠沉着脸，淡淡地道："迟早是要来的。"金子原摇摇头道："永远不会来的。"杨露珠望了他道："这话怎么解释？"金子原来不及解释，车子已经到了酒馆子门口了。金子原一走进馆子门，柜房里的人就认得这是重庆飞来客，大家肃然起立，脸上堆起一片欢迎财神爷的笑容，早有两个熟识的茶房，跑到前面引路，在院子里大声叫道："专员来了，六号！"在这一声吆喝中，又是一名茶房，掀开六号大厅门口的棉布帘儿，深深地一鞠躬，招待贵宾进去。

金子原一进门，眼光首先射到来宾群中一位少女身上去，这正是那位新近认识的刘小姐。这天她穿了一件窄袖墨绿色的呢袍，胸襟上缀了一只水钻蝴蝶。脸上比上两次所见不同，略略地抹了点脂胭晕儿。她的头发不像别的摩登女子搞成了一团茅草，只是在长发尾上，烫起了一排云钩，由前脑到后脑，全梳拢得平整乌亮。两道秀眉，似乎用了一点儿描画的功夫，长长地插入鬓角。她总是朴素之中，带上几分艳丽，像是花中的素梅，果中的橄榄，含味非常隽永。金专员一见，就有了这良好的印象，对着刘小姐先笑了。这时张丕诚已自人丛中站了起来，引了刘小姐向前，对金子原介绍着道："刘太太吃素，她说多谢了，只有刘小姐一人前来。"刘小姐深深地鞠了一躬，对金子原笑道："张先生到舍下去，说是专员宠召，那真不敢当！家母说，让我来做个小东吧。"金子原向她后面一看，见田宝珍笑嘻嘻地正站着呢，这就向她一指道："刘小姐，你倒不必客气。今天这餐饭，是张丕诚请田老板的。吃完了饭，我们都去听戏。这顿饭的时间，所以提前到五点多钟，也是为了不耽误田小姐的戏。来，我给你介绍介绍，这是我们秘书杨露珠小姐。"说着，他牵了杨露珠的衣袖，让她走向前去。

杨露珠伸手和刘小姐握着，笑道："那天到府上去，我们会见过的。"她一面说话，一面摇撼着她的手。她感觉到手心有点儿硬物接触，看时，刘小姐手指上正戴着一枚很大的钻石戒指。她这就联想到刘小姐现在虽然不大得意，她家里还是很有钱的。她之被接收专员一邀就来，不是想分得些接收东西，而是想她的东西少被接收一点儿。那么，自然她对金子原一样也要取恭顺的态度了。这倒是可以同情的。杨露珠正是这样想着，那刘小姐就向她点了两点头道："杨小姐，凡事多请照顾呀！"她说话的声音非常低微，而语尾还带了一些震动。杨露珠倒不好说什么，就把手分开了来。这时田宝珍小姐走了过来。她穿了一件黑丝绒旗袍，还在纽扣上嵌戴着一只小蝴蝶儿。张丕诚便耸着肩膀，鼓了两下掌道："好得很，她这一身衣服，又戴上一只小蝴蝶儿，好像要和刘小姐比一比似的。"田宝珍就站在来宾里，带着微笑，似乎有什么话想说。可是金子原已脱下了大衣，赶上前去和田宝珍握手。握手中间，把一只绿呢制的小盒，塞到田宝珍的手心里，低声说道："这点儿小东西，算是我送田小姐的，莫要嫌弃！"田宝珍手上一碰，就知道这是钻石戒指。一看杨小姐正在脱大衣，这就向金子原笑道："哎哟！这真是要谢谢了。"金子原看见田宝珍像得意的样子，不禁微微笑着。

田宝珍和来宾一一点头，打了招呼，然后走到穿衣镜子面前，照一照镜子，在皮包里取出粉扑对着镜子轻扑一阵，复将粉扑放入皮包里面，这才将金子原送的小盒取出，打开一看，真是金子一钩，中间嵌一粒钻石，足有蚕豆大小。心想这金子原真有钱，我只有这样一点儿表示，这家伙就送我一颗钻石。自己对镜子里一笑，就将钻石戒指，套在右手无名指上，赶快把小盒在皮包里一放，又在镜子里照了一照，才将身子放转来，像是没有事的一样，在杨小姐身边，找了一把椅子坐下。金子原正坐在田宝珍对面椅子上，将眼光对她右手一射，早见钻石戒指戴在手指上了，这就看了她一看。田宝珍笑道："专员，你总是替我们帮忙的，谢谢你了！"人家以为她谢的是这晚上包厢，也没谁去注意田宝珍隔座，便是杨露珠，这时杨露珠笑问道："今晚上唱什么拿手好戏？"田宝珍将嘴向金子原一努，然后低声笑道："是专座的命令，叫我唱一出全本《盗魂铃》。恐怕唱不出什么新花样来，你多捧场！"

杨露珠听着，这又是一位求慈悲的女子了。她想到了摩登女子，随时可以玩弄男人，可是到了接收大员这里，她们也只是被玩弄压迫的一群，自己天天随王伴驾，这已是十分难能可贵的了，还有什么不满足的？她这样想着，心里就坦然了，拉了田宝珍的手，到一张沙发上同坐下，低声笑道："专员对待田小姐，总算是体贴入微的。为了让你从容地吃完这顿饭再去唱戏，故意把时间也提早了。"田宝珍对远坐的金子原看了一眼，笑道："我和他谈过，什么东西都接收，什么东西都估计一个价值出来。只有人心这样东西，是无价之宝，可别忘了接收。他这样做也许是接收人心吧？"杨露珠心想，接收人心，他就接收你女戏子一个人的？我和他这样接近，我的心他还不接收呢，于是笑着点了点头道："你的话有理。他很相信你的话，你可以劝劝他呀。"田宝珍悄悄握住了杨露珠的手，又轻轻地摇撼了她的手，眼睛向金子原看着，却低声向露珠道："他肯听谁的话呢？"杨露珠想叹一口气，但她立刻想到，这会泄露军机的，胸脯闪了一下，那口气并没有叹出来。只是微微地笑着，摇了摇头。

金子原这时全副的精神，都在应付那位刘小姐，这里有人窃窃私议，他也没有理会。他由张丕诚引着，在旁边一张长方茶桌上坐下，抱了桌子角，和刘小姐闲话。由谈话里，知道刘小姐是学音乐的，父亲为了汉字号罪案，已不知道逃跑到哪里去了，家里人也大都分散。她和母亲、弟弟，守着被封的房子，也就没有心学音乐了。金子原笑道："念书的人还是该继续念书，上辈的事与下辈无关。刘小姐在读书方面，若有什么困难的话，我倒可以帮忙。"刘小姐坐在桌子侧面，起身勾了勾头，说声"谢谢"，然后又回过头来向张丕诚笑道："今天这个约会由我做东，可以赏脸吗？"张丕诚将胖腮上的肉，笑得向上拥着，拥到眼角上，露出许多鱼尾纹来。他道："刘小姐要请客，我不拦阻，哪天也可以，何必今天把我的事接办过去呢。你不知道，今天的事，兄弟也是奉命差遣，概不由己。来吧，入座吧，客都来齐了。"说着，抱了拳头，向屋子里一拱手。

张丕诚今天请的是两大桌，迎合着专员的心理，把三位小姐迎到一桌，而且提着酒壶，先斟首席的酒，又向刘小姐点了点头道："刘小姐，请这里坐。"刘小姐虽是谦让了一番，无如大家都照着专员的意志行事，就强逼着她坐了。他却把第三席让给了杨露珠。这件事却给予杨露珠很大的不快，她和金子原出来应酬，向来是坐在一处的，金专员在首席，她就在二席；金专员坐主席，她就陪了主席。她在这两位小姐面前，更有表示这层关系的必要。这一拆散，就不是未来专员夫人的身份了。她站在桌子外围，向张丕诚瞪了一眼，笑道："张先生也把我当客？"张丕诚道："不是当客。这是尊重女权的意思。有了两位小姐上座，不能把杨小姐移到别处去。"金子原道："让杨小姐坐在主位上也好，她可以代表我多劝两杯酒。"说时，手拍了下方的一把椅子靠背。这话本来也很平常，但在杨露珠听来，像喝了一杯清凉的甜汁，立刻把心里的燥火灭息，含笑在主位旁边坐下。

刘伯同也是在这张桌上的，他心里可暗暗地想着，老张这家伙是什么用意？他自己并不是女人，让杨露珠和金子原靠近点儿，与他什么相干，却总是暗地里要拆他们的伙。他如此想着，对张丕诚、杨露珠都看了一眼。杨露珠很明白他的用意，向他招了招手，又指了旁边的椅子道："在这里坐。我至少是半个主人呀！"张丕诚心想，我抬举她上座，她倒不高兴，回头听戏的时候，你看我再气她一气。他放在心里，把这边位次安定了。回头看另一张桌上，那全是些捧场的食客，不必主人多让，早已围了圆桌坐下，动起筷子来了。

金专员到的地方，不会吃次等酒筵，总是翅烤席。头菜送上了红烧鱼翅，坐在首席的刘小姐，向张丕诚笑着点了个头道："这样客气，不敢当得很！"金子原笑着摇了摇头道："你无须和他客气。他吃别人的就太多了。回这么一次席，算不了什么。其实，北平的小馆，往年我是非常欣赏的，这次来到北平，竟没有吃小馆子的机会，我认为非常遗憾。改日我改变作风，请刘小姐吃顿小馆子吧。"刘小姐没有考虑到这话的范围，还是一味地客气着，笑道："由我来请吧。"金子原道："好的，我叨扰刘小姐一顿。除了明天，什么时候都可以。不用下帖子，你给我一个电话，我就会按时来的。我想吃小馆，刘小姐一定很在行。"刘小姐笑道："我可不在行。不过久住北平的人，哪家小馆子是什么滋味，总也打听得出来。好吧，改天我电话奉邀吧。"金子原听了，大为高兴，立刻举起杯子来，高过了额顶，向刘小姐敬了一杯酒。杨露珠看了这情形，倒有两层不解：第一是金子原说的明天除外，明天他有什么要紧的事呢？第二是刘小姐这个人，看起来是忠厚本分的，何以她初次结交，就肯请金子原吃小馆子？吃小馆子绝不会有多数人的，难道她就这样容易接近，一拍就合吗？杨小姐这样想着，也就格外注意他们的言行了。

杨露珠虽然是被金子原的威风征服了，但她内心里那股酸气，海枯石烂也消灭不了。倒是那位田宝珍，她非常大方，和同桌人说说笑笑，吃得很痛快。一顿酒席足闹了一个半钟头，也就是八点钟将近了，田宝珍首先伸了手和张丕诚握了道谢，然后又过来和金子原握着手，笑道："我得先走一步了，回头不到后台去玩玩儿吗？"

金子原笑道："我早有这个意思，只是不便开口。"田宝珍道："这有什么关系，唱戏的在后台怕见人吗？不过我得声明，后台可没有沙发待客，甚至连茶水都没有一杯的。你要去参观，就是去看那一份乱劲。"金子原笑道："当然我也得见识见识。"田宝珍道："对了，你得去见识见识，猪八戒究竟是怎么个样子，妖精究竟是个什么样子。"说着，她伸手连连地拍了金子原的肩膀，口里说着"回见回见"。看她那样子，和金专员像是熟透了的朋友似的。说完，向大家点点头走了。

　　杨露珠对这些情形，都是看不入眼的。但金专员却丝毫不感到这会刺激什么人，立刻回转身来向刘小姐笑道："今天她的《盗魂铃》，是不能不卖力的，包厢原说都是我的，可惜迟了，我们只分了一半，散座也有好几排，刘小姐可以分个包厢去。"刘小姐点着头道："谢谢，晚上我怕不能出来了。"金子原道："你不要谢谢我。你若是肯来占个包厢，我和张丕诚还得谢谢你呢。因为我们定下了那么些个包厢，虽然票钱已经花了，而每个包厢都空空的没有人坐着，捧场的就显着能力不够了，同时，受捧者也不见得十分光彩。尤其是田小姐，她不是没有饭吃等着钱用，她是要每次卖个满座，要这个面子。在我们呢，包厢又不便拉些不三不四的人去坐，总要坐在包厢里像个样子的。所以我们这拉客坐包厢，也是个很艰巨的工作，无论哪个朋友，肯给我们坐个包厢，就是给我们减少一份拉客工作，当然是帮忙不少了。——怎么着？刘小姐不愿帮忙吗？"刘小姐见他说得这样详细而恳切，就带着微笑点着头道："好吧，我回家去和家母说一声，约她一起来。反正一个包厢，也不止坐我一个人。"说着，她点了头，就去穿大衣。金子原摇着手道："别忙，让我用车子送你，就让车子在府上门口等着，回头就坐车子到戏馆子里去。——喂！老张，你给刘小姐留下哪号包厢？"说着，对张丕诚望着。张丕诚自然晓得巴结，立刻笑着过来，拱拱手道："四号，四

154

号，那包厢最好。"金子原笑道："刘小姐听着没有？四号包厢。不用拿包厢票子，你只对看座儿的说，金公馆包的厢，他就知道了。"

刘小姐穿上了大衣，因杨露珠站在身边，就伸手和她握了一握。金子原站在身边，哪里肯失掉这个机会，就把手伸到她面前去。她只好也和金专员握上一握了，金子原手上的触觉，比什么都要灵敏些，只觉柔软而又暖和，令人发生一种无限舒服的感觉，只管将她的手连连摇撼了几下，刘小姐缩着手回去，就插在大衣袋里，只是向在座的人点点头，连说几声"再见"。她走出雅座，金子原、张丕诚两人，都在后面跟着。刘小姐站着笑道："不必送了，这又不是在贵公馆里，留步吧。"金子原道："不然，我得到门口招呼司机，让他开车子送刘小姐。门口车子多，刘小姐找不着呀！"张丕诚道："我搭专座的车子到戏馆子里去吧。让刘小姐坐我的车子，我去招呼我那司机就是。"金子原道："虽然如此，我也得送到大门口，刘小姐是我们全座的贵宾，你知道吗?"他说着这话时，脸上带了轻薄的微笑，刘小姐当然知道这类豪华逼人的大员，对年轻女子不会存什么好心的。在他这一笑之后，更知道他是什么一番用意，自己只有沉下了脸色，装出不知道的样子。到了大门口，站着向两边一看，果然，汽车头接汽车尾巴，夹街成双行的，停了像两条龙。这些汽车，虽不都是金子原一帮的，但也占大部分。

刘小姐这就意味到抗战胜利之后，繁华场中又是一番新世界了。

第十五回

幕后飞符曲终人不见
夜深筹策酒熟客初来

金子原直把刘小姐送出了馆子门，连招了两下手，就有一位司机迎了上来。金子原道："你送这位刘小姐回家去，回头就接了她和老太太到戏馆子里去，然后……"张丕诚笑道："不用多吩咐了，老陈，你对我的司机老王说，今天晚上，我的车子交给刘小姐用，等刘小姐说不用了，再开回家去。"那老陈对刘小姐看了一眼，见是个年轻貌美的小姐，他就点了头道："好，张先生，你全交给我吧。刘小姐，张先生的车子在前面，我来引你去。"说着，就在前面引路。金子原直看到她上了汽车，方才回身向馆子里走。张丕诚赶上了他，低声道："专员对这位刘小姐的批评如何？"金子原点点头道："七分温柔，三分大方，是将来贤妻良母的坯子。"张丕诚也只笑着点了头，陪他回雅座里去。

这时，来宾一阵乱，都说《盗魂铃》上场早，马上到戏馆子里去吧，说着，纷纷向张丕诚道谢。张丕诚笑道："谢倒不用谢。回头田小姐做到好的地方，你们一齐鼓掌就成。鼓掌也要恰到好处，像那小戏馆子里，坤角饮场也叫好，吐口水也叫好，那不但人家不欢迎，还会讨厌的。你们知道这不是捧田宝珍的场，这是给专员做面子，可别闹出笑话来呀。"大家都笑着，连说"知道知道"。在哄笑声里作鸟兽散。

金子原笑着拍了拍掌道："今天这次捧场，一定是够热闹的。以

156

后小田见了我们，要格外客气些了。"刘伯同笑道："她见我们客气与否，我们倒在所不计。不过她见着专座，以后要听指挥才好。"杨露珠刚刚穿好大衣，预备向外走，听了这话，两手插在衣袋里，扭转身来，却向他瞪了一眼，微笑道："人家是唱戏的，可不是敌伪方面办交代的，怎么会要听接收专员的指挥呢?"刘伯同明白，她正有一肚子肮脏气，要找一个地方发泄，自己可就当了她泄气的对象了。他伸了伸舌头，又笑着扛了两下肩膀。金子原道："这是馆子里，不要提这个了。其实就让我去指挥指挥她，我倒是不嫌麻烦的。"他说话时，也已穿好了大衣，伸着手，挟了杨露珠的一只膀子，偏了头向她低声笑道，"来点儿酱油吧，别尽吃醋了。"说着，就向外走。露珠因金子原表示着亲近，也就不说什么，跟着一同上汽车去。他们并没有等候别的什么人，径直就向戏馆里去。杨露珠坐在车厢里，打开手提包，在里面取出一张名片来，放在腿上，抽了胸襟上的自来水笔，伏着写了六个字"你别到后台去"。写毕，将名片放在金子原手上。金子原看了，倒没说什么，却是放开喉咙，一阵呵呵大笑。连司机都被笑声引动了，不免回转头来看了一看。杨露珠斜瞟了他一眼，问道："你怎么啦?"金子原笑道："我不怎么，遵办。"她听了这两个字，自是高兴，也就不再说什么了。

他们到了戏馆子门口，就有人抢步向前，替他们开了车门。在门口见有两个人都戴着皮帽，披着大衣，似乎已在门口等了很久的样子了。见了金子原，就是深深一鞠躬，同时还伸手将头上的帽子抓了下来。金子原并不认得他们，看他们这情形，分明是欢迎的人物，大概是戏馆子方面的了。于是爱理不理地向他们也回点了点头。其中一个年纪大些的黑胖子，手上兀自抓着帽子，堆着笑脸迎向前来道："专员是三号包厢，已经预备好了，我来引路。"说着就在前面走着，在走向水泥盘梯的时候，那人将身子闪到一边，回转头来向杨露珠笑道，"这戏馆子的梯子显得陡一点儿，夫人请好走。"这一个耳生的称呼，金子原还是很少听见过，不由得笑了一笑。但杨露珠是个世家女子出身，她倒明白，这是北平社会对女子超级的称呼。这位引导员有点儿年纪，他认为接收专员身边的女人，一定就是他的夫人。杨露珠却很为难，承认有点儿难为情；不承认，又觉得不识抬举。那不是自己正盼望着的地位吗？她也只是撩着眼皮看了人家一眼，鼻子里哼了一声，径自走着。

三个人同到了包厢座里，那里四把椅子，只有前面的两把椅子铺上了椅垫，似乎就没有预备两排椅子坐人。在包厢的栏杆上，除了摆着茶壶、茶杯、纸烟、火柴以外，还有四个高装玻璃碟子，里面全摆了水果、糖果一类的东西。金子原道："这是谁预备的？"那个引导的人鞠着躬说道："是田小姐预备的，专员和夫人，随便用一点儿吧。专员还有什么事吗？"金子原道："没什么事了，你请便吧。"那人又点了点头，并向杨露珠道："金夫人，我跟你告个假。"然后倒退两步，方才走去。

杨露珠望了他的后影，低声道："这家伙逢迎得有些过分。左一句夫人，右一句夫人，听了真是肉麻。"金子原笑道："那么，你为什么不当面否认？"他坐了下来，取出纸烟吸着，向戏台上望去。这时，台上正唱着一出武剧，锣鼓敲打得震天响，杨露珠很随便地答应他一句话，他也没听见。金子原又向四周包厢一看，自己约来捧场的人差不多都到齐了，随便哪个包厢也不止坐两个人。的确，只有这个包厢，人家是留着专员和专员夫人坐的，这里就单独坐着男女二位，他们怎能不联想到在专员身边坐着的就是专员夫人呢？而且除了夫人，别人也没有这资格可以和专员并起并坐的。这误会对生人无所谓，就是那半生不熟的人，如刘小姐之类，就很可以节外生枝，生出问题来了。他这样想着，就有意把自己和杨露珠之间的关系疏远一点儿。坐了一会儿，只见张丕诚、刘伯同都已分别坐在附近包厢里。这就站起身来，向杨露珠笑道："我也得到他们包厢里去敷衍一下。"说着就走了。

张丕诚是和两个朋友坐在包厢里看戏的，但他时刻都注意到专员的行动。见金子原过来，立刻就迎向前去，低声笑道："女人出门，总是啰里啰唆的。刘小姐大概是等她母亲，或者再邀一两位听白戏的女眷，时间就耽误了。"金子原摇摇头笑道："忙什么的，有专车伺候，她自然会来的。小田不是约我们到后台去看看吗？"张丕诚斜了眼睛向他望了一下，笑道："我可以做向导，不过杨小姐会不愿意的。"金子原道："笑话，她有什么资格干涉我的行动！"张丕诚道："当然她没有这个资格的，不过她很不愿意就是了。"金子原道："活该她不愿意！"

张丕诚听他说得这样干脆，倒是正中心怀。这就带了满脸笑容，引着金子原到后台去。田宝珍正在后台犄角上一间特别化妆室里扮戏。张丕诚在前，先叫了一声"田小姐"。田宝珍坐在化妆桌子边正在梳头，还不能起身，这就答道："我在扮戏哩。请进来吧。"张丕诚回转头来，向金子原招了招手，引将进去。他看见这屋子里，放了一张大餐桌，脸盆、大盒子、小篮子、化妆品的瓶瓶罐罐，摆满了桌子。屋子角上，安了一只铁炉子，正热烘烘地烧着煤火。金子原虽喜欢听戏，可是对于后台的情形，还是陌生的。他首先看列桌子角上放了一大碗刨花水，有个男子将整绺的头发，在水里浸了捞起，悬挂在桌子沿上。田宝珍坐在大桌子里边，白的粉，红的胭脂，擦抹得像个花脸。她将两只涂了胭脂的手，左右分开地扶了额。后面站着一位穿黑长袍的男子，正用一根带子，在她额角上捆扎着，两手在后脑抄住了带子，正在使劲勒呢。田宝珍低了头，对着面前支起的一面大镜子，在镜子里看见来人了，便对着镜子笑道："对不起，我不能起身。请坐，请坐！哎呀！坐什么呢？恐怕还没有凳子呢！"金子原连忙笑道："你只管化妆，只当我们没有进来，我是特意来参观化妆的，你若起来照应我们，那就没有意思了。"田宝珍笑了一笑，就没起身。

金子原见她身穿一件粉红绸子睡衣，后肩上又加披一条大花绸手绢；睡衣里面，只穿了细小的羊毛衫，便问道："田小姐，你只穿这一点儿衣服，不冷吗?"她笑道："有道是热不死的花脸，冻不死的花衫。在后台有火烤着，这怕什么冷。回头到台上，我们穿的比这还要单薄呢。我身上这件睡衣，是衬绒的，这就很暖和了。听戏的人，哪知道唱戏的这份苦!"金子原点点头道："的确，让人常到后台来参观参观，也可以对你们多了解一点儿。"田宝珍道："多让人来参观参观，那好，人家都到后台来瞧田宝珍，后台准挤破了门，我们就不用唱戏了。"于是在屋子里的人都笑了起来。

这屋子本来就不大，一张大桌子占去了三分之一的地方。田宝珍扮戏，一个男子给她梳头，桌对面还有个男子，不住地给她整理东西，也不知道是领场还是跟包的。炉子旁边，有位五十多岁的老妇人坐着烤火。金子原在田家看到过她，似乎是她的女用人。这里再加上两位来宾，实在也就挤满了。那铁炉子盖有很大的缝隙，向屋子里不住地冒着烟气。桌子上面，垂下来两盏电灯，一盏有白瓷罩子，缺了个口；一盏是个秃子电灯泡，就悬在化妆的镜子前面。光亮倒是很充足，照得那桌上，物件狼藉，水汁淋漓，实在不像个样子。说是在这地方，就装扮出一位花枝招展的名坤伶出台，真是有点儿令人不能相信呢。他心里正往这样估计着，只听田宝珍笑道："瞧吧，专座，你看我可在受罪了。"她说时，那个梳头的男子，正将那刨花水浸的头发，梳成一条带子似的，在她腮边盘旋着贴了上去。那男子还怕这头发黏劲不够，拿起刨花水碗里的一柄小刷子，蘸着水只管向她那头发上刷着糊着。金子原摇摇头道："这大概有点儿不大好受吧。"田宝珍笑道："黏糊糊儿的，凉冰冰的，有个意思。不信，你伸个指头到那碗里摸摸。"两手扶了鬓角说话，虽然不能偏过头来，却乜斜着眼睛珠子，向他看着。

160

金子原觉得她那态度，是比整日在一处的杨露珠，要亲热得多了。于是走近了一点儿，伸手拍了她的肩膀笑道："衣服穿得这样单薄，你们挣几个钱，也真是不容易呀！"他说着话时，手就在轻轻捏了她两下，捏得田宝珍身子一扭，笑起来了。那个给梳头的人，也只好闪开，暂时停一下工作。等她坐得正了，笑着向金子原点点头道："我快上台了，你到包厢里去听戏吧。张先生，你陪他走。"金子原见化妆室里几个人都睁了眼向自己望着，忽然想到自己的身份，倒也不便过分胡闹，便点点头道："我走了，唱完了戏，我请你吃夜点。"他抬起一只手做个告别的样子离开了。

　　张丕诚还没有走，伸头看看金子原已离开后台，这就把嘴伸到田宝珍耳朵边，低声说道："小田，我以朋友的关系，和你做个好意的报告。就是老金有个兄弟，明天要坐飞机到北平来，据我所知，他是来搬金条的。你若想分老金几根金条，可得开足马力，追上前去。过两天，金条全带走了，你就是下功夫也捞不到了。"说完，他直了身子，正着颜色，睁着眼望了她又补充了一句道，"不开玩笑，我这是真话。"田宝珍先听了他那篇报告，还只是带笑地听着，后来他正色说话，便点点头道："多谢你的好意！可是我并没有这个奢望。"张丕诚将身子一扭，唉了一声道："怎么说是奢望呢？他这个人是什么也不在乎的。"田宝珍道："你别忙，等我想想，回头你再到后台来一次。"张丕诚道："那没问题。朋友大家帮忙。"说着，眨了两下肉泡眼走开了。

　　张丕诚到了包厢里时，正好那刘小姐引着她母亲来了。张丕诚向前一拱手道："刘太太，赏光，赏光！我来引路。"他一面点头行礼，一面引路。金子原坐在自己的包席里，也正在注意隔壁这空包厢里的情形，见一行人来到，就起身迎出包厢来。刘太太当然认得他，就鞠着躬笑道："专员，您太客气了！"金子原笑道："这无非是大家凑个热闹，我也不另外花钱。您若是不赏光，我这包厢也是

161

空着的。"这位老太太一路走着，却是目光四射。她早就看到杨露珠淡淡的脸色坐在包厢里，半偏了脸看着这边，刘太太就向她点了个头笑道："杨小姐早来了，多谢呀!"她谢过专员又谢她，这倒是相提并论的看法，于是杨露珠就起身点点头道："大家给田宝珍凑份热闹吧。"

张丕诚在旁边听到，心想，她倒是和金子原一样的口吻，这份儿自负，简直就是专员夫人了!今天这场面不都是姓张的花钱吗?却让人家领她的情!张丕诚心里有这样一个想法，就微笑着站在一旁，并不作声。金子原对于刘家母女倒是周旋了一阵，方才回到包厢里去。刘小姐母女，却是真正来听戏的，一本正经地望了台上，并不谈话。金子原有几次想和她们接上话线，都没有机会。他看看那边包厢上，也都摆设下了水果碟子和茶杯，又没有什么可应酬的机会。杨露珠冷眼地看他不时回头，并没有反响，心里倒是暗暗觉得好笑。所幸田宝珍唱的全本《盗魂铃》，这时已经上场了。金子原把注意力集中台上，这才放下了隔壁的芳邻。

在对面包厢里的张丕诚，也不时把眼光抛过来。和他同座的朋友，低声笑道："这位专员，可谓艳福不浅。自己包厢里带着一个，隔壁包厢里挂着一个，戏台上眼睛里又看上了一个。这八年抗战，也没有白吃苦，你瞧今天晚上，这甜头多大。"张丕诚笑道："别瞎说了，话传到专员耳朵里去了，我可担待不起。人家命好，羡慕有什么用!"这位朋友道："虽然是命好，也得有朋友给他拉拢呀!"这句话倒是提醒了张丕诚，他继续坐着不到五分钟，就悄悄溜到后台去了。这时田宝珍正是由场上下来，看到他就抓了他的衣袖，把他拖到化妆室里去，低声笑道："我没有工夫说话。我有一个字条，你悄悄替我递给老金吧。可是别让杨露珠知道。"张丕诚在她手上接过一张字条，就向衣袋里一塞，笑道："我绝对保守秘密，连我也不看。"田宝珍道："交给你带去，还怕你看吗?"张丕诚拍了一下胸脯，笑道："事不宜迟，我这就去交'电报'了。"说着，转身就走。

他说不看，岂能不看？出了后台，他就在半路上，借着屋角上灯光把字条子看过了。他自言自语地笑道："这年头儿，没有比金条再能支使人的了。她田老板虽然是见过钱的，无如条子这玩意儿太能打动人心。哈哈。"别人看到他像喝醉了似的，都不免向他瞪上一眼。他心里憋着一出好戏，并不理会这些，走到金子原包厢里，在后面排子上坐下，向金子原低声说道："陈六爷在他那包厢里，不便过来，他说请专员过去。有一个要紧的消息，要告诉你。"金子原道："为什么不便过来呢？我有几根条子在他那里，也不瞒谁呀。"张丕诚将手在他椅子背后，轻轻地扯了他几下衣襟，金子原才转了口风道，"好吧，我就去看看。"说着，起身便走。张丕诚自是跟在后面。

离着三号包厢远了，张丕诚就在身上掏出那张折叠着的纸条，塞到他手上，笑道："你瞧瞧这字条，我在她手上取过来的，可是我没有敢看。"金子原这就明白了，笑道："你焉有不看之理？反正我也不瞒你。"说着，两手将字条扯着看了一遍，笑着摇了两摇头道，"这不大好，第一是张丕诚就吃醋。"张丕诚笑道："什么事我吃醋，我也不能那样不知趣。专员的女友请吃消夜，我有点儿眼馋。"金子原笑道："你还不是看了字条吗？那么，我就不必看完戏才走了。我对露珠说，说陈六爷约我到他家里去谈话，让老刘送她回家好了。"张丕诚缩着颈脖子笑道："这由专座安排，我不敢多说话。还有一件事专座别忘了，还有你隔壁包厢里那位小姐，也得把车子送人家回去才是吧？"金子原道："当然还是你的车子送她们回去。"张丕诚道："大冷的天，我腿儿回去吗？"金子原道："你押车送她们回去，然后坐车子回家。巧了，人家也约你吃消夜。"张丕诚将手摸摸胖脸腮道："就凭他！"这话引得金子原也笑了。

金子原回到了包厢里，依然是自自在在地听戏。杨露珠知道他在经济方面是和陈六爷合作的。陈六约他谈话，那是他的秘密，以不过问为是，所以也没有作声。在散戏前一刻钟，金子原先穿起皮大衣来，向杨露珠笑道："叫老刘送你回去吧，我得先走一步。我为什么先走一步，明天再告诉你。"说着，轻轻地拍了她两下肩膀。杨露珠看到隔壁包厢里的刘小姐，倒有点儿怡然自得，就回过身来，将手拉住他的手道："我们明天这顿中饭，不要出去吃馆子了，就在家里吃吧。这样，可以叫厨子做两样清淡的素菜吃，你说好吗？"金子原只求脱身，连声答应"好，好"。他出了包厢，又向刘小姐包厢里告辞了一番，并说明由张丕诚送她们回去。杨露珠觉得他除了为金子，不会有别的事，也就安然在包厢里把戏看下去。在戏台上的田宝珍，向三号包厢里瞟过两眼，看见只是杨露珠单独留着，心里也暗自得意。

戏散了，刘伯同带着太太，引着杨露珠坐上自己的汽车，一路回家。在车厢里，刘太太问道："二妹是到我家里去歇呢，还是回家？"杨露珠道："我回家去吧，我现在的行为，母亲有点儿不高兴了。"刘太太道："住在我那里，有什么要紧，我给你打个电话回去就是。"刘伯同道："你还是让她回去吧。我的意思，露珠明天上午都不必到老金公馆里去。明天重庆来的人，大概一两点钟到。不知道究竟来一位还是两位。等着情形明白了，我再给露珠去电话。"杨露珠听了这话，就默然没有作声。刘太太道："金子原的家庭，究竟是怎么回事？"刘伯同道："我也不知道呀。我又没到过重庆，我哪里清楚？据他说，在重庆一个人过着游击生活，可是有时又好像有家。"刘太太道："他江苏老家呢？"刘伯同道："这个我倒知道，他家里人很多。"说到这里，杨露珠就是一阵咳嗽。刘伯同夫妇明知道杨露珠不愿提金子原的家庭，两人也就默然了。

杨露珠随着他们夫妇下车，脸上带着很懊丧的样子，走进他们的内室。刘伯同笑道："露珠，不是做姐夫的说你，你就是沉不住气，这一层，差点儿劲。明天不是重庆有人来吗？来的是什么人，人来了又怎么样，那是明天以后的事，现在预先发着愁，一点儿没有用处，只是给自己心里过不去。我们要研究的，就是人家有什么花招儿使来，我们用什么花招儿顶着。"露珠正在脱大衣，打算坐下，听到这里板起脸来道："有什么花招？我给你卖了。接收大员来了，你们拿我当牺牲品，使上了美人计。你们官也做了，钱也有了，我闹个不清不白。"说着，将大衣向椅子上一扔。

刘伯同瞪了眼道："这是什么话，不是你自己和我说的，叫我给你找一份工作吗？我们有了钱，做了官，你呢？不说别的，你坐着汽车跑来跑去，吃馆子，上百货公司买东西，这是不是你自己的？我和金子原是老朋友，他在重庆没来，就先给了我电报，叫我替他布置一切。他根本就需要我帮忙，我使的什么美人计？的确有人在使美人计，那是张丕诚，他才是你的对头呢。也不知道你什么地方得罪了他，他直和你为难。我还正想着和你解这个扣儿呢，你倒说起我来了！好吧，从明天起，我不管你的事了，免得你说我把你当牺牲品！"说着，一甩袖子跑了出去。杨露珠哇的一声哭了，伏在桌子上，哭得肩膀乱耸。

刘太太坐在旁边沙发上，嘴里衔了一支烟卷，默然地吸着，很久很久才喷出一口烟来，向她妹妹道："也犯不上这样哭呀，男女交际场上有成功，也有失败。何况你现在还没有宣告失败，说切实一点儿，这不过是斗争的开始。你若不甘心失败的话，正应当奋斗，还未知鹿死谁手呢，为什么未战就先自气馁，哭了起来。"她倒是慢条斯理的，喷着烟，从从容容把一段话说完。杨露珠当然把这些话听了进去。她这就抬起头来，将手绢揉擦着眼睛道："我气馁什么？我也犯不上气馁，我不是把金子原当着一件宝贝来看待。不过他太欺侮人了。"说到"欺侮人"三个字，嗓子哽着，眼圈儿一红，又要哭了起来。

刘太太向她摇着手道："不要这样小家子气，自己放开手来，大开大阖地去做。你看田宝珍这女人，手段就不错。你金子原肯捧，她姓田的也就肯舍，反正你姓金的不能抢了人去。耗姓金的一天，就让他当奴才小子一天，他要玩弄女人，女人就不能玩弄他吗？"杨露珠叹了口气，又扑哧一声笑了。她坐到刘太太对面椅子上，连连摇头。刘太太道："你这是什么意思？"杨露珠道："我笑你不识时务，你把人家一位接收大员当普通的男子看了。你看他那份气焰，把谁也不放在眼里，你还想玩弄他？何况我又是他手下一名职员，根本不能指挥他。"刘太太道："你第一步就走错了，你不应该当他的秘书。不过……"杨露珠连连摇着手道："算了，算了，还说什么呢？我回去了。"说着，她拿起皮大衣来，向屋子外面走。走了几步，却又回转身来，摇摇头道，"回家去，少不得又要受母亲一阵啰唆。让姐夫睡到书房里去，我和你作长夜之谈吧。——不好，不好，刘伯同会不高兴的。"刘太太伸手牵了她的衣襟，向怀里一拉，笑道："年轻轻儿的，为什么这样经不起情场的波动，这样颠三倒四地说话！在这里和我谈一宿也好，明天你就有了主意了。"说着，她将露珠拉到卧室里去了。

这一晚，她姊妹二人果然足足谈了一夜，次日就起来很迟。十二点钟打过了，杨露珠还拥着被子在床上看电影广告。刘太太倒是起床了，由外面跑了进来，拍着被子道："快起，快起，你姐夫打电话来了，金专员请你吃馆子去，说是给重庆来人接风。"杨露珠脸色一变道："重庆的人来了，还要我去接风呢！"刘太太轻轻拍了她的肩膀，笑道："你全是过虑，你以为来的是什么人，是金子原的兄弟，而且他到北平来，是有什么要紧的急事，住两三天，依然回到重庆去，这样的人，会碍着你什么？而且你也正应当联络联络才是。"杨露珠道："此外并没有什么吗？"刘太太道："你姐夫知道你的意思，再三强调了这一点，此外并没有人。"杨露珠听了这话，脸上就有了笑容了。她披着衣服起床，一面问道："你看，姐夫不至于拿话骗我吧?"刘太太道："这就足见你神经过敏了。伯同是一直为着你的，他凭什么骗你呢? 骗你，他也要对我交代得过去呀! 为了让你应付得好一点儿，还是我陪你去吧。"杨露珠有了个老手做保镖，心里自是坦然一些，这就匆匆地漱洗化妆了一番。

这时刘伯同第二次电话又来了，说是金专员已陪他的弟弟到馆子里去了，叫杨露珠直接前往。杨露珠得了这个电话，更觉宽心一些，她坐着自己的车子，同刘太太到了馆子里。柜上就认得她们是金专员一路的，直接地引着她们到雅座里来。这又是个伟大的场面，一间大厅摆下了三桌席，屋子里挤满了人。当然，这些人都是金子原接收机关里的，杨露珠都认得，其中有一个人，穿着不怎样合身的西服，面孔长得和金子原很相像。不用介绍，就可以知道是金子原的弟弟。因为重庆客，都是在旧衣店里买西服穿，向来是不合身材的，这就知道所传不错，果是二爷到了。其次是在座虽有两三位女宾，都是熟人，并没有想象中的陌生女人。杨露珠心里一块石头真的落了，立刻满面春风地到金子原面前，笑道："哪位是二爷，你给我介绍呀。我欢迎得太晚了。"

金子原就指着那位陌生的人笑道："这就是我们二弟，号子平。"露珠很爽快地走上前去和他握握手，并自我介绍了姓名。金子平鞠着躬，连说"久仰久仰"。杨露珠在他旁边坐着，笑问道："二爷怎么直到今日才来呢?"金子平笑道："我在重庆有职务，根本离不开，这次不过是家兄有电报给我，让我来办一两件小事。两三天之内，我就要回川的。"杨露珠道："二爷从前来过北平吗?"他道："没有来过，老早就想来的。"杨露珠道："既然如此，为什么不多玩儿两天呢?"他笑道："重庆到北平，现在很便利，每星期有好几次飞机，以后我可以常来。杨小姐要吃四川什么口味，我可以尽量带来。"金子原笑道："尽量地带来，你这话有语病。杨小姐很喜欢吃四川广柑，除了自己吃，还预备送人，你可以替她带二三百斤吗?"金子平笑道："别人叫我带这些东西，我自然无法应命。杨小姐叫我做这点儿小事，我一定要办到的。"刘伯同在旁边听到，首先拍了两下巴掌，点点头笑道："这话三分客气，可是七分真话。"他说着，向露珠看了一眼。她自然也是感觉到这话十分亲切，也微笑了点头道："不敢当！我也不能那样不知进退，如今飞机载复员的人，还有些来不及，哪里能托人带这些享受的东西呢?"金子平笑道："几百公斤，一次带来，当然困难。我来一次，带上几十公斤，那倒无所谓。这次我就带了一些，回头我就送到杨小姐公馆里去就是。"他说着这话，刘伯同又鼓了两下掌。

第十六回

聚宝看成箱提防露影
进言甜带蜜敬恳分金

这么一来，杨露珠肚子里一天的愁云，算是都已散开，高高兴兴地参加了这个接风宴会。饭后，金子原叫她回公馆等着，自己就和他兄弟同坐一车，到陈六的银行里来拜访。陈六已是接着电话，知道二爷到了，老早在这里恭候。到了经理室，金子原给他兄弟一介绍，陈六就握着他的手，紧紧地摇撼了一阵，笑道："我们是天天地盼望着尊驾到来。今天上午，本来约你兄长吃午饭，后来知道令兄为尊驾洗尘，当然我的约会打消了，晚上我做个小东吧。"金子原道："不必客气，已经有了约会了。"陈六道："那就明天中午吧。"金子原笑道："明天中午，他在半天云里了。"陈六道："走得这样快？"金子原道："有飞机位子就走，还等什么呢？"

陈六倒是很赞成这句话，引了二位金先生到内客室坐下来密谈。金子原先开口问道："六爷来得及吗？我已经弄好两张飞机票子，明天上午起飞，直抵重庆。"陈六借着向客人敬烟的动作，一面扳开打火机，一面沉吟道："当然，这事是越快越好。明天上午就走，恐怕来不及。"金子原道："条子你不是现成在保险箱子里的吗？"陈六笑道："就不是在保险箱子里，只要有法币，今天一个下午，抓几十根条子，那也没有问题。不过我既要出门，行里的事，总要安排安排，才可以动身。"金子原道："你明天能走的话，在重庆再有一天工夫，可以把条子脱手，至多三五天，你就回来了，还安排什么？

行里不是有副理吗?"陈六道:"诚然如此。不过银行的业务,一天接着一天,经手人都有一贯的手法,中断不得。我想……"

金子原知道他还要考虑,便道:"舍弟来了以后,和他畅谈了两小时,我已经很明白重庆的金融市场了。那里也知道沦陷区的金价比重庆低得多。现在上海的金价,天天跟着重庆涨,北平的金价,又跟着上海涨。所幸是交通不便利,汇兑也没有打开,不然的话就一律看齐了。不过这个日子,也不会太遥远的。我们做这种生意,那就是抢锅的烧酒,得找一条捷径。做一回少一回,你若失掉一次班机,就失掉一次生意。"陈六笑道:"专座现在也明白这个道理了。若是老早我们就这样办,至少在重庆、北平两地,已跑了三四趟了。既是弄到了两张飞机票子了,牺牲了实在可惜。我决定奉陪,同二爷先跑一趟。今天下午,我尽力去抓几根条子。若是我自己走不动的话,就叫我们吴襄理跟着去。今天晚上八点钟,我给专座最后一个回信。专座存在我这里的几十根条子,今天是不是就要拿走?"金子原道:"要拿走,收据我已经带来了。"说着,在西服袋里掏出陈六开的存金收据,交了过去。陈六是毫无为难之处,立刻把收据交到他们仓库主任手里去了。

一会儿工夫,那仓库主任带着一人,两手捧着两个手巾包进来。陈六接过,将手巾包放在茶桌上打开,里面便是年糕段子似的金条,整整齐齐一大堆,共是四十根。金子平在旁看到,不觉心里跳了一阵。他到了乃兄的公馆里,就知道乃兄一步登天,大阔特阔了。但耳朵里听听金子多少两多少条,还不过是一档子惊人的消息而已。现在亲眼看到这黄澄澄的一大堆,这是生平第一次观光。在重庆买了四两黄金储蓄券,打六折兑到了现金,也就只有两分厚、半寸宽、一寸长的一个小黄块儿,已经喜欢得心花怒放,觉得自己也有了金子了。如今眼看黄金条子一大堆,且不问它值多少钱,眼睛看着,也就火光直冒了。但看看乃兄的态度,好像对这些金条并不怎样介

170

意似的，只见他向陈六点了两点头道："我希望它在重庆跑几个来回，分量比这多出一半来。"陈六道："那没有问题，只是时间现在不能估定而已。专座若在重庆有办法的话，不妨再凑若干根金条带去。"金子原道："你指的是检查方面！"陈六耸了耸眉头，微笑道："虽然金子是可以自由流通的，我总怕带得太多了惹人注意。"金子原将头昂着，一阵哈哈大笑道："无论是谁，还不能看着金专员向重庆解金条，有理由挺身出来扣留吧？"陈六笑道："只要这一关没有问题，当然我们是尽量筹条子去的。晚上你们的约会在哪里，我好追了去。"

金子原想了一想笑道："晚上又是一个大宴会，我不打算参加。你若有电话，就打到这里去吧。"说着，他在身上掏了一张名片，在反面写了一个电话号码给他。陈六接着名片一看，那电话号码是田宝珍家里的。他向着金子原点了点头，就没有把话继续说下去。金子原将那四十根条子一齐用手巾包好，然后就站起身来向他兄弟笑道："我们先回去吧，你也该休息休息了。"金子平道："我想到澡堂里去洗个澡，你能派一个人引我去吗？"金子原笑道："我们家里就有好几个洗澡间，热气也烧得非常暖和。现在北平的澡堂子，哪里比得上我们家里的呢？至于你要搓背修脚的话，那也很简单，打个电话给澡堂子，叫他派个人来就是了。"陈六也笑道："二爷，您在重庆抗战八年，那是太辛苦了。北平什么都比重庆方便，实在应当在这里好好地多休息几天。"金子平笑道："先忙了十天半个月再说吧。以后还少不得六爷给我多多引导。"陈六站起来，拍了他的肩膀笑道："二爷交给我了。我是老北平，可以大胆说，是一位识途的老马。吃的，玩儿的，一切我全能介绍。"说到这里，他把声音低了一些，笑道，"二爷是不是需要一位女友？我也可以替你介绍。"说完，才放出声来，哈哈一阵大笑。金子原笑道："你可别引诱青年呀！"说着拉了他兄弟狂笑出门而去。

171

金子平看他乃兄，实在是志得意满，知道如此，早就该到北平来了。他和乃兄坐上汽车，兀自带了笑容，金子原道："你笑什么，觉得我们这一出戏唱得好吗？"金子平道："当然是唱得很好。不过我想……"说着，他用手搔了几下鬓发。金子原道："你想什么？"他笑道："我也说不上来，今天早晨，还在重庆，过的是抗战生活，中午到了北平，我就觉得又是一个世界。这情形有点儿像做梦。"金子原对前座的司机看了一眼，又把手拐子碰了他一下，然后笑道："坐飞机的人，都有这么一个感觉。几个钟头之内，换了个极不同的地方，环境变换得太快，自然会让人神经感到一些异常的。"说着，他只管向乃弟以目示意。金子平会意，也就不说下去了。

　　到了金公馆，金子原将那两包金子交给了乃弟，一齐回到上房里去，他首先皱了眉毛，低声笑道："我的二爷，你别和乃兄金专员露怯呀。我看你对于我们现在的这环境，有点儿招架不住似的。"金子平笑道："的确如此。你想在重庆的人，储蓄了二百两黄金，报上登出来，弄成了翻天覆地的大新闻。现在你随便在银行里说了两句话，就是四十根条子，这太容易了，若不是亲眼得见，我会疑心你是说梦话呢！"金子原笑道："你真是所见不广，这算什么？我手里掌握的黄金，比这还多十倍。"金子平瞪了眼睛望着乃兄道："这样多？是公有的，还是私有的呢？"金子原笑道："若是经营得法，也许就是私有的吧！兄弟呀，我打电报找你来，绝不是出于儿戏。大概情形，今天中午我已经和你说了。只要我们把黄金变通得法，一两变二两，二两变四两，公家的黄金依然归还公家，可以一钱不沾。私人的呢，可以超过公家的二三倍呀。"金子平道："这自然是十拿九稳的挣钱生意。可是万一蚀了本，我们把公家的金子卖出去而又买不回来，那该怎么办呢？"

　　金子原将手乱拍着他的肩膀笑道："你简直是痴人说梦话。现在乡下人进了城了，你应当看城里事，说城里话。你在飞机上没有睡得好，先去休息休息吧。"这时二人已经走到办公室里，金子原随说着话，就弯着腰开屋子犄角上的保险箱子，把箱子打开来，将手向里一指道："你看，这也就比拿回来的四十根条子多得多吧？"金子平伸头向保险柜子里一望，果然里面一块块的金条，堆叠着有尺把高，面积差不多占了箱子的全部。金子平摇摇头道："我们大哥是金子堆上爬过来的人，可以说是满不在乎了。有道是财不露白，你把这些个金子，就这样赤裸裸地摆在箱子里，似乎不大妥当。"金子原笑道："金子放在保险箱子里，又在我自己屋子里，这还有什么问题？你以为我像那些穷酸一样，有了一枚金戒指，不但戴在手指上，还要竖起指头来给人看吗？哈哈！"说罢，得意之至地笑了一声。

金子平道："我们兄弟，不枉抗战八年，这一下子，算是苦尽甜来。我想金子、钻石究竟是动产，我们要那么些个干什么？还是带钱到故乡去，盖几所屋子，置些田产，这倒是个长治久安的计划。"金子原笑道："我叫你去休息休息，少说话，你偏这么多议论。你过的是乡下日子，不知道城市里的行市。"说着话，又拍了他兄弟几下肩膀。金子平没想到自己的话，都成了乡下见识，这只有听他的话做去了。老兄是叫他去休息，他也真要去休息了，可是他站在屋子里徘徊四顾，却不知向哪里去好。因为里面虽然是一间卧室，可是那是金专员住的，那位女秘书和那位日本下女，不时地在那间屋子里进进出出，他可没有胆量到那屋子去休息的。他急着搓了两下手道："你这里的房屋，我还没有摸清头绪，哪间屋子是归我住的呢？"金子原笑道："这是我的疏忽了，忙着办金条、飞机票，给你预备好了房子，还没告诉你呢。"说时，杏子正捧着乌漆托盘送了茶进来，便向她道："你引二爷到那预备好了的房间里去。他的茶水，我也交给你了。"杏子放下了托盘，向金子平勾了两勾头，就引着他到大客厅对面的一间屋子里去。

这屋子里的陈设，和专员所住的差不多。正面一张钢丝蹦子的铜床，雪白床单子上，展开鹅黄缎子绣五彩牡丹的被子。热气管子烧得暖烘烘的，一进门就有一股香气扑人。这香就来自床上。金子平实在也有点儿倦，走到床前，坐了下去。不想这一坐，吓了自己一大跳，正是那蹦子太软了，人坐得向下落下去上尺深。杏子将屋子角上一架玻璃橱打开，在里面取出一件毛巾睡衣，两手提着，送到他面前，笑道："二爷，你换了衣服睡吧。"金子平虽然知道这位漂亮下女就是做这些事的，可是自己没有这习惯，只好接过那件睡衣，向她笑道："你请便吧。"杏子恰是不忙，又在玻璃柜子下面，取出一双花绒的拖鞋，轻轻地放在床前，然后给他铺好被子，叠好枕头。还把床头边一根花线系着的电铃开关，挂在床柱上，笑道："二爷，你有什么事，一按电铃我就来的。"金子平也没有考虑，笑道："人都睡下了，还有什么事呢？"杏子瞟了他一眼道："睡了没有事，床上怎么又安上一个叫人铃呢？"说着，笑嘻嘻地去了。

金子平向屋子四周一看，只见四壁粉刷得洁白，没有丝毫污迹，地面是铺着寸来厚的地毯，一律橘色的摩登家具，不是盖着玻璃板，就是配着玻璃门。他想起今天早晨在重庆所住的那间灰色吊楼，和现在所住的屋子一对比，简直是天上地下。他坐在床沿上，两手将蹦床按了两下，身子跟着颠了几颠，自言自语地道："这实在是够舒服的了。"他打了两个呵欠，就侧身在床上躺下，那件崭新的睡衣，他只是当它毯子盖在身上。

他倒在床上，像是偎在棉絮团子里一样，慢慢地就出了汗。闭着眼睛，本是要睡去的，但是怎样也睡不着。心里不住地想着，人事是难说的，不料我哥哥陡然一变，会发这样大的财。哥哥发了财，兄弟当然要沾很大的光，将来我也能像他这样住着高大精美的房子、坐着漂亮的汽车吗？人生几十年光阴，在苦够了情形之下，享受几年，倒是很应当的。那位陈六爷说过，若是要女友，他可以介绍。这话大概不是敷衍话吧？在重庆当了七八年穷公务员，见了异性，自己就先透着寒酸。如今该不至于胆怯了吧？哥哥要自己带的金条，一次就是好几百根，只要拿他一根金条，就可以把浑身上下，修饰得漂漂亮亮。可惜北平这些个汽车，不能由飞机上带一辆到重庆去。不然的话，把今天坐的车子，到重庆街上去兜几个圈子，遇到重庆以前那些爱理不理人的小姐们，一定停下汽车，在玻璃窗子里向她们点几点头。这事情也并不是完全不可能的，飞机上带汽车，那很平常。只是第一次到北平，还不能对哥哥去说，第二次到北平就可以向他开口了。那时，在重庆市上驾着汽车，凡是住在马路边上的朋友，都得去看看他。那就是说，告诉他们，我金子平也有今天。他越想越是得意，躺在这软绵绵的床上，不但是睡不着，反而想得新鲜起来了。一忽儿又坐了起来，看那面前的小写字台上，成听的三五牌香烟放着，他就取了一支，坐在小沙发上吸着。

他还是沉醉在那幻想的深渊里，尽管想那坐汽车在重庆市上兜圈子的事。隔着门帘子就看到一件花衣服在门帘子外面踅来踅去。他掀开门帘子向外面张望了一下，却是那位女秘书杨小姐，向他点了点头。那抹满了脂膏的嘴唇，露出白牙齿笑了一笑。两腮还浅浅的有两个酒窝儿印子。子平知道她的身份，可能是未来的嫂嫂，因此不敢怠慢，向她回点了一下头，笑道："杨小姐，请到我屋子里来坐坐。"杨露珠手掀着门帘子，伸头向屋里张望了一下，笑道："我不打搅你吗？"金子平笑道："我一点儿事没有，就坐在这里，等晚上这餐饭吃。"杨露珠点了头，笑嘻嘻地走到屋子里来。

这屋子里不是整大套的沙发，乃是写字台对面，夹着茶几，摆上两把小矮椅子。她手扶了茶桌子的犄角，悬起一只脚来，连连颠动了几下，笑道："我在这里坐一下吧。我应当到飞机场上去欢迎你的，可是没有来得及，我在这里表示歉意。"金子平拿出一支纸烟来，向她笑着敬了去，然后一鞠躬道："我们是山城里来的人，许多事情都不知道，一切多请指教。"她衔了那支烟卷在嘴角上，金子平赶快在衣袋里掏出打火机来，按着了火，给她将烟点上。她笑道："二爷，你怎么这样客气？"金子平笑道："我知道，家兄都对你很客气，我怎么能对你不客气呢？"杨露珠喷出一口烟来，接着微微叹了一口气，然后又笑道："你大概只听到人家传说的一面之词吧？"说着，她坐了下来。

金子平笑道："家兄大概是事情很忙，有时是顾虑不周到吧？"杨露珠道："他顾虑不周到吗？有时他对于女友是顾虑得太周到了。比如昨天晚上他请了一位刘小姐听戏，就派了专人去接送。这也就不必去提了。"说到这里，她微微一笑，吸了一口烟喷将出来，然后笑问道，"令兄在重庆的时候，不能是这样浪漫吧？"金子平笑道："人的性格，先后总是一样的。不过他是很随便的，倒不是浪漫。"杨露珠道："在重庆他也是这样地侍候女友吗？"金子平摇摇头笑道："在重庆我们过的抗战生活，和现在不同。我们也很少到有女子的场合去周旋的。"

杨露珠默然地吸了凡口烟，伸了两只腿，架将起来，摇撼着身体，做出了沉吟的样子来，最后问道："我们专员，不太喜欢提到他在重庆的生活情形。其实抗战时期的生活，那是值得向人家介绍的呀。你们贤昆仲，在重庆是住在一处吗？"子平道："不住在一处，各住在各人的宿舍里。"杨露珠道："难道八年之久，你们都是住在宿舍里吗？"金子平道："在重庆，过着这样生活的人也很多呀。在重庆根本找不着房子，安家真不容易。"杨露珠装着很不在意的样子，淡淡地问道："那么，你们贤昆仲的家，安在哪里呢？是了，重庆公教人员都是这样，家眷疏散到乡下去，本人住在城里，你们也是这样吗？我想是这样的吧。"

金子平也坚决地给了她一个否定的答复，摇摇头道："不，我们的机关也在乡下。"杨露珠道："哦！你们在重庆始终没有个家。你的太太住在哪里呢？"金子平听到这里，才知道她把话归到了本题。

这就向她笑道："我还没结婚呢！"杨露珠笑道："你没有结婚？难道你令兄也没有结婚？"她说着这话时，将头半偏着，向他看了过去。金子平对于她这话是早已料及的，自然也就早预备好答复，笑道："他当然是结了婚。但抗战期间，我那位嫂子并没有到后方去。八年之间，彼此不通消息，还是存亡未卜呢。"

杨露珠听说，摇了摇头道："这话怕不尽然。你们这些抗战义士，到了后方，照例是有一位抗战夫人的。他在后方八年之久没有家眷，岂能够没有什么举动？"金子平笑道："那举动也不太简单呀！我们在后方，连自己的吃用每月都发生问题，谁又肯在这份困难之上增加困难呢？也就因为如此，家兄是急于要成立家庭了。你看，他这么完好的一个家，没有太太，可说是万事俱备，只欠东风了。"他说着，笑了一笑，杨露珠被他逗引着，也笑了一笑。这简单的几句话，虽然证实了金子原是有一位未知数的沦陷夫人的，可是比杨露珠原来料的他在重庆有家，情况却要好些。她一时找不出另外什么话，便又取了一支纸烟继续吸着。

停了一歇，金子平道："我明天又回重庆，大概不到一个星期就要再回北平。杨小姐有什么事情让我代办吗？"她摇了摇头笑道："没什么事。我在计划中倒有一件事，可以奉托你的，但是未必能够实现。"金子平道："什么计划呢？请你说吧。"杨露珠道："二爷这次来，不是和专员做金子生意吗？"金子平一听，咽了一口痰，沉吟了一会儿。不过他想，哥哥和她非常亲近，她又不时在内室里进出，这件事未必能瞒得她过，便笑道："这也不算买卖，不过是免得资金冻结，拿出来活动活动罢了。"

杨露珠道："这个我也不必去管他。不过有你这么一个飞来飞去的人，调换金子就非常便当。我就知道，重庆的金子比北平要贵两三万元一两。带个二三十两金子到重庆去卖，每次就可以赚上百万元。这样赚钱的事谁不愿意干呢？我很想和令兄商量一下，借几条

177

金子，托你带到重庆卖掉，给我带法币回来。你来了，我买了金子还给你令兄，他并不吃亏，我可占大便宜了。不过话又说回来了，他有金子借给我，他不会自己多卖几条？所以我有了这么一个计划，却不知道要向他怎样开口。开口可能就会碰他的钉子。"

金子平笑道："杨小姐的事，总好和他商量。不过我明天就要走，最好你今天就把这问题解决了。"杨露珠把那支烟吸完了，又跟着取了一支再吸。她好像有什么话要说，而又无从说起，只是在那里吸着烟想主意。金子平笑道："有什么话要和家兄讨论的话，杨小姐最好马上就去。他今天夜间有好几个应酬。吃过晚饭，他还有约会呢。我是明天十二点钟以前就要起飞的，杨小姐若不在今天晚上把交涉办好，我这次去重庆就无能为力了。"杨露珠听了这话，很兴奋的样子，突然将手上的纸烟向痰盂里一扔，然后站了起来，点着头笑道："好的。我去和他谈着试试看。不过根据我的经验，十有八九是会碰钉子的。"说着，她故意带了几分笑容，走向金子原的屋子来。

这位专员今天是全副精神都在金子生意上。他已把要带往重庆的金子归理停当，这时正伏在写字台上，亲笔草写几封信，让他兄弟带回重庆去，好托重庆几位银行家，在周转上替他兄弟帮忙。关于重庆的银行家，他本来是不认识的，但自从到北平来以后，很有几位银行家，由于朋友介绍，和他也有书信来往。那些银行家所以写信来的原因，就都是想在平津开分行的，借此先拉拢些人事上的关系。认识银行家，那也不会是什么吃亏的事，所以他接着人家的信，也就照样客气地给人回了信去。彼此之间，总算是在书信上建筑起交情来了。

这时，他正按下了心情，一连地写了三封信。当他写到第四封信的时候，杨露珠进屋子来了。他抬头看一看，并没有作声，又低下头去写他的信。杨露珠走到写字台边，将手扶了桌沿，呆呆地望着出了一会儿神。但她为了避免看到金子原写的信，却故意昂起头来，望着墙壁上张挂的几幅画。过了两三分钟，见金子原有个抬头机会，就笑着问道："你可不可以休息五分钟，让我和你说几句话？"金子原放下笔，在烟听子里取了一支纸烟在嘴里衔着。杨露珠赶快找了茶桌上的火柴盒拿在手里，擦了一支，给他点上，笑道："可以和我谈五分钟的话吗？"金子原喷着烟笑道："你为什么这样过分客气起来？"杨露珠笑道："不是我过分客气。我看你一口气写了几封信，忙得喝口茶的工夫都没有，所以我想以不打搅你为原则。可是这件事已经没有时间了，又非和你说不可，因此我得先征求你的同意。"

金子原道："什么事？你要一张包厢票？"她扑哧一声地笑了，摇摇头道："我也不是那样不知天高地厚的人，成天成晚地只知道玩儿。我也得办点儿正事呀。"金子原站了起来，向她抱着拳头连连地拱了几拱，笑道："恭喜恭喜！这话是难得的。"杨露珠道："钱还没到手呢，你就先给我道喜！"金子原道："钱没有到手？这是什么意思？我不懂。"杨露珠笑道："我也不和你打什么哑谜了。你不是托你们二爷带点儿东西出去卖吗？这是十拿九稳的好生意，我搭一点儿干股子行不行？"金子原听着这话，倒是抽了口凉气，望了她道："你要搭点儿干股子，这话怎样解释？"杨露珠道："随你怎样解释都可以。简单一句话，我想沾你专员一点儿光。"说着，向他微微一笑。

金子原听了，坐了下去，将背靠着椅子背，仰了脸向她望了望道："不错！我是要带一批金子到重庆去卖。不过这批金子是公家的。公家的东西你打算沾光吗？"杨露珠道："我当然知道是公家的。不过对于怎样保存公家这点儿物资，这技巧我也很明白。金子到重庆去游历一趟，五两还是五两，十两还是十两。不过摇身一变，变成了法币，把这法币在北平再买金子，那就五两变成七八两，十两

179

变成十五两了。公家的东西，我们还归还公家，十两绝对只要归还十两，用不着归还十五六两了。有道是肥水不落外人田，我总不算是外人吧。我跟你商量的是，在那大批的金条里面，移挪个两三根条子。好在我并不离开左右，金子也不由我带走，就交给你们二爷，托他带到重庆去给卖了，将来二爷再来北平，把法币带来了，我就买了金子还你，准保不欠一丝一毫。这个办法怎么样？你可以借点儿条子给我吗？"

金子原听她说得很是内行，绝不能否认她这一番话，便点点头道："是有这么个说法。不过……"他说着话，现出了踌躇的样子。杨露珠看到他面前的那杯茶已经凉了，就给他换了一杯热茶，双手捧着，送到他面前，向他笑道："先喝杯茶吧，我慢慢和你谈。"金子原对于自己做的这件事，根本就不敢向人作强硬态度，而杨露珠说话和举动又是这样的和蔼，他更是不能板着脸子对付，于是只好点点头道："你的意思我是完全明白的。"说着，向门外看了一看，才低声笑道，"当然，我可以设法调剂调剂你的经济。不过舍弟这次跑路，是个尝试性质，是否能赚到钱，还不得而知。"杨露珠见那杯茶放在金子原面前，他并没有拿起来喝，她倒是老实不客气，将茶杯取过来先喝了一口，再送到他面前去，笑道："这个我当然知道。不过据我的想法，纵然不赚钱，也不至于蚀本。"金子原向她笑了一笑道："你既然和我开口了，我怎么好完全拒绝？不过我是相当地担着干系的。回头我和舍弟说，在带的金子里面划出一条来，算是你的。赚了钱，你就照一两金子分盈利，你不必借去，也不必还我，这样手续就简单多了。"杨露珠向他深深地鞠了个躬，笑道："谢谢。既蒙专座的好意，一根金子作得不起劲，你就再给一点儿吧。"金子原道："不是我悭吝，这是公家的款子，不能多移动的。"

杨露珠取出了一支烟，已按着打火机点着，抿了嘴吸上一口，向金子原喷了出来，两支箭似的，直射到他脸上去，又望着他，将身子颠了几颠，把一只脚悬了起来，将皮鞋尖在地面上点着。金子原笑道："看你这个样子，像是不大相信我的话似的。"杨露珠笑道："我怎么能不相信你的话呢？我天天和你一处，把你的事情看得很清楚的。你怎么会把话骗我？不过我和你商量商量，完全是私人感情的谈话。你若能在感情上凑合一点儿，你就会答应我的要求了。"说着就把嘴里衔着的那支纸烟，交给金子原，笑着说了个"哪"字。

金子原接了那支烟看了看，烟上印有个胭脂圈圈。同时她又走了过来，挨着金子原站了，看到他的衣服肩膀上有些灰尘，嘴对着吹了一吹，然后轻轻地在他衣服上抚摸着。金子原笑道："你那意思，想给你两条金子？"露珠笑道："三四根也不要紧吧？"金子原道："两根我还没有答应呢，你又要三四根了。"杨露珠两只手扶了桌沿，将身子连连地颠了几颠，半偏了头向他笑道："你好意思和我这样锱铢较量吗？你这么一个大专员在乎这一根两根条子吗？"金子原笑着点点头道："好吧，回头再说吧。"杨露珠将手轻轻地拍着他的衣服道："你肯与不肯，就在一句话，费不了你几秒钟的事，为什么还要回头再说呢？"金子原道："这金子支配权虽然在我手上，但是我已把金子的出卖权交给舍弟了。要分给你一部分，当然要告诉他。他知道有你的金子在里面，也许办得更尽心尽力一点儿。"杨露珠偏着头想了一想道："这事有和他商量的必要吗？不过那也容易，我马上就去请他来。"说着，她扭转身就出去了。

不到五分钟，她就引着金子平进来了。金专员那句推诿之词，本来就不怎么高明，事后也就很后悔自己失言。这时杨小姐引着自己兄弟进来了，他知道再无可抵赖，首先就向金子平笑道："公事未办，我们先办点私事吧！明天你带去的条子，在里面划出两三根来，算是杨小姐的。二次回到北平，我们再当面算账。"金子平笑道："你也得告诉我实在的数目呀。你说划出两三根来，到底是两根呢，还是三根呢？"杨露珠在纸烟听子里，取了一支纸烟出来，向他面前一送，笑道："这有什么不明白的？二根再加上三根，就是五根了。"金子原点了头笑道："很好，你这样解释，并不算歪曲。我共总带去多少条子呢？你一人就五根？"杨小姐道："五根也没什么呀。我是借，又不是要。而且借还都是一句话，我还没有看到条子多长多短呢。"金子平向他哥哥点了个头道："就是三条吧。"金子原看看桌上摆的小金钟，已经四点半了。冬日天时短，这时已是天色昏黑，这就站起来笑道："好吧。就是这句话了，你到了重庆，把三根条子单独卖了，另记一笔账，回到北平，你把这笔款子交给杨小姐，这问题就算解决了。"说着话，他便起身要走开了。

第十七回

冬夜酣呼怀金留醉态
春明遥别冒雪告游踪

金子原走了，金子平和杨露珠也不好再说什么，金子原一面取了大衣走着穿，一面就按着叫人铃。勤务进来了，他一挥手道："叫他们预备车子，我要出门了。"说着又回转头向金子平道，"晚上是几位小同事公请你，让张丕诚陪着你去就行了。我也许不能赶到，有什么话我们晚上再谈吧。"金子平道："你不到不要紧。不过你在什么地方，可以留个电话下来。有什么事，我可以打电话找你。"金子原牵着皮大衣的领子，抖了两抖，做了个踌躇的样子，然后摇摇头笑道："不用留电话吧，六七点钟的时候，我向酒馆子里去打电话吧。这会儿我先去见部长。"部长这个名称是相当惊人听闻的，金子平不便问，杨露珠也不敢问。金子原脸上笑嘻嘻的，就挺着胸脯子出去了。他所要拜会的人，在十五分钟后会到了，那精致的小屋子里，铺着很厚的地毯，一张圆桌子，上面铺了一块玻璃板。玻璃板上陈列了细瓷杯碟、牙骨筷子，每样都是两份。主人坐在主位相陪，她不是别人，乃是烫头发穿旗袍的田宝珍。

金子原坐在上席，望着田宝珍笑道："我就是专诚来赴你这个约会的。有两个大宴会，我都牺牲了。"田宝珍坐在下方，提了一把赛银的小酒壶，给他满上一杯酒，又向他点着头笑道："这算专员聪明，你成天地吃馆子，那些肥鱼大肉，不但不养人，反会吃倒胃口的。我们这里，虽然没好吃的，可是煮两块豆腐，烧一把菠菜，倒是富于营养的。"说着，把手上的小玻璃杯子，高高举得平了额顶。这玻璃杯子里，斟得通红的，隔了玻璃，颜色非常好看。田宝珍在杯子沿上向他瞟着眼光，笑道："喝，今天我可以陪你多喝两杯，反正我没有戏。"金子原举杯抿酒，眼睛望着她，也是不断地微笑。田宝珍将筷子拨着一碟虾米炒芹菜，慢条斯理地挑了芹菜里的虾米来吃，一面淡淡地笑道："你老对着我笑做什么？有什么话要说吗？"金子原道："昨天晚上，你和我商量要借四根条子，这事除了你，就只我知道。你以后告诉了什么人吗？"田宝珍道："告诉谁呢？根本你也没答应给我不给我，我告诉人，这是什么意思呢？"金子原点头道："你所要求的事，我考虑了一下，本来也可以答应你的。可是事有凑巧，杨露珠也提出了同样的要求，要向我惜三根条子。我答应了她的，就不能答应你的了。"田宝珍道："条子，专员有的是！何至于答应了她三根，就不能答应我四根？"金子原将酒杯举起要喝不喝，好像在想心事似的，过了一会儿才声道："田老板，你现在还不至于没有钱吧？你赚包银，好像就是上万吧？"说着，把杯子放下，看她有什么表示。

田宝珍心里想着，这几根金条他还没有松口，这要用条什么计才好。自己跟着想心事，把酒壶往外一移，便道："我的包银的确不少，可用度也不小啊！你到过后台，你可从看看我带着多少人扮戏，又可以看看我台上的场面是多么热闹。台里台外，这么多的人，不都要钱开支吗？"金子原笑道："这自然是事实。可是你不能唱一次戏分一次钱，一个子儿不剩。"田宝珍微笑着，鼻子里哼了一点点头道："不就是这情形吗？现在我要多制一件行头，就得零碎去想办法。我现在有几出戏学好了，就因为没有行头，不能上演。"金子原将手摇了两下，笑道："你不要这样啰唆了。我给你打算打算，你现在是青春茂盛的时候，你把这光阴完全在舞台上消磨了，未免可惜。不如急流勇退，在这个时候，赶快抽身。"田宝珍又扶起筷子低着头

184

缓缓地吃着菜，板着脸，似乎在想什么心事。约莫过了三四分钟，她抬起眼皮来，将对面酒杯子里的酒看了一看，只见杯子里空了，就提起手边的小酒壶，站起来向金专员杯子里斟着。金子原连忙站起来伸手将她的手捏住，笑道："金条给你，那没问题。我和你好好地谈上一谈吧，不要在这应酬上耽误时间了。"他说着话，抢着给她满上了酒，然后松了手，才向自己的杯子里满着，举起杯子来笑道，"来，我们同干一杯。"

金子原先把手上举的那杯酒，一仰脖子喝干了，然后向她照着空杯子，不肯放下。田宝珍见客人是这样敬酒，料到这杯酒是拒绝不得的，只好勉强干了。金子原还不坐下，提了壶又斟上一杯，笑道："事事成双，要喝就喝个双份，再来一杯！"说完，又把这杯干了，然后提了壶向她面前送来。田宝珍将手接了杯子，摇头笑道："我实在不会喝酒。"金子原笑道："这话不通，你若不会喝酒，怎么拿酒出来请客？而且又斟着酒相陪？这桌上并没有第三人，你不能说这份是找人替代的。"田宝珍道："虽然勉强可以喝两杯，我可是要慢慢相陪，像你喝的这样子急法，我可陪你不了。"金子原右手提壶，左手又隔着桌子伸过来，要拖她的手，她身子向后一闪，笑道："你放下壶来吧，我自己斟着就是。"金子原笑着摇摇头道："不，这杯酒非要斟不可。这杯酒是我敬你的，由你自己去斟，那就失掉我敬酒的意思了。"田宝珍怕他抓手，又不能不接他的酒，急中生智，就用两手捧着杯子，做出十分恭敬的样子。这样，算是把这个问题解决了。金子原斟过了酒，问道："小姐，喝不喝？你要我四条金子，我都答应了，我要你多喝一杯酒的小小要求，你都不能答应吗？"田宝珍听到了四条金子的这句话，就没有勇气来拒绝这杯酒了，依然站着把酒喝干。

她实在是个没有酒量的人。这两杯急酒喝了下去，立刻在腮上飞起了两道红晕。宾主重新坐下，金子原望了她道："你觉得我敬你这两杯酒，有些勉强吗？"她笑道："你看到我喝成什么样子吗？"说着，伸出手来，摸了摸腮帮，微笑道："脸上红成了关公了。难道这不是喝多了吗？"金子原笑道："谁要是给我四根金条，就是喝得倒下去，我也要喝的。"田宝珍听到他老说着金条，心里就想着，我没有说什么，他倒是老提这四根金条，便笑道："酒我可是喝下去了，那么条子呢？"金子原笑道："我既然答应给你条子，当然会给你。但是条件就这样简单，只要你喝两杯酒，就算成交了吗？"田宝珍道："那么，还有什么条件呢？"金子原端起酒杯子来，慢慢地抿了一口酒，笑道："我说这句话，也许你听了不入耳，我的意思，是劝你不必唱戏了。"田宝珍道："不唱戏？那我以什么为生呢？"金子原放下筷子，将手指了自己的鼻子笑道："有我金专员，你田老板的生活该是不成问题吧？"

田宝珍隔了桌子望着他，装作不大明白似的，说道："你给我介绍一份工作吗？我没有杨露珠那份能耐呀。"金子原道："不用你做什么工作，你的生活，我可以负完全责任。"说着，将手连连拍着胸膛。田宝珍还是故意摇摇头道："那不好呀，我也不能无功受禄呀！凭什么，我的生活要全倚仗着你呢？"金子原连连点头道："我这样说了，自有我的理由。"田宝珍笑道："得啦，我们不谈这问题了。听说你二爷明天就回重庆去，不久又要回来。二次再来，托他给我们带点儿吃的吧。"金子原笑道："我特为此而来，怎么不谈这个？金条，我这里带的有。"说着，在左右口袋里陆续掏出黄澄澄的四根金条，向桌沿上放了下去，然后搓着手笑道："我不开空头支票，马上付现。"田宝珍隔了桌面向金条瞟了一眼，果然不假，这就微笑了一笑道："这是带给我的吗？"金子原笑道："田老板，老实对你说吧。我在重庆，带了一批法币来的，原是想在这里买些动用的东西，因为我没有工夫，都买了金子了。这样的东西，我很有一些。你若是肯和我合作，我还可以送你一点儿。"说着，他将摆着的金条向桌

186

子中间推了一推，表示可以继续相送的意思。

田宝珍虽然觉得这位专员的气焰有些咄咄逼人，可是摆在面前的金条，最为现实，望了那金条，心房有些卜卜乱跳，因笑道："我们现在不谈这个，自自在在地把这顿饭吃下去再说。"金子原道："自自在在？我不能自自在在！"说着，他突然站起身来，走到田宝珍身边，拍拍她的肩膀道，"站起来，你教我跳舞。"这时田宝珍手上还拿着筷子呢，回转头来笑问道："不吃饭跳舞，这是什么意思？"他伸手去夺田宝珍手上的筷子，拉着她的手，把她扯了起来，笑道："有意思，大大地有意思。"他一面拉扯，一面就颠动着脚步，开始跳舞。就在这时，田家的厨子，将木托盘托着两碗菜进来。田宝珍在家人面前，常是端着正经面孔的，这样让她很不好意思，便推开了金子原，身子向后闪躲，红着脸笑道："你也没喝多少酒，怎么就醉了？"金子原还是不肯放她，仍然把手拉扯着她，向她笑道："你客气什么？我们也不是没有同舞过！"那厨子带着笑容，把菜碗放在桌上，没敢说什么，立刻就退了出去。

田宝珍使劲将两手抽着，红脸道："你真是醉了，这样让别人看见，多么难为情。专员，这样也有点儿失体统吧？"金子原笑道："跳舞是正当娱乐，你怎么说是有失体统呢？今天晚上你非陪我去跳舞不可！"田宝珍见他脸上红红的，不知道他是喝醉了呢，还是变了颜色？两只乌眼珠像是突了出来向人望着。她心里卜卜跳着，有些害怕，因道："陪你跳舞，就陪你跳舞。但是也不能在吃饭的时候放下饭碗来跳舞呀。我们坐下来规规矩矩把这顿饭吃完，你看好不好？"说着，她笑嘻嘻地不住向金子原点头。当她点头的时候，脚步却是缓缓地向后移动着，还有躲开他的意思。金子原左手捏了个拳头，在右手巴掌心里重重地锤打了一下，望了她道："酒不喝了，饭也不吃了，干脆我和你说吧，我要爱你，你打算怎么样？"田宝珍也是老于交际的人，她倒不为这言辞所窘，笑道："你要爱谁就爱谁吧，那是你的自由。"金子原还是站着不动，又道："那你怎么样？"田宝珍将手抚摸鬓边吹乱的头发，抿嘴笑道："我不爱这样浪漫，除非正正经经地谈爱情。"

金子原站在屋子中间，向田宝珍望了一望，笑道："要是凭你的话说，是嫌我太鲁莽了。好吧，昨晚一夜恩情，都付诸流水。不过我要把话说明白一点儿。这桌上摆了四根条子。每根是十两重，至少比你赚的包银总要多一点儿吧？你讨厌我，但这条子你讨厌不讨厌？"说时，把手对桌上指了一指。田宝珍对桌上一看，可不是四根条子明晃晃地放在那儿吗？要说自己不爱金子，哪有这样的事？可是四根条子虽然摆在桌上，那所有权还不是自己的。他一变脸，把四根条子望袋里一揣，立刻起身告辞，那自己还是白瞪眼。看样子此时还是不能太硬，因笑道："怎能说我讨厌你，这桌上的菜，不是为你弄的，是为谁弄的？不过你不怕人来人往，可是我怕呀！"金子原走过两步，笑道："你不讨厌我！我提的话你觉得怎么样？"田宝珍道："忙什么呀！就说今天晚上还有一夜，这还不容易答复你吗？现在菜还是热的，赶快吃饭，吃饭之后，咱们慢慢谈吧。"说时，便一手伸过来，牵住金子原的袖子，口里说道，"来吧，咱们吃一点儿东西吧。"她连拖带拉，又把金子原拉入客席，自己坐在他的右手方，将筷子夹了盘里一块盐水鸭，放在他面前碟子里，笑道："这盐水鸭很好，吃一点儿吧。"她尽是一味歪缠，金子原纵有一肚子的话，也只好依着她等一会儿再说了。

下午九点钟的时候，金子平回金公馆来了。看看专员屋里还没有人。自己把金条都已装好，虽然说没有事，总怕哥哥有什么话吩咐，不敢走开。到了十点钟，杏子来报告，专员有电话来，在专员办公室里听。这时杨露珠也走了，自己便到专员室里来接电话。金子原先问了一问大北银行里陈六爷走吗，子平答："是吴襄理走。"金子原问："东西都放好了吗？"子平答："放好了。"金子原道：

"今天有几位贵宾在这里作深夜之谈，大概我回来是很晚很晚了，说不定要天亮才能回来。好在你们的飞机要十点钟起飞，现在没有什么事了，你休息休息吧。"说毕，就把电话挂上了。金子平晓得乃兄公事很忙，听了电话，也没有放在心上。自己回到房里，打算睡觉，忽见刘伯同口里衔了烟卷，好像是很悠闲的样子。金子平连忙请他坐了，然后问道："怎么？这个时候还没有回府吗？"刘伯同道："我是打算请专员一点指示，就在外面办公室等候。刚才是专员打回来的电话吗？"金子平道："是的，他说要天亮才能回来。"刘伯同皱了眉头道："糟糕，天亮才能回来？他说是在什么地方吗？"子平道："他没有说。"刘伯同踌躇一会儿，只好起身道："这只好明天再说了。二爷，你休息吧。"刘伯同说完了这话，也就走了。金子平见刘伯同走了，心想哥哥公事很忙，也就不问哥哥是到哪里去了，自己安心睡觉。

冬日夜长，他睡了一觉，睁开眼一看，东方还没有发白，把手上的手表，翻转来一看，已经六点半了。心想，这个时候大概哥哥早已回来了，赶快起来吧。自己赶快穿起衣服，就往隔壁洗澡间里一跑。当然洗澡间里热水早晚都是预备好了的。匆忙放开龙头，洗了一把脸，刷了牙，穿上衣服，赶忙向哥哥办公室走去，但是只亮了一盏灯，并没有人。心想：哥哥或者睡了，就掀开门帘向房中走去，也是只亮一盏电灯，床上空空的，也没有人。哎哟！金子原在这时候还没有转来，昨晚上陪着同事谈话，这未免太辛苦了。看看手表，已经是七点钟了。向外掀起窗户帘子看看，都还没有起来，不过自己已经起床，天色已有些稀稀地亮了，就索性等哥哥回来吧。这样想着，就又上哥哥办公室里来，把电灯一齐打开。这隔壁便是书房，便自走了进去，在书橱里随抽了一本书，拿了坐在沙发上看。原来拿的是一本《红楼梦》，倒也看得上瘾，就陆续看了下去。

金子平也不知道什么时候，只晓得屋里的人渐渐都起来了。忽然听金子原笑着道："你这么早就起来了，不忙，现在才八点多钟。离飞机开的时间还有一个多钟头呢。"金子平连忙走进书房，将书本放进书橱里。回头看看金子原正在脱大衣。杏子闻声早已进来，连忙接过大衣，与他挂起。金子平道："我的事都已办完了，恐怕你还有什么事要吩咐，所以老早起来。不想你事情实在太忙，一夜都没有睡觉吧？"金子原道："睡了的，睡了的。杏子，你看厨房里还有什么东西没有，赶快拿来，二爷用过了，就要到飞机场去。"杏子答应一声"是"，起身走了。金子原将手表一看，对子平说道："还有一点半钟，飞机才起飞。这里到飞机场，汽车只要二十几分钟就够了。"金子平道："昨晚上你不在家，你封了的东西，让它放在这里，究嫌不严密，因此我移在我的床头边上了。"金子原笑道："小心当然是好，不过在你大哥的公馆里，那毕竟不要紧的。"

金子平虽因为哥哥如此说了，但还不敢大意。自己到房里将三个小皮箱，提了出来，放到哥哥办公室里。箱子上贴有封条。封条是很厚的棉纸，印着蓝色字，写明了是某某谨封。金子原看到，轻轻对兄弟道："你要好好地照顾，我的一切，都在这里面。"金子平站在哥哥面前，毕恭毕敬地道："这个你放心好了。"他还有话要说，忽然听到外面，一阵鞋子响，是杨露珠、刘伯同、张丕诚来了。杨露珠在办公室外面，就一路嚷着进来道："你瞧，我们替二爷送行，差一点儿来晚了。"随着把门一拉，早有一阵香风，扑人眉宇。杨露珠先进来了，就把皮大衣脱了，里面穿的是粉红旗袍，还系着一条雪白的围巾。金子平站起身道："不敢当！"杨露珠道："怎么说不敢当呀！不过……"说到这里，见金子原坐在写字椅上，正对杨露珠微笑，杨露珠便道："你说，我应该说什么？"金子原道："别闹了。看看点心做好了没有，我该上飞机场了。"杏子在外面屋子里答应道："早已齐备了，请用吧。"

金子原在前，子平、露珠随后，刘伯同、张丕诚在大客厅等候。

金子原道："今天起来得很早，大概你们都没有用过早点，就一同吃吧。"刘、张二人答应是。金子平在旁边，心里有点儿明白。大概一同吃饭，就只有杨小姐一个人。虽然刘、张两位是专员的左右手，还不能在一桌子上吃饭。这样一比，杨小姐的地位如何，也可以想见了。五个人到了膳堂，只见正中桌上摆了三副杯筷。方才金子原说过了，请张、刘二位在一桌同吃，这才有人把两副杯筷添上。金子平一看桌上，有八个碟子，全是凤鸡、板鸭之类，各人面前是一小碗蘑菇炖鸡面，另外还配两个盘子，一盘是白的鸡蛋糕，一盘是叉烧包子。金子平这就想道："早上吃点心，那就随便一点儿吧，为什么弄得这样好呢？"金子原看见兄弟站在桌子外边，见了这几样吃的东西，有些舌翘不下的样子，便道："这是替你送行的，平常吃点心也就是这样一半的菜。"金子平心想，就是一半的菜，那也可观了。口里答应声"是"，便坐下吃了。看看他们吃了那碗面就够了，子平倒是吃了两碗面，还吃了几个叉烧包子。金子原看门框上的挂钟，已经九点一刻了，便道："我们要走了。至于送，我看可以不必，过几天他还要来的。"说着，又隔了桌子犄角伸过一只手来，摸着杨露珠手胳膊，笑道，"你也不用送，至于几斤橘子，他会带来的。"杨露珠道："二爷初来，不送，怕是不合礼吧？"金子平道："只有我送杨小姐是正礼，没有杨小姐送我的道理。"说着，将两只手抱了拳头，连作几个小揖。杨露珠最爱听这一套，含笑受着，故意向金子原问道："这是什么礼节？"金子原拔腿自往办公室里走，笑道："你说是什么礼节，就是什么礼节。"接着大家一笑。

回到办公室，金子原就命人把三只小皮箱子抬上汽车。金子原弟兄都穿上大衣，子平手上还提了一个小箱子。杨露珠依然打算穿上大衣，金子原连忙伸手将她引到卧室里谈了几句话，出房来之后，她就把送上飞机的意思取消了，笑道："我不送了，希望你快点儿来。"金子平连说"是，是"，对杨小姐告辞。回头又对刘伯同、张

191

丕诚告别，所有同事也告别了，就同子原同坐一辆汽车开往飞机场去。刘、张二人看到杨小姐要送行，后来也取消了，自然不便去，送到门口，二人就慢慢回来。这位刘伯同先生，有话要对金子原说，昨晚等候了半夜，没有等到。觉得一大清早，金子平又要走，不是时候，索性等一下吧。自己走到办公室窗外，就道："露珠，你在屋子里干什么?"杨露珠道："专员有两封信，叫我誊一誊呢!"

他们这办公室，是一列走廊，走廊里面，正屋是内里大客厅，两边有十间屋，这办公室是第三间屋。刘伯同道："我可以进办公室来坐坐吗?"杨露珠笑了一笑。刘伯同一进来，杨露珠便道："姐夫，专员不在家，你要进来就进来得了，跟我还这样客气?"刘伯同坐在沙发上，看她脸上有些得意神气，便道："这专员房里，除了你，有谁敢望这里头跑哇? 而且……"杨露珠笑道："谈这些干什么? 你有什么话要提，快提吧。"她放下了笔，对刘伯同望着。刘伯同道："就是佟北湖呀! 他那回要见专员，正遇着专员睡得极香，只好走了。可是他对于这事，没有死心。他希望以后有机会再谈谈，我当时也答应了他。可是他常打电话给我，问有机会没有，我没有得着专员指示，怎么答复呢?"杨露珠笑道："你对朋友的事，倒是极肯卖力。"

刘伯同起身看看窗子外没有人，回身看看门外，也没有人，这才站在写字台边，轻轻说道："对朋友热心，还有对亲戚热心吗? 佟北湖早几个月在北平，当然是无路不通。到了现在，也还是无路不通。他说我们专员现在是五子登科。哪五子呢? 就是房子、车子、金子，这底下我不必说了。他对这五路，都有点儿办法，可惜无门路可走。我听了这话，不免心中一动。什么几子，我不去谈它，这金子一项，我们专员正在那里大转脑筋，越多越好呢。小姐，这个时候，你又比我们强多了，是不是你可以进言呢? 老佟正等我们的回信。"

杨露珠把面前信纸推了一推，笑道："佟北湖现在还有钱吗？"刘伯同道："钱虽不见得多，总比我们阔绰几倍吧。他见了我们专员，故意装得那样穷，其实，谁都知道谁，装穷干什么？再说，我们也沾了他不少的光，他既然求咱们，咱们两便的事情，若能尽一点儿力，倒也无妨。"杨露珠道："我倒知道他的第二个太太手头上有几文。好吧，今晚九点多钟的时候，我试试看。"刘伯同听了这话，就两手抱着拱揖。杨露珠道："好了，我明白了。你出去吧，你在这屋子里久了，惹得许多人注意。尤其是张丕诚这家伙。"刘伯同口里连说"是，是"，赶快出来了。

　　到十一点钟，金子原回来了。回来以后，少不得要处理一些公务。到了下午七点钟，来了一通重庆来的电报，是金子平发的，说是一路平安，明天还有密电报告。这就让金子原格外放心。但对杨露珠仍说是有急事，立刻要走，有事明天再谈。杨露珠以为他真有急事，不要紧的事只好暂时不提。不过第三天的晚上，都是这样，倒使她有点儿疑心。第四天下午，金子原又出去了，忽然有一个电话，一听是女子的声音，那边就问："你是杨小姐吗？"杨露珠说："是呀！"那边说："我是田宝珍。我有极秘密的事，告诉杨小姐，不知你爱听不爱听？而且这件事，对杨小姐十分有利。"杨露珠道："那就谢谢你了，请告诉我吧？"田宝珍说："既是杨小姐爱听，我马上就来。"杨露珠挂起电话，心想：好奇怪，田宝珍是自己的情敌，为什么会有好消息告诉我呢？这倒要听上一听。过了只有二十分钟，田宝珍就来了。杨露珠赶快出来，在大客厅和她握手。田宝珍笑道："你接到我的电话，觉得很奇怪吧？"杨露珠笑道："我们是朋友，有好消息告诉我，就请到专员办公室里坐，田小姐来了，总不能以常礼来款待呀。"田宝珍并不推辞，跟了她进来，脱下大衣坐下。

　　这时，忽然天上彤云密布，院子里几棵树，只剩杈丫的树枝，飒飒地颤抖了一阵。在上屋看那几弯走廊，都是阴沉沉的，正是要下雪吧？正在这样疑惑，就见半空里，飞起很大很密的雪片。杨露珠道："哟，好大的雪！你这时候，正是王徽之访戴。"田宝珍坐在沙发上，将听子里一支烟点着，喷出一口烟来，笑道："我不懂得文学，不跟你谈这个。可是我这回来，对你真有好处。——你猜是哪样一件事？"杨露珠坐在她正面，摇摇头笑道："我猜不出。"田宝珍又吸了一口烟，笑道："我就告诉你吧，你们专员愿花一笔很大数目的钱，叫我嫁他。你猜，我怎么着？"杨露珠听了这话，当然心中一跳，但是依然装着没事，笑道："我猜，你已经答应了。"田宝珍笑道："要是答应了，我还来找你干什么？"

杨露珠听了这句话，果然是好消息，即忙向窗子上看看。只见雪花正向地上涌，一下子工夫屋上地面都成了白色。田宝珍道："不要紧的，你专员刚才从我家里动身，到别处察看东西去了，不到天黑，不会回来的，所以我赶忙向你报告这个消息。"杨露珠道："就是你不嫁他，但他是中央大员，正是……"田宝珍笑道："这个我还有什么不明白的，而且他年纪也还不大。但是有许多不能嫁他的原因，譬如我有很多朋友，嫁了他就得把朋友一齐丢开。"杨露珠道："这里面有不少可爱的人。"田宝珍倒不否认，笑道："自然有，问题倒不在这里。他说，我若是不嫁他，北平城圈子里，我就不要想唱戏。这倒是真的，他说哪个的戏不准演，当然那个人就不能演。我很怕他翻了脸，因此尽管敷衍他。老实告诉你，这三四天他在我家只磨咕。"杨露珠笑道："那怎么办呢？不愿嫁他，又不愿得罪他。"

田宝珍淡淡一笑，站起身来，顺手将她的肩膀拍上了两下，笑道："所以我有话对你说。除了北平我别处还能演戏，不准我演就不准我演，我另找一方就是了。可是我要走起来，我一个人好走，带上许多行头这就不容易走，而且他天天到我家里去，决计逃不了他

194

的一双慧眼。所以把真话对你说了，你可怜可怜我，把他留在家中一晚上，让我好走。假使我能够到天津，那就不怕他了，这是我一肚子实话，你看怎么样？"她站着等候杨露珠的回话。杨露珠也站起来，心里想着，这眼面前就去了一个大敌，这是最痛快的事。而且她有得多可爱的人，当然不愿嫁他。再说她唱戏还很红，为什么急着要嫁人呢？她还说"可怜可怜她"，这样总说战败了她。想着，就拉住她一只手道："你这话我看都是真的。你要走，哪一天走呢？"田宝珍看看屋子内外都没有人，就低声说道："要走，就是今晚六点多钟走。"杨露珠道："走得这样快？"田宝珍道："当然要快！今天到这儿来，当然他是会知道的。你回头就对他说，我来，不过是乱扯一顿罢了。不过你要攀住他，在下午六七点钟时不要使他走开。至于我用的行头，回头慢慢儿移开。你是不是能答应我？"

杨露珠这时握了田宝珍一只手，被她追了一问，想了一想，便答应她道："好的，我总设法子留住他。可是你当真今晚六点钟就走吗？"田宝珍手上有颗红豆戒指，连忙在手指上脱了下来，笑道："我骗你做什么？我嫁他不嫁他，你也管不着吧？我这里有一颗红豆戒指，就送给你吧。"说着，就将戒指向她手心里一放。杨露珠连声道着"谢谢"，问道："这红豆戒指专员可曾看到过吗？"田宝珍道："我哪里这样傻，他见过的，我还会拿着送你吗？——现在我要回去了，诸事拜托了。"说着，连忙穿上大衣。杨露珠道："雪正下得大，后面看前院，都看不清楚，有车子吗？我叫汽车送你。"田宝珍穿上了大衣，一面走一面答道："这几天，张丕诚的车子借给我坐了。"又低声道，"当然，等一会儿，我会叫他走开的。"杨露珠跟在她后面，一直跟着走到大门口。田宝珍走上汽车，说了一声"再见"，而且还把声音拖得很长。这时雪把整条胡同盖上白毛毯子了。只见那辆汽车，一会儿就在雪花中消逝了。

第十八回

忘返看红楼欲擒故纵
附身呈白简受益良多

　　杨露珠走进屋子来，看看田宝珍坐过的位子，想想她的言语，还有她送的红豆戒指，她要避开专员，这可见得她不嫁给专员，北平就无法子混。这话恐怕都是真的。不然，她到金公馆里来，又有什么意思呢？我让一步，看金子原还要做些什么。因之在办公事房里，抄写了两封信。吃过了午饭，金子原还没有回来。果然田宝珍的话不错，是要到天黑才回来呢。好在没有事，见有一本《红楼梦》在书橱里，还没有归还原处，自己就拿了过来，坐在沙发上看了几页。一会儿，就听见金子原隔了玻璃窗说话，他道："好大的雪，露珠，你也不出来看看。"杨露珠把书放在桌上，笑道："我早已看过了。我正叨念着，这样大的雪，你不要冻着了。快到屋子里来吧。"她说着话，自己跑到大客厅里来，伸手抚了一抚他的手，笑道："手还不凉。"金子原道："我今天有事，所以回来得晚一点儿。坐一会儿，我还有事要出去，到夜深才能回来呢。"杨露珠一点儿不驳回，口里连连答应"是，是"。等金子原进了房间，就站在一边等候他脱大衣。大衣刚脱下来，又忙着在衣架上挂起。然后又立刻到洗澡间里去，将龙头放开，放了大半盆热水。自己又怕太热，将手试了一试，又放了一点儿冷水，然后将洗脸手巾放在脸盆里，把香皂盒打开。这才抬头，对着墙上挂的大镜子看了一看。不晓得金子原什么时候进来的，这时正站在身边对自己微笑。

杨露珠连忙回过身来笑道："你跑进来，也不作声，真的吓了我一跳。水打好了，你洗脸吧。"金子原道："这些事何必要你做？我看了，怪不好意思。"杨露珠拿眼睛看了他一眼，笑道："这些事我不必做，我该做些什么？老实说，别人做了，我怕不合你的意吧。"金子原笑道："那么，你做的就很合我的意了。"他说着这话，本想伸手在她脸上摸一把。可是杨露珠就在这个时候跑掉了。金子原洗过了脸，走到办公室里来，只见杨露珠仍旧坐在沙发上，手上捧着一本书阅读。金子原道："你看书吗？我有话同你说呀。"杨露珠连忙把书放在桌上，站起身来道："有事自然做事。"金子原道："有话也不用正正经经地说呀。坐下来，我们有话慢慢谈。"他说着，走到写字椅边坐下，随意翻弄桌上的信，好像也不在意似的。杨露珠走到写字台边，两手斜斜地捧在桌上。

　　金子原本来是望着她的手的，这就看见玻璃板桌子上，烟缸里有灰，便道："你是不大抽烟的，今天有人到我的办公室里来过吗？"杨露珠笑道："这个人，我是不能不把她引进办公室的。你猜猜看，是哪一位？"金子原道："这个我猜不到。"杨露珠把脚颠了两颠，笑道："是田小姐，这能叫她不进屋吗？"金子原听到这里，倒是吃了一惊，问道："田宝珍来了，谈些什么呢？"杨露珠道："我也奇怪以为她总有什么事才来的，可是她闲谈大半天，一点儿正事情没谈。快有一点钟才告辞，我也不便怎么样追问她。她或者是来找你的吧！"金子原道："不会，不会！她什么时候来的？"杨露珠道："天刚下雪的时候。"金子原道："那时候，我……"说着把头摇了几摇，沉吟道："这真有点儿奇怪。露珠，你看她为人怎么样？"杨露珠毫不犹豫，肯定地答道："她很好呀！"她还是靠桌子边上站定，脚尖摇得更厉害了。

　　金子原一想，这事不必讨论，回头晚上问田宝珍一问就明白了，想了一下便道："也许她来问我，要哪天上演吧？今天这样大雪，有几处应酬，我不去了，晚上我在家里吃饭。"这话，杨露珠听了十分欢喜，跳起来道："你在家里吃饭，我叫杏子去告诉他们，把菜弄好点儿。本来母亲也来了电话的，要我回去吃饭，这样我也不回去了。"金子原笑道："你陪我吃饭?"杨露珠将水盂子里清水蘸了蘸，用手指在桌上连画了三个圈儿，然后脸望下沉着，露出可怜的样子，微微鼓了嘴唇说道："你有三天不在家里吃饭了，好容易盼到你在家里吃饭，还不应该快活吗?"金子原觉得她真可怜，笑了一笑，又想伸手摸她的胳膊。她又一跳，笑道："别闹，我去告诉杏子去。"说着，她就连蹦带跳地走了。金子原一想，外边在落大雪，她身上只穿一件羊毛衫、一件淡绿毛绳裤子，身上这也许凉一点儿吧?又想，田宝珍为什么来这里?她说的话，就是有一点儿口不应心……

他正在乱想，这时杨露珠进来了，她立刻想起了刘伯同的话，便道："我从前和你提的佟北湖，你还记得吗?"说时，在壶里倒上一杯热茶，先用嘴试了一试，然后端到专员身边放下。金子原道："这人是一个特号汉奸。因为你当了他的面提着，所以我只好点点头。恐怕我们法官到了，这家伙就要吃官司的。还提他做什么?"杨露珠挨近金子原的椅子说道："自然，他是一个汉奸，那是赖不掉的。不过国家正在用人的时候，这人还小有才，趁他还没有吃官司的时候，我们不妨问他一问，哪里还有日本人私藏的东西，叫他实说。我想他对金专员，总不敢隐瞒的。"金子原伸了手握着她的手道："这是哪一位才高八斗的人，来走我们夫人的路子?"这"夫人"一句称呼，真是一粒仙丹。杨露珠俯着身体道："这可是你说的呀，走你夫人的路子!"金子原道："本来就是嘛!你说，谁来走你的路子?"杨露珠十分高兴，脸上笑嘻嘻地道："这有什么人来走我的路子?不过是我想起来了，才敢跟你提上一提。我们一班人都和佟北湖相识的，你不妨找刘伯同问问，还是找佟北湖谈谈呢，还是不跟他谈?"金子原握着她一只手，想了一会儿，便道："谈谈也无所谓。"杨露珠大喜，就当了金子原的面按铃。杏子进来，杨露珠道："刘伯同在公馆吗？你说专员有事问他。"杏子说了一声"是"，回头走了。露珠还是挨着椅子，等杏子出去了，她说道："人家来了，我站得太近，那究竟不大好吧？"说着，一抽身在沙发上坐下。

刘伯同进办公室来了，见金子原对着露珠微笑，心里就猜着一定有消息，因问道："专员有什么指示吗？"杨露珠将嘴向金子原一努道："专员问你佟北湖的情形呢。"刘伯同点头道："佟北湖的情形我倒知道一点儿。"金子原道："你请坐下来谈吧。"说着，将面前纸烟听子一推。刘伯同看这样子，定是杨秘书进言生效，自己要好好地将佟北湖的情形报告一番了。于是就对着写字台的沙发坐了，先将佟北湖当汉奸时候的情形略微报告了一下。然后又报告佟北湖的近况道："这些事是瞒不过重庆方面的，佟北湖也知道自己免不了吃一场官司。但是他自己有个傻想头，想把自己所知道的，报告给重庆来人，也许可以减轻一点儿罪过。他同我也说过好几次，我想报告专员，总觉着有些不便，所以不敢说。"

金子原对他笑笑，把纸烟听子一推，笑道："抽烟！"刘伯同看看专员，还没有生气，便取了一支烟，在身上掏出打火机来点上。杨露珠看到，也取了一支烟。金子原赶快将打火机由衣袋里取出。杨露珠更是得意，连忙将烟抿在嘴唇上。金子原将打火机，举起来将烟点着。杨露珠重重地将烟吸了一口，对着金子原嘴边轻轻地一喷，就像一支箭一样，喷了出去。金子原还没说话，杨露珠就把烟向金子原嘴边轻轻一塞。刘伯同看到，心里道："这份亲热，恐怕田宝珍也赛不过她吧！"金子原倒也表示接受，将烟吸了一口，笑着对刘伯同说道："佟北湖向我报告，要怎样才适宜呢？"刘伯同对这边一望，笑道："从前，他要说什么话，不问地方，日本旅馆呀，中国清吟小班里呀，随便哪里都行。现在他不敢胡为了，当然以私人客厅里为宜。"金子原道："我不是问这个。我问的是我们私谈呢，还是写一张字来，仔细报告呢？"

刘伯同见杨小姐嘴边带了一点儿笑容，也不知道她笑的是金专员不敢胡为呢，还是自己报告不对。这也不必管她了，便道："我看还是私谈好。我知道佟北湖把金条藏了好多根。这还是小事，有几处医院、几处公司，他都知道日本人如何和中国人一起开的。"说着，又变了口气道，"就是日本人，他们除了资本以外，也有好多金钱秘密藏起来了。这些地方，佟北湖都很清楚。"金子原把烟吸着，想了一会儿道："那就叫他到此地来谈吧。"刘伯同道："要来，晚上来比较合宜。——今天晚上可以吗？"这一句，正合杨露珠心意，连忙向金子原看了一看。金子原道："何必这样忙呢？哪天晚上，过一天告诉你吧。"杨露珠道："虽是不必那样忙，我想从快一点儿好。明天晚上怎么样呢？"金子原把烟头扔在烟盘里，点点头道："那也好，就是明晚九点钟吧。"刘伯同看杨露珠的说话，又有一点儿灵，也不知道她又怎么在金专员面前下了一番功夫。自己答应一声"好"，就慢慢儿地起身走出去。

金公馆里开晚饭，总是六点半钟。现在只有五点多钟。杨露珠记着田宝珍说的话，要混过七点钟才能让金子原出去。这一段时间，总要使他不嫌麻烦才好。她坐在沙发上，仍旧端了那本《红楼梦》翻阅。金子原笑道："今天真难得，你总是在看书。"杨露珠依然望着书，口里答道："我看的是《红楼梦》，这似乎不能增加什么学问吧？人家说的，雪夜灯下看书，最有味儿。不过我看这书里，林黛玉姑娘样样都好，就是爱使小性儿，这一样就不好。"金子原大声笑道："姑娘，你这话一点儿也不错。你说不能增加什么学问，其实，这就是很大的学问。——对了对了，我说你这一变，太好了。我说你何以变得这样好呢？原来是看《红楼梦》的缘故。"

杨露珠这就把书放在有玻璃板的小桌上，笑道："是吗？这是很容易的事，我可以时时刻刻伺候你。"金子原道："那就不敢当了。"

200

杨露珠走到他面前笑嘻嘻地说道："你说，怎样又不敢当呢？可是要说实在话。"金子原哈哈大笑，说道："我觉得你我要一同帮助。"杨露珠道："这虽是一句冠冕堂皇的话，可是男子总有这样想法：房子是西洋的好，老婆是日本的好，厨子是中国的好。你说，对也不对？"金子原仍旧是笑。杨露珠道："的确，你们是这样想法。这有什么难处？我们家里就有一个杏子，知道怎样对待丈夫，我可以跟她学学。"金子原露出很吃惊的样子，问道："你这话是真的吗？"杨露珠道："哪有假的！"金子原道："那很好，我就更向你道喜了。"杨露珠这才明白，这位专员深喜欢这么一套，于是一味迁就，连晚饭都忘记了吃，把难题都问过了，方才去吃饭。这时候已经七点钟了，她毕竟不费很大的气力，便把金子原留到七点半钟。

饭后，金子原在房里擦过了脸，又吸了两支烟，然后笑道："我今天晚上还有一点儿事，我想出去一趟。"杨露珠掀开窗帘看看，外面的雪依然下得很大，再看屋墙上的挂钟，已经快到八点了，便道："这样大的雪，你还要出去啦？这公事真也不好办！"金子原自己连忙穿上大衣，回头看看杨小姐依然穿着淡绿的毛绳褂子，便道："回头你回家去，多穿一点儿衣服，小心外面受冷。"杨小姐笑道："晓得，你大概夜深才能回来吧？"金子原道："可不是吗？"他将大衣兜上几兜，就冒雪坐汽车往田宝珍家而去。

金子原下了车，连忙往屋子里走，可是只有一位年在四十开外的女用人出来迎接。她道："专员，我们小姐今天下午不在家。"金子原道："今天下午不在家，哪里去了？"说着话，一面准备脱大衣，一面问道："什么时候回来哩？"用人道："这个她没有说。"金子原站在客厅中间，想了一想，因道："想必也要回来了。我在这里等一会儿吧。"他脱了大衣挂起，在长沙发上躺下。那用人自然端茶敬客，看到客人拿了书架上一本书在手，她自然也不作声，只有悄悄地退下。金子原先看了两页，田宝珍没回来，这也无所谓。谁知看了好几页，田宝珍依然没有回来，看看手表，已经九点半了。金子原等得有点儿不耐烦了，就叫那用人前来，问道："怎么你的小姐这时还没有回来？"用人道："我们小姐有时候是整夜不回来的，我们哪里敢问？"金子原道："那么，你家小姐今晚上怕不会回来了吧？"用人道："今晚上大概不会回来了，不过，有时候过了十二点也会回来的。"金子原道："你这说等于没有说。好，我回去了。不过她要是回来了，请她打个电话给我。"用人答应了一声"是"。金子原穿上大衣，又对屋子看看，他自言自语道："她明明说今晚上无论如何要在家里等我。怎么一出去就不回来了？这倒有点儿奇怪。"说着，走出门去，坐了汽车回家。

他走到后院，看见自己办公室里电灯大亮，私自揣想着，这样大的雪，谁还到办公室去？推开门来，便听到里面杨露珠道："今天专员要很晚才回来，你去睡吧。"金子原进了办公室里，只见杨露珠还是躺在沙发上看书。她猛然一抬头，接着哟了一声，就连忙起身，预备给他脱大衣。恰好杏子进来，他就脱了给杏子。杨露珠道："这样大雪，你还是回来了？"金子原站着搓了两搓手，笑道："你也没有回家？"杨露珠道："雪太大了。我想叫司机先回家去吧。至于我睡觉很便当，哪个床上都可以睡。最好是二爷床上，比我家里的床还要舒服呢。"金子原听到谈及床的问题，倒很坦然，便笑道："床倒不成问题。"杨露珠就像没听到一样，一双软底鞋走得声音也没有，将卧室门替他打开道："杏子把水放好了，你洗个澡吧。"金子原见两人伺候得很好，只好等杏子出去，自己含笑走进洗澡间去。杨露珠还是看她的书。过了一会儿，金子原穿了一件长浴衣，拖了一双拖鞋，踢踏踢踏地走了出来。杨露珠看见，就连忙抱着一本书，做出往金子原住过的屋子走去的样子。金子原笑道："你跑什么？给我一支烟抽。"杨露珠对他身上一望，便道："你瞧这副样子，我还在这屋子里看书，那究竟有些不便。"口里尽管这样说着，金子原要烟抽，她还是把书放下，取了一支衔在口中，代他吸着，然后递给他。

次日早上九点半钟的时候，吃过早点，金子原无事，便出了内客厅，在走廊底下散步。这时，雪已经停止了。房上地下，都已堆了两尺厚的雪。走廊下是很大一所院子，有假山，有树木。昨天被大雪一盖，像是糊上一层白粉。那树枝便一枝一枝，变成了银堆玉琢。金子原正在出神，却见走廊下张丕诚快步走近身边来，笑道："好大雪，专员何不到北海去看看！"金子原道："倒也想去看看。"张丕诚望望四面，恰好没有人，便低声说道："昨天田宝珍不在家中，专员已经知道了吧？"金子原道："正是如此，她到哪里去了？"

张丕诚挤到金子原身边，低声道："便是我也不知道。我不是有一辆车子，让田宝珍用吗？可是昨日午后，她就说现在不要车子了。当时还以为她说玩话。谁知今天把车子开去，她的底下人出来告诉司机说是车子暂时不用了，小姐她出门去了。司机问小姐哪里去了，他说不知道。我听了这段消息，就跑到田家一看，她果然不在家。我问了一问，她家用人都说得牛头不对马嘴。"金子原把肩膀抬了几抬，冷笑了一声道："这样也好，反正我花的不是冤枉钱。"张丕诚道："她也跑不了，或者她是……"金子原笑道："不要这个那个了，你查一查吧！若是她还想在平津一带混，这样子是不行的，现在不谈这个了。"张丕诚道："是，不谈这个。还有那刘素兰小姐，我觉得她大方温厚，人是很好的。"

这倒提醒了金子原，脸上立即露出笑容来说道："我这人真是没有脑筋，我约了她吃小馆子，连日胡忙，竟把这事忘记了。你替我约一声吧。"张丕诚连忙答道："可以，可以，我亲自到她家去一趟。今天去约，大约明天可以吧？"金子原道："那看她什么时候便当吧。我还有一件事须要告诉你，晚上九点钟的时候，佟北湖到我这里来，大家谈谈。你那时候也要来。"张丕诚道："是的，刘伯同和我已经提过了。"金子原道:"好吧,回头再谈。"说毕,他就掀起棉帘子,向办公室里走去。

这时,杨露珠时刻都在留意察看金子原对于田宝珍有些什么动作。她在帘子里面张望,只见张丕诚一番细声语气,对金子原做了一番报告。虽然他们的说话一点儿听不见,可是看到金子原的神气,显然是很不高兴的。过了一会儿,金子原走了进来,她就很快迎上前去,摸了摸他的手,说道:"北京人有句俗话,叫雪渡寒。你在走廊子底下站了这样久,你瞧,你的手都冰透了。"金子原道:"何至于看一下雪,身体都抵抗不住?刚才张丕诚告诉我,田宝珍走了,走向哪里,他一点儿也不知道。"

杨露珠站在他身边,看见他的呢子衣服上有两根头发粘着,就伸出两个指头将头发摄去,然后答道:"她也很可怜吧?这样大雪,还要自己去接洽演出的地点和时间。"金子原道:"你一点儿也不吃醋。"杨露珠道:"从前我有一点儿,现在我不生气了。什么缘故呢?你想一个中央专员,谁不想呀!我现在陪专员同吃同坐,人家想得到吗?这样一想,也就不必吃醋了。"金子原笑道:"你能这样想,真是一个贤德的人。不过你说同吃同坐,那还不够。"杨露珠急得身体只管打转,口里头道:"你不要向下说了,你不要向下说了。"金子原笑道:"说也不要紧呀!好譬你摄掉我衣服上的头发,分明这是你细心的地方。可是这是旁人想不到的!就是想到,也不能做啊!"杨露珠听了金子原这一番话,知道他是在灌米汤,他能对自己灌米汤,也就很不容易了,因道:"是的。"金子原一肚子心事,经露珠这样一打岔,也就完全忘了。杨露珠心里也在暗想,金子原这人不可以硬拉,要用软功来对付才是。

晚上九点多钟的时候,刘伯同向办公室里走来,见了金子原便道:"佟北湖已经来了,专员有工夫和他相见吗?"金子原道:"他已经来了吗?"刘伯同道:"他早就来了,因为没有到钟点,所以没

204

有敢来请见。"金子原道："那你同张丕诚两个人陪他到内客厅去吧！"刘伯同答应"是"，就退了出去。金子原和杨露珠、杏子说话，老没有完。杨露珠看看已经十点钟了，便向外面指指，金子原这才收了笑容，大踏步走了出来，杨露珠跟在后面。这里刘、张二人都已站起，佟北湖早迎上前来，跟金子原一鞠躬，子原也不好不理，对他点点头。佟北湖看到杨露珠，又是一鞠躬。杨露珠心里明白，这是以专员夫人之礼相待，也就笑嘻嘻地回了一鞠躬。自然这里已经递过信去，佟北湖也不必再装贫穷，所以就穿了一套笔挺灰呢西服，而且刮了脸。这在杨小姐看来，他又是以几个月前比局长还大的官出现了。佟北湖道："刘先生打了电话告诉我，说专员有事情相问，所以北湖就及时前来。"金子原道："坐下谈吧。"

这里共七把沙发，靠里三个，两边四个。佟北湖就在靠西末了一个沙发前站定，还未曾坐下，金子原倒不怎么迁就，就在上面长沙发上坐下，各人也都坐定，杨露珠却坐在上面一张单人沙发上面。金子原道："坐下吧。"他始终没有称"佟先生"，只将手指了一指。佟北湖这才坐下。杏子将茶端来，自然先端给佟北湖。佟北湖笑着把茶杯由茶盘里接了，笑道："杏子姑娘，我们好久不见了。"杏子笑道："是的，可是现在又见着了。"这却告诉人，佟北湖从前也是常到陈六公馆的。杏子敬过茶烟，刘伯同坐在佟北湖对面，就对他笑道："我们专员觉得日本人公家占领了的东西，现在多数退还了，可是私人占有的，恐怕还很多吧？佟先生对这方面，大概很知道一点儿。"佟北湖道："是！虽不敢说知道得很多，大概也略知一二吧！比如房子，虽然查封不少，但是像样的房子，也还多着呢。我这里有个单子，请专员看看。"说时，便从西服袋里掏出一张纸来，双手送给金子原。

金子原接过来从头一看，共有三十多处，就很吃惊地道："我们经手查封的已经不少，当然还有其他几处要查封的。一家两家，我

205

们还未曾查封，这也事所难免，何以还有这许多?"佟北湖道："专员请想一想，日本人在此地盘据了九年，占的房子当然不会少。我所开的单子，房子都还值得一看。至于细小的，单子上根本没有提到。这些房子，是日本人占领的，那还好查；就是一般跟随日本人的，他们的房子比较难查一点儿。这单子上开的，都是跟随日本人有真凭实据的，绝不冤枉一个好人。专员若是得闲，把这里面大些的房子查一查，那就真相大白了。"说完，方才坐下，而且只坐了一点儿边沿。金子原道："这契纸方面，有些是用老婆名义的，自然，有些妇女当真有点儿产业，这就难以判断。"佟北湖笑道："在跟随日本人的那些人，那就太太小姐，十分之九是走一条路的。当然，事情也有例外，像杨小姐就是一个。但是像杨小姐这种人，那真是十里挑一了。"他说这话时，故意向杨露珠看了一眼。杨露珠就怕汉奸字号，现在佟北湖替自己辩护，禁不住嘻嘻一笑。金子原倒不问是汉奸不是汉奸，目的是查房子，便道："好的，那我们就查一查吧。"

刘伯同、张丕诚二人也是怕提汉奸字样的，不过佟北湖是有名的汉奸头子，他不怕提汉奸，当然旁人也不怕。谁知他说起话来，把"汉奸"二字轻轻换作"跟随日本人的"，这家伙说话倒很灵巧。刘伯同取了一支烟衔着，问道："这是房子，还有其他的东西呢?"佟北湖道："其他的东西，就是他们的钱财了。当然也是前面一句话，凡是日本人的，中央各机关坐飞机来了几个人，查的查，封的封，那倒好办。你是日本人，干脆把你刮来的家财倒出来。虽然他们在中国的银行里也许存上一点儿，但是中国人总没有那样傻，还让他提回去。日本办的银行，早一齐封了。至于跟随日本人的大官大员、小官小员，还有许多资本家，这就难说了。因为存的时候，他就存上几个户头，查虽然可以查，可是这丈夫转妻子，老子转儿子，甚至于哥哥转兄弟，查出来了，他们还可以赖。北湖也把这些人拟了一个名单。"说着,又在衣袋里掏出一张单子,很恭敬地递给金子原。

金子原接过来一看,上开某某等人约有金条多少根,现存某银行及某银号。他看过一遍,问道:"这开的数目都是实在的吗?"佟北湖依然站着,问道:"这些金条,都是北湖亲见或者耳闻的,虽然数目不能确定,但是他们与银行银号里有来往,那确是事实。专员照着名单的姓名,查上一查,也不难查出一个数目来吧?"金子原道:"好吧,这作为预备参考吧!坐下,坐下,不必拘礼。"刘伯同道:"专员叫仁兄莫要拘礼,你就坐下吧。"张丕诚和他坐在并排,便拉着衣服让他坐下。

杨露珠含笑道:"你对脂粉队里的情形也很熟悉吧?现在跳舞场里,还有他们在里面鬼混吗?那倒可以请你带专员去看看。"佟北湖笑着一抱拳头道:"现在跳舞场里没有他们了。专员就是爱跳舞,那也要到正大光明的地方,这些地方如何去得?"杨露珠看看金子原脸上还带有几分笑容,便道:"看看要什么紧,也许能够得到一点儿真材料,你说是吗?"金子原斜靠着沙发,将右腿架在左腿上颠着,笑道:"杨小姐,你去不去看看?"杨露珠将身子一扪,笑道:"我不会跳舞!"这就引得满客厅大笑。

金子原道:"当然,这两张单子总比较可靠。天晴了,我们就去调查。以后有什么事,就用电话通知,佟先生总可以前来的吧?"顿时,佟北湖得着"先生"这个称号,他满脸笑容,便道:"总在家的。就是有什么事出去了,得着电话总可以赶来的。"张丕诚这时看到有了插言的机会,便道:"有个湖北刘家……"佟北湖不等张丕诚说完,便道:"这刘家我认得呀!"张丕诚正要插嘴,杨露珠道:"他家有个刘素兰小姐,我们是朋友呢,人的确很好。"这一个"好"字,有两种解释,第一,待人挺好!第二,长得很漂亮。张丕诚总以为提起了她,杨露珠会吃醋的,可是不然,她还夸赞了一句。佟北湖也没想到，这姓刘的也是汉奸，现在杨露珠竟说和刘素兰是好朋友，这话倒不好说下去，只好望着杨露珠笑了一笑。金子原看佟北湖的态度，也明白其中道理，便道："这刘家我们应当分开来讲，在公事上说，自然他是有罪的。至于他的家里，不能各各都有罪呀。所以刚才杨小姐说刘素兰是好朋友，那是私人往来，当然可以。"佟北湖看看张丕诚的神气，听了金子原的口风，心里早已明白，便连称"是，是"。这佟北湖最善于逢迎，谈了一个多钟头，完全合意。看看快到十二点钟了，就起身告辞。金子原也不强留，就道："多谢多谢，我们受益良多。"这一声"受益良多"，佟北湖真是感激涕零，鞠一个九十度躬，出门径去。

第十九回

喜爱读书时兰因絮果
生涯隐画里月夕花朝

　　第二天，张丕诚走来报信，说是到刘家去过了。刘素兰对于专员要请她，非常感谢，说准来。不过她母亲有点儿不舒服，看来要过一两天。张丕诚是在外面客厅里报告的，所以不怕大声说话，因为外边客厅只会寻常的客，杨露珠根本不来。金子原道："田宝珍还没有回来吗？"张丕诚踌躇着答应了一声"还没回来"。金子原淡笑道："好，她骗我，你也来骗我！"他不说别的什么话，就径自回屋子里去了。张丕诚站在外客厅，只管打转，因想道："田宝珍这事真不应该。你不嫁金专员，那就不嫁吧，却不该在他手里骗走了好些东西。至于姓刘的这位小姐，真是这样说的，她妈妈有病，我怎能勉强去请人家？不过，我们专员，他要什么东西，立刻就要得到。"

　　这样想着，忽然发现一条路子，便立刻叫电话，请佟北湖接话。自然佟北湖对这边金公馆的电话，立刻会过来接的。那边佟北湖道："这有什么难处？金专员请吃饭，这是天大的面子，虽然母亲病了，那算得什么？你看见戏上演的吗？说一声全家问斩，要是有个姑娘出来可以转弯，还不是一线生机吗？我马上就去劝她，你在公馆里暂等我的回信。"张丕诚听了这一番话，心上很高兴。就问要车子不要，本来当汉奸的人，尤其是佟北湖，汽车是有的。但是自从日本投降以后，汽车就让人没收了。听了张丕诚一问，便道："有车子那就更好了。"张丕诚就叫汽车立刻开到佟北湖家里去。自己坐在屋里，暗自高兴。

过了两个钟头，佟北湖坐着张丕诚的汽车到金公馆来了。张丕诚见佟北湖到了，笑着起身相迎，执着手道："所托之事，怎么样了？"佟北湖道："老兄所托的事，小弟还不努力去办到吗？她说，要金专员请，那太不好。今天是来不及了，就是明天吧。不过既要正式请客，那小馆子里也不像样子，还是上大馆子吧。你看，我请帖都带来了，就是请你们这里四个人。还有谁？请你们填上。"说时，就把七封帖子由口袋里掏出，一把交给张丕诚。

张丕诚接了帖子苦笑着，闪动了脸上的皱纹，说道："不这样办吧？我们专员吃一餐馆子，是他预备私约刘小姐一个人，在小馆子里一叙。至于以后怎么样，就看我们专员的了。"佟北湖笑道："当然不在乎吃馆子。可是刘小姐有刘小姐的想法啊！她是表明我在大馆子里请了一回专员，这比较有点儿面子，至于他要请刘小姐上小馆子，哪天都行，你明白了吧？"张丕诚仔细想一想，觉得他这话很有一点儿道理，便道："也好。你也有一份帖子吗？"佟北湖道："我怎样挨得上？但愿我兄与刘伯翁在专员面前多美言两句，小弟就叨光不少了。"张丕诚道："虽然你这话不错，但能摊上一份，那就更好了。你别忙，我去试试看。也许他大发慈悲，说也请你一个，那就太好了。"佟北湖作了两个揖道："多谢多谢，望你见机行事。"张丕诚点点头，吩咐佟北湖等着，自己拿了请帖，盘算好言语，向专员办公室走去。

现在专员是和杨露珠很好了，这时两个人在小沙发上轻言细语。张丕诚先在外面打了招呼，然后掀开帘子进去。金子原道："丕诚，看你拿着许多请客帖进来，怎么？你又要我请客吗？"张丕诚笑道："专员请客，我们怎好乱建议？这是刘小姐明天下午请专员，还有这里杨小姐的。"他说着话，就向杨露珠看了一看。杨露珠只是微笑。金子原道："怎么？刘素兰又打算请客？"张丕诚道："是呀。本来她母亲不舒服，请客的事，她主张慢一点儿提。她母亲后来知道了，说：'这还了得，专员为你请一次客，这是多大的面子。漫说我只有一点儿小毛病，就是生了大病，有请还是必到。我想还是我们请吧。若是专员一定要破费，那就由他第二次再请吧。'于是就决定了。"金子原笑道："这位老太太倒很是知礼。那些请帖，是哪个拿来的呢？还有这许多的话，不像是下请帖的人可以报告呀！"张丕诚笑道："我们专员真聪明，随便什么都瞒不了他。这是佟北湖带来的，他还建议大喜园很好。还有许多建议，他也提到过。"

金子原一听，好像话里有话。所以不肯说出来，那就是因为杨露珠在面前，有些不便，因笑道："好吧，就添上你和伯同吧。"张丕诚道："还应当添几个人。"金子原道："这个佟北湖没有在内吗？"张丕诚道："专员明白，他不敢。"金子原道："那有什么要紧？写上吧！"张丕诚听到，心中一喜，便道："还得添写几个人。"金子原哈哈一笑道："老张，人家做东，你就大请而特请，你要知道，是一位小姐呀！得了，就是这几位吧。"张丕诚和杨露珠笑了一笑，放下两份请帖，看看金专员没有什么话了，这才告辞出去。

张丕诚到了外边办公室里，见了佟北湖就把两手高拱，笑道："恭喜恭喜，你老兄吉星高照，大概前途不但是有望，而且还的确像有好事等着你呢。老兄，你得请请我呀！"佟北湖看他这种样子，笑道："那一定，张先生有什么事吩咐下来？"张丕诚拿了请客帖子望桌上一放，笑道："金专员说，也请你参加。他还说了，请吃饭，那有什么要紧。你瞧，这不是有好事在等着你吗？"佟北湖道："感激之至！"张丕诚道："这位专员大概是寡人好色。这是不好的。虽然是我拉拢了刘素兰，从外表看，这家伙还不好缠，最好是多拉几位，可是我路上好看的不多。"佟北湖道："你说的是真话，还是推想之辞？"张丕诚看看外面无人，因笑道："这什么是推想之辞。对那位田宝珍，就要她一定嫁他，马上不必演戏。我们知道，小田是有人

211

的，被逼不过，只好溜走了。还有这位杨小姐，你是知道的。这样办事，我总觉不大好吧？就是半年以前，日本人也不过这样疯狂吧？"佟北湖道："你提这些干什么？若是专员真要好看的女子，我路上倒还有几个。"

张丕诚把佟北湖拉到沙发上坐下，笑道："你路上有这样的女子，我们是相信的。可是这些女子要有几个条件才行，一要年轻，二要貌美，三还要有文化，这就太难了。"佟北湖把手在玻璃桌沿轮流敲着，笑道："有还有两个，其中一个叫陶花朝，大概你也见过，是位十八岁的姑娘。"张丕诚点头道："这个姑娘舞跳得很好，但是好久不闻此人的消息了。"佟北湖道："藏在家里呢，她已经嫁人了，但是丈夫跑了，要搞她出来，不成问题。"张丕诚道："还有一个呢？"佟北湖道："这位姑娘叫李香絮，家里近来不大好。以前家里是不许她出外应酬的。现在我说专员有请，她也许不能不来。年纪更轻，只有十七岁。"张丕诚点点头笑道：我明白了，她爸爸大概是走的你一条路子吧？"佟北湖说着就站起来，长叹下一口气。

张丕诚笑道："这要是都能来的话，这一席酒就太热闹了。"佟北湖道："要能请她，更好，说那是刘小姐请专员，请她两个作陪，我包来。不过你们专员说是不愿见这两位姑娘，那怎么办？是不是要先去问上一问？"张丕诚道："你坐下，我告诉你。"佟北湖又在原来坐的沙发上坐下。张丕诚先笑了一笑，然后在玻璃板上将手指一画，中间画一个大圈，周围画了许多小圈，笑道："这就是我们专员的愿望。最好是三个花枝招展的姑娘，一齐先到。然后专员到了，让刘小姐出来介绍一番。不要说专员不会见怪，我保险他一定还说刘小姐会办事。"

佟北湖正是天天在想法子与坐飞机来的人见见面，拉一拉交情。自己也是一个风月场中能手，看到金子原也是往这边走的人，想着张丕诚的话，有个八九不离十，因站起来道："好吧，我到两家去说明来意。两方都同意了，还要告知刘小姐，刘小姐也没有不同意的，然后我约了她们都来。只是这位李香絮小姐，恐怕没有什么衣服，我还得去替她张罗张罗。——那么，我现在告辞了。"张丕诚道："这是你的正事，我不拦你。如果三方面都同意了，晚上八点钟，请你打个电话通知我。"佟北湖连说"是，是"。张丕诚道："你还是坐了我的车子前去，不要客气。"佟北湖因为他说过"正事在身"，也就不客气了，就照他的话办了。

到了晚上七点钟，果然佟北湖的电话来了，一切都很顺利。这日，金子原开了几处房屋，叫刘伯同、张丕诚去调查，根据报告，业主都是汉奸。晚上七点钟，四个人就向大喜园而来。这时，只有张丕诚心中明白，主人翁还另外请了两位陪客。金子原一进门，就看到刘小姐穿了一件紫色绸旗袍，老早见了人就起身，向前一鞠躬。但是同时金子原又看到两位姑娘，也生得非常漂亮，一位穿着闪红织花的旗袍，鹅蛋脸，烫头发，还戴了一朵碧桃花。另外一个更年轻，穿了一件杏黄绸袍子，也是新烫的头发，戴了一枝梅花，圆脸，下部瘦了一点儿。刘小姐这就介绍着道："有两个姊妹，听见我请专员，就拉着我要求见一见，我就斗胆把她们请来了。这位是陶花朝小姐。"说时，那个穿红花旗袍的陶花朝就像见过似的，笑嘻嘻地过来一鞠躬，口里还道："专员，真是幸会呀。"金子原连忙还礼，口里还不知道说什么才好。刘素兰又介绍那一个穿杏黄绸的相见，说道："她叫李香絮。"这人倒有点儿腼腆，就站着未曾移开，对金子原一鞠躬。金子原也还了礼。

四个来人都见过礼。杨露珠心里这时不由得不划算一下。田宝珍走了，这里又有个刘小姐。这还罢了，如今刘小姐这个人又带着两位小姐前来，而且李小姐顶年轻，这倒很麻烦。刚一相见，杨露珠就计划如何防备人，可见得她用心很深了。这时，宾主分头坐下。杨小姐故意坐得和金子原很紧。金子原自然和刘素兰熟一点儿，因

213

道："我说我请的，结果，是刘小姐请了。还有这两位小姐，还要亲自带来看我，这真是不敢当。不用说，明天我做东，就是原席，而且馆子也就在这里吧！"他说着话，正好招呼这桌的茶房，在摆下杯筷。金子原向他笑道："我姓金……"那人笑道："金专员，哪个不认识哩！就是这间屋子好吗？"金子原点了点头。陶花朝坐在对面，便哟了一声道："我们又怎敢叨扰专员呀！"金子原笑道："这算得什么，以后我们不就是朋友了吗？"陶花朝笑道：以前我听说，金专员待人非常的好，今日一见……"张丕诚笑着插嘴道："果然如此。"大家听了哈哈大笑。这时佟北湖走了进来，可是手上却提了一把二胡，用布套子套着，先向金子原一鞠躬，回头见了各人也深深点了点头。刘伯同道："你怎么来晚了哩！"佟北湖还未曾坐下，就笑着指了二胡道："我原是不敢晚来的，三位小姐到了我也到了。回头三个人计议一番，说是陶小姐又会唱又会拉，回头见了专员，要是专员喜欢，正当拉上一段。我说，专员不会不喜欢的。陶小姐有自用的二胡，我就讨了这份差事，在陶小姐家里取来，这便是来晚了的原因。"金子原听说陶花朝会唱会拉，就格外高兴，便道："不晚不晚，坐下坐下。陶小姐会唱会拉，这一回真是难得。刘小姐你太好了，今天邀了陶小姐……"他看到还有个李香絮在面前，就加了一句，便道，"还有李小姐前来，真是难得。"刘素兰真不知道要怎样答复，就笑着点点头道："凑个热闹吧！"陶花朝也笑了。

这时，主客到齐了，大家一同入席。当然刘素兰还是让金子原、杨露珠坐了首二席。还有几位不肯让首二席挨着自己，就空着两席。陶花朝、李香絮二人站着望着空位子，不肯入座。金子原笑道："头二席我们已经占了，你们两位小姐就坐在这里吧。"陶花朝笑道："我们是陪客，这席不敢坐。"李香絮也不敢入座，只是微笑。杨露珠一把拉住李香絮，笑道："坐下吧，我还有话对你说呢。"说时，硬拉她坐下。陶花朝还想不坐，可是金子原也起身将她一拉，陶花朝便笑道："我只好坐下了。"

　　酒过二三巡，菜也吃过两样。杨露珠对李香絮笑道："你还很年轻吧？"李香絮道："可不是吗？一点儿事都不懂。今年还只有十七岁，姐姐多多指教。"金子原道："你瞧，这一句话，多么懂事！"陶花朝道："她在学校唱歌，考第一名。"金子原道："好极了，回头要李小姐唱几段。"李香絮笑道："我不会呀！"杨露珠心里想道："这李小姐多么年轻！这么年轻，为什么出来应酬呀？看来七八成是张丕诚弄的鬼。你看他对两位小姐，尤其是李小姐，眼睛只管望着。"说着，便用筷子夹了一块番茄烤鸡肉，向她碟子里一送道："你吃一点儿，我很喜欢你。你有工夫白天出来吗？"李香絮道了一声"谢谢"，笑答道："有工夫的。"杨露珠道："那好极了，明天就请到我们家里玩玩儿。"金子原道："我们家就在金子胡同。"刘伯同道："就是金专员金公馆，那地方很好。"陶花朝道："那里有热气管子，是吗？"刘伯同笑道："这有什么稀奇？好玩儿的东西多着呢。"陶花朝笑道："那么我明天一定去。"杨露珠道："李小姐，你看人家已经答应了。"李香絮笑着把头一低，抿了抿嘴道："那我也去。"金子原看这两位小姐真有点儿意思，端着酒杯站了起来，因道："有意思，刘小姐，你给我满上这一杯。"刘小姐自然给他斟了一满杯。他看着这一杯酒，笑道："这三位小姐真好，我要祝福她们，刘、陶、李三位小姐万岁！"男客人听了他的话，都为主人鼓掌。

　　刘素兰小姐看到金子原兴致很豪，自己觉得不要太过分了，仔细出乱子，便道："专员请坐下吧，不然，我们都要站起来了。"金子原这才坐下。李香絮看到金子原这番举动，只是微笑。金子原问她道："李小姐，你上大学了吧？"李香絮笑道："没有，现在还在高中二年级读书。"杨露珠看着慢慢地谈到正事，便问道："你将来学文学还是学农业呢？"李香絮道："我打算跟刘小姐一样，学点儿

215

音乐，或者学一点儿图画。"杨露珠点点头，她有两句话，还不曾出口，金子原就摇摆着头笑道："好！有一个古典话头，叫作'兰因絮果'，我是非常佩服，李小姐跟刘小姐一路。"众人还没有领悟这句话的意思，金子原便道，"这'兰因絮果'是一句成语，各位也有不明白的吧？我解释给各位听。'兰'是刘小姐的雅号，'絮'是李小姐的雅号。因是刘小姐种的艺术之因，果是将来李小姐收获的艺术成果。这就叫'兰因絮果'，诸位看看怎样？"

佟北湖将筷子在桌上画了几个圈子，口里连说"妙，妙"。李香絮还只是微微一笑。刘素兰道："李小姐，你快不要学我。我现在弄得学又没好好儿地上，事情也没路子可以找，真是一事无成！"金子原道："你要谈上学，觉得原来学校不好，现在你要进哪个学校，我保你进去。要谈找事，那根本不成问题。你说，要找哪项事？"张丕诚道："这真痛快，哪里有……"这一句还不好接下去，"先生"，太普通了；"我公"，又不像，正在这里为难，不知如何称呼才对。幸好，刘伯同接嘴道："的确，要哪项事，我们专员全可以包办。"

刘素兰听到这话，心里未免一动。可是又恐怕金子原不怀好意。但自己家里依然戴着汉奸帽子，弄僵了也不好，因笑道："那就让我回去想一想，还是求学呢，还是找事？"金子原本想说声"听便"，还不曾出口，陶花朝却向他看了一看，笑道："我是要找事的，专员你能够答应我，替我找个小事吗？"说着话，起身提壶，向金子原敬了一杯。金子原笑着起身接过那杯酒。见陶花朝雪白的手膀，戴了金链子手表，这样陶花朝竟也是一位用钱的能手了，便道："要找小事，那太容易，恐怕不是小事吧？"陶花朝笑道："在专员眼里，什么大事，也是小事呀。"金子原最喜欢听人恭维，干了一杯酒，与陶花朝同时坐下，笑道："今天三位女宾，要求学，要找事，我都要努力去试一试。"这样说着，刘素兰、陶花朝连声道谢。可是李香絮心里就没有打算找事，她见两位都道谢，自己不理，觉得不恭敬，于是也站了起来，向金子原一点头，抿嘴笑笑，然后才坐下，嘴里却没有说什么。

金子原眼睛望着李香絮，笑道："李小姐这表示极好，只是笑笑，不说什么。石不能言最可人。"这样说着，几个男客跟随着鼓掌。李香絮虽不知道这句话是什么意思，但是这句话是恭维人的，那一定不错，于是又笑了笑。将手绢掏出，向面上抹了一抹。这倒引起了杨露珠对这位姑娘的同情。她看到李香絮对金子原只是笑，并未发言，完全不知道怎样对付金子原是好。这个姑娘在交际上究竟是个外行。越是这样，越显她是真诚的。于是向她道："李小姐，明天三四点钟，你一定到金公馆去玩儿，专员有时出去，可是我总是在家里的。"说着，还拉着李香絮的手重重地摇了两下。李香絮觉得杨露珠的确是好朋友，就连忙答道："我明天准过来奉看。"金子原听了，也笑道："我明天一准往家里奉候。"陶花朝笑道："我明天也要奉访的，我邀李小姐同来好吗？"杨露珠对这位陶小姐觉得太随便，就没有说什么。金子原道："那太好了。明天刘小姐能来吗？"刘素兰笑道："金专员请客，我当然一定来的。不过到金公馆去瞻仰，那还是改天吧。明天三四点钟我还有一点儿私事。"金子原一想，她母亲说是不舒服，那自然不能勉强，就点点头道："那么明天这里吃晚饭，刘小姐一定要到。现在我们要听听陶小姐的二胡了。"陶花朝道："拉我是拉，诸公可别见笑呀。"

说着，陶花朝起身将放在挂衣钩子上的二胡，拿了过来，先把套子取下，将椅子歪歪地摆着，自己架腿坐下，将二胡放在腿上，先试了一下弦子。回头将二胡的弓子，放在腿上，就对了金子原道："拉个什么哩？"金子原笑道："问我这个，我就是个外行。这样吧，陶小姐哪样拿手就拉哪样。"大家照着金子原说法，都说"好"。佟北湖离陶花朝的座位很近，就俯着身子轻轻地说了一个曲牌名。陶花朝道："好，我就拉个《喜荣归》吧！"于是就把弓子拉开，拉起

《喜荣归》来。金子原这班人对音乐，正像金子原所说的，全是外行，大家只听到拉得呜啦、呜啦、呜哩啦，什么也听不出来。但是各人都要叫好，因此花朝拉完了，大家一阵乱鼓掌。佟北湖道："拉是拉了，还没有唱，再请陶小姐自拉自唱一回吧。"陶花朝笑着对金子原道："拉也拉不好，还要唱吗？"金子原道："对的对的，要唱才是全才。"陶花朝想了一想道："好吧！我唱个《你明日早些来》吧？"大家又是一阵乱叫好。至于唱，尤其那时都是些靡靡之声，大家全懂。当她唱到"星儿闪闪，月儿弯弯，一霎时凉风习习，那就大家把门关"，大家自然又是叫好。本来这时听在兴头上，还有刘素兰、李香絮都要唱呢，可是这时金公馆电话来了，刘伯同当时替金专员代接。过了一会儿刘伯同进来笑道："是二爷由重庆来的电报，专员回去看一看吧。"那金子平是带了许多金条走的，当然比吃酒要紧。金子原当时只得起身告辞，好在其余的人都不走，约了明天的一席要全到，金子原就向刘小姐道谢先走了。

金子原回来，拆开信封一看，是密码电报。自己连忙找出了密码本子，将电报翻译。译完了，自己一看电报，大意是甚为得手，后日下午再乘飞机回平。金子原虽知道这些金条不难脱手，但是没有兄弟的电文，总不敢完全乐观。现在他快要回北平，当然可喜的。自己点了一支烟，躺在长沙发上，想到自己发这样大的财，是自己做梦也想不到的事情。只管在这里想着，财太发大了，这也不好吧？这财发到了一定的时候，也当停止。

正在想着，只见杨露珠回来了，站在身边笑道："什么事？这样一个人在笑！"金子原道："你是什么时候回来的，我都不知道呢。"她笑道："我早就回来了，看到你一个人总是笑，我想一定有很好的新闻。"金子原一手挽住她的手，她看到没有人，就随身在长沙发上边沿上坐了。金子原道："老二有电报来，后天下午就又回北平来了。"杨露珠道："那么，金条全卖了，所以你很快活。"金子原不想把卖金条事提起，因道："我倒不是说我的事有什么可笑。我觉得陶、李两位小姐，那种模样，倒很讨人欢喜。"杨露珠道："那么，你觉得有什么可笑？"金子原笑道："你又要吃醋？"杨露珠道："我不是说了吗？我绝不吃醋。不过，你在这样多的小姐中间，爱哪一个，你应当考虑。"金子原道："我觉得陶花朝为人挺随和，自然，李小姐也好，刘小姐更好，不过就是难对付一点儿。"杨露珠笑道："三个人你都爱，那就一同娶进来吧？"金子原竟不否认她这话，因道："老二后天来，我们可以定心一点儿。"杨露珠笑道："我们？"金子原笑道："当然是我们了。至于多娶两房亲事，又算得了什么？"

杨露珠虽听到"我们"叫得非常的亲热，可是他一开口，便要娶几房老婆，这真不好应付。自己想着，那只手却让金子原盘弄。金子原道："你在想什么？"杨露珠笑道："我瞧明天李香絮来了，你怎样应付？"金子原笑道："不是这个吧？朋友来了，就照朋友应付好了。你猜二爷带了好多法币来，你应该分多少呢？"杨露珠笑道："那也用不着算计呀，我们还分什么家？"金子原道："你这家伙，真会说话！"说毕，哈哈大笑。

到了次日，金子原在公事桌上看文件，杨露珠没事，站在写字椅背后看文件，就听走廊上响起一阵皮鞋声。杨露珠正要问一声"是谁来了"，话未出口，只听到外面有人叫道："杨小姐在里面吗？"金子原掀开门帘一望，只见陶花朝身穿貂皮大衣，里面又换了一件衣服，是一件滚金边墨绿旗袍。金子原笑道："信人，信人！说明天早些来，今天果真很早，请进来坐，请进来坐。"杨露珠心想，怎么能让到公事房来坐，这似乎太容易了。便道："你桌上摆着这些文件，怎么能叫人进来坐呢，你出去吧，我替你收拾东西。"金子原以为这是好意，立刻笑着到内客厅去。

杨露珠不慌不忙，将文件一一收起，又喝了一杯茶，就到内客厅里来。只见陶花朝、金子原坐在一排沙发上。杨露珠出来了，陶花朝才赶快走过来，握住她一只手道："我今天特意来看看你，你这里真是好啊！"杨露珠随便敷衍了两句。陶花朝仍在原来的沙发上坐下。杨露珠就在她对面坐下，看见她穿了双玫瑰紫的皮鞋，上面有些细羊毛。墨绿旗袍底下，露着一条粉红绸丝绵裤子，便微微一笑。陶花朝笑道："杨小姐笑什么？看我这衣服有点儿露怯吧？"杨露珠道："正是说在反面，我看这样子，好像今晚上约了人跳舞似的。"陶花朝道："没有没有。"杨露珠笑道："你这话扫兴得很。我们专员就爱跳舞。"陶花朝将身子歪过金子原这边，笑道："是吗？专员。"金子原现在正看壁上挂的一幅中国画，画的是桃花半吐，柳丝正垂，天上挂着圆圆的一轮月亮，有个女子正在树下徘徊。他听陶花朝问他，便道："别听她说，我不会跳舞。不过这幅画很有意思，陶小姐你不妨看一看。"说着，嘻嘻一笑。

陶花朝听说，便起身走到墙壁下面，去看金子原所指的一幅国画。看过之后，也不过是一张《夜月游春图》。这似乎没有什么意思。心里虽然这样想，但对这幅画还是只管看着。上面题得有诗，当然丝毫不懂得。末后看到注有年月的地方，却写的是"花朝前一夕"几个字。她这才明白了，便笑道："这倒是巧得很，好像知道我今天会来，有意把它挂在这里一样。"金子原道："我说小姐看了这画很有意思的，一点儿也不假吧！小姐大概是花朝出世的吧？"陶花朝道："对的，我父母因花朝是我的生日，所以取了这个名字，以作纪念。后来因上学，觉得小名不好，就替我取个名字叫月夕。谁知道这个名字更不响亮，所以还是叫花朝了。"金子原道："花朝有好几个日子，最普通的是旧历二月十二，另一个二月十五。"陶花朝道："我是二月十五生的。"金子原连鼓了几下掌道："小姐，我可知道你的寿诞了，说说就快到了，你要请我吃碗寿面啦。"陶花朝不看画了，约走了半个圈子，在杨露珠一排沙发上坐下，口里道："那不成问题。不过请专员帮忙，先派我一名差事，那就朝夕都在北平

220

了。"金子原正要答话，杨露珠就插言道："你难道还要离开北平吗？"陶花朝道："要是在北平找不到事，我打算南下。"金子原也不管杨露珠要说什么，就哈哈大笑起来。

第二十回

辛苦一番密谈风雪夜
流连半日并蒂蕙兰时

这时，陶花朝与杨露珠直着眼睛看，不知道金子原为了什么这样发笑。金子原见她两人都对自己望着，这才停了笑，便道："这还成什么问题，你若是不嫌我这里局面太小，明天就可以到这里来办公。至于名义……"他说到这里停了一停，因为秘书已经给了杨露珠，而且杨小姐变得非常听话，再添一个秘书，如果是男子倒无所谓，如今是个女子，倒似乎很难办。至于派她别的事，看她的神气，好像对付正经事还不在行，跳舞唱歌一类的事倒能来几手也未可定。杨露珠在旁看得清楚，听金子原的口气，好像她怎样陶花朝也要怎样似的。这样一来，她所要办的事以及要做未来夫人的打算，都要一齐推翻。但是金子原话已说出口来，也不便从中打断他。所以一双眼要是正对着金子原，恐怕他又不愿意，只好把两只脚微微抬起，低着头看自己的便鞋，心里自然是很难过的。陶花朝见金子原已经答应给自己差事，心里自然十分高兴，但是给她什么名义，因他还在考虑之中，也只有等金子原慢慢吩咐。

两人各有心思，金子原也看透了几分，于是想出了一个主意，笑道："关于我这里部分的事，总是和我们杨秘书商量妥了，然后再做决定。至于陶小姐愿意到我们这里来，自然再好没有，派什么工作，等待一二天再决定吧。"杨露珠听了这话，不但心里二十四块石头块块落地，而见还称呼了她一声"我们杨秘书"，真是舒服之至。

222

于是立刻抬起头来，对陶花朝道："是的，专员明天有一点儿事。后天我可以告诉你专员派你什么事。"陶花朝道："那真要谢谢专员和杨秘书了。派什么事，秘书你是知道我的呀！"杨露珠当时笑了一笑，点点头道："我知道。"陶花朝也含笑道："你知道，那我就谢谢你了。"

金子原虽不知道陶花朝原先干过什么事，想起来总不会什么高明的事。不过银钱方面，大概也捞过两文。现在她两人都不说，也罢，自己正好装模糊，就扯上别的事，与陶花朝闲聊一阵。大概有半个多钟点光景，才听得张丕诚在外边喊道："李小姐，你才来，陶小姐比你来得早而又早了。"这就听到李香絮说道："是吗？你这儿好大的公馆呀！"随了这话，把棉帘子掀开，张丕诚先闪进半边身子，手里还掀着门帘。李香絮就由帘子缝里钻了进来。金子原看去，她身穿一件黑色羊毛外衣，里面的衣服还是昨天那一套。张丕诚道："我还有事，不奉陪了。"说着，他和在座的人，点了几点头，径自走了。

李香絮见了各人，都深深地一鞠躬。金子原笑道："脱大衣，脱大衣。在这里多谈一会儿，回头我们一路去吃饭。陶小姐、李小姐两位都没有车子，我用车子送你们。"他口里说着话，身子早已走上前来。意思是说李香絮要脱大衣，他就接过去。因为他们这里是阔公馆，在客厅门边有两条过道，里面放了许多衣服架子。李小姐对这玩意儿，还是第一次看见。她正脱大衣，看到金子原的样子，分明来接大衣，就道："哟！这如何敢当！"还好，这时杏子正走进门来，把大衣先接过去。杨露珠手牵着李香絮的手，笑道："李小姐，你看我们的房子怎么样？"李香絮道："好美丽的一座住宅呀。"杨露珠就把她拉在上面沙发坐下。李香絮看到三个人都坐在两边，这就不敢坐，起身要到侧边去坐。但是靠里四张旁边的沙发，就只空了金子原身边的一张，有点儿不好意思上前去坐。看看外边虽有几张沙发，但又离得太远。自己正在为难，却见杨露珠把手一拦道："坐下吧，我们随便在这里谈话，不拘礼节。"李香絮在家里虽也受了多方指示，但是这一移座没有成功，却不晓得怎样应付才好。最后只好对大家笑笑，勉强坐了下去。

这一下，又把金子原招乐了，因道："陶小姐有陶小姐的好处，李小姐又有李小姐的好处。像刚才叫李小姐不要拘礼，她就微微地一笑，这一笑，真个是恰到好处。"杨露珠觉得人家为难，才这样一笑，分明是这个小姑娘还没有懂什么礼节，这怎么是恰到好处呢？她也不敢提什么，也只好微笑一笑。这时，杏子送茶进来，放在靠沙发的茶桌上。这也是李香絮老早听家里人说过的，金公馆有一个日本下女，所以没有给她行礼。可是从表面上看来，她穿的是一件丝绒袍子，脚上蹬的是灯芯绒便鞋，倒一点儿也不像日本人。正在想着，只听杏子笑道："李小姐，喝茶吧，要咖啡，要可可，家里预备得都有。"李香絮看各人对杏子也很客气，便摇头道："不必了，喝茶很好。"金子原笑道："吃饭，还很有一会儿，做点点心来吃吧！"陶花朝笑道："听说您用的是广东厨师傅，我就要吃叉烧包子，您总预备不出来吧？"金子原笑着向杏子道："听见了没有？"杏子带笑答应着"是"，退出去了。

杨露珠笑道："我有一件事要讲出来，可不知道李小姐是欢喜还是不欢喜。就是我们已经答应了陶小姐，陶小姐可以在我们这里工作。假使李小姐不读书的话……"说到这里带笑望着金子原。金子原也就笑道："李小姐如果愿意来，当然和陶小姐一样，我们十分欢迎。"这李香絮虽然昨天吃饭的时候，听到金子原说过可以替她找事的话，却觉得那不过随便应酬而已，自己也不曾把这事放在心上。找事哪有这样容易？只要金专员携带一把，把父亲那个三等汉奸，给他洗刷洗刷，已经很好了。现在杨露珠却说着只要我来，他果然给事，便笑道："那敢情是好，可是我做不了什么事呀！杨小姐，我这可是真话。"金子原把巴掌一拍，笑道："李小姐，真算得天真！"说着，还举了手，画着几个圈圈。杨露珠笑道："你瞧，我们专员，对你是多么赏识呀！"

李香絮虽然知道金专员这表示，是喜欢人说实在的话，可是他这样表示之后，自己就不知道应当再说什么才好，只好笑道："我可不会说话！您包涵一点儿。"杨露珠道："这就好，还要包涵什么！不过，派你什么事，后天才能答复。好在坐车子的钱，总会有的吧。"金子原道："钱的事，总让二位满意。杨秘书，你说是也不是？"杨露珠虽然答应两个人来工作，其实两个人本事，真是如李香絮说的，两个人全做不了什么事。现在所以答应，完全为着金专员看着两人很好，借个名义给她们钱花罢了。这时金子原问是与不是，有点儿想拉自己下海去，只好笑着点点头。不过陶花朝、李香絮见专员这样看得起她们，当然也很高兴。金子原先是对陶花朝一个人闲聊，李香絮来了，加上一人，更是聊得有味。她们二人一个爽快，一个沉默，金子原在旁细细思忖，真是得其所哉。

正谈着，杏子进来，笑道："点心得了。"金子原就请二位女客同着杨露珠一路去膳厅坐。李香絮走进膳厅，就看到两席圆桌子，中心都安放了玻璃转动板。一个桌子小些，点心就放在上面。四边放的是软心垫的椅子，每一位桌边，放了一小盘叉烧包子，一小碗鸡汤，里面还装了几丝面条。金子原笑道："这是陶小姐说的，要吃叉烧包子，请用吧。"这就让陶花朝也吃了一惊。自己故意说着要吃叉烧包子，当时却在盘算着，这里虽有厨师傅，也不是早上，哪里去弄叉烧包子呢？"不想他真是有，便道："专员，你厨师傅真是快，哪里弄来的叉烧呢？"金子原道："叉烧，是厨师傅做好了的，包子，也是面粉做的现成的。你明天到我这里办事，如想吃这些点心，只要事先吩咐一声，厨师傅总会办到的。坐下来吃吧！"听了这话，陶花朝心里又动了一动。约莫从下午三点半钟，她们一直玩儿到傍晚上馆子吃饭，方才完事。自然，馆子里刘素兰也到了，而且又是金专员做主人，宾主又乐了一晚。

次日，该是金子平到北平的日子了，飞机约在下午三点钟到达。在两点钟的时候，杨露珠静坐在金专员旁边，也不作声。金子原看着两点钟敲过，就站起身来说道："快穿起大衣吧，两点敲过了。"杨露珠本想伸伸懒腰，一下又按住了，笑道："去接二爷，我也去吗？"金子原道："怎么又叫起二爷来了呢？你该叫子平啦。"杨露珠笑道："这个……那我……。"金子原道："你就是他未来的嫂子，有什么说不得的！"杨露珠站起来，自己牵扯着衣服，笑道："未来两个字，我就不爱啊。"金子原道："若是你像这几天一样，那么未来两个字，就改成现在吧。"杨露珠道："可是你……"金子原道："你去还是不去？二弟来了，你都不去接他一接？"杨露珠虽有一肚子心事，可是金子原老不让自己说。看他的样子，好像自己就这样算嫁了他，这让人真不好受。可是不这样，他那个人真做得出来，说翻脸就翻脸的。金子平这回从重庆来，又带了不少的法币。他公开地叫自己去接，这已是很大的面子，便道："好吧，咱们上飞机场去接子平二弟吧。"说这话时，她偷看金子原颜色，见他又带了一点儿笑容。于是也不再说什么，便穿了大衣，同坐着一乘车子出了西直门。

杨露珠这时想到，尽管刘伯同和金子原朝夕相处得很好，张丕诚对金子原巴结得也不坏，但是在出门去接金子平的时候，他们都没有份，而她自己却是同专员共坐一辆汽车，这实在不是把我当作外人。想到这里，便又觉得自己可以自豪了。到了飞机场，问问飞机的情形，不过十五分钟飞机就要到了。金子原到人堆里去接，杨露珠也挤了过去。飞机门打开了，人陆续出来。只见金子平提了两个极大的皮箱，也在下梯。但是金子原尚不直接喊他，只把手一招道："吴襄理这回辛苦了。"这才看到一位小胡子，身上虽已穿了大

226

衣，也是提了一只箱子，见金专员向他打招呼，便喊道："专员，你兄弟在这里呢。"说着，对身边一个穿西服的人一指。自然，他的箱子有银行接的人代提。

大家叫喊声中，金子平走到面前，放下箱子，取下帽子深深地一鞠躬。杨露珠对于"二弟"两个字，究竟不好出口。便握住他一只手道："二爷，你太辛苦了。"金子平一看，这飞机场上就只有他两个是接自己的，分明那些办事的人，还不够知道此项秘密，于是说道："这算什么辛苦，飞机来，飞机去。我带了一篓橘子，算是贡献给杨小姐的，莫要嫌少。"这时，就见飞机场上的人，搬了一篓橘子下来了。金子平笑道："就是这个。"杨露珠道："这样一篓橘子由飞机带来，我怕北平人，还没有这样开过荤呢！"金子平就叫搬橘子的人放下。金子原见司机正好站在路边，就让他接过橘子，自己也取过老二的箱子来。那银行吴襄理过来和金子原握手，约定晚上会，告别之后，自己坐银行里汽车先自走了。金子平来到车子边上，就开了前门，双脚上车。那两只箱子和一篓橘子，早由司机接过，送到车箱子里去了。杨露珠走近前来道："哟！二爷，你怎么坐前边，这汽车正座，三个人好坐。金子平将头一摆，笑道："不，这里一个人好得很。"杨露珠道："你瞧，二爷在前面坐。"说时，对金子原微微努努嘴。金子原笑道："那就随他去吧！"杨露珠经子平一番客气，这又可以证明，自己和金子原是同一级人了，便含笑着坐上车去。

二十分钟后，三人已经回到了金公馆。金子平坐在办公室里，对着写字台和金子原谈话。这时杨露珠倒很为难。当面坐着吧，是有心参与秘密；若是不当面坐着吧，又和刚才让汽车座位那件事不大一致，因向金子原道："你们谈吧，我到外边去坐。"金子原早已有了安排，便道："你也听听吧，这也不算什么秘密。"杨露珠巴不得有这么一句，就在写字台横头沙发上坐了，可是金子原和他兄弟

227

说的话，凡属紧要的都写在纸上，谈完了，纸便捻个团子。谈话约有一点钟，金子原才带笑说道："这回你太辛苦了，在北平多玩儿两天吧。"金子平道："事情大概这样办了。晚上我还有几句话告诉你。"说着，兄弟彼此一笑。杨露珠坐在旁边，知道金子原这回又挣了不少钱，可是数目还不知道。此时，天上又在下雪，而且风势也特别大。杨露珠道："天又下大雪了，就在家里吃饭吧？"金子原道："当然是这样。"杨露珠就吩咐厨师傅做好一点菜，饭后，陪他兄弟在一块儿闲谈。

到了晚上十一点钟，金子平也就到他自己房里睡觉。杨露珠笑道："我妈又惦记我了。"金子原卧室已经无人，他笑了一笑。杨露珠道："你二弟刚由重庆来，我们的关系又没有对他说明。"金子原道："这还用得着说明吗？"杨露珠听了这话，觉得这对夫妻，就这样糊里糊涂结合了，实在不成话说，而且也不算成功，他遇事总是这样含含糊糊的。可是金子原又正拿着大批法币上腰，千万不可招他怒恼了。这样想着，自己不禁在暗中深深叹了一口气，她就和衣躺在沙发上，一会儿真睡熟了。金子原见没有第二个人在场，就悄悄地走向金子平房间里来。

金子平正躺在床上，拿了一本书看。他看见哥哥进来，打算起来。金子原用手向他摆了两摆道："天上落下了很大的雪，别起来着了寒。你不是还有话对我说吗？"说着，就在对床一张小沙发上坐下。金子平也不肯躺着，就爬了起来，将一件毛绳衣披在身上，还要穿鞋下床，金子原道："你就坐在床上谈吧，你听听外面，这风从雪里吹来，呼呼直响呢。"金子平就在床上坐着，低声说道："我同吴襄理两个人一共拿了五条金子，到重庆机场上，我就找着我们对手方那位查货的，悄悄向他手上一塞，并且告诉他，这是五条。这就蒙那位先生放我们走了。次日，这位先生又在重庆街上碰着了我。他说，这次担子好重，劝我下次不要再干。就是要干，也要过二十天，或者一个月。他这话，倒不是吓我们的，究竟带得太多了。"金子原想了一想，问道："那么，你这回来，可碰到那位先生没有？"金子平道："碰到的，他还是那话，不可做二次。"金子原笑道："钱，总不是好东西，我们把钱看松一点儿好了。你还有什么话没有？"金子平道："此外是一路平安，没有话了。"金子原站起身来道："好，你睡觉吧。"说完，他带上门出去了。

次日，雪还落个不停，中午，金子原坐在沙发上，口里衔着一支三五牌，架起脚来，悄悄地摇撼，望着杨露珠笑道："今天总没有人来吧？"杨露珠道："没有人来？我一猜一个准，一定有人来。"金子原道："哪一个来？"杨露珠道："你真是贵人多忘事。你许了两位小姐今天一定派事，她们必定要来候你的信啦。"金子原哦了一声道："幸而你提起。为着老二来北平，我一早向银行去了一次，简直把这事忘了。现在我们派她什么事呢？"杨露珠笑道："那看专员派呀。"金子原道："这事你也明白，两个小姐什么事也不能干呀！你是知道她们底细的，不妨说给我听听。"

杨露珠笑了笑，又把衣裳扯了扯道："我先说陶小姐，你可别笑我多事。"金子原道："你说吧，我不是说和你商量吗？"杨露珠道："我只知道她当过舞女，以前干什么的，我不知道。后来嫁了一个二等阔人，当然还不曾进大门。这里日本投降，她又恢复了小姐身份。这个人要打发，倒没有什么难处，她反正会跳舞，陪着专员跳舞一番就得了。"金子原道："哦！她嫁过了人。这果然容易打发。不过她，倒很有点儿意思。——还有另外一个呢？"杨露珠道："还有李小姐，我以前不认识她。后来一打听，她父亲做过日本底下小官，不过这总是汉奸。至于李小姐本人，实在是个女学生，在学校交际，也还可以，但是这些富丽堂皇的地方，也许没有到过，所以她表示什么事都不懂。这种人，这点儿大，就要出来为她父母奔走，也够可怜。"金子原笑道："这种人也是不难对付。"杨露珠道："那就……"

229

她一边说，一边想着，就随着一笑。金子原道："叫你商量正经事，你又只管笑。"杨露珠道："这我已经说明了，有什么不好办！给她们一份顾问名义，钱随你的便，一千两千元，也不算多。至于办公，那简直可以不来。如果要来，也随她们的便。"金子原听说，把腿一拍，笑道："依你的办法。"杨露珠听了又微微一笑。

过了几个钟头，果然陶花朝来了，还是引到内客厅里坐。杨露珠立即走了出来向她点了一点头，说道："我们专员已经派你做顾问了。也没有什么事，你有工夫就来，没有工夫，就十天八天来一趟。至于薪水，先付你一个月。本来这钱，应当由会计那里付给你的，但是第一月，我怕你嫌烦，已经代你取来了。"于是将法币用手一举。陶花朝看那法币，全是十元一张的，厚厚的有几大叠。这个时候，重庆来的法币，市面上视为宝物，一给就是这样多，心中当然高兴。她一面接，一面笑着一鞠躬道："这难为杨小姐了，专员在家里吗？我应当谢谢。"杨露珠道："刚才银行来了电话，他放下电话，就走了。不过，他留了一句话，叫你等一会儿。"陶花朝道："那好极了，现在我们是一家人了，多多携带。"杨露珠道："不必客气，只要你两三天一混，你和专员也就熟了。"陶花朝明知这话里好像有话，当时只装作不知道，就由杨露珠陪着，在客厅坐着闲谈。

果然，不到一个钟头，金子原回来了。陶花朝赶快上前鞠了三个躬道谢。金子原脱了大衣，笑道："以后可以随便来。除了有事，我总喜欢在家里闲聊。"事有这么巧，这时就见刘伯同进来，他看见三个人都打过招呼，可是面色极为不好，对杨露珠道："小姐，你回去一趟吧！刚才你姐姐打了电话来，说是岳母不好得很，叫我和你一同回去。"杨露珠道："妈病了？"刘伯同道："昨晚上就大烧大热，今日更厉害了。"杨露珠对金子原道："那我要回去了。"金子原道："当然该回去。要什么东西，打电话给我。"杨露珠也来不及管陶花朝在这里了，赶快穿好大衣，就和刘伯同一路出去。

金子原在内客厅里坐着，看着陶花朝一人坐在右手末座一个沙发上，拿了一把修指甲刀，正在那里修指甲。金子原看她左手拿起修指甲刀，把右手修完，向自己坐的正面沙发上斜斜地一瞧，做出个省悟的样子，笑道："哟！你看我怎么了，专员在这里，我简直忘记了。"金子原道："你修指甲吧！"陶花朝赶着把皮包打开，把刀子收在里边，笑道："这是太不礼貌了，该打！"金子原笑道："该打，哈哈！这两个字太严重了。"陶花朝道："专员有事吗？"金子原道："没什么事，就是有事，我也能丢掉一会儿的。"陶花朝起身又打算去看那幅画。金子原笑道："我们就是两个人，何必坐在客厅里，到房间去坐吧。"说时，他就起身打算向里走。陶花朝向他望着，问道："专员的办公室，我们可以随便来吗？"金子原笑道："也不是什么办公室，不过我在这里办事便当一点儿。无所谓随便不随便，来吧！"

　　陶花朝没想到杨露珠在这时候走了，当然这机会不可失掉，就拿了手皮包，走进房内。金子原叫她坐在沙发上，因笑道："在我这里吃了晚饭走。"陶花朝道："一来就要叨扰，以后我要天天来的呀！"金子原道："那值得什么？我就天天奉请。"陶花朝向屋子四周细看了一遍。见里面有两扇门，一扇通里面，一扇就在左手问道："这里全是办公室吗？"金子原道："这左手是一间小书房，里面是我的卧室，里面还有一个洗澡间。请进去看看，反正陶小姐不是外人。"陶花朝听他说"不是外人"，那么就看一看也好。于是先看这书房。书房里有五架楠木书橱，里面都装满了书，中间摆着沙发椅子和写字台。再看里边，无非是铜床，一套精致的木器家具。却有一样，别处还没有，就是一盘子红橘，放在铜床边上。洗澡间也无非瓷器澡盆，一套洗脸用具，那都不算稀奇，就是洗脸盆边，放了许多胭脂膏、巴黎香粉等用品。还有四五件女人的衣服，挂在衣钩子上。陶花朝看在眼里，也没有作声。

她回到专员办公室里来，坐下笑道："当然，样样都好，最好的就是一盘红橘，这水果已有两年没有吃过了。现在火车不通，轮船也少进口，大概南方红橘从天上来。专员就有好大一盘子！"金子原道："你说的这个，这也没有什么稀奇，是我二弟由重庆带来送杨小姐的。陶小姐爱吃，很方便，我打个电报，带一篓子送你。"陶小姐又吃一惊，打电报！竟为了带橘子，因笑道："不是太浪费了吧，我也无此福气。"金子原道："吃橘子，算什么福气！先拿来，陶小姐尝几个。"他起身上内室里去，捧了七八个红橘放在桌子上，用手一指道："请用，请用。"陶花朝笑道："这是杨小姐的，不要吃吧。"金子原笑了一笑道："刚才她说了，等你来了，就请你吃橘子，现在她走了，我就代请吧。"他这样说了，又拿取一个剥了皮，放在陶小姐面前小桌子上。陶小姐不是不敢吃杨露珠的，而是试试金子原如何对付杨小姐。现在金子原既剥了皮，她自然吃了。

　　两人从三点多钟谈到六点多钟，自然越谈越熟悉了。后来吃晚饭，本来有四个人同吃，但现在金子平到银行里约会去了，杨露珠的母亲又害了病，她也回家去了，所以只剩下宾主两个人。吃饭的时间，两个人说说笑笑。饭后，又在洗澡间洗过了脸，回头两个人到办公室里坐着。陶花朝道："现在我要回去了，过两天我再来看你吧。"金子原道："我有一样东西拿给你看一看，回头再说别的。"陶花朝不知什么东西，就在沙发上坐着等候。金子原在他卧室里，取出一只绿绒制的小盒子，有掌心那样大小，交与陶小姐。她掀开盖子，里面是块玻璃板，板下面两朵翠色兰花，兰花下面，有两根绿色的花带，花心里有白色红丝的花心。她看了一遍，便道："这是翡翠做的兰花，挂在胸前，实在是美丽！"金子原站在她身边，笑道："你想不想这东西？"陶花朝站起来，左手拿着这小盒子在手，右手轻轻地敲打这盒子，笑道："这还用得着问吗？是心爱的东西都想要。"金子原道："那我就送给你好了，不过我有一个问题，听说你跳舞跳得最好，我就要跟你学两手。你要能答应的话，你就不必回家，我们同上舞厅里去。"陶花朝看着金子原，把小盒子抱在胸前，不说话，嘻嘻地笑了。

第二十一回

话到家人残花须割席
谁为西子甘露有甜心

自这日晚上起，金子原就一心欣赏蕙兰并蒂时，一连三天，他都没有把接收的事情放在心上。这天上午十一点多钟，才坐了汽车回来，到了下午七点多钟，又坐了汽车出去。这天杨露珠没有来办公。第二天，杨露珠四点多钟来了，恰好金子原在家，她对金子原道："妈的病好多了，但是我还要请一天假。"金子原道："你老太太的病，自然很要紧。再多请两天假，我也准的。"杨露珠以为这是孝顺未来岳母的好心，便向专员道了谢，立刻又回去了。第三天，杨露珠母亲的病大概好了六七成。这时刘太太也在家里，便对他妹妹道："露珠，我看你还是回金公馆去吧。妈妈的病已经好了六七成了，你在家里，也没有什么事。还是到金公馆去吧，要是不放心，两三个钟头，打回电话来问问什么样子，也就行了。"她的母亲睡在床上，也竭力劝她，早点儿恢复办公。这时杨露珠办公不办公，也就是这么一回事。不过自从那天回来，就丢下陶花朝一人在公馆里，当然是不大好的。但是这有什么法子呢？今天母亲病好些，回金公馆去看看，倒也使得。因此下午三点钟，她又回了金公馆。

杨露珠心想，这时金子原一定在家。谁知却扑了个空，金子原倒是在家里吃的午饭，过一会儿便又出去了。桌上有许多信件，有几封是非马上答复人家不可的。但是看看桌上，却没有回信的样子。自己闷坐在办公室里胡想了一回，正好杏子倒茶来了，便向杏子问道："这两晚上，专员都回来得很晚吧？"杏子站着看了杨露珠笑道："可不是嘛！"杨露珠坐着，细细地在喝茶，好像对他回来得很晚都不放在心上似的，因道："回来是几点钟呢？"杏子笑道："两天晚上他回来我都睡着了。"这是她学来的规矩，凡是主人的行动，一概推个不知道，所以她答复得很圆转。不过在几番笑意中，就像含有问题。杨露珠也不便再问。杏子去了，自己还想怎样把他两晚的公事私事，统统问个清楚。可是从前碰过他几回钉子，知道这事问不得。正这样想的时候，只听到门外有脚步声音。自己还没来得及问是谁，就听得有人说道："杨小姐，老太太的病好了吗？"杨露珠一听是金子平的声音，便笑道："二爷，请进来坐。托福，家母的病大概就快好了。"说着，金子平手上拿着纸烟，慢慢地走进房来。

杨露珠总表示着好感，连忙起身，笑道："这是你哥哥办公的屋子，你哥哥不在家，那二爷就是主人，我们都得听候命令。"金子平笑道："这是你倒说着。在公，你是家兄的秘书，家兄不在，秘书正好替他做事，叫我们别进去，自然也很应当；在私，那我更不能乱走了。"杨露珠低着头轻轻拍了两下沙发道："二爷，你坐下来吧！我也正想和你谈谈。"金子平笑着坐下，将纸烟弹了一弹灰，便道："杨小姐有什么赐教呢？"杨露珠坐在金子平对面沙发上，笑道："二爷说起话来，总是这样客气！"金子平道："还说我客气，你一开口就是二爷长二爷短，今后叫我子平不好吗？"杨露珠笑了一笑，打开听子取了一支纸烟，笑道："我们所做的事，根本也瞒不了二爷。可是我们这位专员，他是个顺毛驴，你要顺着毛摸他。我也说过，咱们这样，夫妻不像个夫妻，算作职员，又太亲热了。这事怎么办？他倒答应得很干脆，说这有什么不好办，只要你态度一直像现在那样，十分听话，那就明天传话出去，叫杨小姐的改口称为专员太太好了。你瞧，又不结婚，又不办事，这就改口称'太太'，我真不愿意。尤其是我那位老母，找着这样的女婿，脸上是多么风光，还指望大办喜事，名正言顺做岳母呢。但是这样一来，叫我怎么办呢?"她说着话，把烟衔了慢慢儿吸，眼睛却望着金子平。

金子平一听，倒也胸有成竹，因为他们兄弟俩老早就商量好了，因此把手上的烟往烟缸一丢，笑道："这有什么为难的! 哪一天坐辆车往西山一溜，第二天，就告诉大家，你们已经结婚了，就说是重庆公务人员，不喜欢张罗。这不仅是为家兄省了许多钱，还省了许多麻烦。我的话，是为了杨小姐才肯这样说的。"杨露珠听到"省了许多麻烦"，不免心中一动，红潮上脸，但又故作镇定，慢条斯理地吸着烟，微笑道："这有什么麻烦呢? 人家不像样的家庭，嫁起女儿来，也用马车一拉，还在什么聚贤堂、庆文堂包几桌酒席，贺喜的人大家吃个酒醉饭饱。"

金子平听她说到这层，就向窗子外看看，见外面没有人，便向她轻声道："事情有个从权的办法，杨小姐与家兄这样亲密，大概家中的事，他也许和你谈过，我索性说了吧。从前说家兄虽然娶了亲，丢在家里，那倒是半对的。后来家中那位嫂子也就逃到重庆来。可是这位嫂子像杨小姐一样，对家兄简直百事不问。后来家兄由重庆飞到北平，她又对家兄说，你到北平去，当然你又要讨人的，这个我也不问。只是我这方面，你不丢下就行。将来你娶新夫人愿意和我见面，我一定比你新夫人痴长几岁，叫她喊我一声'姐姐'，我就心满意足了。倘若你的新夫人不愿和我见面，我就不见面，只要我过得下去，什么我全不管。——杨小姐，你也是个女子，你想，不怕几千里路，她就跑到四川。跑到四川，又这样对家兄所为，一切不管。如果要家兄去退婚，漫说嫂子不肯，就是肯，家兄也不好说。就是杨小姐，你遇着这样的人，你也只有可怜她吧?"杨露珠经子平一说，起初飞红了脸，但一下子又平和下来。等他说完，自己烟也完了，搓搓两只手道："我不信，世上有这样好的人!"说着，又打开烟听取烟，但是自己根本没有瘾，所以把烟取到手又把它放下了。

金子平看她神气，像有点儿自己不能做主似的，便道："为了杨小姐好，我才肯这样说，但又好像寻不出哪一点是为了杨小姐的。"杨露珠勉强笑了一笑道："真的，我想问你这句话的，但是二爷话说得很长，几乎忘了。"金子平依然低声说道："前两天杨小姐说老太太病了，就请两天假。那时陶小姐在这儿，家兄就留她一块儿吃饭，一块儿出去玩儿，到今日虽只有三天，好像魂灵都被她摄去了。玩儿是不要紧，公事不能不办。我是他弟弟，虽然说过他两次，他总是笑笑，依然找陶小姐陪着他去玩儿。我想，这件事非杨小姐出来不能拆散他和陶小姐的关系。"杨露珠听了此话，她很相信自己有办法，但是装作没办法，笑道："你们是兄弟，他是我的上司呀。"金子平道："我是和杨小姐说知心话，杨小姐还和我客气做什么？陶小姐她在几天之内，就要夺过这秘书的职位了。到那时候，我们要想说话，也就迟了。说到这里，小姐明白我的话是为谁吧？"

杨露珠听了这话，吓得心里连跳了几下，便道："她想夺我的秘书？"金子平道："岂止是秘书！"杨露珠道："她敢……""敢"字底下，又不好说明。只气得红着脸，把两手放在怀里，只是剥指甲。金子平道："这不是光生气的事，杨小姐想如何可以拆散他们，就马上动手。我不是说为着杨小姐吗？因为我来过北平一趟，那位田宝珍，还只是骗家兄的钱的。这回来了个陶花朝，那不是骗，简直把人捉在手中硬要钱。只有你杨小姐是为了家兄，所以我不得不说出来。"杨露珠笑道："我也不成呀！这事要我怎样进行呢？你说，陶小姐硬和你令兄要钱，你有什么凭据吗？"

金子平道："当然有。昨天开了一张支票给那陶小姐，今天又开了一张支票，还不是小小的数目。我刚才在银行里来，那吴襄理不在意和我谈起，说这钱是陶小姐自己领取的，所以我知道是陶小姐。因为吴襄理疑心家兄要买什么，也就认为不是秘密。"杨露珠道："这陶花朝，我知道她一点儿出身，疑心她不是好人，果然和你令兄

237

相识只有几天工夫，就杀进内层来了。"金子平听到这里，就起身道："杨小姐，我说的话，你想上一想，想得了主意，回头我再来。"说完，笑了笑，这才走去。

杨露珠心想，果然陶花朝厉害。但是想一个什么法子来拆散他们呢？当然，她进攻是用毒手，我也只好用毒手来招架。想了一想，主意有了。心想，陶花朝认识佟北湖。这刘伯同自然也是认识的。找找老刘看，也许是有什么法子可以治她，于是就按了电铃，杏子进来了。她就叫杏子去叫刘伯同先生，别告诉他是什么人请。她去了一会儿，刘伯同就进来了。隔着门便道："专员喊我吗？我正有几件事想向专员说上一声。"杨露珠只是不作声。刘伯同进来，看看专员并不在屋里，便向杨露珠点了头，笑道："专员不在家，可是杨小姐叫我？"杨露珠坐着，动也不动，便道："我这样请你，是避开张丕诚注意，你懂不懂？"刘伯同道："我明白，杨小姐有话问我？"说着，对杨露珠望着。

杨露珠淡淡地一笑道："我问你，你倒要问我呢！"于是把金子平关于陶花朝的话，略微告诉了一些，又道，"她怎样把专员拉拢住，骗他多少钱，我也不问。不过好多事专员都丢了不问，不分日夜只陪着这位小姐玩儿。等重庆方面知道了，不但是吃不了兜着走，而且那样简直就完了！"刘伯同点点头道："这是杨小姐聪明的地方。"杨露珠道："聪明不聪明，我不去管他。我今天既然回到公馆来了，那就要把两人拆开。"刘伯同皱着眉道："这怕不容易吧？"杨露珠站起身来，将嘴鼓得很高，将脚在地板上一顿道："为什么不容易？她过两天就钻进来夺取我的位子，要做秘书。到那个时候，怕你的位子也有点儿坐不稳吧。"刘伯同道："我不过是这样观察罢了。只要有法子，让专员少和她来往，当然很好。不过，我真想不出一个妥当法子来。"

杨露珠道："别的话，我且不问你，从前她未嫁人的时候，你们

238

都认识的。她的相片，最好是同男人合拍的相片，你有没有？"刘伯同笑道："要她的照片，那有的是。熟悉的几家照相馆，可以找一找。"杨露珠道："那我还不晓得。要问的，就是你们与她合照的照片，还有没有？"刘伯同道："这也好找。从前当舞女的人，谁没有几个要好的朋友？我想，佟北湖一定有。"杨露珠道："真的吗？你马上去取了来，这张照片取到手，那时我自有办法。"刘伯同道："那不好，佟北湖虽是汉奸……"杨露珠道："是汉奸，我们还可以饶他吗？你说他待我们，也没有坏处，我且不说别的，他献出这条美人计，进来就想夺我的职位，这个人的居心，你说算不算坏！"刘伯同看她真的急了，因道："你别急，我给你找去。若找到比这更好的，岂不是更好？"杨露珠道："你马上去找，限你……"刘伯同这就向杨小姐作了三个揖，央告道："你别限我时刻，我准找得着。"杨露珠道："不，非限你时刻不可！现在还只有四点钟，限你晚饭前后，非有不可。"

刘伯同看看杨露珠好像有点儿打算。至于他想起陶花朝当舞女的时候，有个东方照相馆，那里面全是外国人，什么都不怕。好些个舞女都拍了不能见人的照片，陶花朝便是一个。后来东方失败了，各舞女就在店里收回她自己的照片和底版。这种照片，自己正有一张。只是收在哪里，一时却记不起来。他便对露珠说："我马上就去，替你找找看。找来了，自然秘密交给你。"杨露珠两手比作要推的样子，鼓着腮帮子道："不说这些闲话了，要你快去快回！"刘伯同见她如此发急，只好含笑走了。

杨露珠等候金子原，直快到六点钟时，才听到外面皮鞋声响，以为是金子原回来了，掀开窗帘子一望，却是刘伯同满脸堆着笑容道："我们专员还没有回来？"他站在屋子中间望着。杨露珠问道："东西带来了没有？"她坐在沙发上动也不动。刘伯同看那样子还在生气，便不敢斗趣，笑道："焉敢不拿来！不过我要声明一句，

239

这是从朋友地方拿来的，与我无关。"刘伯同在身上摸出个大报纸包来，双手递给杨露珠。她连忙接过来，把报纸稀里哗啦地撕开，露出一张八寸相片，是陶花朝和另外一个年轻小伙子站在一树花下照的。看完，因摇摇头道："这不算什么，这是演话剧，本来话剧演员，尤其是女演员，有的是这样的照片。"刘伯同道："你再向里面翻呀！"

杨露珠把上面八寸照片移开，底下是张四寸照片。照片是覆盖的，看到的是照片的背面，全是纸，一点儿什么没有。正想说刘伯同闹个什么玩意儿，又将这照片一翻，连忙将照片覆着，红着脸道："这照片你在什么地方弄来的？"刘伯同道："你就不必管了，你就说，是个年纪很轻的人送来的。"杨露珠将照片覆在胸前，就低头默想了一阵，因笑道："这倒用得。不过你到前面，想法子弄一个写字认不出笔迹的人，把这相片包了，上写'金子原接收专员台启'。悄悄交进来，就没有你的事了。快些去办，最好乘他还没有回来办好。"说着，站起身来，将两张照片依旧交还了刘伯同。刘伯同接过照片，赶快照杨露珠的话行事。不到十五分钟就办完了。是牛皮纸包的，没有贴口，把纸角尖由口中塞起，放在办事桌上，因道："我算不辱尊命，还有什么事吗？"杨露珠道："你出去吧！有话过天再说吧。"刘伯同笑笑，就出去了。

门外一阵汽车喇叭响，金子原的车子回来了。杨露珠对着镜子拢了一拢头发，回转身来，金子原已经进房来了。她立刻笑嘻嘻地道："你回来了，这几天你公事真太忙了。"说时，就替金子原接大衣。他随身坐在沙发上，伸手打了个呵欠，笑道："我怎么这样困。你老太太好了？"杨露珠端了一杯热茶，放在茶几上，笑道："早好了，谢谢你。困了，那你吃过饭，就睡一会儿吧。"金子原道："我吃过饭，还打算出去呢。"杨露珠笑道："那就好好地吃顿饭吧。"金子原对于这个提议，并没有答复，只道："下午没什么人送信来吗?"杨露珠道:"有几封信,还有一个纸包。大概都不要紧。"金子原含着笑容,执着她一只手道:"这倒难为你,我不在家,要你一个人守办公室。"杨露珠笑道:"我一个人守办公室?你有公事出去了,那不是应该的吗?"金子原道:"桌上那些信是些什么机关来的,拿给我看看。"杨露珠就把四封信,交给金子原看过了。

他站起身来,把这信向抽屉一塞。忽然看到一个扁扁的纸包,伸手捏了一捏,里面硬邦邦的,笑问道:"这是什么?"杨露珠笑道:"这是一封无名信,我正考虑,这封信,让你瞧呢,还是不让你瞧呢?后来仔细一想,这信既无名姓,又没有字迹,就是两轴画,就让你瞧瞧吧,只当一笑了之。"金子原道:"是什么画?"杨露珠被他这一问,只是站在那里微笑。金子原看她这态度,就连忙把纸包打开。看时,先是陶花朝和一个青年合影,已觉不大受用。第二张,一手拿着,就着灯光一瞧,虽然是花朝一个人,却也不大雅观,便道:"噫!这照片是哪里照的?"杨露珠背转身只管喝茶。金子原却把照片拿着,只管在灯光下连看了几次,摇摇头道:"这里没有哪家照的标记。露珠,你看到过这张照片吗?"杨露珠还是站在倒茶的桌子边上,离着办公桌子很远。经金子原一问,就笑着向窗子外连指了几指。金子原看看窗外,低声道:"没有人。"杨露珠轻轻地走过来,低声道:"当然,这纸包是我打开过的,我自然也就瞧过了。当时,不但羞得两脸通红,又吓得我连话也说不出来。立刻将纸包包好,静候专员大人处理。据我看,这照片应该是假的。"

金子原不看照片,两手在桌上乱敲,一面答复道:"假的?这像是百分之百的陶花朝,这有点儿欺人太甚!"杨露珠看金子原的确在生气,便挨着金子原道:"也用不着这样生气呀!"我们调查调查,这样大一个纸包是怎样来的?"金子原道:"这何必调查,又不要回条的东西,向我们门房门里一扔,他就转身走了,你知道他是谁?"杨露珠道:"那么,我们问问陶花朝……不好,这多难为情!"金子

241

原又将两份照片，仔细看了一下，把照片放在桌子角上，便退到沙发旁边坐了。

杨露珠又斟了一杯热茶，放在玻璃桌面上。茶放好，又吸了一支纸烟，只吸了一口，连忙把烟送给金子原。他喷着烟说道："露珠，你两天没来，知道我到哪里去了？"杨露珠坐在下手椅子上，笑道："你到哪里去了呢，无非公事要你接洽，到各机关里去了，大概回来得晚一点儿。"金子原摇头道："你不猜我和什么人开了旅馆吗？"杨露珠笑道："这是从哪里说起？哪家旅馆有我们公馆舒服？"金子原把烟取下嘴唇边来，两个手指夹着，自己俯伏在玻璃板上，看看杨露珠的脸上，依然笑容满面，因问道："你真的不疑心我吗？"杨露珠心中十分高兴，心想这着棋居然胜利了。不过他的脾气，不要摸倒了，总要顺着来，因笑道："真的，不会疑心你。"金子原把手缩转来，又抽了两口烟道："这陶花朝就不会像你，她在我面前说，嫁的那个丈夫跑了，自己就愿再嫁个丈夫。把眼睛放大些，要选择一个可靠的人。自从遇到了我，就选择到了。至于跳舞和赛跑，自己都会一点儿。可是社会上见她很美，就造上许多谣言，说她当过舞女。当时我也相信，如今看起来，她全是一股谎话。"杨露珠听她说话，只是笑着。

停了一下，金子原站起身来，把两张照片看了又看，问道："这里两个人，这个青年，可有人认识他吗？"杨露珠道："我不认识，大概张丕诚认识，也未可定。"金子原又把两张相片一丢坐了下来，又对杨露珠脸上紧望着。望到杨露珠不好意思，把手帕子由衣袋拿出来，遮了半边脸，笑道："说话就说话，老是对我望着，弄得人怪不好意思！"金子原笑道："这有一段缘故。陶花朝对我说，人家看她长得好看，替她取了个名字，叫什么'桃花西施'。我为这个，特意将你和她比上一比，究竟哪一个是西施！"杨露珠把手巾一叠，对金子原两手乱摆，笑道："这个，我比不上！你不用比。"金子原哈哈大笑，点着脚道："对的，对的，你现在很谦虚。漫说花朝不像西施，就是像，一个人寸纱不挂，就拍上照片，她的为人也就不堪闻问了。"杨露珠道："当舞女也不要紧，看你节操如何。为什么拍了这样一张小照呢？大概也是拿来送人的吧？"说着，把手帕又待举起，但是一想不妥，于是哂哂一笑，把手帕往袋里一塞。金子原道："这件事。希望不要再谈了。大概这纸包也没有经过别人的手，希望别人也不要谈起。"杨露珠道："那是自然。你在家里用饭吗？"金子原道："在家里吃饭。我晚上也不到哪里去了。"杨露珠听了这话，就起身握着金子原的手，摇了几摇道："你真的今晚不到哪里去？"金子原道："这是自然。"他说到这里将要起身，杨露珠赶快跑到门边去站定。金子原笑道："你来，我有话说。"杨露珠笑道："不，我到厨房里去，看有什么菜，陪你下饭。"说着，她真个去了。金子原又是哈哈大笑。

　　杨露珠真没有想到，这一会儿工夫，就能把金子原说得回心转意。自己就走到金子平房间外，隔着门问道："二爷，在房间里吗？"金子平答应道："在，请进。"杨露珠进来，金子平坐着起身相迎。杨露珠笑道："令兄回来了。本来……不说了，三言两语，他已经不出去了，你去陪陪他吧。"金子平笑道："怎么样？你的手段，真是不错。有个刘备，就有个孙夫人。"杨露珠笑道："二爷总是高比！"她说毕，真的跑上厨房里去了。在厨房里看了一看，又叫着刘伯同来到门外，对他低声道："你到办公室去坐坐，回头就在此吃饭。你说话，要看金二爷和我怎样开口，你在里面凑趣凑趣。"刘伯同道："这事我办得到。只是那照片他看见了，有什么话没有？"杨露珠笑道："这还用得着问吗？"刘伯同含笑着，向办公室走去。杨露珠迟疑了一会儿，方才进去。一眼看去，办公桌子上已经没有照片了。刘伯同、金子平在沙发上和金专员斜斜对坐。她也就在办公桌子对面坐了。

这时刘伯同笑道:"刚才专员说,什么都是家里的好,这是不错的!尤其是闺房之友,那是更好。这里要谈个其中三昧,却非过来人不懂。"金子原对这话微笑着。杨露珠打开抽屉,其中有几个橘子,取了一个,先剥了皮,又将橘子瓣上几根细筋去个干干净净,都送到金子原手上。金子平道:"这就是外国人所谓'甜心'了。"这时,正好金子原将剥好的橘子,送入口内,听了这话,不觉一笑。杨露珠笑道:"二爷从来不说笑话,要说笑话,正是恰到好处。其实也不算什么,我说也说不来,我是说……"刘伯同道:"也难怪二爷说笑话。像橘子这东西,我就很少尝到,杨小姐就只剥了一个,我们就没有。这'甜心'二字,专员是过来之人,不对,是现在,这里面含有不可言宣的道理,专员,你说是与不是呢?"这话说出来,几个人都笑了。

金子平道:"我的话,还要说明白些。关于婚礼,要从权办理。家兄为了政务羁身,就是一个要从权的人。杨小姐觉得怎么样?我以为现在正是商量的时候。不然,像有些小姐,也不管从权不从权,倒图一个实在。那时候要来挽救,恐怕很费一点儿事了。我说这话,自然是小弟弟的话。可是今天晚上,家兄不再出去,刘先生也在这里,我认为倒是很便利。家兄莫怪小弟乱谈,也得自己想想,像杨小姐这份为人,我认为不容易得着。至于杨小姐,对家兄真是百依百顺。就是她认为要举行婚礼方才合适,倒有点儿问题。我已经说过了,从权才好。"

金子原依然吃橘子,看他的态度,似乎并不反对。杨小姐也没有驳回从权的话,但是她也不作声,只把桌上的文件顺便拿着看。两只眼睛其实并不在文件上。剩下的就是刘伯同。他本来主张办一办喜事的。但是经过几回交涉,都落了空。去了一个田宝珍,又来了个陶花朝,位子都要被人抢去,这话就不好谈。现在两方都不作声,自己又是杨小姐的姐夫,当然不好不作声,因道:"杨小姐,

244

你对二爷这番话怎么样呢?"这话被逼到头上来了，不能不答复。这时恰好杏子推门进来，说:"饭得了，请吃饭。"金子原笑道:"我们吃过饭再谈吧。"说着，他就引了三人走进饭厅。

第二十二回

兄妹为之玉鱼堪细玩
先生醉矣竹叶不禁扶

　　大家吃过饭，再回到办公室里，这时已七点半钟了。坐定后，金子平首先笑道："刚才吃饭的时候，大家协议好了；再进一层，就是抽两天工夫上天津逛这么一趟了。"杨露珠坐在沙发上，两手抱着一条大腿，叹道："我倒无所谓，从简就从简吧。可是我的母亲，她那里是通不过的，这要一个会说话的去疏通才好。"金子平笑着一伸手，拍了拍刘伯同的肩膀道："现成的会说话的女婿在此。"说时，收起了笑容，又放出正经的样子来道，"杨小姐，你心里一定明白，这时你是赛马跑赢了，你不把银盾抢着到手，还谈个什么从权不从权？假使你还不答应，在家兄当面，我放肆一点儿，现在正要动手去抢银盾的，是不是大有其人哩？"金子原笑道："没有的话，没有的话！"他坐在办公室桌边，两手推着桌子。杨露珠经金子平再三说着，自己的心里已经活动了。看看金子原又竭力隐瞒，就故意笑道："大概还没有吧？你自己说说看。"她坐在写字台对面，伸着脚将金子原的大腿碰了两下。金子原笑道："要我自己说吗？那就是没有。"
　　事情巧得很，金子原话没说完，电话却来了。那电话铃只是响，杨露珠对电话机望着。金子原道："你接一接吧。"杨露珠只好把电话机子拿起，喂了一声，那电话机子里问道："你是金公馆吗？请金专员说话，我是陶花朝。"杨露珠答道："专员现在屋里，我去喊他。"她用一只手按住电话机说话的地方，向金子原笑道："陶花朝打来的电话。"金子原道："你干吗说我在家？这家伙不说真话。而且身份……"杨露珠听了，心里当然又痛快了一阵，但在脸上依然平和。向金子原道："你接一接电话吧！说话千万要客气一点儿。"金子原只好去接电话，笑道："客气一点儿，可是那是要抢你位子的人。"杨露珠笑着低声道："接电话吧！专员，客气一点儿！"金子原笑着，把听筒接过。只听他说道："我就是……不能来，因为接到两封公事……你不用等我……这里有你的……"杨露珠把手一伸，乱摇一阵，轻声道："不能说，不能说呀！"金子原含笑道："也许明天能见着面吧？见了面再谈……什么时候在家吗？……好吧，我明天等你。"他也不管对方说完没说完，就把耳机挂起来了，然后笑着对杨露珠道："你现在变得越发大方了，要我尽管客气一点儿。你要知道……"杨露珠笑道："没有的话，没有的话！"她学着金子原那一股子不肯承认有外遇的样子，两手扶着桌子用力向外推，引得满屋子人都笑了。

次日九点钟，金子原和杨露珠在屋里闲坐，金子原道："我真该打。这三天被陶花朝一耽误，李香絮那一封信还没有送给她，今天派人送给她吧。可是你虽然不说什么，怕你心里不好受吧？"杨露珠道："没有的话，过几天我就正式是你的。"说着，正色道，"我的事，全依着你，你看应当哪一天我们同上天津？"金子原道："哪一天都可以去。不过，我想等老二回了重庆，我们一点儿事没有了，然后才去，心里格外着实些。"杨露珠道："这也可以。不过日子不要隔得太久，因为我……"说到这里，自己不愿往下说，只伏在金子原的桌子对面，将衣襟上挂的自来水笔取下来，看着面前有空白信纸，便顺了过来，在上面写了"一个多月，一个多月"，写了好几处。金子原在对面看着，问道："什么，你怀孕了？"杨露珠把自来水笔丢在一边，两手折了信纸，有气无力地道："这多糟糕！"金子原道："你怎样不早说？"杨露珠道："早怎么知道呀？这几日才知道。"金子原笑道："这事情，实在太好了。我向来没有儿女，这一回有了儿女，你的天下，更坐稳了。"杨露珠笑道："所以我说不怕。"金子原正想说出哪一天上天津，却听到皮鞋声响，看时，却是陶花朝、李香絮两个人同来。杨露珠并不作声，只是抿嘴微笑。

　　二人走进外面客厅，金子原走出来说道："我算你二位今天该来了，尤其是陶小姐。"陶花朝道："真的，昨晚上约专员，专员就不得空。"金子原含笑，让两个人脱下大衣，然后坐下。只见这李香絮穿了一件崭新的蓝布长褂子，足下穿着一双紫色皮鞋，宛然是一副学生样子，便道："李小姐，这份装束很好。"李香絮不知道答复什么，就向金子原一笑。这时，杨露珠出来了，见过了礼。她手上拿着一封信，笑道："现在我们聘请李小姐当顾问，信在这里。另外这个月薪水，我也拿来了。以后，每月在出纳手上拿。"说着话时，她又从身上摸出一个纸包，同那封信一齐交给李香絮。李香絮长这么大，不知钱是怎样挣的，现在钱和信全拿在手上，自己却在这里疑心，钱是这样容易挣的吗？当然，这里有些手续，陶花朝已经告诉她了。她立刻向金子原三鞠躬，口里连说"谢谢"。金子原笑道："这也用不着谢，以后见面的日子多，看看谁谢谁吧！"杨露珠听着，只觉这位专员又在李香絮身上打主意。本来金子原把顾问给二人充当，也是打主意之一。可是何必这样忙呢？这位专员专是打金子、女子的主意，真是难以伺候。陶花朝也站起来，说道："这话说得不错，以后见面的日子还长呢。"金子原道："昨天我不是接到两份公事吗？这公事与陶小姐也有份，我拿给你看看。"

　　说着，他走进房去，拿了一个扁扁的纸包出来，笑道："小姐，你看看。"说着，就把纸包递给陶花朝。她接过纸包来，上面写着陶小姐密启。摸摸纸包的里面，硬邦邦的。自己便拿着纸包，走到沙发后面去，赶快将纸包口子拆开。抽出东西来一看，原来是自己演话剧时候拍的。一张照片，这很不算什么。不过里面还有一张小的，急忙也抽出来一看，这不由得自己脸上红了一阵。这是她充当舞女的时候，在一家外国人开的照相馆照的。当时自己虽然很勉强，但事后想起，管他那些，只要挣到钱就得了。不想事隔两三年，这照片依然存在。这多难为情！要是等专员说破，那就不好办了。始而羞，继而急，到后来就忍不住心中难过，几颗眼泪，由眼角里直落下来。但这是哭不得的，一哭大家都就知道了。这只有赖，说这是别人假冒她做的。于是将两张照片依然包好，掏出口袋里手绢擦着眼泪。很久的时候，才恢复了本来面目。于是手里拿着纸包，慢慢地抽身转来，望了金子原一笑。

这时金子原已和李香絮谈了很久的话，陶花朝虽然对他一笑，但是眼角眉毛尖上，依然露出一种无可奈何的神气，因道："这种公事，看了就算了，不要再提它了。"陶花朝慢慢地走了过来，笑道，"这是以前那些不相干的人造的谣，他们把我的小照……"这以下的话不大好接，因为在相片上，也有把头部割取下来，拼上别人一个身子，凑成另外一个人的。但是一来花朝不懂，二来真是花朝自己照的，所以她说是假的，却又说不出所以然来。金子原笑道："假的就假的吧，我把这封信给你，可以知道我取的是个什么态度了，以后你还是充当顾问。"陶花朝向前走了两步，向金子原深深地点个头。金子原笑道："坐下吧，在我这里吃午饭。李小姐为人实在好，对人总是一笑，这真合了俗话说的甜蜜蜜的。"

李香絮坐在对面一张沙发上，旁边是杨露珠；金子原坐在正中沙发上。她听了这样一说，笑着将身子一扭，靠着杨露珠这边，对她说道："我不会说话，杨小姐，我真是甜蜜蜜的吗？"杨露珠虽是对金子原一味顺从，可是心里总是醋劲很大的。金子原对陶花朝前几天也有一番迷恋，但现在似乎过去了，但是又来了一位李香絮，这该如何是好？自己盘算了一下，觉得对付李香絮，还是比较容易些，因笑道："我倒有个办法，觉得还好。李小姐就拜我们专员做兄长，自己算是个小妹妹吧。"李香絮还没有答言，这里金子原听着，连忙站起来拍手道："太妙了，太妙了！我要办一桌酒席来庆祝这件事。"李香絮是她爸爸叫来联络的，杨小姐这样一提，心里默念，只有拜干爹干妈的，哪里听到过拜干哥哥的？可是金专员对此，很感到趣味。而且认一个专员当兄长，这当然是体面事，就笑道："这不敢当。"杨露珠笑道："这何必说客气话！专员，这个妹妹认定了。你要办酒席，是哪一天？"金子原道："这何必问哪一天，就是今天，你愿意哪一家酒馆子？"他说这话，就含笑望着李香絮。

李香絮在这个时候，不知道怎样是好，只有对杨露珠微笑，一面对金子原轻声说道："不必了，我不曾请金专员，怎好叨扰金专员！"金子原道："谈不到什么叨扰，就是扰也应该的。"杨露珠心想，这样一句话，也不过取笑而已，谁知他倒真要请客。当时心里又估计了一阵，才道："这酒席，真的要到馆子里办，恐怕外面传出去，不太好。我看还是叫自己厨师傅做，倒便当一点儿。你尽管叫他们办得丰盛一些，都不要紧。"金子原一听杨露珠的话是对的。不然，一个接收专员，大摆筵席庆祝收了一个干妹子，虽然不一定被政界晓得，如果万一传出去，的确有点儿不好。想了一想，便道："那也好。今天中午已经来不及了，便是请吃晚饭吧。回头我通知伯同，是我们这里办事的都请。"李香絮听了金子原的言语，简直确定要办了，自己就把身子歪了一歪，向杨露珠道："好姐姐，这件事，我怎么办？"

杨露珠看她，真个没有了主意，这显得这个小人很可怜，便低声说道："这没什么，我会照应你，你跟我来。"说着，就站了起来，一只手将李香絮一拉，点头道，"你随我来呀。"李香絮被她这一拉，也就慢慢站了起来。杨露珠道："你站过来，对哥哥行礼，叫声哥哥。"李香絮站是站过来了，叫她行礼，她也只好对着上面，鞠了三个躬；可是要她叫声"哥哥"，却没有这样大的勇气。好在金子原站在上面，受了三鞠躬，当然也点头回礼。她有没有叫，自己却未听到，只是说道："好，好！我有一个好妹妹了！"杨露珠笑道："这是长兄，还有一个二兄，我叫来你见一见。"说着便按着壁上电铃，杏子进来了。杨露珠道："你请二爷来。"杏子答应着去了。李香絮自己本来没有什么主意，只是站着微笑。陶花朝在一边看到，一时不能插下语言，看到大家含笑，没有话说，便开口道："我给专员道喜吧！"杨露珠笑道："还有一个礼没有行完哩。"

大家正等着，金子平来了。金子平望着金子原问道："什么事？"杨露珠把身子往上一抬，手里牵着李香絮，笑道："我要给二爷道喜。这是李香絮小姐，就是专员新收的一位妹妹。刚才小妹对大哥已行过了礼，这要对二哥行礼。二爷，请你望里站。"这金子平也是专在女子身上搞花样的，现在看杨小姐的态度，料定分明是她弄的把戏，便笑道："很好，叫一声就是了。"杨露珠道："大礼不可少。"金子平就移上两步，杨露珠用手一拉，李香絮就站着三鞠躬。杨露珠刚要拉李小姐坐下，金子平道："李小姐你行过两个礼吧！另外还有一个礼。"李香絮站着再左右看看。金子平指着杨小姐道："这个是你未来的大嫂，你不该见礼吗？"李香絮听了，觉得心里一喜，便向杨露珠道："杨小姐，这话是真的吗？"金子平笑道："你太老实，这未来的大嫂，也可以乱说的吗？"李香絮笑道："那我真要见一见礼。"杨露珠的身份，家里人已经很明白了，所以也不避嫌疑，笑道："得了，叫叫就算了。"李香絮就站着行了三个鞠躬礼。杨露珠也笑嘻嘻地回礼。

这一下，陶花朝心里着实生气。原来他两个人已经订了婚。自己用尽了手段，虽然得了不少的钱，但毕竟扑了个空。不过金子原究竟还算不错，把自己那种见不得人的照片，居然退还了。自己坐在一边想着，脸上却晕红了几阵。杨露珠自然看到了，心中暗喜，心想我又战胜一个了，便道："我也该道喜呀。"说着向金子原、金子平道喜。陶花朝也就跟着道喜。金子原笑道："喜是道过了，我还没拿什么见面礼呢？露珠，你去把厨师傅找来，办得丰丰盛盛五桌席，今晚上大家在此乐上一乐。我去找点儿东西，给妹妹做见面礼。"说着，就跑进房去，先开了一张支票，约莫值五两金子的钱数。回头又在箱子里翻到两只玉鱼，约有两寸大小。鱼翅上面，还套了两根红丝线。他很高兴地拿了出去，见了李香絮，便走近一步先将支票交给她，说道："这一点儿小意思，妹妹可以拿去做衣服，或者买些化妆品。另外，这里有两只玉鱼，据说是明朝的东西，挂在身上，听听那窸窸窣窣的响声吧。"说毕，把玉鱼也交出来了。李香絮看着那玉鱼，说是古董，就算是古董吧。至于这样数目的支票，她却真没有想到。于是两手接着玉鱼和支票，向金子原又来一个鞠躬，笑道："这真谢谢你了。"

一会儿工夫，杨露珠由外面进来，笑道："从张丕诚起，一直到厨房里，他们都要进来为专员道喜，还要看看新收的妹妹。"金子原笑道："道喜可以不必了，看看新收的妹妹，这倒要得。"李香絮笑道："哟！这可使不得！我又没穿什么衣服，又不会说话。"杨露珠道："就是这样见人，蓝布大衫，干干净净，正是大学生的派头。至于不会说话，又来这么一句，贫得很！"金子原笑道："不会说话好，我是喜欢不会说话的。"这里话还没有说完，就听见外面道："恭喜恭喜！专员收这样一个好妹妹！"

随着说话的声音，只见张丕诚掀了门帘子进来。进来之后，先对金子原一鞠躬。回头见了李香絮，便笑道："小姐，你真有福气，现在是我们上司的妹妹了。"李香絮笑道："谢谢你！"张丕诚道："怎么谢谢我呢？"其实李香絮说谢谢他，也自有她的理由。她不是佟北湖勾通张丕诚，介绍她和陶花朝前来的吗？如今一帆风顺，做了金子原的妹妹，这还不应当谢谢介绍人吗？可是她没有法子把心情说出来。金子原生怕李香絮不好意思，立刻伸手道："请坐请坐，

252

李小姐谢谢你，因为你有见面礼呢!"张丕诚道："见面礼，当然是有的。不过我们专员的见面礼，一定很重的，恐怕我们拿出来，会贻笑大方的呀!"这样说着，才把"谢谢你"一句话带过。

那杨露珠牵着李香絮一只手同坐，笑道："如今你就是我的妹子了。说到见面礼，那一对玉鱼，是非常好的古董，你要仔细赏玩。你哥哥将来还会替你选姑爷呢。"李香絮笑道："你别给我开玩笑，我是……"杨露珠连忙接着道："我是不会说话的。"金子原哈哈一笑，其余的人也都跟着哈哈大笑。陶花朝看到李香絮这番得意，同时杨露珠又以金子原未来的夫人自居，心里颇不好过。但是金子原是一只肥猪，今天不可得罪他，慢慢地肥肉里头也可以搞两块呢。因之她站在李香絮旁边，笑道："你这种态度最好，金专员就是喜欢这种人呢。我都应该和李小姐常在一块儿，学习学习。"李香絮也只是一笑。

正好刘伯同来了，当然又是一番道喜。随后，各房间里的人也来了，甚至如司机、勤务也都来了。金子原倒甚为欢喜，便向杨露珠道："快开午饭了，厨房里还有什么菜吗?"杨露珠笑道："这点儿事，不用专员烦心，我都安排好了。妹妹，你就在这里吃午饭，不用回去了。"李香絮道："我应当回去一下才妥当。"杨露珠道："我晓得，回去把这些事告诉父母。有给你的信，还有一对玉鱼等，一起交给妈妈。再就是换了衣服，坐了车子回来。到了晚上，这里满堂宾客，都等着看我这花枝招展的新妹妹呢你说，我猜得对不对?"李香絮笑道："猜得倒是对。"杨露珠道："这里吃过饭，随便派人到你府上去送个信，有的是车子，一会儿就到，这还费什么心？至于衣服，只要你这位专员哥哥，打电话向各公司一问，有合适的没有，有就送来。不用说你这位哥哥，就是我——"说着，右手伸出一个食指，指着自己鼻子道："小小的东，我也垫得起。"这句话，最让李香絮满意，她有了这样一个嫂嫂，比得了那个顾问，还要亲切，因笑道："这不好吧，又要杨小姐花钱。"正好金子原去接电话，杨露珠看看沙发前后，正没有人，便笑道："这算什么？你记着，只要你认定了，是金子原的妹妹，包你好处还多着呢！"李香絮道："我叫一声姐姐吧，你的话，我一定记住。"杨露珠拉着她的手道："好的，你要衣服，我去替你办。"说着话，果真去打电话了。杨露珠此一行动，刘伯同有些敏感，知道李香絮拜金子原做兄长，这里很有点儿意思，便赶快打电话回家，告诉太太买些什么。刘伯同这样一做，当然张丕诚知道了，也就去办了。陶花朝看在眼里，也不肯示弱，她立刻上街，买了一份衣料回来。金子原最喜欢热闹，见到这些人只管买东西，极为满意。这样一来，道喜的人，就都送了礼了。

吃午饭，那是金公馆的便餐，这里也用不着细述。午饭以后，公司里拿来了十多件衣服，还有七八件皮大衣，向金公馆门房一送，门房就把这些衣服又向内客厅一送。杨露珠看到东西，就拉着李香絮，笑道："这些衣服，随便挑上几件吧。这皮大衣是二爷送的。这旗袍是我送的。不要客气，拣你中意的挑。"李香絮笑道："姐姐，这我怎么敢当呢？"金子平也在内客厅里衔着纸烟，坐在沙发上，笑道："李小姐，我做了一个二哥，难道皮大衣还送不起吗？挑！"李香絮向前一看，几件大衣，堆在大沙发上，其中有猞猁的，有灰鼠的，有狐狸的。看去件件都好，哪一件最值钱，可就不知道。自己把一个右手指头，放在嘴唇边，想了很久很久，才道："我要狐皮的吧！"杨露珠道："就是狐皮的吧。还有几件旗袍，你要哪一件？"看时，在沙发那头，也折叠着几件衣服，颜色也很齐全。李香絮道："又要我挑吗？"杨露珠站在李香絮身边，静想了一想，笑道："我好糊涂，这里能够挑衣服换吗？来！"她说着，就把几件衣服一抱，笑道："我们到你令兄房里去试试。"她走在前面，李香絮跟在后头，一齐到办公室里去了。

金子原在内客厅里坐着。客人只有陶花朝和金子平。金子原道："她去换衣服，我猜着，若是衣服合身的话，一定拣那件淡绿色、上面有深浓的竹叶的，因为李小姐的脾气最爱这个。"陶花朝道："金专员猜着了，的确是这样。"金子原笑道："我们等一下，再评论吧。"金子平也笑笑。果然，过了一会儿，李香絮穿了一件淡绿的驼绒袍走了出来。金子原拍手叫道："妙，太好了。这就是何可一日无此君啰！"李香絮这倒有些不好意思，笑道："我看这件雅致些，穿上也刚合身。"金子平道："很好，哥哥刚才所说何可一日无此君，此君就是竹子。"杨露珠跟在后面，也是嘻嘻地笑。

这时，许多人送的东西就一窝蜂似的拿到内客厅里来。多数是纸包的扁扁的一个，当然都是绸料。李香絮拉着杨露珠的手道："姐姐，这真不敢当，我看还是璧还吧。"金子原道："我们妹妹，的确不错，马上就说了璧还呢。"忽听得客厅外面有人开言道："这个可璧还不得。"说着，就见佟北湖走了进来，后面还跟来两个人，一个抱了几个纸包，一个捧着一个极大的银盾，都放在大家送礼的包裹当中。佟北湖向金子原三鞠躬，向金子平也三鞠躬。后来看到李香絮站在沙发后面，因笑道："李小姐，现在是金小姐，请升几步，这里好向金小姐道喜！"李香絮道："我们是极熟的人，何必客气。"佟北湖道："越是熟人，越是大礼不敢忽略。"杨露珠将她一拉，扯到沙发外面。佟北湖真不马虎，果然鞠了三个躬，然后说道："你叫人送回去的东西，你父母收到了。他两人真是喜从天降，还托我转达这里专员，就是小孩子蒙专员如此厚爱，真是感激得不可言状，叫小姐少喝一点儿酒。"李香絮听了这番话，心中当然很欢喜。金子原道："我看，这银盾是真的。北湖何必送这样重的礼！"佟北湖道："不重不重，聊表心意罢了。"

一番喜气，充满了客厅。当时金子原也忘了他是个接收专员，这些送礼道贺的人，有几个也忘了自己是汉奸。他们就痛快地玩笑一番。这个日子，是很容易混过的。五桌酒席，有两席设在内客厅，一席设在膳厅，两席设在前面客厅。金子原一席，自然是在膳厅里了。这一席，有金子原、金子平、杨露珠和李香絮，余外，便是陶花朝、佟北湖、刘伯同、张丕诚几个人，正好八个人。依着金子原本意，想拉李香絮坐在一处。后来在入席时候，金子平道："今日受贺，要序个家庭长幼之礼。我推大哥坐主位，杨小姐坐第七席。李小姐坐在杨小姐上手。"杨露珠就是因为金子原不明不白地对付自己，心里总过不去，现在金子平序家庭大小之礼，自己就排在和主人一块儿，心里自然又是一快。她站在椅子后面，笑道："不！就随便坐坐吧。"刘伯同经过一度谈话，已经知道杨露珠就要和金子原结婚，便道："二爷说的话，最是公正，推了反嫌不好。"杨露珠道："那么，二爷自己呢？"金子平笑道："我是今天……"说着，将李香絮一指道："这位小姐的二哥，当然是第六席。至于这首席，自然让陶小姐了。"大家同声叫好，看看金子原，也随众哈哈一笑。

这番宴席，当然是很愉快的。席间，金子原、李香絮也向各席敬了一杯酒。后来酒席将完，金子原又要李香絮一路向各席敬酒道谢。杨露珠暗中扯扯李香絮的衣襟，口里轻轻叫道："去去，这还是应当去的。"李香絮今天喜欢得不知怎样才好，但是她有个笨主意，总是听这未来的金太太的话。就端了一杯酒，跟着金子原走。要论起酒量来，金子原原本来就属有限。这时他说到各席去敬酒，就觉两腿不听自己指挥，仿佛有点儿不踏实地，有点儿摇晃晃的。但是自己还是竭力挣扎，大步向各席走去。走到客厅，手上端了一只杯子，向两席上的客人道："各位多礼，我同妹子向各位再敬一杯。"两席人统统站起，都举杯相陪。李香絮也举杯抿了一下。

这时就有人说道："李小姐这杯酒，没有喝。我们对专员这两杯酒，用二十杯酒相陪，李小姐举起来不喝，似乎说不过去。"李香絮笑道："我真不会喝，对不起各位。"又有人道："那我们就这样站

256

着，不喝酒我们不坐下去。"这一说，两席的人都一律附和。金子原就走过来一步，看看李香絮杯子里，还是满满一杯子葡萄酒，因笑道："这葡萄酒不要紧。你喝了吧!"李香絮回头，对金子原一笑，低声道："我真不会喝。"金子原见她一笑，露出朱红嘴唇里两粒小白牙齿，便笑道："我替你喝了吧。"他就一低头就着李香絮的杯子，李香絮就恭恭敬敬把一杯酒双手捧着。金子原十分高兴，一下喝干，然后抬起头来道："我喝了，各位算不算?"各位还待说话，只见杨露珠很快地追来，笑道："专员可不能喝了。你们看他的神气!"说着，向金子原身上一指。众人看金子原真有醉的样子，大家就是一笑，这才混过去。

杨露珠伸手扶着金子原，笑道："你大概真有点儿醉了，回席去吧。"金子原道："不能够，前面还有两席，我一定……一定要到。"杨露珠听他说话，已经是结结巴巴，便道："好! 我陪你去。"金子原对她这话，也没有怎么答，一只手拉着杨露珠，一只手拿着一只空酒杯，就举起手摇摇摆摆向李香絮道："妹子，你扶了我这只手，似乎有一点儿……一点儿醉。"他说着，也不问她同意不同意，就伸手向李香絮肩膀上扶。李香絮也不好说什么，何况他又醉了? 两个人就这样走回房去。金子原道："不回房去，咱俩向前面两席敬酒去。"杨露珠、李香絮只好掀开帘子，顺着走廊，慢慢向前面客厅里去。这时，金子平也赶快追出来，远远看去，见左面扶住金子原的是杨露珠，右面正扶着李香絮，便笑道："大哥，绿叶不禁扶呀!"金子原道："绿叶不禁扶? 不，绿叶……"他说不下去了，仍然搭住李香絮的肩膀，一直向前走。走到前面客厅，掀开棉门帘子，便向这两席客人说道："各位，多礼，我来敬客……各位一盅酒。"说着，他拿开搭住李香絮一只手，抱着一只空杯子，笑着像唱戏似的叫道："酒来!"金子平也进来了，笑道："敬他们的酒，我来吧。你进房去休息。"这时，金子原又拿着那只手搭住李香絮的肩膀，笑道：

"二弟对着我说，绿叶不禁扶，你看，这话……"李香絮只是红着脸，不好说什么。杨露珠道："是禁扶的，回房去休息吧。"金子原哈哈一笑，两个人夹住他走了。

第二十三回

酣醉隔宵封房赠弱妹
言谈终日缩地看尊兄

　　杨露珠和李香絮扶着金子原回到房间里，他已经不能走路，差不多是由她们抱进来的。所以一到房里，就把他向床上一放。他还穿着一身西服，没有脱皮鞋，就这样横躺在床上，两只脚放在床边。他叫了一声香絮，以后就没有声音了。李香絮和杨露珠都站在床边。李香絮红着脸问道："专员叫我，可有什么事情吗？"杨露珠向她望了望，便道："没有什么事。他醉了，不过是口里乱喊罢了。"这时金公馆的人正在川流不息地前来问候，金子原含糊答应人家问话，后来就睡熟了。杏子和杨露珠才替他脱衣服，把他轻轻地移正身子，并给他盖上被头。李香絮站在杨露珠身后，和他亲近一点儿，那很不好，要是疏远一点儿，今天这些人来恭贺，看了也不好，所以发呆站在这儿。

　　杨露珠把金子原伺候完了，就转身望着李香絮道："妹妹，你看这个醉人，怎么样？"李香絮道："我真过意不去。"杨露珠笑道："过意不去，又打算怎么样？"李香絮慢吞吞地道："过意不去就是过意不去了。"杨露珠道："我们到外面去坐吧，让他喝醉了的人好好睡这么一晚上，明天就好了。"说着慢慢向外走，李香絮也跟了出来。杨露珠道："这一闹，恐怕你没有吃饱。席是散了，叫厨房给你弄点儿东西来吃吧。"李香絮道："我吃饱了。"杨露珠道："妹妹，你千万不要客气，这里要点儿东西来吃，倒是很便当的。"李香絮道:"真的吃饱了。除非杨小姐没有吃饱。"杨露珠将她让在沙发上坐了，自己也在一旁相陪。

李香絮将杨露珠周身一望，问道:"杨小姐有什么指教吗?"杨露珠道:"指教我是不敢当。你知道他认你做妹妹，这里有什么用意吗?"李香絮红着脸道:"我……我是不知道的。"杨露珠笑道:"知道你是知道的。可是你……我猜着，也是不愿意的。你的父母又偏偏要你来。本来他是叫你和陶花朝一样，弄一个顾问名义，天天陪他玩儿。可惜花朝这个人一来就玩儿了很多花样，叫他花了好多钱。而且花朝为人，你也许知道，陪专员玩玩儿，那她也是不在乎的。可是你是一位姑娘，而且为人很率真，也不会玩花样。所以他刚要说你只管来，我就提议收你做个妹妹。收你做妹妹，这可以说是真话，也可以说是玩话。但是我们这位——"说着，向里边房间一指，然后说道，"他倒是很认真，真个收你做妹妹。做了妹妹以后，那更好办了。我想既是这样，索性给这事情一闹，闹得通屋皆知。他是个大官，也许他不敢胡作乱为了。所以有些事，是我鼓动起来的。还有金子平，看到他哥哥只管弄女人，也觉得不好，倒是和我站在一边。这些事，你明白了吧?"李香絮听了这些话，连忙站起来，对杨小姐一鞠躬，微笑道:"杨小姐这些话，我真感激，谢谢你!"

杨露珠道:"坐下吧。这位专员是很难伺候的。从前我不知道，有事只管硬挺，结果，总是失败。所以我后来变了，遇事总是将就，这倒弄得他把我丢不开。你明白了这内情，也许好应付一点儿。妹妹，他是一个接收专员，专员就是一个大钦差啊!"李香絮问道:"姐姐，你的婚期在哪天呢? 那是更要热闹一场了!"杨露珠长叹了一口气道:"就是这件事，让我不满意。可是我有我的困难，又不让我等。"李香絮还不知道她究竟是怎么回事，正要问个所以然，但是房门外忽然响起脚步声，这就听到陶花朝道:"杨小姐，专员好些了吗?"杨露珠道:"他睡着了。进来吧，我们可以乱谈一起。"陶花

260

朝随即走了进来，两个人都起身让座。陶花朝道："不坐了，我要回去了，李小姐回去吗？"李香絮道："我还要和杨小姐谈一谈。"陶花朝道："那我就不进去看专员了，坐了张丕诚的车子走，比喊三轮车方便些。"说完，就转身走了。

杨露珠就和李香絮谈了一阵，心想，金子原丢了陶花朝，又似乎看上了李香絮。虽然这个李香絮容易对付点儿，不过说话总应当谨慎一点儿才好。李香絮这时好像站在自己这一边，但是过几天，也许金子原会给她大批的钱，那时就不会听我的话了。想到这里，就问李香絮道："妹妹，你看我的意思怎么样？"当然，这时李香絮只觉杨露珠样样都好，不住向她表示谢意。两人谈到十点钟，去看金子原还是睡得很熟。李香絮就问道："我想回去，明天早上再来，现在专员睡得很香，我可以走了吗？"杨露珠道："本来你要走，向他告别一声，他还是喜欢这一套的。不过他酒醒过来，最早也要半夜，时间太长了，那你还是走吧。"李香絮细声道："姐姐，你几点钟走？"杨露珠又长叹了一声，接着道："我这个身子，不是我的了。"李香絮也不便再问，因道："我明早来时，能到内客厅里来吗？"杨露珠笑道："岂但内客厅里你能到，哪里你都能到。"李香絮道："叫他们雇两辆车子，一辆车装东西，一辆……"杨露珠道："你还雇人力车做什么？这里有的是汽车，爱坐哪辆，就坐哪辆。你现在是专员的妹妹了。"李香絮听了，扑哧一笑。杨露珠这就按着铃，告诉他们开车，送李小姐回去。于是来两个人把堆在内客厅一些东西，分作几次搬了出去。李香絮穿着淡绿绸子旗袍，外套着灰狐大衣，比上午穿着蓝布衫子，当然是两个人了。说了一声"再见"，杨露珠起身相送，走到内客厅，就道："你明天几时来，好差车子去接你。"李香絮一面走，一面答道："我明天几时来还没定，不用来接了。"说完，车子就开了。

金子原一觉醒来，已经是六点钟了。自己回想一下，觉得那样两个美人夹着自己走，未免有一点放浪形骸，也便哈哈一笑。杨露珠被这笑声惊醒，一个翻身爬起，问道："你的酒醒了吗？"金子原看她穿了一件紫红绸子睡衣，就道："你倒杯茶给我喝，回想昨晚情形，我是有一点儿，有一点儿不对吧？"杨露珠笑着下床，连忙倒了一杯热茶给他喝。金子原懒洋洋睡在枕头上，看到茶送过来，才慢慢地支起身子接过一口喝干，便道："这茶味很好，还是热的，杏子还没有睡吗？"杨露珠站在床面前笑道："人家还没有睡，那今天就不用起床了。现在六点多钟，好多人都已起来了。我是一晚没有睡的，就穿了睡衣，在你脚头打了个盹。我早给你泡上了一壶茶，温水瓶里也都沏上了开水，所以你要喝茶，什么时候都有。"金子原道："那真是多谢了，你再给我一杯。"杨露珠又替他斟了一满杯。金子原接过了茶杯，便道："时间还早，你睡一觉吧。"杨露珠站在床前，等候拿空茶杯子，因笑道："你别心疼我了，你自己睡一觉吧！刘伯同昨天下午告诉我说，佟北湖那次开了一张单子，十几处房屋要封起来才好，因为那些都是些汉奸产业，房主人又不住在里面，所以人家不知道。"金子原道："昨天你没有告诉我。"杨露珠道："昨天是你大喜的日子，我告诉你，你又要分神清查这些事，那就不凑趣了。李小姐在这里留到十一点敲过，我才催她回去了。她说，今天一早就来。我现在报告完了，还有什么事吗？"金子原看到杨露珠这回非常尽力，也就不说什么，重新睡了。

金子原二次醒来，已经十点钟了。他的精神还没有十分复原。梳洗完毕，便和杨露珠两个人对坐喝茶。一会儿杏子走了进来，笑道："李小姐早就来了，因为二位没有起床。"金子原道："请她快快进来。"只见李香絮笑着进来，对金子原道："专员酒醒了？"金子原笑道："昨日一会，真是好，虽然一醉，那也很好。李小姐觉得怎么样？"李香絮笑道："专员喝得酩酊大醉，当然高兴。不过专员只管称李小姐，这个称呼有些不敢当，以后就叫名字吧。"金子原道："很好，不过你也不要称我作专员才是。"李香絮道："可是杨小姐也称你专员呢。"金子原、杨露珠都哈哈大笑。金子原道："露珠在没有人的时候是称呼我的名字的。以后你就叫我大哥吧！"杨露珠坐在金子原前面，正好金子原看不见她的脸色，她就将眼睛轻轻一闪，笑道："对的，以后无论在人前，或者没有人，都叫他大哥，还有二爷，你就叫他二哥。"李香絮笑着，就在杨露珠身旁坐下。金子原道："我们先吃些点心，回头我还要谈点儿正事。这个，香絮也可以听听。"李香絮答应一声"是"。

一个钟头以后，这里就有刘伯同、张丕诚在座了。刘伯同也列了一张单子，单子上面有些红圈。他在办公桌上展开，指着单子说道："这打红圈的地方，就是马上可以封的，因为这些地方都是大汉奸买的产业。有些地方是出租给小汉奸住的，所以我们最初不知道是大汉奸的。"金子原把单子看过，笑道："既是这样，今天下午带些封条，把这些房屋封了就是。"说着，他又对那坐在办公桌子旁边的李香絮说道："你瞧瞧，有好房子，分给你一所住。"

李香絮心想，昨天送的礼，已经值不少钱，花钱这件事，接收人员真是不在乎的。如今叫我分一所房子住，大概金子原说的话，不会是假的。于是打开单子逐一看去。看到第六行，上面正打上了一个红圈。仔细一看，正是她外婆家。立刻脸上一红，无心再看下去，将单子交回桌上。金子原道："咦！香絮，你这样子，好像这单子与你不利似的。"李香絮正正经经道："这单子既然是大汉奸买的，纵然里面住的不是汉奸，那自然也应当封闭的。"金子原道："果然与你不利，是哪一家呢？"李香絮道："就是第六家，我舅舅住在那里。"金子原笑道："这有什么要紧？既然不是你舅舅的产业，封房子也封不着你舅舅。"李香絮道："这是当然，但是我舅舅大概同那原来房主平常有些来往。"金子原道："这也无所谓吗？"李香絮谈到这里，有些为难。要是说舅舅真是汉奸，这有些不好出口；要是不说，舅舅为什么和原来房主有些来往呢？她想不出主意来，只顾皱着眉头，把两手交叉着。

金子原这就明白了，望了她笑道："这不要紧！反正封房子是另外一件事。这样吧——"说着，就对刘伯同笑道，"你回头带人去封房子的时候也带着香絮一路去，让她去对舅舅说，封房子与她舅舅没有什么关系。这房子有多少间呢？"刘伯同道："不算大，三个院子，看起来是个上……"说到这里，望见李香絮还是紧皱眉头，便改口道："也不算上等住宅。"金子原就对李香絮道："这房子就送给你吧？至于多少钱，我这里付，你就不必问了。"这真是李香絮想不到的事，这一所房子价钱很大，金子原一说送给她，这不但使她两道眉毛不用系疙瘩，而且心中一喜欢，立即冲上眼角眉尖，便忍不住笑道："哎哟，金专……大哥，这真是不敢当呀！"他听到李香絮改口称他大哥，心中一喜，因笑道："香絮，我做大哥的送你一所房子，这还送得起。不信，问你大嫂。"说着，他将手对杨露珠一指。杨露珠脸上带一点儿红色，有几分不好意思。但想到张丕诚在这里，这样叫明了，也很好。因此就对李香絮笑了一笑。

李香絮想了一想，不知道怎么谢他们二位，便道："大哥大嫂，我应当谢谢你们。"金子原听了，还来不及说话，李香絮就向二位各鞠了三个躬。金子原倒也罢了，唯有杨露珠，却是第一次受人家称着大嫂鞠躬，而且当着许多人面前，真有点儿不好意思。但是身居名正言顺的大嫂，这就不怕张丕诚再使美人计了。不过一点儿仪式没有，自己就被人称着嫂嫂，这似乎不妥。但是尽管这样，却是不敢说不是嫂嫂。想着想着，就站起来笑道："香絮这么多礼。大哥把一所房子给你，这是应当的，因为妹妹出嫁，不是要添嫁妆吗？"李香絮这时熟悉多了，鼓着嘴道："大嫂总不说正经话！"杨露珠笑道："这还不是正经话吗？"于是大家一乐。金子原向刘伯同道："回头你记着要带香絮去。还有什么事要交代一下吗？"张丕诚道："几家住户，名声都不大好，也应当查一下。自然，这个单子上第六号，暂予免议。"这样一说，大家又是一乐。金子原道："好吧！你们去查封房子，那里所住一些人家，也是汉奸，他们的东西，也不许乱动。明天，你们再向我报告，如有问题，以后再议。"说到这里，这会议就算告一段落了。

开过会，已是吃午饭的时候。这番李香絮也熟了，而且专员真的做了兄长，自己也觉得阔起来。吃过饭，就和刘伯同一路，去封房子。金子原坐在办公室边，自己想了一想，这李香絮已经落到自己手里，而且极容易对付，这迟早是我的，不必去挂心。现在只有刘素兰这个人，她瞧着我似乎不怎么理睬，但是我要找她，她也能勉强出来一次，这人很难缠。不管她家和佟北湖好像很熟，也不管汉奸不汉奸，我这就打电话给她。这样想着，正要打电话，可是勤务忽然进来报告，说陈六爷来访，现时在外客厅。这陈六爷是让金子原发过很大的财的，是不能得罪的，便道："快请到里面来坐。"一下子陈六爷进来，他在外边脱了大衣，只穿了一件黑仔羔袍子，人在窗户外，就两手拱着道："恭喜恭喜，双喜临门！"金子原笑道："老兄总爱说俏皮话，请到房里来坐吧。"杨露珠知道陈六前来，又是送来一笔财喜，就避到里面房间去。陈六进到办公室里，又拱手道："不是双喜临门吗？听说你已经和杨小姐订婚，此外又收了一个小妹妹。"金子原拉他坐在沙发上，自己也过来相陪，笑道："老兄真是有耳报神。"陈六笑道："确不确？"金子原道："自然是确的。"陈六听了，哈哈一笑。

这时，正好杏子送茶过来。陈六一见，对她说道："金公馆不错吧？"杏子含笑，说声"谢谢"出去了。陈六见屋子里没人，便道："无事不登三宝殿，你知道我是来干什么的？"金子原道："自然有所赐教。"陈六道："我想问你一声，兄收的金子，现在还有多少？"金子原道："就是这事，我感到不足，到今天只收到二百多条。"陈六道："老兄，我不是外人，我为了要做金子生意，所以不巧不打听。老兄公馆里存有多少条？"金子原道："当然不瞒你老兄，存货尚多，有四百多条。"陈六道："这就是了。这么多金条，还不够老兄跑一趟重庆吗？"金子原道："我原是想马上就跑一趟的。但是舍弟刚一下飞机，就对我说，重庆方面好多人注意，劝我缓一步。我想，虽然箱子上有封条，但是这封条在北平可以吓倒人，在重庆那就难说了。等一下也好。"陈六道："等一下？这要等多久呢？"金子原道："过久了，事情不大好，我也是这样想。看着这方面金价，也天天在涨。"陈六道："这不得了！现在金子，又比我们初次提议向重庆去跑一趟时，价钱要上涨一万吧？再过几天，恐怕还要涨。你是要把金条完全搁起，不想一条变两条的办法，那就算了；要是你还想这样做，现在就是问你，是想往重庆再跑一趟呢，还是算了？"

他说这话时，想要发财的人，听来总是很舒服的。金子原就把纸烟递给他一根，还是表示不慌不忙，从衣袋里取出打火机来打着火，替他点了烟。陈六吸着香烟就道："到底去也不去呀？看你好像胸有成竹似的。"金子原道："岂能不去？我在这里计划着，能带多少走呢？"陈六道："我想不能带多，只各带三百条就够了。因为上一次，那人已经说了，下次带少点儿，也许可以混过。他既是这样说了，我们就少带一点儿，也许下次我们更熟了。"金子原也衔了一支烟，好一会儿才喷出烟来，笑道："老兄，还是跑一趟吧。哪天走呢？"陈六道："这就要问老兄了，我想飞机场里，现在总知道金公馆是什么地方吧？打一个电话，公司也好，飞机场上也好，那总会留座位的。"金子原吸着烟，眼望了月份牌，然后答道："我想，明天走是来不及了，就是后天吧。你银行里派哪个去？"陈六道："我是总想去一回重庆，但是抽不出身来，那还是由吴襄理去吧。"金子原道："就是这样，一言为定。既是后天要走，我叫子平来商议商

266

议。"陈六当然点点头。

金子原一按铃，一会儿见杏子进来，告诉她请二爷。二爷来了，金子原让他坐下，告诉六爷的意见，决定带三百条走。金子平道："这个意见很好。换得法币，我很快就转回北平来。我也很爱北平这地方。"陈六道："二爷也很爱这地方，我想二爷，也在这里找到了爱人吧？"金子平道："我来北平才几天，在这极短时期内就找到爱人，天下有这样容易事吗？"陈六道："那也不见得吧？不用远比，你瞧你大哥。"金子平笑道："这又当别论了。"金子原就哈哈一笑，因道："兄弟是碰得巧而已，但是刘素兰却很不随和。"陈六又取了一支烟，顿了一顿，看了金子原一眼，笑道："很不随和，是说她不到金公馆问安吧？"金子原笑道："老兄总是这样说俏皮话！"

这时，正好金子平有事，起身走了。陈六看着屋子里没人，因笑道："这很容易办。回头我亲自到她家去一趟，就说她那幢房子以及家中用的东西，都要实行查封。说你对这件事很为难，正在考虑。我这样一说，明天她准要来。"金子原道："她来不来，那也没有多大关系，不过她不应该在我们身边卖大。"陈六哈哈笑道："她老子是个汉奸，她怎样大得起来！这事我保险，准来。"金子原道："你老兄怎么认得她家？"陈六笑道："我们吃银行饭的人，这班日本底下的人，岂有不认得的道理？"金子原想了一想，笑道："若是她要来的话，我看就是大后天上午吧。因为明天我要跑这么一天，后天上午，舍弟要走。这两天总算有一点儿事。还有一层，似乎不必让许多人知道。"陈六道："哦！所以你要定在大后天。我不管你定的哪一天，准行。——还有什么事要小弟帮忙的？"金子原道："你老兄要这么说，兄弟就不敢当了。还有一件事，须与老兄商量，就是那个佟北湖，是一个真正不打折扣的汉奸。可是我这里，他是跑得最起劲。当然他是无事不敢来见我的，然而许多人都和他有来往，而且还替他说了许多不得已的话，我要不睬他，面子上又下不来。

你看这事应当怎样办?"陈六道:"那有什么难办的?你接收大员,只好办些接收的事;至于抓人,你管不着。来就让他来得了。也许这里,他有帮忙的地方,他能登门来帮忙,那就很好了。至于你说抹不下面子,他做汉奸,国家都要断送,这还讲什么面子!"金子原轻轻拍两下腿,就道:"这办法很好!"

这时却听到里面房子里,轻轻地有人咳嗽了两声。陈六把话打断,问道:"这里面还有人吗?"金子原向里望了一望,笑道:"没有关系。"陈六笑道:"里面一定是新嫂夫人了。"金子原道:"我们还没有结婚。"陈六道:"结婚不是很容易的事吗?只要你说一声已经结了婚,这就得了。请新嫂夫人出来,我已经见过的,不必避嫌了。"金子原也笑道:"你出来吧。"杨露珠只好走出来。陈六看去,她穿一件墨绿芙蓉花的旗袍,脸上抹了胭脂粉。出来之后,给陈六行一个礼。陈六站起来笑道:"这个称呼,还是要考虑。称她杨秘书吧,不新鲜!称她新嫂嫂吧,怕又嫌早了一点儿。"杨露珠道:"六爷请坐吧,称呼我什么都可以,最好是叫我的名字。"陈六坐下来,笑道:"这越发不敢,这个名字专员叫着最妥当!"杨露珠也坐下,笑同金子原道:"刚才陈六爷说,后天就要叫二爷走,来得及吗?"金子原道:"只是随便带些东西走罢了,你是不是还要带一篓橘子?"杨露珠道:"还要带一篓广柑。"

这就听到金子平在外边插言道:"这我办得到,不过要是行李过重的话,又要加费用。"说着,走进房来。陈六道:"你知道杨小姐快要做夫人了吗?你做兄弟的,就带一篓广柑和一篓橘子,孝敬刚来的嫂嫂,那也是应当的。"杨露珠最爱人称她为"夫人",因为"夫人"这个称呼,平常女人是得不着的。尽管这班人还称她为小姐。那究竟是普通称呼。因此陈六说的她快要做夫人这句话,却使她十分欢喜,好像那两弯长眉都能够飞舞似的。她笑道:"将来我要得着广柑,总要分几斤给六爷的。"金子平坐下来,随口道:"好的。

不过要请六爷，告诉我一个缩地法，今天晚上，我就将广柑带来。"陈六道："我没有缩地法，令兄却真有。令兄要是有急事，打个密电要飞机，这就有飞机向北平飞来，有了飞机，你说要到哪里去不能？这就是缩地法。"金子原道："接收员有这样大的魔力，那就好了。不过有几位大员真要上重庆有大事禀报，这我去一个电报，或者会派一架飞机来接，也许有之。"陈六哈哈一笑，向金子平说道："我不过有这样一个猜法，果然我们专员还可以请得到飞机，那缩地真正有方了。好了，我们看令兄的吧。"

杨露珠这就站起身来，笑道："陈六爷谈了这样久，就请吃了便饭再走吧？我们的厨师傅，不知道弄得口味对不对，不过究是我们一点儿诚意。"陈六道："言重言重！好，我们更可以多谈一谈。"杨露珠走到内客厅里，把厨师傅找来，告诉他有位专员的密友，留在这里吃便饭，菜要做好一点儿。厨师傅答应去了。杨露珠看看去刷封条的人回来没有，就叫杏子问了一问。杏子道："早就回来了。刘伯同先生又用他的车子送李小姐回家一趟。李小姐也快回来了。"杨露珠坐在内客厅里沙发上想了一想，听刚才这位陈六说话，大后天刘素兰就要来。这几个女子，都是十八九岁，年纪不比自己大。一个一个的，都用手段对付，真是不易。不过这位刘小姐态度非常大方，想个什么法子来对付，一时却是想不出来。她正想着，李小姐果然又进来了。杨露珠连忙站起来，握着她一只手道："你来得很好。陈六爷在里面，你过来见见。"李香絮也来不及问是什么人，衣服也没有脱，就被推进房来。杨露珠指着陈六道："这是陈六爷。六爷，这是我们妹妹。"陈六一见，为之大吃一惊。

第二十四回

耳畔语音圆小栏独立
天边雪电到双翼高飞

这李香絮穿着玄狐大衣，露出里面淡青色的驼绒旗袍，烫着巴黎式的拖云式头发。她是和陈六的女儿很要好的女伴，当时陈六看到这女孩子长得美，曾暗地夸赞过几句。这女子现在竟和金子原混在一起，这不用说，迟早是金子原口里的一块肉了。他虽吃了一惊，但李香絮却不认识他。她既然进来了，就深深地一鞠躬。陈六赶快回礼道："这是金专员的令妹，很好。"金子原道："这孩子很聪明，可是又很本分。"陈六坐了下来，笑道："小姐，赶快坐下吧，我和你令兄，正计议着，我们这些人要到重庆去玩儿一趟。小姐，你若是有这兴致，也可以去一趟。"李香絮笑道："对不起，我先去换衣服。六爷这句话，那是很好的。"说了这句话，她便和杨露珠缩到里面屋子里去，不再出来了。陈六看到李香絮这种样子，便笑道："花开堪折直须折。专员兄应该懂得这个道理。"金子原因乃弟在当面，虽然玩女色不必避他，究竟不好意思。便笑道："她是认了我做兄长的。我兄不要乱说。"陈六道："这话是真的吗？那么，我替她做媒，你看怎样？"金子原没有说话，就哈哈一笑。

陈六在这里很快乐，六点半钟吃了一餐极丰盛的饭。这里杨小姐、李小姐都在座相陪。吃过饭，又闲谈了一会儿，陈六抓住金子原说明了明天什么事都丢开，先去跑一跑金子。金子原答应了一声"是"，方才告别。金子原回来，就自回卧室，向床上躺着，杨露珠跟着立到床边，就笑道："明天你又开始跑金条了。这回打算送我多少?"金子原拍着床笑道："你坐下，我对你说。"杨露珠将手一指隔壁屋子，回头将手摇了一摇，因为这时李香絮就在隔壁。金子原道："这回比前回你高升不知多少步了，金条完全是你的，也无所谓。"杨露珠笑道："说是有这么一说，不过事实上还是你的，一部分若果是我的，我要收着，压在箱子里。"金子原道："那也行，你要多少?"杨露珠伸了一个食指。金子原道："这当然不止一条，是十条吧? 那也很容易，你马上拿去都可以。"杨露珠笑道："你还得进一位。"金子原道："你要一百条金条，你拿了去干什么?"杨露珠笑道："如何，那东西尽是我的? 我只要一百条，你就吓了一跳。"金子原道："不是那样说，你要一百条，全压箱子底，这我岂能不问?"

杨露珠现时倒不在乎金子多少，只担心这名分问题，虽然这样传出去了，究竟还没有定妥，便道："金条不管你好多，反正跟着你，金条多少我都有份的，但是我们到天津去，定在哪一天呢?"金子原道："反正就在这个月里。"杨露珠道："反正这个月里，日子也不算多，可是你不明白?"说着，两手虚抱着肚子，然后笑道，"这个问题，如何解决，不是时间上越快越好一点儿吗?"提起后代问题，这倒是金子原最喜欢的。便笑道："既是这样，那就是一个礼拜吧。"杨露珠道："真的?"她在床面前走了一步，望着他的脸。金子原道："这有什么不真? 我对你，就算假的手段居多，但是你怀了孕，我还能假吗? 我还没有儿女，你是知道的。"杨露珠道："这样就好，我金条不要，存在你名下也是一样。"于是两个人都笑了。

金子原忽又想到李香絮，就拍着床道："香絮，你在外边屋子里吗? 快点儿进来，三个人谈得热闹些。"李香絮就走了进来。她看见杨露珠坐在床沿上，微微低着头，金子原却在床里边睡着。本来这副样子对小姐说来，是很不礼貌的。金子原虽然是自己的兄长，杨小姐是嫂嫂，在家里也得了父母的暗示，说金专员家只管闯，但心里还是有点儿顾虑，所以她慢慢走进来，离床几步路，就停下脚步笑道："我在办公室里看报。"金子原道："你怎样不进来坐？"杨露珠笑道："你不叫人家，人家是位小姐，敢进来吗？"金子原笑道："她是我的妹妹，那要什么紧呢？你能到，香絮也可以到。哈哈！"

这几句话，杨露珠听来觉得里面包括许多问题，但是不要点破，点破了反而不好。可是李香絮对于这些话，倒不认为说不得，含笑在椅子上坐下。金子原笑道："香絮，你见过金条没有？"李香絮道："听说过，没有见过。"金子原道："金条有好多样，有方块的，有圆块的，有长形的，还有一两重、几钱重，像小孩子玩儿的小石块。你既是没有见过，我这里有，不过是公家的，不要拿走得了。露珠，你把这床头保险箱子打开。杨露珠知道，金子原在一些女孩子当面是欢喜卖弄家私的。好在他说过了，这金子是公家的，这倒好一点儿！而且床头边的保险箱子，也不是闽金条最多的地方，他叫打开，那就打开吧！这时，金子原在裤袋里一掏，掏出一把钥匙，向杨露珠手上一塞。杨露珠道："妹妹，这是为你。不然，这个箱子，我也不敢打开。"她这样说着，先把手在门上面对字，对了转动好几回，然后把钥匙往门眼里一塞，锁门果然打开。接着就看箱子里，果然金条一块一块地朝上叠着，叠得像黄色棍子一样。

金子原道："香絮，你这可看见了吧？露珠，你拿一块，让香絮看看。"杨露珠将手往黄棍子上一摸，摸下一块十两重四方形的金条，往香絮身上一放。金子原道："这就是金条了，这是北平出产的，这东西很沉，带起来讨厌。露珠，这块你收起，把小块的，也让她瞧瞧。"杨露珠也不作声，又把那块金条收起，在黄棍子里边，伸手摸了一块，又交给李香絮。她看时，是块长方形的东西，上面刻了字，注明是二两三钱六分。金子原道："这是重庆出的东西，香絮，你觉得怎么样？"李香絮道："这倒很好玩儿的。"说时，只管在灯光下手托着细看，她虽是得了不少的东西，总觉得没有这金子更为动人。比如说一件狐皮大衣，这要论起价钱来，比这一小块金子，还要贵些，但是她觉得这金子更好玩儿。金子原笑道："既是很爱玩儿，这块金子就送给你吧。"李香絮手心托着金子，说道："这是公家的东西，你要负看守的责任啦。"金子原坐起来了，笑道："我说送给你，真的送给你。至于对公家，那我自有办法。"李香絮笑着站起来点点头道："那我真谢谢你了。"

杨露珠见李香絮这种作风，真有点儿小家子气。这小家子气的女子，遇到这样一位挥金如土的专员，上当不待明言。她锁了保险箱子，将钥匙交还了金子原，便道："我看，时间已经不早了，让李小姐回家吧。"说时，趁着金子原没有看见，将眼睛眨了两眨。李香絮会意，便起身要穿大衣，回头对金子原道："我可以回去了吧？"金子原一看墙上的钟，已经十一点半了，不放她走，她或者可以不走，不过明后天都有事，还是以后慢慢来吧，便道："好，你回去。有车子在门口等候，明天几点来？"李香絮道："你明天有事呀。"金子原道："我虽有事，你姐姐总在这里。你来了，姐姐好有一个伴。"李香絮道："我明天早上来吧。"说完，径自去了。

这里杨露珠为了金子原这样卖弄有金条，带笑说了他一番。金子原含笑受了。次日清早就出去到银行里以及有钱的人家，兜了个圈子，回头又弄好了两张飞机票。第三天上午九点半钟，就送金子平上飞机场。金子原交给他兄弟带这几百根金条，也没感觉有什么不妥的地方，只说叫乃弟到了目的地，最好打个电报回来，其余也不挂在心上。等他看到飞机起飞了，才慢慢回去。这也就快十一点钟了。金子原昨晚没有睡好，便又睡了一个钟头。醒来时，跑出去一看，李香絮正在他公事桌上写小字。金子原道："露珠呢？"李香絮道："她看见你已经睡了，回家去了，她说一下子就要回来的。"金子原笑道："那你为什么不叫我？"李香絮已经站起身来，笑道：

"你刚睡稳，又去叫你，那成什么话！"金子原笑道："你真是天真，露珠走了，你正好叫我。我正要洗脸，你到我房里来，咱们一边说话，一边洗脸。"这李香絮虽已得了许多好处，但心里也知道金子原给人好处，不是不要人家还礼的。她听见金子原说话，既不敢起身，也不敢答应，只是站在办公桌子边不动。金子原进了洗澡间，好久没有听到李香絮的声音，因喊道："香絮，你怎么不来呢？"李香絮听他的口气，好像有点儿生气，只好慢慢地进去。她进去不久，杨露珠就进来了，进了办公室没看到李香絮，自己停了一停没有响动，就喊道："妹妹，专员醒了吗？"说着，脱了大衣。李香絮连忙抢出来，脸色还是通红的。但是杨露珠毫不在意，也不问金子原到底醒了没有，只是笑道："你们还没有吃饭，该饿了，咱们就开饭吧。"她就轻描淡写地把这事混了过去。

这是金子原很感激的，当时三个人依旧说说笑笑，到了晚上十一点钟，又把车子送李香絮回去。但是金子原有点儿奇怪，分明告诉子平，他飞机到重庆以后，马上就打一个电报来。现在到了十一点钟，电报还没有来，这是什么缘故？问问航空公司，说是飞机早到重庆了，显然飞机没有出一点儿毛病。也许子平打电报慢了一点，明天早上总有电报前来吧？也就只好耐心一下了。金子原第二天九点钟才起床。洗过脸，正在喝茶，杏子就连忙进来告诉他道："专员，刘小姐已经在前面客厅里等候了。"金子原放下茶杯，站了起来，问道："是刘素兰刘小姐吗？"杏子道："是的。"金子原道："快点请她进来。"杏子答应着出去了。

金子原一想，这一定是陈六去传的话，她母亲对这事大为着急了。既是如此，我还得装得严肃一点儿，好像我这副担子，挑在肩膀上还很沉重似的才对。于是自己先到内客厅里来，架着腿在沙发上坐着，看重庆飞机运来的日报，一本正经，脸上一点儿笑容没有。杏子掀开门帘子，刘素兰穿着黑绸子旗袍，略微压一道红边，脸上淡淡搽了点儿粉，又微微在脸圈搽了一点儿胭脂。进来之后，老远地就对着金子原一鞠躬。金子原这才站起来，忍住着笑容，说道："刘小姐，好久不见了。"刘素兰道："没有过来问候，是刚刚害病好了，真是对不起。"金子原才带了微笑，让她在旁边坐下。杏子还倒了茶，摆了几碟点心，看这样子，好像是杨露珠叫摆上来的。但是杨露珠却躲在房里没有出来。金子原感到杨露珠一切不问，这倒是令人最满意的事情，便笑道："刘小姐今天清早就赶来，有什么事吗？"

刘素兰看金子原态度非常客气，但和平常不一样，见自己不大开玩笑，那就更可看到自己的家务有问题了，踌躇了一下，因道："当然我不能瞒着专员，就是我们住的房子以及要用的家具，听说重庆有电话来，催着查封。自然我们一家，重庆犯不着打电报来，必是有好几十家要实行查封，才有电报给金专员。"金子原道："对的，你府上就在内。老实说，如要实行查封房子，我就执行命令好了。这里面就是你府上和我有点儿私交，所以有些不好办。"刘素兰站了起来，就道："这真谢谢金专员！"金子原道："你坐下，我们不妨细谈一下。"刘素兰这又坐下，因道："金专员为我们的事，很是担心的。我今天就索性打扰金专员一番了。"金子原道："你怎么知道重庆有电报来？这非有人看见这个电报，绝不会知道重庆对这查封房子的事发了脾气的。"刘素兰虽然会说话，但是昨晚陈六告诉她家的话，绝不能和盘托出，因笑道："我猜是这样。就请专员千万费神。"金子原听了也是一笑。

刘素兰见金专员面上有了笑容，显然是精神愉快一些了，便道："专员费神，我们是很感激的，今天晚上，我请专员吃饭。"金子原笑道："这不好，今天晚上……"说着，想了一想，便道，"还是请我吃小馆子吧。至于什么时候，回头我再打电话告诉你。"刘素兰想着，金专员或者有什么秘密话，在这里不好说的吧，因问道："吃小馆子也成，要请些什么人，请专员告诉我，还是让我来请呢，还是专员代邀呢？"金子原细声道："至于请什么人，那再说吧！可是我想着最好一个外人都不请，就是你我两个。"刘素兰听他说最好一个客都不请，好像有些秘密话说，便道："好吧！"还要说什么话，这时办公室里，忽然走出了两个人来，一个是杨露珠，一个是李香絮。刘素兰赶快起身，和两个人分别握手。不过刘素兰今天是有事来的，和两个人不好说明，只能说些家常闲话罢了。

约莫谈了半点钟，就听见杨露珠道："现在快十一点钟了，在这里吃了午饭走吧？"刘素兰立刻站起来，便道："我还有事，过两日再来吧，现在我告别了。"金子原道："刘小姐的大衣呢？"刘素兰道："在外边客厅里，我自己会去穿。"刘素兰就向杨露珠、李香絮二人告辞，她一走，金子原也跟在后面。走到门口，刘素兰看着后面，说道："今天晚上，一定到小馆子里去吗？哪一家？"金子原道："我等会儿用电话告诉你，现在你不必问了。"刘素兰听到他这样说，心想这是什么地方，走在半路，回头又看了一看。只见金子原已是笑嘻嘻的，不像刚才那种样子了。自己也知道，这位专员专喜欢女子，自己还应当提防一二。这就走进外面客厅。可是金子原快走了两步，就把一件女子皮大衣提了起来，自己笑道："这件大衣，是刘小姐的吗？"刘素兰走到门边，连忙说道："是的，不敢当。"金子原哪里肯放下，拿了大衣两只肩膀所在，笑道："来吧，不要客气。"刘素兰看这样子，大概不能推辞，只好扭转身子，赶快穿起。掉转身来，就伸了右手，和金子原握了一握。这时，金子原被她摇撼着，竟舍不得放开。刘素兰觉得手被他紧握着，不大好，竭力摆脱开。说了声"再见"，就转身放快了步式走去。金子原看她走着，不觉也跟了出来。

这里两边也是走廊。他靠着走廊的栏杆，只管望着。刘素兰快要走到走廊的尽头，回过头来看看，这就看到金子原仍旧站着，将

276

眼睛对了自己看来。她觉得人家正在看她，不好意思就这样走过去，一点儿不理，就抬起一只右手，在空中招了两招，然后才走去了。金子原想道："这一招很有意思吧？记得唐诗里有如此一句：'小桃风雪凭阑干'，或者就是这种意思了。"虽然刘素兰随便将手一招，没有什么，但是他却只管想得出神。这时忽然耳边下有人道："天气很冷，在这里想什么呢？"原来杨露珠见金子原送客好久不回，特意跑来叫他回去。金子原道："我在这里念唐诗呢。回去也好。"说着，就同杨露珠一路走，走到公事房里，看见办公桌上有封电报，低问道："这电报是几时来的？"杨露珠道："刚才来的。因为全是密码，我们不能译。我猜这一定是二爷来的。"金子原一手拿了电报，口里还随便说着："大概是吧。"他在信封里抽出那张电报纸，用眼睛随便一看，便道："不是的，不是的，让我来译。"于是他将办公桌子抽屉打开，取出了一本电报密码。看看李香絮不在房里，便对杨露珠道："你来写，我来译。"杨露珠笑道："好的，若是你有好处，我有份的。"金子原道："写吧，我哪回有好处，会忘了你！"杨露珠也就一笑。

金子原拿了那本电报密码，伏在桌子角上，拿起密码本子来翻。杨露珠坐在公事桌边，将一张纸铺着，用毛笔誊写。金子原报一个，杨露珠誊写一个。译了一半，只见上面写的是：

雪密，北平接收署接收专员金子原览：

昨日金子平及银行界一人吴田，乘机来渝，携带黄金数百条，被查获。虽箱上有接收处之封条，但事前未经报告而上峰并无此项指使，显是弟有意将金条兜售。

金子原译到这里，便不能往下译了，只顾将手指东画西画把电码乱找，自己却道："这事情可糟了！"杨露珠也觉得心里乱跳，望着金子原道："你把电报译完了再说。"金子原拿着密电码本子，只

277

是乱颤乱抖，答道："我不能往下译了。"杨露珠道："你不翻译，怎么弄？我又不会译。"金子原道："好吧，慢慢把它译完吧。"又过了十几分钟，才将电报全部译完。上说：

——上峰对此大怒，即将子平及吴田看管，一面并电北平弟处据实报告。我将上峰之电，暂时搁置未发，此事关系特大，望即来电报告，再行设法。

郭宫

电报译完，金子原摇头道："这事情，真的糟了。这电报是我老师郭宫打来的。"杨露珠道："这事你怎么样回电呢？"金子原叹了一口气道："电报怎样回法，我还没有想起。你在房里守着，有什么人来，都不见。我到里房床上去歪一歪。"他说着，将密电码本子一丢，就望里面房间跑去。杨露珠也知道这事不妙，想了一想，就走到外边，只见李香絮正和张丕诚谈话，便对她说道："你哥哥现在有一点儿急事，这办公室里还有好多公事中人要来，你最好暂时回去。回头没有事了，我再派车了去接你。"张丕诚看到金专员曾译密电，杨露珠这话，也许是真的，就道："好，我送李小姐回去。"李香絮道："大哥那里，要不要去告诉一声？"杨露珠道："不必了，他正在考虑如何答复众人，他一人睡住床上，我们不要去吵他。"李香絮看看两人行动，觉得往日有谈有笑，这时说一句是一句，似乎真有急事，也就不敢多问，就把大衣穿起，说道："姐姐，我走了。"张丕诚含着笑，就将李香絮带走。杨露珠靠了门站定，慢慢地在想，这几百条金子，让人查获了，二爷被人看管了。这个上峰大概是个不小的官。看起来，要好好地回一个电报，但是怎么回法，连金子原都没有想起，这事大概不好办呢。

过了一个多钟头，开午饭了，杨露珠回到办公的房里，一点儿声音都没有。这就向里面屋子看了看，只见金子原还睡在床上，瞪着一双大眼，望着半空。她道："吃饭了，回电怎么打出去，等会儿再说吧。"金子原道："我不吃饭了。"杨露珠道："饭总是要吃，吃不下，也勉强吃一点儿。"她口说着，人向床前走。看见金子原还是不动，就将他手一拉，才勉强把他拉起来。

饭吃过了，金子原坐在办公桌边。面前铺下了稿纸，提起了笔，正想起电报稿，可是外面又送了一封电报进来。杨露珠立刻在沙发上起来，伸手接过，便道："重庆又来电报了，或者有点儿好消息，也说不定。"金子原立刻从她手上接了过去。打开一看，果然又是没有翻译过的急电，便叹道："我是太不知足了，还要金子干什么？现在这金子害了我了！"自己就将摆在手边的密电本子，拿来翻译。杨露珠道："还要我帮忙吗？"金子原想了一想，便道："好吧，反正这事也瞒不了你。"杨露珠也不作声，就在办公桌边与金子原对面坐下，把他面前的纸笔移过来，就照他的话，笔录下来。电文这样说：

雪密，北平接收署接收专员金子原览：

前电谅悉。兹又查得前弟已派子平带金条数百根，出售法币，扫数解平。此事上峰已极震怒，明日即派人来平，然后与弟同机回渝。请善是料理。

郭宫

金子原把电文译完，哈哈一笑。杨露珠道："怎么着，重庆方面有什么误会吗？"他取了一支烟，缓缓地对杨露珠道："我已经打算好了。你是我的秘书，假如我有事吃官司，你也不能一点儿事情没有吧？"杨露珠道："我也吃官司吗？"她虽这样说了，可是身子已不能自主，只觉有点儿哆嗦，站起来，又复坐下。金子原吸着烟，脸上还带点儿笑容，停了一会儿才道："你说吃官司不吃官司，我一切行动，你不是全知道吗？他们明天才来人，没有来人以前，这地方还是由我做主。"说到此，自己看看外面，并没有人，因接着说

279

道，"这里到天津，六点钟还有一班车。正好，有一艘轮船，明天开走。我就搭上船，溜到天涯海角去了。钱，我们这里还留着很多，管他什么公私！什么金刚钻、珠子和那几百条金子，一股脑儿给它带上。老实说，以前对于你，还是马马虎虎。现在不然了，我愿带着你一路走。一来你免得吃官司，二来你怀了孕，三来我们相处还不错——我的话说完了，你怎么样？"杨露珠这时，真正没了主意，听了金子原的话，好久没有答复，只在桌上，将自来水笔在纸上乱画了一阵。

金子原又笑了一阵，说道："我瞧，李香絮还好，希望你打一个电话给她，说是要到……不，叫她来就得了。"杨露珠道："你到现在，还想女人！给你一个，不够，还想一个！"金子原笑道："怎么样？你又变了态度了吗？"杨露珠道："不错，我是变了态度了，你的态度不须变吗？你现在打算偷跑，还要带上几个美女吗？"金子原笑道："这些金银财宝，要值多少钱，我打算做海上寓公，这一辈子够花的了。"杨露珠道："你不要叫李香絮吧，多一个人，要添好多麻烦，而且李香絮她为什么跟你跑呢？"金子原吸着烟，想了一会儿道："好吧，暂时不找李香絮，可是你要跟我走的了？"

杨露珠这时还没有拿定主意，身子离开了座位，把两只手抱在胸前，在房里走了两个圈。一下子，又放了手下来，拿了一支烟，但也不点着，还是慢慢踱着。金子原望着她道："你怎么还不答复我？你不走，就不走吧！可是我的秘密，你都知道了，我今天走，你打算怎么样？"说着，也站起身来，看她的神气，很是不安。杨露珠道："到了现在，我已有了孩子，又是你的秘书，不走，我真的去吃官司吗？"金子原道："你现在也想得太周到了。我们就赶快收拾东西，越快越好。"杨露珠道："走是跟你走了，可是我想回去看一次妈妈。"金子原又哈哈一笑道："这次走，就是我两个人晓得。别说是妈，就是天王来了，我们也不能让他知道！"杨露珠沉思了很久才问道："你的汽车司机，总会知道呀！"金子原道："你凡事都很聪明，这一节你就糊涂了。我们先叫好几辆三轮车，把东西往上一搬，先别说我们是上车站的，随便说个地方。到了可以告诉他的所在，我们才要他往车站一拖，至于要多少钱就给多少钱，这还有什么难处？若是我们这里人要问，为什么不坐汽车，那就撒个谎得了。"

杨露珠站着把话听了，就淡淡一笑道："你这主意倒好，对这里任何人你都保守秘密。不用说，这三轮车，你也须到大街上去叫了。但是我跟你一跑，一面是做了一个大梦，一面又留下了一场笑话。"金子原看看手表，已经是两点多钟了，便道："闲话不说了。我要五点钟走，真是没有时候了，要走，就快点儿收拾东西！"杨露珠仔细一想，就到天津再说吧。于是就把保险箱子打开，所有值钱的东西，都一件一件地往皮箱里放。金子原也亲自动手，把金条、珊瑚、珍珠、玛瑙，也都放进皮箱里去。两个人把这些东西，差不多都收拾干净，看看钟，已经四点十五分了。金子原又站着抽了一支烟，笑道："好了，一共装了五只皮箱。先休息一下吧。"

杨露珠走来，坐在沙发上，因道："我们真的就这样走了吗？"金子原道："不走，你还想等着吃官司吗？"杨露珠道："重庆派你来接收的，是何等重要。现在，只有你还觉得没有白来，至于其他……"金子原道："这些话说它干什么？在路上，希望你不要谈这些。"杨露珠看看这屋子，真是雕梁画栋；看看这些家具，又是玉匣珠帘；金子原要好好地做官，这种受用，真是没有完时。金子原见她坐在沙发上，只是沉静地想，便道："你又在想什么？"杨露珠道："我想你要是好好地做官，那真是一生受用不尽。"金子原道："好好地做官？老实说，在重庆方面做官，可是说无官不贪。至于有的官不贪，那是没有找着路子罢了。"杨露珠叹一口长气，然后道："人家说，这接收大员，是五子登科。是哪五子呢？金子、房子……"金子原道："现在没有工夫讲这些闲话。我去雇三轮，你在这里看守着。"杨露珠道："你还等一会儿吧！我们就这样走吗？"金子原也叹了口气道："我也舍不得就这样离开这里，但是想到明天这时，逮捕的人来了，那我们是个什么样子呢？这一走，我们是个双凤齐飞。催这双凤高飞的，就是这两通密电吧？"杨露珠听到明天有人来逮捕，也就不作声了。

这日，是月圆之夜，下午七点钟的时候，月亮照着屋子，内外通明。刘伯同、张丕诚两个人早已嘻嘻哈哈地上街去了。李香絮还等着杨露珠的电话。刘素兰呢，却也在等着金子原定好吃饭的地方，还有陶花朝三天没有金子原的消息，也打了电话来问。这回是杏子接的电话，说专员同杨小姐都不在家。这里的一切还像昨夜一样，而且月亮分外圆，分外明，但是一点儿声音都没有了。房子四周只是静沉沉的，像是坟墓一样。

图书在版编目（CIP）数据

五子登科／张恨水著. — 北京：中国文史出版
社，2018.3

（民国通俗小说典藏文库·张恨水卷）

ISBN 978-7-5205-0027-2

Ⅰ. ①五… Ⅱ. ①张… Ⅲ. ①长篇小说-中国-现代
Ⅳ. ①I246.5

中国版本图书馆 CIP 数据核字（2018）第 010540 号

责任编辑：卢祥秋
整　　理：澎　湃

出版发行：**中国文史出版社**
网　　址：http://www.chinawenshi.net
社　　址：北京市西城区太平桥大街 23 号　邮编：100811
电　　话：010-66173572　66168268　66192736（发行部）
传　　真：010-66192703
印　　装：廊坊市海涛印刷有限公司
经　　销：全国新华书店
开　　本：720×1020　1/16
印　　张：19　　　　字数：246 千字
版　　次：2018 年 3 月第 1 版
印　　次：2018 年 3 月第 1 次印刷
定　　价：55.00 元